Oliver Bridgetown

1

Derrière le mur d'illusions

En partenariat avec l'école Les Mots

Loi n°49-956 du 16 juillet 1949
sur les publications destinées à la jeunesse.

118, avenue Achille-Peretti
CS 70024 - 92521 Neuilly-sur-Seine Cedex

www.lire-en-serie.com

Fabien Hallopeau

Oliver Bridgetown

1

Derrière le mur d'illusions

Michel Lafon

À Aline, ma filleule,
Et à tous les enfants,
Puissent-ils ne jamais oublier la magie de ce monde.

CHAPITRE UN

Le bureau 106

Siège du département des Excommunications – Londres – Royaume d'Anglie – Dix-neuf heures

Deux coups secs frappés contre la porte vinrent briser la concentration du directeur du département des Excommunications. Charles Hodgson étouffa un juron.

– Entrez ! lança-t-il d'une voix qui trahissait son agacement.

Comment pouvait-il faire son travail si on le dérangeait sans cesse ?

– Son rêve est notre rêve… murmura timidement Amelia, sa secrétaire, depuis l'embrasure de la porte.

– Son rêve est notre rêve, soupira Charles. Que se passe-t-il encore ?

– Pardonnez-moi, Monsieur le Directeur, mais les agents ont rassemblé les Déviants dans la cour. Ils attendent que vous prononciez la sentence.

Déjà ? s'étonna-t-il en jetant un œil à l'horloge qui trônait sur la cheminée. Le Grand Inquisiteur lui avait donné rendez-vous dans une heure. Il n'avait pas de temps à perdre.

– Dites-leur que j'arrive…

Charles réajusta ses fines lunettes rondes et feuilleta à la hâte la liste des Déviants en attente de leur condamnation, déposée par Amelia sur son bureau.

Edmund Barton, dénoncé par ses voisins pour blasphème.

Sous l'effet de l'alcool, M. Barton a répété à plusieurs reprises que le Patriarche et les Dignitaires du Royaume s'enrichissaient sur le dos des sujets, contrevenant ainsi à l'article 36 de la Constitution hégémonique.

Sanction retenue : excommunication.

Rien de très original, songea-t-il en allant à la page suivante.

Philip et Ginny Koch.

Les jeunes enfants du couple Koch ont découvert une caisse de vieux livres non autorisés en jouant dans leur grenier. Respectant à la lettre les préceptes prodigués en classe par les Dévouées, ils ont dénoncé leurs parents.

Sanction retenue : excommunication.

Leurs enfants seront confiés à la Communauté du village où ils seront élevés par les Dévouées.

Une cinquantaine d'autres noms, tous condamnés pour déviances, se succédaient.

Charles Hodgson quitta son bureau et s'engouffra dans l'escalier qui menait à la cour.

Il répétait le même rituel chaque semaine.

Les futurs excommuniés avaient été alignés contre le mur d'enceinte. Une dizaine d'agents lourdement armés les maintenaient au garde-à-vous. Charles les toisa les uns après les autres.

Il adorait sentir la peur dans leur regard. Ils avaient osé défier la puissance de l'Hégémonium et ils avaient évidemment perdu.

La plupart d'entre eux pleuraient, certains le suppliaient, mais plus personne ne résistait.

– Vous êtes des Déviants ! hurla Charles en grimaçant de dégoût. Vous avez volontairement tourné le dos à la Religion Unique en méprisant notre Constitution ! L'Hégémonium a prononcé votre sentence. Vous êtes excommuniés ! Cette nuit, vous partirez sur un bateau qui vous abandonnera sur une île déserte. Nous vous remettons ainsi entre les mains du Créateur. Lui seul décidera de votre sort. Priez donc pour qu'Il ait pitié de vos âmes !

Sa voix glaciale laissa place aux sanglots et aux cris de détresse. Charles Hodgson ne les entendait plus. Il avait l'habitude. Il rejoignit son chauffeur qui patientait devant le portail de l'institution. Le Grand Inquisiteur l'attendait.

Les récentes neiges rendaient la circulation difficile. L'automobile avançait par à-coups, peinant à tracer sa route dans le chaos londonien. Les fiacres bruyants encombraient les chaussées et, souvent, se désossaient sur les pavés glissants.

– Plus vite ! s'agaça Charles. Le Grand Inquisiteur n'aime pas attendre !

Le chauffeur accéléra et manqua de heurter des chevaux qui se cabrèrent. À travers la vitre, Charles aperçut le cocher vociférer le poing levé. Il jeta un regard noir à son chauffeur. La prochaine fois, il conduirait lui-même.

Les rues de Londres, bordées d'hôtels particuliers érigés comme des frères siamois, défilaient maintenant sous ses yeux. En cette période de l'année, les squares qui les longeaient étaient aussi tristes que désertés. L'imposante silhouette du Palais Patriarcal se dessina au loin. Charles s'apaisa. Les grilles s'ouvrirent sur son passage et le jeune directeur traversa la cour d'honneur d'un pas pressé, sans un regard pour les gardes qui s'inclinaient sur son passage. Il s'enorgueillissait d'appartenir aux rares privilégiés qui pouvaient circuler à leur guise dans l'enceinte du Palais. Il faillit glisser, se rattrapa de justesse et lâcha un juron : la neige se transformait en boue glissante sur les pavés. Il s'assura que personne ne l'ait entendu perdre son calme, puis il salua respectueusement la statue d'Adelphe Setton, fondateur et Premier Patriarche de l'Hégémonium.

L'aile ouest du Palais abritait le siège de l'Inquisition. L'espace résonnait à cette heure-ci car la majorité des hauts fonctionnaires avaient quitté leurs bureaux. Seuls quelques serviteurs s'activaient encore à entretenir les cheminées. Charles ralentit le pas en remontant la galerie des Portraits. Chacun des Grands Inquisiteurs y était immortalisé, depuis Rufin Defosse, le bras droit de Setton, jusqu'au chef de Charles, Markus Hammer.

Un jour, ma statue trônera ici, songea-t-il avec une excitation coupable, sous le regard sévère des anciens Dignitaires.

Un majordome l'attendait au bout du couloir.

– Sa Dignité nous fera savoir quand elle sera disponible, annonça l'homme d'une voix neutre. Elle ne devrait plus tarder.

Charles soupira en s'asseyant. La journée avait été longue…

Il ne comptait pas ses heures. Car, plus que son métier lui-même, il aimait les ors de la réussite. Lui, le fils d'un modeste charbonnier, était aujourd'hui un rouage essentiel de l'Hégémonium.

– Si Monsieur le Directeur veut bien me suivre, dit le majordome. Sa Dignité va vous recevoir.

Ils traversèrent une pièce aux murs recouverts d'armes anciennes reflétant la lumière orangée des cheminées.

– Monsieur le Directeur du département des Excommunications ! annonça le majordome à l'entrée du petit salon.

– Cher ami ! s'exclama le Grand Inquisiteur en s'avançant. Entrez donc !

– Son rêve est notre rêve, psalmodia Charles en s'inclinant.

Il pénétra dans la pièce rouge vif, depuis la moquette jusqu'aux teintes du mobilier et des draperies qui cascadaient le long des murs.

Rouge... La couleur de l'Inquisition.

Seules les dorures, omniprésentes elles aussi, venaient défier ce monochrome.

Markus Hammer s'approcha et posa une main paternelle sur l'épaule de Charles.

– Je viens de recevoir les chiffres des derniers mois et je vous félicite ! Jamais en huit siècles d'histoire l'Hégémonium n'avait autant excommunié. Ce succès est le vôtre !

– Merci, votre Dignité, répondit Charles en s'inclinant à nouveau.

Il jubilait. Parmi les cinquante Dignitaires qui entouraient le Patriarche, le Grand Inquisiteur était incontestablement le plus puissant. Tant que Hodgson aurait ses faveurs, sa carrière lui offrait les plus belles perspectives.

– Depuis quand travaillez-vous pour moi ? reprit son hôte.

– Douze ans, Votre Dignité, répondit Charles qui réalisa que le temps et la connivence n'avaient en rien effacé l'aura du Dignitaire dont les yeux noirs et carnassiers lui renvoyaient toute leur férocité.

– Douze ans… répéta Hammer. Je m'en souviens comme si c'était hier… Votre discours de major de promotion transpirait d'énergie et de passion. Estimez-vous, depuis ce jour, avoir convenablement servi l'Hégémonium ?

– Je l'espère, souffla Hodgson, surpris par la question.

Il masqua son trouble du mieux qu'il put.

– C'est aussi ce que je pense, approuva le Grand Inquisiteur. Mais si je vous disais que vous pouviez faire plus, beaucoup plus… que me répondriez-vous ?

Le cœur de Charles se serra.

– Je vous demanderais comment, Votre Dignité. Et je m'attellerais immédiatement à la tâche.

– Je n'en attendais pas moins de vous, se réjouit Hammer. Suivez-moi !

Ils quittèrent les appartements du Grand Inquisiteur, accompagnés d'un agent du redoutable BRD, le Bureau des Renseignements et du Dogme. Le visage de Charles se refléta dans l'un des nombreux miroirs qui ornaient les murs du Palais, et il constata que son regard trahissait une légère appréhension. Même sa raie sur le côté ne semblait plus tout à fait droite. Au sein de son administration, il savait tout, contrôlait tout, et cette omniscience faisait de lui un fonctionnaire impitoyable. Ce soir, pour la première fois depuis qu'il était en poste, les choses semblaient lui échapper. Le mystère dont faisait preuve le Grand Inquisiteur était inhabituel. Presque effrayant.

Les trois hommes descendirent au rez-de-chaussée, puis ils s'engouffrèrent dans un couloir étroit desservant une dizaine de bureaux. Chaque porte était ornée d'une plaque au nom de l'occupant ; Charles reconnut les noms des principaux patrons du BRD. Il s'était rarement aventuré ici. Au fond du couloir, un coude permettait d'accéder à une dernière salle, signalée comme le « Bureau 106 ». Jamais il n'en avait entendu parler. Et cela ne fit que l'inquiéter davantage.

Hammer frappa à la porte qui s'ouvrit sur un agent en faction.

– Repos ! lança le Dignitaire.

Ils s'avancèrent dans une petite pièce sans fenêtre où deux bureaux se faisaient face. L'un des gardes toisa Charles avec circonspection. Hammer lui jeta un regard entendu et s'approcha d'un placard en bois. Il se saisit d'une clé qu'il portait autour du cou et la glissa dans la serrure. Une porte camouflée…

– Souhaitez-vous que nous vous accompagnions ? demanda l'un des agents présents au Dignitaire.

– Ce n'est pas la peine. L'agent Brett se chargera de notre protection.

Le dénommé Brett alluma la lanterne qu'il tenait à la main puis précéda le Grand Inquisiteur dans un couloir étroit. Une série de marches creusées dans la pierre formaient un abrupt escalier.

– Votre Dignité, où m'emmenez-vous ? demanda Hodgson qui avait retrouvé son sang-froid.

– Allons, Charles, je vous ai connu plus perspicace. Vous ne devinez pas ?

– Nous sommes dans un ancien palais royal, répondit le jeune fonctionnaire un brin vexé. J'imagine qu'il y a donc des cachots.

– Effectivement… Et vous allez pouvoir le constater par vous-même.

Les dernières marches s'effacèrent sous leurs pieds pour laisser place à une terre lourde et humide. Au-dessus de leurs têtes, la voûte se fissurait. Charles déglutit en pensant au poids qu'elle supportait et pria pour que l'affaire qui les conduisait ici fût vite réglée. De part et d'autre d'une large galerie, des portes en métal réfléchissaient l'éclat de la lanterne. Hodgson tressaillit au son d'un gémissement auquel ni Hammer ni Brett ne prêtèrent attention. Ils continuèrent d'avancer jusqu'à une cellule arborant le chiffre 7.

Hammer se tourna vers Charles. Ses traits, auxquels la lampe donnait une teinte olivâtre, semblaient plus durs encore.

– Charles… que savez-vous de l'Ancien Temps ? demanda-t-il.

Pris au dépourvu, Hodgson resta muet.

L'Ancien Temps… C'est ainsi que l'on désignait les siècles qui avaient précédé la création de l'Hégémonium. Comme l'ensemble des citoyens du Royaume, Charles Hodgson connaissait l'histoire terrifiante qui avait donné naissance au nouveau régime. C'était il y a huit cents ans. Quand celui qu'on appelait « le Destructeur » était venu menacer l'ordre établi et qu'un rêve d'Adelphe Setton avait permis d'anticiper son invasion et de la repousser. Le roi avait abdiqué au profit du héros, jugé seul capable de les protéger.

– Je sais peu de choses, Votre Dignité, souffla Charles. Je sais surtout qu'il ne faut pas en parler.

– Vous avez raison, Charles, mais nous allons momentanément briser cette règle. Votre nouveau poste exige de connaître notre véritable raison d'être.

– Mon nouveau… ? balbutia-t-il.

– Je vous nomme directeur de mon cabinet ! Et je m'apprête à vous révéler notre plus grand secret. Seuls les Dignitaires, quelques scientifiques et une brigade d'élite du BRD à laquelle appartient Brett y sont initiés.

Hodgson vacilla. Les informations fusaient dans sa tête. Mais l'une d'entre elles, la principale à ses yeux, avait pris le pas sur les autres : directeur de cabinet du Grand Inquisiteur. Son irrésistible ascension se poursuivait.

– Charles ? Vous m'écoutez ?

La voix tranchante du Grand Inquisiteur le ramena sur terre.

– Oui, Votre Dignité.

– Vous le savez, avant l'avènement de l'Hégémonium, le Mal s'était niché dans le cœur de nos ancêtres, ouvrant la voie à l'invasion du Destructeur. Mais ce que vous ignorez en revanche, c'est l'artifice dont usait le Destructeur pour attirer les hommes à lui.

Charles fronça les sourcils.

– Les adorateurs du Mal réussissaient à développer certaines… facultés, reprit Hammer.

– Que voulez-vous dire ?

– Je veux dire, poursuivit Hammer d'une voix serrée, qu'ils avaient la capacité de faire des choses qui les rendaient, pensaient-ils, aussi puissants que le Créateur Lui-même ! Mais en réalité, plus ils usaient de leurs pouvoirs, plus ils attiraient à eux le Destructeur.

Le Grand Inquisiteur marqua une pause.

– Nous les avons traqués sans relâche. Traqués et éliminés. Mais certains d'entre eux vivent encore parmi nous…

Ce fut au tour de Charles Hodgson de garder le silence. Il n'était pas bien sûr de comprendre.

– Je vous préviens, insista Hammer, ce ne sont pas des Déviants comme les autres. Ceux que vous avez affrontés jusqu'ici sont des enfants de chœur à côté d'eux…

D'un geste de la main, il fit signe à Brett d'ouvrir la porte. Pistolet au poing, l'agent s'exécuta puis suspendit la lampe à un crochet. Au fond de la cellule gisait un corps inerte, recroquevillé sur une paillasse.

– Réveillez-le ! ordonna Hammer.

Brett se saisit d'un bol d'eau et le vida sur le prisonnier. Sans plus de ménagement, il l'attrapa par les cheveux et l'obligea à se tourner. L'homme était maladivement maigre, le visage creusé et tuméfié. Hodgson entrevit son regard hagard entre deux clignements.

– Monsieur Lawford, siffla le Dignitaire. J'aimerais que vous nous fassiez l'honneur d'une petite démonstration.

– Laissez-moi, souffla l'homme avec peine. Ou tuez-moi…

Brett le secoua à nouveau, puis Hammer reprit d'une voix doucereuse :

– Allons, monsieur Lawford, vous savez bien que nous vous persuaderons d'obtempérer quoi qu'il arrive…

Des larmes sèches sillonnaient les joues du prisonnier. Résigné, il tendit son bras tremblant vers le bol et formula quelques mots obscurs. Alors, le bol se remplit d'eau.

– Qu'est-ce que… ?

Charles Hodgson jeta un regard hébété vers Hammer.

– Et vous n'avez encore rien vu, murmura le Dignitaire. Rien du tout.

CHAPITRE 2

La Communauté de Bridgetown

« SON RÊVE EST NOTRE RÊVE. »

Gravée en lettres d'or au-dessus du tableau noir, la confession de foi scintillait à la lueur des flammes. Transi de froid au fond de la classe, Oliver lorgnait du coin de l'œil l'âtre de la cheminée.

Le regard de Mère Helen, la Doyenne des Dévouées de la Communauté de Bridgetown, ricochait d'un élève à l'autre. Son visage émacié rehaussé de deux petites billes noires lui donnait l'allure d'un aigle féroce.

– Dennis, trancha-t-elle, au tableau !

Un soulagement discret parcourut l'assistance.

Le voisin d'Oliver se leva. Il était blême. À la fin de chaque leçon, Mère Helen les interrogeait sur la Constitution hégémonique et se montrait particulièrement sévère en cas d'imprécision. Cent quatre-vingt-quatorze articles régissaient la vie des sujets du royaume d'Anglie, et chacun se devait de les connaître par cœur.

– Je vous écoute, reprit la Doyenne.

– Quels articles dois-je réciter ? demanda Dennis, courbé sur ses chaussures crottées.

– Ceux que vous voulez, citez-en trois. Mais dépêchez-vous, ajouta-t-elle, j'ai une annonce importante à vous faire.

Dennis n'en demandait pas tant.

– « Article premier, énonça-t-il en relevant la tête, la Religion Unique, initiée par le Créateur, est le seul culte du royaume d'Anglie et tous ses sujets doivent s'y soumettre. »

D'un moulinet du doigt, Mère Helen lui fit signe d'enchaîner.

– « Article 2, reprit-il, l'Hégémonium gouverne le royaume d'Anglie au nom du Créateur, et protège ses sujets contre le Destructeur. »

Oliver fixait Dennis le sourire aux lèvres. Si son meilleur ami suait sang et eau pour aider ses parents à la ferme, il se montrait généralement moins opiniâtre sur ses leçons.

– « Article 3 : l'Hégémonium est infaillible. »

– Ça fera l'affaire, conclut sèchement la Doyenne. Merci Dennis.

La démarche fringante, le jeune garçon rejoignit rapidement le fond de la classe. « Ça fera l'affaire » figurait assurément parmi les meilleures appréciations qu'il ait jamais reçues. Tous attendaient maintenant l'annonce. Mère Helen arpenta doucement la salle. Sa robe de flanelle grise se confondait avec les murs de pierre, glacials en ce mois de novembre, et son chignon, de rigueur chez les Dévouées, renforçait son autorité naturelle.

– Un invité de marque nous gratifie de sa présence, annonça-t-elle, à l'occasion de la fête du Grand Rêve !

Un murmure de curiosité parcourut la classe, qu'elle étouffa aussitôt d'un geste de la main.

– J'attends de vous un comportement exemplaire. Que vous fassiez honneur à Bridgetown ! Afin de faciliter les préparatifs, vous n'aurez pas classe demain. Profitez-en pour aider au village !

Chacun s'interrogea du regard avec excitation. Qui pouvait être ce mystérieux visiteur, suffisamment important pour mériter de tels égards ?

Un bras timide se leva au milieu de la classe avant de se rabaisser aussitôt.

– Andrew, soupira la Doyenne. Si vous avez une question, posez-la !

Le fils des boulangers était roux et petit comme son père, mais il avait hérité du nez en trompette et de l'insatiable curiosité de sa mère. Il aimait par-dessus tout prendre des airs de conspirateur et répéter ce qu'il entendait chez ses parents. Inlassablement, il concluait ses messes basses par ce vieil adage maternel devenu sien : « À la boulangerie, si on ne vient pas pour se régaler, on vient au moins pour papoter. »

– Mère Helen, articula-t-il timidement, qui est ce prestigieux visiteur ?

– Je peux bien vous le dire, répondit-elle en haussant les épaules, car le Pasteur Allan a fait le tour du village ce matin pour l'annoncer. Notre Grand Inquisiteur, le Dignitaire Markus Hammer, arrivera à Bridgetown demain soir !

Toute la classe se figea. Même Andrew, qui se vantait toujours de tout savoir avant tout le monde, ne put réprimer un hoquet de surprise.

– La leçon est donc terminée pour aujourd'hui, conclut Mère Helen. Bonne journée à vous tous. Son rêve est notre rêve !

– Son rêve est notre rêve ! reprit la classe en écho.

Oliver fut le dernier à quitter la classe. Contrairement à ses camarades, aucune famille ne l'attendait pour le souper.

Oliver Bridgetown. Du nom de son village, comme tous les orphelins du Royaume. Son foyer était ici, parmi les Dévouées.

Il frissonna en remontant le col de sa blouse brune. La semaine dernière, la neige s'était abattue sur Londres et sa banlieue. Bridgetown, qui figurait à vingt kilomètres de la capitale, n'avait pas été épargné. Une chape blanche recouvrait maintenant le parc, et les arbres déshabillés par l'hiver ressemblaient à d'inquiétants squelettes.

Le bâtiment principal de la Communauté formait un U, délimitant une vaste cour. Jouxtant chacune des ailes, un toit de tuiles plates dessinait une galerie couverte abritant des intempéries. Au centre de la cour, un buste d'Adelphe Setton trônait à ciel ouvert. Du revers de sa manche, Oliver vint l'épousseter afin d'en chasser les névés qui blanchissaient sa barbe. D'ici quelques jours, chaque village commémorerait le Rêve grâce auquel Setton avait prédit l'arrivée du Destructeur et sauvé le Royaume.

Oliver continua son chemin et poussa la porte du réfectoire. L'hiver, le froid se glissait à travers les interstices des murs de pierre et seule l'extrémité de la tablée bénéficiait encore de la chaleur du feu. Près de la cheminée, recongnée dans un petit fauteuil, une silhouette gesticulait nerveusement.

– Dévouée Gersande ? appela Oliver sans obtenir de réponse. Dévouée Gersande ? répéta-t-il en haussant la voix.

La vieille Dévouée sursauta et se tourna vers lui.

– C'est toi, mon garçon ? s'exclama-t-elle d'une voix chevrotante. J'étais absorbée par mon tricot.

Dire que Dévouée Gersande était la Doyenne des Dévouées eût été impropre, car ce titre incombait à la responsable de la Communauté. Mais elle était incontestablement la plus âgée. Engoncée dans sa robe, elle ressemblait à une tortue. Oliver ressentait pour elle une affection particulière. Enfant, il la suivait toute la journée dans ses corvées, écoutant passionnément ses récits de voyages dans les colonies du Royaume où elle avait officié en tant que jeune Dévouée. Il l'accompagnait dans le verger et rêvait de cocotiers, il rangeait les confitures dans le cellier et c'est comme s'il explorait une grotte mystérieuse, il pliait les serviettes et pressait la voile d'un majestueux navire.

La lueur des flammes dansantes accentuait les stigmates du temps sur le visage de la vieille femme qui passait à présent l'intégralité de l'hiver dans son fauteuil. L'été, Oliver lui donnait le bras pour de courtes balades. Sa mémoire flanchant, elle lui racontait chaque jour les mêmes histoires que le garçon feignait chaque fois de découvrir.

– Tu tombes bien, reprit-elle. Pasteur Allan te cherche. Il est dans la salle de lecture.

Oliver se hâta. On ne faisait pas attendre le Pasteur. Il était l'homme le plus important du village. Il était la loi et le dogme.

– Assieds-toi, l'invita chaleureusement le vieil homme, dont les attributs de sa charge – la tunique blanche et le crâne rasé – ne dissimulaient rien du poids des ans.

Oliver et le Pasteur s'installèrent de part et d'autre d'une table en bois qui occupait tout l'espace d'une pièce intimiste tapissée de livres rouges. Depuis plusieurs semaines, le représentant de l'Hégémonium le convoquait de temps à autre. Pendant une heure, ils conversaient ensemble de la Religion Unique, de la vie du village ou de l'éducation qu'il recevait à la Communauté.

– Tu sais, Oliver, tu as maintenant quatorze ans et ta scolarité s'achèvera dans quelques mois. La plupart de tes camarades ont leur avenir tracé : Dennis travaillera à la ferme avec ses parents, Andrew reprendra la boulangerie de ses parents et Richard, la charcuterie de son père… Et toi dans tout ça ?

– Eh bien… Mère Helen imagine que je pourrais peut-être… devenir Pasteur.

Le vieil homme l'enveloppa d'un regard doux avant de se redresser légèrement, comme si une douleur venait de lui tordre le dos.

– Mais j'ai cru comprendre que tu aspirais à autre chose…

La voix du Pasteur ne recelait aucune réprimande, pourtant Oliver reçut cette remarque de plein fouet. Ses joues s'empourprèrent.

– Hein ? Non ! Pourquoi ? bégaya-t-il avant que le vieil homme ne l'arrête d'un geste de la main.

– Je ne te reproche rien, je veux juste être certain de choisir le meilleur apprenti possible. Beaucoup de jeunes écoliers rêvent de devenir Pasteur. C'est un métier très important et respecté. Ma succession concerne tout le village et certains de nos concitoyens s'inquiètent de ne pas me voir rajeunir, ajouta-t-il en souriant. Tu aurais confié à ton ami Andrew que tu souhaiterais devenir marin pour voyager et découvrir le monde. Il l'a révélé à sa mère qui l'a répété à Mme Lindon qui m'en a glissé un mot. Est-ce vrai ?

Ne jamais se livrer à Andrew, regretta Oliver en se mordant la joue. Tout le village devait maintenant s'interroger à son sujet.

– Ce… ce n'était pas sérieux. On discutait des métiers extraordinaires mais inaccessibles. Je ne l'ai jamais vraiment envisagé…

Oliver repensa à l'article 15 de la Constitution hégémonique stipulant que mentir, dissimuler ou travestir la vérité à un représentant de l'Hégémonium constituait un crime passible d'excommunication ou de mort. Il venait de mentir à un Pasteur…

– Et pourquoi ne l'as-tu pas envisagé plus sérieusement ? insista Pasteur Allan.

Oliver blêmit et pesa ses mots avant de répondre.

– Lorsque Mère Helen m'a trouvé aux portes de la Communauté, elle aurait pu choisir de me confier à un orphelinat, où ma vie aurait été probablement plus dure et mon éducation moins bonne, répondit Oliver. Mais les Dévouées m'ont gardé avec elles. Je leur dois beaucoup. Si je deviens Pasteur, j'aurai l'occasion de rendre ce qu'on m'a donné.

Oliver omit de dire que Mère Helen avait insisté sur le fait que la Communauté s'était beaucoup investie pour faire d'Oliver un brillant écolier, et que les marins étaient généralement des cancres. « Autant donner de la confiture aux cochons », avait-elle pesté.

– Et cela te semble-t-il juste ? demanda le Pasteur.

– Bien sûr, s'empressa de répondre Oliver.

– Tu es un bon garçon, approuva le vieil homme.

Prenant appui sur sa canne, Pasteur Allan se leva et se dirigea vers la porte.

– Il me reste beaucoup à faire pour préparer la venue du Grand Inquisiteur. Mais je te propose que nous commencions ton apprentissage une fois la fête du Grand Rêve terminée.

Oliver prit quelques secondes pour digérer l'annonce. Visiblement, il l'avait convaincu. D'ici une petite dizaine d'années, il deviendrait Pasteur Oliver et guiderait le village de Bridgetown.

Il aurait dû exulter. Comme l'avait mentionné Pasteur Allan, c'était un poste prestigieux, brigué par de nombreux élèves. Peu d'orphelins pouvaient prétendre à pareille opportunité. Pourtant, une petite boule lui nouait l'estomac. Parce que en lui offrant ce bel apprentissage le Pasteur cadenassait son avenir, brisant ainsi le dernier fil qui le reliait à ses rêves d'aventures.

À son tour, il quitta la salle de lecture et regagna la cour. Un chemin pavé serpentait à travers le parc jusqu'au pavillon des invités. S'il était souvent glissant l'hiver, il évitait aux prestigieux invités de la Communauté de marcher dans la boue. Enveloppées dans leur cape grise à capuchon, toutes les Dévouées se ressemblaient. Le jeune garçon en salua trois sans savoir qui se cachait derrière ces ombres fantomatiques puis, lorsqu'il longea le verger, il se sentit bien incapable de distinguer les pommiers des poiriers. Plus jeune, lorsque les premiers fruits atteignaient la maturité au sortir de l'été, Oliver et Dennis usaient de mille et une ruses afin de tromper la vigilance de Dévouée Delia et de s'emparer de ces trésors. Peu leur importait que les fruits aient été meilleurs, plus doux et plus sucrés un mois plus tard. Le plaisir était dans la transgression plus que dans la dégustation.

À bien y penser, rien ne laissait présager leur amitié, tant les deux garçons étaient différents. À commencer par leur physique. Petit, trapu et blond comme les blés, Dennis était le sosie de son père, tandis qu'Oliver, plutôt grand et maigre pour son âge, avait le visage fin, de grands yeux sombres et le cheveu ras. Dennis était impulsif et enthousiaste, il ne tenait pas en place sur les bancs de l'école et n'aimait rien plus que la vie en plein air. Plus calme, Oliver passait des heures dans la réserve de M. Dawkins, le libraire du village, à dévorer des livres d'histoire et de voyage. Leur lien s'était bâti sur une même envie d'aventures. L'imagination d'Oliver concevait des scénarios conquérants et l'espièglerie de Dennis leur donnait corps.

Oliver rejoignit une imposante maison en pierres de taille qui se dressait au fond du parc. Au premier étage, trois fenêtres arquées dominaient un jardin privatif, circonscrit par une petite barrière qu'Oliver avait lui-même posée. D'après Dévouée Gersande, aucune demeure n'offrait autant de faste à vingt kilomètres à la ronde. Le contraste avec la bâtisse principale était saisissant. Une fois à l'intérieur, Oliver laissa la chaleur pénétrante l'envelopper. Ses doigts engourdis le picotèrent un instant. Accroupie devant la cheminée du salon, Dévouée Mary remuait les bûches à l'aide d'un tisonnier, faisant danser des ombres sur les boiseries murales. Oliver ôta ses chaussures fripées par la neige et laissa ses orteils se réchauffer sur les tapis persans. Dévouée Mary lui sourit. À vrai dire, Dévouée Mary souriait tout le temps et c'était là l'expression naturelle de son visage. Tout chez elle était douceur : son visage rond, sa voix qui lui chantait des berceuses lorsqu'il était enfant, ses yeux noisette qui ne semblaient voir que la beauté des choses, ses gestes lents et rassurants traduisant le soin extrême porté à chaque action. C'est à elle qu'Oliver avait été confié bébé. Elle était sa mère de cœur.

– Tiens, c'est pour toi, dit-elle en désignant un guéridon en acajou orné de bronze sur lequel trônaient un morceau de pain et un carré de chocolat.

Pas un jour ne s'était écoulé sans que Dévouée Mary ne lui prépare ce goûter. Oliver commençait par le pain, et finissait toujours par le carré de chocolat.

– J'ai quelque chose à te dire… annonça Oliver qui se pressa de relater son entretien avec Pasteur Allan.

Dévouée Mary ne put retenir une larme. Son Oliver allait devenir Pasteur ! Pour ne pas entacher son bonheur, le jeune garçon préféra taire ses états d'âme.

– C'est incroyable ! se réjouit-elle. Cela fait deux excellentes nouvelles dans la même journée. Sais-tu que le Grand Inquisiteur nous a choisis pour célébrer la fête du Grand Rêve ?

– Oui… Je suis justement venu t'aider à préparer le pavillon, sourit Oliver.

Depuis quatorze ans, le jeune garçon vivait au rythme de la Communauté et réalisait sa part de corvées. Contrairement aux Dévouées, il n'avait pas d'obligations précises et se rendait disponible pour qui avait besoin de lui. Tout au long de la journée, les dévotes alternaient des temps de travail et des moments d'adoration du Créateur. Chacune s'organisait ainsi pour mener à bien les tâches qui lui étaient confiées. Gersande avait longtemps cultivé le verger avant de céder sa place à Delia, Abigail régnait sur la cuisine, Mary avait la charge d'élever Oliver et d'entretenir le pavillon des invités, et la vingtaine d'autres Dévouées s'occupaient de la lingerie, de l'infirmerie, du ménage, de la classe, de l'entretien du parc ou de la maternité. Aux dires des parents de Dennis ou du Pasteur Allan, grandir dans cet environnement avait fait d'Oliver un jeune garçon particulièrement serviable et attentionné.

Dévouée Mary achevait les préparatifs et proposa à Oliver d'enlever la neige des corniches qu'il atteindrait plus facilement qu'elle. À regrets, il remit ses chaussures et quitta l'atmosphère douillette du pavillon des invités. Dévouée Mary pensait à tout, nota Oliver. Il ne fallait pas qu'un tas de neige tombe sur le Grand Inquisiteur… Dehors, le ciel avait enfilé son manteau d'étoiles et seules les lampes à huile posées sur des piquets brisaient l'obscurité, dessinant un chemin rassurant vers la bâtisse. À l'aide d'une longue branche, il racla les corniches puis jeta son outil de fortune dans le bosquet. À travers la fenêtre couverte de buée, il admira une dernière fois le faste du salon, songeant que le deuxième homme le plus puissant du Royaume, et donc du monde, s'installerait là demain. Le *Journal Officiel* en parlerait sans doute, car les commémorations du Grand Rêve marquaient un moment important de l'année. Le pavillon des invités serait peut-être même photographié. Alors, il vérifia une seconde fois que les corniches étaient bien dégagées puis, rassuré, remonta le chemin de lumière en direction du réfectoire.

CHAPITRE 3

La réserve

Oliver se réveilla de bonne heure, ébloui par les rais de lumière vive qui s'engouffraient par la petite lucarne de sa chambre. Pour la première fois depuis plusieurs jours, un ciel immaculé dominait la campagne.

C'était de bon augure pour la fête du Grand Rêve, songea-t-il en se lavant le visage dans une bassine. Depuis toujours, le jeune garçon vivait dans un petit cagibi attenant à la buanderie. Lorsque sa blouse brune – l'uniforme de tous les écoliers du Royaume – était sale, il n'avait qu'un pas à faire pour la déposer et en récupérer une nouvelle. Le soir, il l'accrochait à une patère de sa propre fabrication pour ne pas la froisser.

Malgré l'heure matinale, la Communauté avait des airs de fourmilière. Les bras chargés de vivres ou de bougies, plusieurs Dévouées rejoignaient au petit trot le pavillon des invités, d'autres peinaient à rassembler la chorale pour répéter les chants. Même Dévouée Gersande, gagnée par cette effervescence, avait délaissé son fauteuil.

Oliver se faufila vers les cuisines. Dévouée Abigail, chiffon à la main, passait ses casseroles en revue d'un air martial.

– D'ici une heure je m'attaque à la préparation du banquet ! lança-t-elle. Je ne veux plus voir personne dans ma cuisine !

Oliver arracha un gros morceau d'une appétissante miche de pain, se saisit d'un exemplaire du *Journal Officiel* et fila vers le réfectoire. La cuisinière avait ses humeurs. Le jeune garçon avait appris à ne jamais la contrarier.

Confortablement installé face à la cheminée, dans le fauteuil de Dévouée Gersande, il déplia le journal.

« Disparitions : Les fromagers de Berckford introuvables depuis deux jours » titrait la une.

Le village de Berckford (Midshire) est encore sous le choc. Avant-hier, après avoir constaté que le rideau métallique de la fromagerie restait étonnamment clos, des voisins ont alerté le Pasteur qui s'est aussitôt rendu au domicile des fromagers. Sur place, aucune trace de lutte ni d'effraction, mais aucune trace non plus de M. et Mme Conway. Il s'agit des cent vingt-troisième et cent vingt-quatrième disparitions inexpliquées que connaît notre Royaume en moins de six mois.

« Nous avons décidé de confier l'enquête au Bureau des Renseignements et du Dogme [BRD], a fait savoir Charles Hodgson, le nouveau directeur de cabinet de notre Grand Inquisiteur. Aucune hypothèse n'est pour l'instant écartée. »

Pour rappel, deux pistes sont actuellement à l'étude. La première d'entre elles mènerait à un groupe de Déviants aveuglé par la haine. La seconde impliquerait une puissance étrangère désireuse de nous affaiblir. Le Dignitaire Francis Jones, Grand Divulgateur extérieur, aurait envoyé des émissaires vers la Confédération américaine, l'empire du Yunnan ainsi que l'Empire slave afin d'y voir plus clair.

L'Hégémonium mobilise toutes les ressources nécessaires afin de faire la lumière sur cette sinistre affaire. En attendant cet heureux dénouement, le Palais Patriarcal a fait savoir que le Patriarche et l'ensemble des cinquante Dignitaires orientaient leurs prières vers la famille Conway.

– Tu ne ressembles pas à Dévouée Gersande ! s'exclama une voix pleine de malice.

Absorbé par sa lecture, Oliver n'avait pas entendu Dévouée Mary approcher. Son indéfectible sourire s'envola lorsqu'il lui désigna la une.

– C'est terrible, grimaça-t-elle. Ça ne peut être que l'œuvre de Déviants. J'espère de tout mon cœur qu'ils vont vite les arrêter. On n'a pas vu de tels moyens déployés depuis l'affaire de l'Ombre du Destructeur.

Sur ces mots, sa mâchoire s'était imperceptiblement contractée. Oliver aurait juré qu'un courant d'air glacial venait de traverser la pièce.

– Darius Gaban… murmura-t-il, comme si prononcer le nom du plus célèbre des Déviants risquait de le ressusciter.

– Chaque matin, souffla-t-elle en déglutissant, je redoutais de lire dans le journal le nom de ses nouvelles victimes…

– Comment a-t-il pu échapper aux agents aussi longtemps ? demanda Oliver.

Une larme perla au coin de l'œil de la Dévouée. C'était il y a vingt ans, mais la seule évocation du nom de Gaban exhumait encore des angoisses tenaces. Oliver, comme tous les habitants du Royaume, savait que la traque avait duré près de quatre ans.

– Des centaines de Déviants lui avaient prêté allégeance. Ils l'ont caché et protégé. Mais pensons plutôt au présent ! se ressaisit-elle. Le Grand Inquisiteur aura peut-être de bonnes nouvelles ce soir !

Tout au long de la matinée, Oliver rebondit d'une tâche à l'autre, sollicité de toutes parts par les Dévouées. Il remplit de bûches l'abri à bois du pavillon des invités, huila les gonds grinçants d'un volet récalcitrant puis décora la cour intérieure de guirlandes. Lorsque les Dévouées se rassemblèrent pour l'adoration, il s'étonna qu'il fût déjà midi.

– Tu veux bien m'aider ? l'interpella une voix familière alors qu'il se débattait avec sa dernière guirlande. À croire qu'on va nourrir tous les hommes du Grand Inquisiteur !

Debout sur la plate-forme de sa carriole, Joseph, le père de Dennis, venait ravitailler la Communauté en vue du grand banquet. Oliver se précipita.

– Jamais les Dévouées ne m'ont commandé autant de provisions ! s'exclama-t-il en hissant une gigantesque pièce de viande sur son épaule.

Sous les directives de Dévouée Abigail, exemptée de prière pour l'occasion, Joseph et Oliver entreposèrent les différents morceaux de viande dans le cellier. Dans la cuisine attenante, les fours tournaient à plein régime et une délicieuse odeur de tarte aux pommes se répandait dans l'air.

– Ça creuse l'appétit ! s'exclama Joseph. Viens déjeuner à la ferme si ça te chante !

Oliver acquiesça et sauta dans la carriole, puis l'attelage se mit en mouvement dans le sillage de Brindépi, le vieux cheval de trait de la famille.

– J'imagine que tu ne comptes pas les offrir à Dennis, plaisanta Joseph en désignant la besace d'Oliver qui débordait de livres.

– Non, sourit le garçon. Je pense que ça ne l'intéressera jamais.

– Ce n'est pas bien grave, souffla le fermier en haussant les épaules. L'essentiel, c'est qu'il aime l'élevage et la culture. Il se trouvera une bonne épouse et ils nous remplaceront, Annie et moi ! À ce propos, as-tu eu l'occasion de revoir le Pasteur Allan ?

Oliver se fendit d'un sourire forcé, et quand il lui narra leur entretien de la veille, Joseph le gratifia d'une tape dans le dos qui le secoua davantage encore que les nids-de-poule.

La ferme de la famille Felton se situait à mi-chemin entre la Communauté et le village. La carriole bifurqua depuis la route principale pour s'engager dans un chemin sillonnant de vastes champs réfléchissant les pâles rayons du soleil d'hiver. Leur arrivée réveilla l'étable qui s'ébroua.

– C'est pas un temps à mettre le museau dehors, maugréa Joseph. Les bêtes ont hâte que la neige fonde.

Devant la maison, Dennis et sa petite sœur Laura s'envoyaient des boules de neige de part et d'autre de la réserve de bûches. Laura était le portrait craché de sa mère. Elle avait de longs cheveux blonds tirant vers le roux, un petit nez légèrement aquilin et une énergie contagieuse.

– Ça suffit ! tonna Joseph. Vous allez être trempés et prendre froid !

Ils prirent place autour d'une table en bois dont les veines rendaient l'équilibre des assiettes incertain. Après avoir remercié le Créateur, Annie découvrit une marmite de purée sous les cris réjouis de ses enfants qui n'ouvrirent la bouche que pour débattre de la visite du Grand Inquisiteur.

– Pendant le banquet, tu devrais lui parler du lac et de Breadwood, suggéra Dennis.

Annie étouffa un fou rire. « Le lac » était en réalité une grande mare représentant de loin la meilleure distraction pour les enfants du coin. On s'y baignait l'été et on y patinait l'hiver. Il n'avait qu'un seul défaut : il se situait à mi-distance entre Bridgetown et Breadwood, si bien que chacun en revendiquait la propriété. Une forte rivalité s'était développée au fil des ans entre les enfants des deux villages. Mais en accueillant le Grand Inquisiteur, Bridgetown venait de prendre un ascendant indiscutable sur sa concurrente.

– Il y a une autre grande nouvelle à fêter ! s'exclama Joseph. Oliver ?

Ce dernier s'empressa de leur raconter sa discussion de la veille avec le Pasteur, songeant qu'il devrait s'efforcer de paraître plus enthousiaste car son apprentissage serait assurément le prochain événement du village, une fois le Grand Inquisiteur parti.

– Pasteur ! s'exclama Laura. Tu seras la personne la plus importante de tout le village !

– Bravo, le félicita Annie en l'embrassant sur les deux joues, nous sommes très fiers de toi !

Elle souriait encore quand Oliver les quitta pour rejoindre Bridgetown. Le vent chargé du froid de l'hiver le cueillit avec violence lorsqu'il laissa la ferme dans son dos. Coupant à travers champs, il se hâta de rejoindre la route principale qui desservait la majorité des villages de la région et permettait, vingt kilomètres au nord, de rallier Londres. Longeant la forêt, il tendit l'oreille à la lisière d'un chemin qui serpentait en direction du lac. Pas un bruit ni un éclat de rire. Chacun préparait la venue du Grand Inquisiteur, songea-t-il en hâtant le pas, pressé de rejoindre la librairie car la sangle de sa besace trop lourde lui tailladait l'épaule. Oliver avait neuf ans lorsque la boutique avait ouvert. Il avait déjà lu tout ce qu'il était possible de lire entre les murs de la Communauté – recueils de chants et livres de recettes compris – et prit son courage à deux mains pour pousser la lourde porte de l'établissement. Un vieil homme avait marmonné un mot de bienvenue. Il portait de généreux favoris blancs et actualisait son registre. Lorsqu'il avait relevé la tête, il s'était figé, et l'avait détaillé comme s'il avait reconnu une ancienne connaissance dont il avait omis le nom.

Depuis ce jour, Oliver était devenu le client le plus fidèle de M. Dawkins, même si le terme « client » était impropre car Oliver n'avait pas les moyens de s'offrir le moindre livre. Mais en échange de quelques coups de main, le libraire le laissait emprunter les ouvrages qu'il souhaitait.

Comme tous les villages de la région, Bridgetown se résumait à une rue principale bordée de maisons de pierres grises aux volets blancs. Les étals que les commerçants sortaient en vue de la fête du Grand Rêve vacillaient dans la terre gorgée de neige. Le père d'Andrew fit signe à Oliver d'approcher et lui offrit un sablé à l'effigie d'Adelphe Setton fraîchement sorti du four. À deux pas, le boucher et son fils Richard installaient un tournebroche pour y faire cuire un cochon. Les préparations de la fête allaient bon train et la plupart des fenêtres s'illuminaient d'ornements et de guirlandes. Pasteur Allan passait d'un commerce à un autre afin de s'assurer que tout soit digne du Grand Inquisiteur.

– Son rêve est notre rêve, lança-t-il à Oliver d'un signe de la main en pressant le pas.

– Son rêve est notre rêve, répondit le garçon qui le voyait déjà, avec soulagement, filer ailleurs.

Le village irradiait. Mais malgré l'ambiance festive contagieuse, Oliver ne put s'empêcher de penser, à regret, que ce qu'il voyait là constituerait à tout jamais les frontières de son monde.

Une quinzaine de badauds masquaient la devanture de la librairie, ce qui étonna Oliver. Les attroupements étaient rares à Bridgetown, car il ne s'y passait généralement pas grand-chose. Seul le pub du village pouvait se targuer d'attirer autant de monde. Oliver se glissa parmi l'assistance. Une automobile rutilante était garée devant la boutique.

– Qu'est-ce qu'un homme qui peut s'offrir un tel engin vient faire dans notre petite librairie de village ? siffla une voix sèche. Ça cache quelque chose. Moi, en tout cas, je l'ai toujours trouvé bizarre, ce Dawkins !

Les bras croisés, Mme Lindon examinait la voiture avec circonspection ; sa bouche trop large dessinait une grimace de dégoût. D'un hochement de tête, la mère d'Andrew approuva tandis que son rejeton, debout sur le marchepied, faisait signe à Oliver de le rejoindre.

– Regarde un peu ces sièges en cuir ! s'exclama-t-il en passant la tête à travers la fenêtre restée ouverte. Et ce volant !

Oliver grimpa à son tour. L'intérieur valait largement la carrosserie.

– Pétarade ! Truandaille ! C'est pas vot'tacot à c'que j'sache ! tonna une voix dans leur dos.

Oliver et Andrew, statufiés, échangèrent un regard effrayé. Aucun des deux n'osait sortir sa tête de l'habitacle. Les curieux s'étaient dispersés et les deux jeunes garçons se retrouvèrent soulevés par la culotte par un homme transi de froid et de colère. Il était plutôt grand, au moins une tête de plus qu'Oliver, et le reste n'avait rien de rassurant : ses épaules étaient trop larges, et son ventre trop proéminent. Son nez était aussi gras que disgracieux, et sa tignasse formait un amas indiscipliné d'épaisses boucles brunes.

Passablement terrifiés, Oliver et Andrew s'emmêlèrent en excuses jusqu'à ce que l'homme les lâche et que les traits de son visage se détendent dans un éclat de rire si sonore qu'Oliver aurait juré avoir senti le sol trembler.

– J'vous fais tourner en bourrique ! s'exclama-t-il en se tapant sur le ventre. Si elle supporte ma grosse carcasse, vous pouvez pas lui faire grand-chose !

Les deux garçons rirent à leur tour, davantage pour ne pas contrarier leur interlocuteur que pour exprimer leur hilarité.

– Je crois que ma mère m'attend, murmura Andrew d'une voix chevrotante avant de décamper en direction de la boulangerie.

– Elle est pas à moi ! J'en suis que l'chauffeur, ajouta l'homme en reniflant. Mon patron, Lord Abberline, est chez l'marchand de bouquins !

– Lord Abberline ? répéta fébrilement Oliver.

– Eh ouais, acquiesça-t-il non sans une pointe de fierté. Comme j'te l'dis !

Oliver sourit. Tout le monde connaissait Lord Abberline. Pas plus tard que la semaine dernière, le jeune garçon se souvenait avoir lu son nom dans un article consacré à la signature d'accords commerciaux avec le royaume d'Indus. Le célèbre homme d'affaires, armateur et explorateur, avait été désigné par le Grand Divulgateur extérieur pour acheminer de nombreuses marchandises vers ce nouvel allié. Plus d'une fois, Oliver avait rêvé de parcourir le monde sur l'un de ses navires.

Réfrénant sa timidité, le jeune garçon se glissa dans la librairie. La porte carillonna, interrompant du même coup la discussion entre M. Dawkins et son invité.

– Ah, bonjour Oliver ! lança le libraire. Tu tombes bien ! Je vais avoir besoin de ton aide dans quelques instants !

Lord Abberline sembla se raidir furtivement. Sa main couverte de bagues enserra le pommeau d'ivoire de sa canne. Il portait un épais manteau noir rehaussé d'un col de fourrure qui venait camoufler un élégant costume trois-pièces bleu nuit et un nœud papillon. S'il n'atteignait pas l'embonpoint de son chauffeur, sa corpulence et sa taille ridiculisaient Dawkins. Tous deux étaient septuagénaires, mais le Lord dégageait une assurance qui lui donnait l'air plus jeune et faisait oublier son large front dégarni où quelques cheveux blancs en sursis étaient élégamment peignés vers l'arrière.

Ses yeux azur semblaient jauger Oliver qui, impressionné, réfléchissait à l'attitude à adopter – bouger, parler, danser peut-être ? – mais resta figé dans l'embrasure de la porte. L'inconfort prit fin lorsque M. Dawkins fit les présentations.

– Oliver, voici Lord Abberline. Tu as certainement déjà entendu parler de lui.

Le jeune garçon hocha la tête le plus naturellement possible. Le Lord approcha, diffusant derrière lui les effluves d'un puissant parfum torréfié de cigare.

– Arthur Abberline, dit l'homme en lui tendant la main. Ravi de faire ta connaissance, Oliver.

Peu habitué à ce qu'on le salue de la sorte, Oliver secoua vivement la main du Lord.

– Doucement, sourit l'homme en réajustant ses bagues. Je n'ai plus ta fougue.

Oliver voulut s'excuser mais le Lord semblait déjà passé à autre chose. Il attrapa une sacoche remplie de livres sur le comptoir, remercia chaleureusement M. Dawkins – qu'il appela « mon cher Henri » – puis, après un clin d'œil à Oliver, quitta la boutique d'un pas pressé. Aussitôt, son automobile démarra et le vrombissement rauque s'évanouit dans le lointain.

En un éclair, Oliver se tourna vers le libraire.

– Vous connaissez Lord Abberline ?

– Et depuis fort longtemps ! répondit le vieil homme, amusé de tant d'excitation. Nous étions à peine plus âgés que toi et venions d'intégrer l'Université de Londres. J'y étudiais la littérature et Arthur la géographie. Nous sommes restés amis depuis tout ce temps.

– Et vous l'appelez « Arthur »… murmura Oliver.

Le libraire prit un air amusé.

– Donne-moi plutôt un coup de main, dit-il en désignant deux caisses en bois posées à même le sol.

Victime de troubles de l'équilibre, le vieux libraire évitait tant que possible de grimper sur son escabeau.

– On va installer cet arrivage ici, expliqua-t-il en désignant deux étagères. Commence par les vider et je te ferai passer les nouveaux livres.

Une fois l'opération terminée, Oliver sauta à terre et contempla avec satisfaction la nouvelle enfilade de couvertures rouges.

– J'ai un second service à te demander, le pria M. Dawkins. J'ai promis deux ouvrages au Pasteur Allan qui m'étaient complètement sortis de la tête ! Pourrais-tu garder la boutique une dizaine de minutes, le temps que je les lui remette ?

Oliver acquiesça. Il n'y avait rien qu'il puisse lui refuser. Une fois seul, il en profita pour détailler les nouveaux ouvrages entreposés. *Vie et œuvre de Rufin Defosse, premier Grand Inquisiteur de l'Hégémonium.* Bien que sa future fonction impliquât qu'il connaisse sur le bout des doigts le parcours de ses glorieux aînés, il songea avec une pointe de culpabilité qu'il préférerait lire autre chose. Il continua de promener ses doigts sur les reliures. Un recueil de contes pour enfants succédait à un énième livre sur la bataille contre le Destructeur, mais aucun journal de bord ni récit de voyage ne figurait dans ce nouvel arrivage. Le jeune garçon se demanda qui allait bien pouvoir acheter tous ces nouveaux livres. Les clients ne se bousculaient pas. Le vieux libraire avait tenu, jadis, une librairie si florissante à Londres qu'il lui avait sacrifié sa vie. Il avait fini par revendre son commerce et s'installer ici.

Cette décision avait bien sûr alerté Mme Lindon, qui ne s'était pas privée de le faire savoir. « Pourquoi quitter Londres pour venir à Bridgetown ? avait-elle fait remarquer. Il y a anguille sous roche ! »

Oliver était convaincu que M. Dawkins n'avait rien à cacher. Pourtant, il devait bien avouer qu'il était différent des autres habitants du coin. Sa retenue peut-être. Il se mêlait peu à la vie du village et ne quittait sa boutique qu'en de rares occasions.

Oliver avisa la pile précaire formée par les vieux livres au pied de l'escabeau. S'il les rangeait, il éviterait à M. Dawkins de devoir les manipuler dans l'étroite réserve. Les bras chargés, il se glissa dans une petite pièce cachée derrière le comptoir. Dans la pénombre, il se figea et inspira profondément. Comme un marin récite sa prière avant de quitter la terre ferme, Oliver prenait toujours le temps de s'enivrer des subtiles fragrances de vanille et d'amande qui enveloppaient la pièce. Les livres anciens avaient l'odeur de l'aventure.

Il comprit que la tâche ne serait pas aisée lorsqu'il alluma une bougie. Autour de lui, les planches débordaient d'ouvrages et menaçaient de s'écrouler. Au fond de la réserve, là où le vieux libraire avait installé une étagère de fortune, Oliver avisa un interstice de quelques centimètres entre le plafond et la planche du haut. Il ne lui restait que quelques recueils à ranger, et il força pour les faire rentrer. Maladroitement. Tout l'édifice s'écroula dans un fracas de planches, de papier et de clous rouillés. Le garçon perdit l'équilibre et reçut sur la tête un ouvrage intitulé *50 Recettes de l'Empire slave*. Après un juron qui lui aurait probablement valu deux jours d'enfermement, il recouvra ses esprits et entreprit de tout remettre en ordre.

Il finissait de rassembler les débris quand un scintillement attira son regard. Il s'approcha et distingua un anneau de métal scellé en plein milieu du mur. Intrigué, il balaya la flamme de la bougie le long des briques et réalisa qu'une trappe se dessinait tout autour de l'anneau. Piqué de curiosité, il l'attrapa à deux mains et tira de toutes ses forces. La trappe céda. Quelques secondes lui furent nécessaires pour s'habituer à l'obscurité et découvrir une pièce à peine plus grande qu'un placard. Le long des murs, une dizaine de caisses en bois remplies de livres s'alignaient soigneusement. *Une seconde réserve…* réalisa le jeune garçon avant de se raidir.

Tremblant, il s'approcha de la première caisse et se saisit d'un livre. La couverture était noire. Interdit, Oliver cligna des yeux. Le halo de la bougie devait lui jouer des tours... Cela n'avait aucun sens. Toutes les couvertures des livres autorisés par l'Hégémonium étaient rouges. Autrement, cela signifiait que l'œuvre datait de l'Ancien Temps ou que son auteur avait sciemment contourné l'autorisation du Pouvoir. Dans les deux cas, posséder un tel ouvrage vous condamnait à coup sûr à l'excommunication... Un frisson lui parcourut l'échine. Il se précipita vers une autre caisse et en vida violemment le contenu au sol. Aucun des livres qui gisaient à ses pieds n'avait de couverture rouge. Oliver sentit la panique l'envahir. Son cœur battait à tout rompre et semblait résonner en écho à travers la réserve. M. Dawkins possédait des livres interdits ! Oliver devait prévenir immédiatement le Pasteur Allan. C'était la règle. Mieux, c'était la loi. Mais le garçon resta paralysé. Il y avait forcément une explication à tout cela. Il respira profondément. La flamme de la bougie vacilla et se refléta sur un pictogramme doré recouvrant la couverture verte de l'un des livres. Malgré son état avancé de décrépitude, Oliver devina le dessin d'un arbre agrémenté de trois symboles : le premier ressemblait à une goutte d'eau, le deuxième, à une flamme et le troisième n'était plus lisible. L'ouvrage n'avait pas de titre. Le dessin n'évoquant rien de particulièrement dangereux, jeter un œil furtif pour en connaître le contenu était-il si condamnable ? Après tout, le livre aurait pu s'ouvrir en tombant... Oliver fixa à nouveau la couverture et la tentation l'emporta. Sur la première page, il découvrit une seule phrase, écrite à la main : « Vous qui lisez ce livre, vous souhaitez dominer la Matière. »

CHAPITRE 4

Le livre interdit

Une porte claqua dans le dos d'Oliver. Il lâcha l'ouvrage et s'immobilisa avant de tendre l'oreille. Rien. Il se faufila à travers la réserve, puis risqua un œil vers la boutique. Juste un courant d'air… Rassuré, il emprunta le chemin inverse et referma la trappe. Cette fausse alerte lui rappela que M. Dawkins n'allait pas tarder. Le libraire ne devait rien soupçonner. Se démenant comme un beau diable, Oliver rassembla les livres et les débris de planches. Amorçant un pas vers l'arrière, son pied heurta une masse qui manqua de le faire trébucher. Un livre. Le livre à la couverture verte et au dessin doré.

– Quel idiot ! jura-t-il en se tapant sur le front.

Il était bon pour rouvrir la trappe.

– Oliver ? (Une voix s'éleva depuis la boutique.) Tu es dans la réserve ?

Transi de peur, le jeune garçon mit plusieurs secondes avant de réagir. Il transpirait. Il se saisit du livre et, faute de mieux, le jeta dans sa besace.

– Je suis là ! répondit-il d'une voix qu'il espérait la plus neutre possible. J'ai voulu ranger les ouvrages et l'étagère du fond s'est effondrée !

– Ça devait arriver ! s'exclama M. Dawkins avec fatalisme. Ne t'inquiète pas, je m'en occuperai plus tard !

Après un dernier regard vers le monticule de débris, Oliver souffla sur la bougie et, d'un pas fébrile, regagna la boutique.

– Les préparatifs avancent bien, dit le libraire en contemplant la rue. Pasteur Allan semble confiant pour demain.

– Excellente nouvelle, répondit Oliver d'une voix forcée.

Mais son visage était livide. Le sourire de M. Dawkins s'évapora.

– Que se passe-t-il, mon garçon ? On dirait que tu as vu un fantôme !

– Tout va bien, mentit Oliver qui ne put s'empêcher de ramener sa besace contre lui. Je me suis juste un peu démené à cause de l'étagère.

Les yeux du libraire se plissèrent imperceptiblement.

– Tu n'aurais pas dû. Ma réserve déborde depuis des lustres et je n'ai jamais pris le temps de faire le tri. L'accident arrive à point nommé ! plaisanta-t-il. Et ton aide sera la bienvenue !

– Bien entendu ! acquiesça Oliver en se détendant légèrement. Mais il faut que je rentre maintenant. Pour ne pas rater l'accueil du Grand Inquisiteur.

– File, alors ! Je t'attends la semaine prochaine !

Sentant le regard du libraire dans son dos, Oliver s'évertua à sortir d'un pas tranquille. Il remonta la rue principale pour laisser le village derrière lui et bifurqua vers un chemin forestier menant au lac. Après s'être assuré que personne ne pouvait le voir, il se laissa tomber au pied d'un arbre. Lentement, son cœur et sa respiration retrouvèrent un rythme régulier, tandis que les mots de Mère Helen revenaient le hanter :

« Article 62 de notre Constitution : la rédaction, l'édition, la diffusion et la possession de livres non validés par le Conseil Éthique et Dogmatique de l'Hégémonium constitue un crime passible d'excommunication ou de peine de mort. »

Il rouvrit les yeux. Pesant sur son flanc gauche, sa besace lui parut soudain beaucoup plus lourde. *Je ferai un piètre guide*, soupira-t-il en se prenant le visage entre les mains. *Pourquoi n'ai-je pas couru chez le Pasteur Allan ?*

Oliver demeura immobile un long moment, assis dans la neige malgré le froid qui lui brûlait les cuisses.

– L'Hégémonium est infaillible, souffla-t-il comme pour se convaincre qu'il prenait la bonne décision.

Il agrippa sa besace d'une main tremblante et repartit vers le village.

Le Pasteur Allan, d'habitude si calme et pondéré, gesticulait devant la boucherie.

– Nous avions dit six cochons de lait, pas trois ! tempêtait-il face à M. Meatloaf, le père de Richard, qui n'en menait pas large.

– Le fermier m'a dit que c'étaient les derniers, marmonna le boucher en guise d'excuses.

– Je ne veux pas le savoir ! Retournez le voir et débrouillez-vous, lui ordonna le Pasteur, il nous en faut trois de plus !

Oliver approcha.

– Qu'est-ce que tu fais là, toi ? soupira le guide du village. Notre Grand Inquisiteur arrive dans moins d'une heure. Tu devrais déjà être changé et prêt à l'accueillir. Je te rappelle que tu es censé me succéder !

Il leva les bras au ciel en signe d'impuissance, tandis que Mme Lindon, juste derrière lui, opinait du chef.

M. Dawkins est un Déviant... Voilà ce qu'Oliver était venu dire. Mais si les mots se dessinaient dans son esprit, ils restaient bloqués dans sa gorge. Son cerveau lui intimait de les prononcer, mais chaque parcelle de son être semblait lutter pour les retenir.

– Qu'y a-t-il ? aboya le Pasteur. Tu devrais déjà être en train de courir vers la Communauté !

– Je peux le déposer, proposa M. Meatloaf, heureux de saisir une occasion de se racheter.

– Faites ça, approuva le Pasteur. Quant à moi, j'ai encore mille choses à régler.

Oliver le vit s'éloigner sans avoir réussi à prononcer le moindre mot. De l'autre côté de la rue, il aurait juré que le rideau de la fenêtre de M. Dawkins venait de gondoler.

Arrivé à la Communauté, il remarqua à peine la quinzaine de Dévouées qui commençaient à former une haie d'honneur. Dévouée Mary s'échappa de la file et se précipita vers lui.

– C'est maintenant que tu arrives ? J'étais morte d'inquiétude. Allez, va ! File te changer !

Oliver s'empressa de rejoindre sa chambre. Il ferma soigneusement la porte et ouvrit sa besace. Du bout de doigts, il saisit la couverture du livre sans trop oser la regarder et avisa son lit. Il glissa le livre sous le matelas, entre une latte et le sommier, songeant que personne n'irait jamais regarder là. Il se débarbouilla à la hâte et enfila son uniforme, avant de dévaler l'escalier. Dévouée Mary l'attendait en bas des marches, impatiente. Bientôt, les visages se tournèrent vers la voiture qui approchait.

À la pointe de la haie d'honneur, Dévouée Abigail embrassa la main du Grand Inquisiteur comme l'exigeait la tradition.

– Son rêve est notre rêve, prononça le Dignitaire en guise de bénédiction.

S'il s'efforçait de sourire à chacune des Dévouées, l'invité du jour semblait trouver ce protocole aussi long et ennuyeux qu'Oliver. Parvenu à hauteur du garçon, une étincelle éclaira son regard.

– Tu ne ressembles pas aux autres, plaisanta-t-il, provoquant ainsi un rire contenu parmi les Dévouées. Comment t'appelles-tu ?

– Oliver, Votre Dignité.

– Et quel âge as-tu ?

– Quatorze ans, Votre Dignité.

Malgré l'apparente légèreté des questions, Oliver sentit ses poils se hérisser. Le Grand Inquisiteur semblait lire en lui comme dans un livre ouvert.

– Tu fais plus âgé, observa le Dignitaire. Et que feras-tu plus tard ?

– Je succéderai au Pasteur Allan, au temple de Bridgetown, Votre Dignité.

– C'est bien, approuva le Grand Inquisiteur en lui tendant la main. Tu es un bon garçon.

Écœuré à l'idée d'être la vingtième personne à l'embrasser, Oliver se plia malgré tout au protocole et le Dignitaire reporta rapidement son attention sur Dévouée Mary. Le cœur d'Oliver tambourinait dans sa poitrine. Il n'y avait aucune raison de paniquer, se répétait-il pour se rassurer. Une fois la cérémonie d'accueil terminée, il s'empresserait d'abandonner le livre dans la forêt et toute cette mésaventure serait vite oubliée.

Mère Helen invita le Grand Inquisiteur à la suivre vers la bâtisse principale. Tandis que toutes commençaient à se disperser, Dévouée Mary approcha d'Oliver.

– Que t'est-il arrivé ?

– J'ai bricolé dans la réserve de M. Dawkins, balbutia-t-il. Je n'ai pas vu le temps passer, désolé.

– Heureusement que ça n'a pas porté à conséquence, soupira-t-elle. Bon, n'oublie pas que le banquet est dans deux heures. Ne sois pas en retard cette fois !

De retour dans sa chambre, Oliver se rua vers son lit le cœur battant. Il glissa la main sous le sommier... Rien. Blême, il souleva le matelas et l'envoya promener. Le livre gisait au sol, à demi ouvert, coincé sous la latte dont il avait manifestement glissé. La lumière du soir se reflétait sur les symboles dorés de la couverture. Un arbre, une flamme, une goutte d'eau et... Quel pouvait être ce dernier pictogramme ? Il secoua la tête – pourquoi s'en souciait-il ? – et fourra le livre dans sa besace. Il s'était déjà montré beaucoup trop inconscient. Quelle mouche l'avait piqué ?

Dans l'escalier, Dévouée Abigail et Dévouée Delia, plus enjouées qu'à l'accoutumée, s'extasiaient de la prestance et de la noblesse du Grand Inquisiteur. Au grand soulagement d'Oliver, elles ne lui prêtèrent aucune attention alors qu'il s'engouffrait dans la cour intérieure. Évitant soigneusement de croiser le regard de pierre d'Adelphe Setton, il avait presque atteint la porte de la Communauté lorsqu'une voix chevrotante le stoppa.

– Mon garçon, l'appela Dévouée Gersande, regarde ce que j'ai trouvé.

Obnubilé par l'idée de se débarrasser du livre, Oliver ne l'avait même pas vue. Un petit disque d'or au bout d'une chaînette scintillait dans sa main.

– C'est gravé bien trop petit pour mes vieux yeux, soupira-t-elle. Peux-tu me dire à qui elle appartient ?

Masquant son angoisse, Oliver se saisit délicatement de la médaille et plissa les yeux.

– « Son rêve est celui d'Helen », lut-il à voix haute.

– La médaille de notre Doyenne ! s'exclama Dévouée Gersande. Elle doit être si contrariée de l'avoir perdue. Sois gentil et rapporte-la-lui sur-le-champ ! Elle n'a pas besoin de ça en ce moment !

Moi non plus, songea Oliver en fixant sa besace.

– Allez ! le pressa Dévouée Gersande. Si j'avais ton âge, je serais déjà en train de courir !

À contrecœur, Oliver revint sur ses pas et se dirigea vers le bureau de la Doyenne. Alors qu'il s'apprêtait à frapper, une voix masculine s'échappa de la pièce. Sûrement le Grand Inquisiteur… Il n'était pas prudent de les déranger. Il colla son oreille à la porte.

– Vraiment, Markus ? Tu ne peux rien me dire de plus ? parvint-il à entendre.

Mère Helen venait d'appeler le Grand Inquisiteur par son prénom. Oliver écarquilla les yeux.

– N'insiste pas ! s'agaça le Dignitaire. Je voulais juste te rassurer. Le reste ne te regarde pas !

– Et j'imagine que ce Projet Eden a quelque chose à voir avec… la Matière ? soupira la Doyenne.

– Ne prononce pas ce mot ! s'écria le Dignitaire. Tu ne devrais même pas le connaître !

Oliver fronça les sourcils. La première phrase du livre de M. Dawkins parlait également de « Matière » et…

– Oliver ! Tu écoutes aux portes maintenant ?

Le garçon sursauta et se retourna vers Dévouée Abigail qui venait d'apparaître en haut de l'escalier. Dans le bureau, une chaise se renversa avec fracas. La porte s'ouvrit brutalement. Markus Hammer lui adressa un regard assassin, il avait le visage déformé par la rage.

– Oliver, que se passe-t-il ? s'exclama Mère Helen.

– Je vous rapportais ça, bafouilla-t-il en présentant le pendentif.

Pétrifié, il implora du regard la Doyenne qui s'apâlissait à vue d'œil.

– Vous ! aboya le Dignitaire. Pourquoi avez-vous dit qu'il écoutait aux portes ?

– Je ne suis pas sûre, Votre Dignité, bégaya Dévouée Abigail qui n'en menait pas large non plus. J'ai cru le voir l'oreille contre la porte…

– Je ne vous le demanderai pas deux fois, murmura Hammer qui haletait de colère. Était-il oui ou non en train d'écouter à la porte ?

La pauvre Dévouée semblait sur le point de s'évanouir et déjà des larmes se dessinaient au bord de ses yeux.

– Je… Je crois, oui, dit-elle en s'effondrant en sanglots.

– Bien ! coupa le Grand Inquisiteur en reprenant son souffle. Allez-vous-en à présent, et demandez à deux de mes agents de nous rejoindre. Exécution !

Il attrapa aussitôt Oliver par le col et l'assit avec autorité sur un tabouret. Le poing serré, il arpenta le bureau de long en large tandis que Mère Helen, prostrée, se contentait de fixer le plancher. Oliver, lui, essayait de contenir ses tremblements tout en jetant de furtifs regards à sa besace. S'il n'était pas bien sûr de comprendre la rage du Dignitaire, la découverte du livre suffirait à coup sûr à le faire excommunier.

Deux agents aux traits sévères vinrent se poster au garde-à-vous de part et d'autre du bureau.

– Article 89 ! aboya Hammer en se tournant vers le garçon.

– Pardon… bredouilla Oliver en se redressant.

– Un soi-disant apprenti Pasteur qui ne connaîtrait pas notre Constitution ?

Oliver se mordit les lèvres.

– « Article 89, articula-t-il d'une voix fébrile, espionner un représentant de l'Hégémonium est un crime passible d'excommunication ou de peine de mort. » Mais je vous jure que…

Une violente gifle l'envoya valdinguer de sa chaise. Mère Helen étouffa un cri. Oliver serra les dents et se frotta le crâne. Il sentit une bosse naissante se dessiner sous ses doigts.

– Qu'as-tu entendu ? reprit le Dignitaire.

En se relevant, le jeune garçon croisa le regard de la Doyenne qui posa nonchalamment son index sur sa bouche pour lui signifier de se taire.

– Rien, répondit-il encore sonné. Je vous le jure.

À nouveau, Oliver mordit la poussière dans un fracas épouvantable. Impassible, l'un des deux agents releva le tabouret.

– Ne me mens pas ! reprit froidement le Grand Inquisiteur en se massant la main. Qu'as-tu entendu ?

Oliver étouffa un sanglot. Le bras du Grand Inquisiteur se tendit à nouveau, comme la corde d'un arc prêt à lui décocher un nouveau trait.

– Arrêtez ! implora-t-il en se protégeant le visage. Je n'étais là que depuis quelques secondes. J'ai juste entendu Mère Helen parler d'une histoire de Matière, et le nom d'un projet… « Eden », je crois. Je vous jure que c'est tout !

Mère Helen enfouit son visage dans ses mains. Le Grand Inquisiteur se figea. Il reniflait et marmonnait dans sa barbe, venant troubler le silence frileux de la pièce.

– Brett ! trancha-t-il après quelques minutes d'intense réflexion. Enfermez-le dans sa chambre. Nous devons statuer sur son sort.

Le garde du corps du Grand Inquisiteur attrapa Oliver d'une poigne autoritaire, puis se saisit de sa besace. Le jeune garçon crut s'arrêter de respirer lorsque l'agent, fronçant les sourcils, plongea la main dans la poche principale et en sortit le livre.

– Votre Dignité, murmura Brett.

Le temps se figea. Mère Helen se frotta les yeux comme s'ils lui jouaient des tours. Quant au second agent, il porta doucement la main à son arme. Chacun semblait attendre la réaction du Grand Inquisiteur.

– Rasseyez-le ! lança-t-il sèchement. Notre jeune ami semble avoir beaucoup à nous dire !

CHAPITRE 5

La Distillerie

Dans l'intimité de son automobile secouée par les pavés londoniens, Charles Hodgson repensa aux extraordinaires événements de la veille. « C'est de la sorcellerie… lui avait expliqué Markus Hammer après que l'agent Brett eut refermé la porte du cachot. C'est comme ça qu'ils ont fait venir le Destructeur la dernière fois. Ils ne doivent pas recommencer ! Soyez à la hauteur, Charles. »

Dans la vitre, son reflet lui renvoyait un visage creusé par de profonds cernes. D'un geste énervé, il aplatit quelques épis rebelles qui rebiquaient le long de sa raie. Un directeur de cabinet débraillé, c'était impensable.

Il sortit de sa poche un pli reçu le matin même.

Charles,

Auriez-vous la gentillesse de passer récupérer pour moi une caisse d'un excellent whisky chez Mulligan ?

La boutique se trouve sur Greenford Street, ils vous attendent ce soir.

Malgré l'absence de sceau, Charles reconnut sans peine l'écriture en pattes de mouche du Grand Inquisiteur. Il l'avait probablement griffonné à la hâte avant de partir pour Bridgetown. Hodgson replia le papier puis le rangea. Dans la rue, des gens ordinaires discutaient ou vaquaient à leurs occupations, sans se douter des menaces souterraines. Hier encore, il était comme eux. Ignorant. Cette pensée l'avait privé de sommeil toute la nuit. Pourquoi le Grand Inquisiteur lui avait-il caché la vérité aussi longtemps ? Il valait quand même mieux qu'un simple vitrier ou qu'une vague marchande de légumes… Il se sentait trahi. On l'avait manipulé aussi facilement qu'une marionnette.

– Nous sommes arrivés, l'avertit le chauffeur en ralentissant.

– Vous êtes sûr ? demanda Charles.

Ils s'étaient arrêtés dans une ruelle déserte coincée entre deux rangées d'immeubles hors d'âge.

– Affirmatif, approuva le chauffeur le doigt tendu vers un panonceau surplombant une porte défraîchie et qui annonçait : *Mulligan – Vins et spiritueux*. Il n'y avait ni vitrine ni enseigne, observa Charles en quittant la voiture ; s'ils ne voulaient pas de clients, c'était assurément réussi. À moins qu'aucune bouteille de whisky ne se cache ici. Quiconque connaissait le Grand Inquisiteur savait qu'il n'en buvait pas une goutte. *Un mensonge de plus,* réalisa-t-il avec amertume.

– Attendez-moi ici ! ordonna-t-il au chauffeur avant de pousser la porte grinçante d'un pas décidé et d'atterrir dans une petite pièce sombre.

Des tonneaux, probablement vides, s'amoncelaient grossièrement et quelques bouteilles poussiéreuses semblaient avoir été posées à la hâte sur des planches branlantes.

– Qu'est-ce que vous voulez ? aboya un homme derrière le comptoir.

– Je viens chercher une caisse de whisky pour notre Grand Inquisiteur, répliqua sèchement Charles.

Le tenancier parut le jauger. Sa mâchoire carrée lui donnait l'air d'un bouledogue prêt à mordre.

– Elle vous attend dans la réserve, maugréa-t-il en désignant un rideau usé jusqu'à la corde et couvert de taches ressemblant à du sang séché.

Charles se hâta de traverser la boutique et se retrouva dans une pièce obscure parsemée d'immenses tonneaux. Il sortit son mouchoir et l'imprima sur son nez pour couvrir l'odeur de bois moisi environnante. Il jura lorsque son visage arracha une toile d'araignée à l'encoignure d'une poutre. Un murmure s'éleva depuis le fond de la pièce. Tendant l'oreille, il réussit à saisir quelques bribes d'une conversation entre deux hommes.

– Les sorciers s'agitent de plus en plus, grognait le premier, heureusement que le Commandant est de taille à les affronter ! Sans lui, je ne sais pas où on en serait…

– Tais-toi, l'interrompit le second, on a de la visite.

Brusquement, Charles détourna le regard, aveuglé par le faisceau d'une lampe portative.

– Déclinez votre identité ! le pria le premier, d'une voix ferme.

– Charles Hodgson, directeur de cabinet du Grand Inquisiteur.

Il distinguait maintenant les deux silhouettes qui se détachaient dans l'obscurité. Celui qui ne braquait pas de lampe sur lui le tenait en joue avec un fusil.

– Avancez !

Charles fut soulagé de découvrir qu'il s'agissait de deux agents. S'ils étaient peu avenants, au moins leur apparence était-elle familière. Sans un mot, le premier actionna une manivelle. Une trappe s'ouvrit à ses pieds dans un chuintement mécanique.

Plus impressionné qu'il aurait bien voulu l'admettre, Charles s'enfonça dans un escalier d'une trentaine de marches donnant sur une épaisse porte en acier. Dans son dos, la trappe se referma, le plongeant dans l'obscurité la plus complète. Un frisson lui parcourut l'échine. Il s'immobilisa. Où était donc passée sa légendaire assurance ? Il se frappa la joue comme pour se punir d'être si frileux. Cette attitude craintive ne lui ressemblait pas. Il respira profondément puis tourna la poignée de la porte pour se retrouver… face au vide. Saisi de vertige, il tituba avant qu'un bras ferme ne l'agrippe.

– Tout va bien, Monsieur le Directeur ? hurla un soldat.

Hodgson l'entendit à peine. Le vacarme ambiant était saisissant. Depuis une plate-forme métallique adossée à la paroi, il dominait une cavité souterraine plus grande qu'un hall de gare. Il contempla avec émerveillement le spectacle qui s'offrait à lui. Soixante pieds plus bas, au moins deux cents personnes grouillaient et s'apostrophaient dans une assourdissante cacophonie.

– Où sommes-nous ? balbutia-t-il.

– Bienvenue à la direction des Affaires occultes, Monsieur le Directeur.

Un escalier métallique – *un de plus*, pesta intérieurement Charles – permettait de rejoindre la terre ferme. Légèrement sujet au vertige, il préféra ne pas regarder en bas durant la descente et poussa un soupir de soulagement lorsque l'interminable succession de paliers prit fin.

Ils arrivèrent sur un plateau où s'affairaient agents, scientifiques, secrétaires et soldats. Le long de la paroi rocheuse, des ampoules à filament disposées en guirlandes diffusaient dans la grotte une lueur blanchâtre. Une multitude de tables, d'étagères et de caissons empilés dessinaient de fausses cloisons dans cet espace ouvert où chacun pouvait voir son voisin travailler. Un drôle de foutoir pour Hodgson qui rangeait soigneusement son bureau chaque soir et le fermait à clé.

– Monsieur le Directeur ? l'interpella un jeune soldat au garde-à-vous. Le Commandant ne devrait plus tarder. Souhaitez-vous vous asseoir ?

Charles le congédia d'un geste de la main.

– Un pli urgent pour le Commandant ! hurla un soldat depuis la passerelle.

Grâce à un ingénieux système de poulies, il fit descendre un panier le long de la paroi jusqu'au bureau d'une secrétaire qui réceptionna la lettre avec autorité. Charles la suivit des yeux à travers l'espace qu'elle traversa au pas de course, et la vit s'engouffrer dans un petit bâtiment camouflé par un jeu d'ombres. *Un chalet ?* s'étonna Charles en écarquillant les yeux. Un édifice en bois, qui aurait eu toute sa place à flanc de montagne, avait été construit au fond de cette caverne.

Dans son dos, deux agents lourdement armés discutaient autour d'une tasse de café.

– Tu as entendu parler de la mésaventure de Brown ? siffla l'un d'eux.

– Oui, sa mission a complètement échoué et les sorciers se sont enfuis. Il est convoqué chez le Commandant demain…

– Le pauvre… Je crois que je préférerais encore me faire excommunier tout de suite.

Avisant Charles qui les écoutait, ils embrayèrent sur la pluie et le beau temps. Le jeune directeur reporta son attention sur trois hommes en blouse blanche qui s'affairaient autour d'un petit objet, le scrutant à l'aide de loupes et de lunettes grossissantes. Autour d'eux, un laboratoire dernier cri avait été reconstitué. Microscopes, tubes à essai et transformateurs électriques s'entassaient sur les étagères. Charles plissa les yeux pour essayer de discerner l'objet de leur étude.

– C'est une bougie, glousssa une voix mielleuse dans son dos.

Un homme à la bedaine saillante monté sur d'élégantes bottes en cuir s'approcha de lui d'une démarche étonnamment légère. Tiré à quatre épingles dans un costume lie-de-vin, il arborait une lavallière verte et lissait ostensiblement sa moustache à la brillantine. Il se fendit d'une petite courbette lorsqu'il serra la main de Charles.

– Bienvenue à la direction des Affaires occultes, monsieur Hodgson. Je m'appelle Ronald Herring. Si vous voulez bien me suivre.

– Je croyais que le Commandant arrivait, s'étonna Charles en toisant ce drôle d'énergumène.

– Mais je suis le Commandant ! répondit Herring en gloussant de plus belle. Je vais vous faire visiter la Distillerie.

Charles ne put retenir un rictus de surprise. S'il s'en était rendu compte, Herring n'en laissa rien paraître et conserva son expression joviale.

– Je vois que les travaux de nos linguistes vous intéressent, reprit-il d'un ton badin.

– Vos… ?

– Linguistes, reprit le Commandant en désignant du doigt les trois scientifiques. Vous allez voir, ils sont extraordinaires ! ajouta-t-il avec emphase en trottinant vers eux.

Les trois hommes leur adressèrent un sourire gêné et poursuivirent leur étude.

– Mais ce sont des ouvrages interdits ! s'exclama Charles en désignant une pile de livres.

– Précisément ! déclama le Commandant dans une gestuelle théâtrale. Nous les avons confisqués chez ce cher M. Lawford ! Je crois que vous avez fait connaissance hier soir ? Un homme charmant, abstraction faite de son don pour la sorcellerie, bien entendu ! Observez plutôt ces runes, ajouta-t-il en désignant une série de symboles gravés sur la bougie. Il s'agit d'une langue de l'Ancien Temps dont nous ignorons presque tout. Nous suspectons néanmoins que les sorciers l'utilisent pour conférer certaines propriétés à leurs objets. Grâce aux livres, nous espérons parvenir à la déchiffrer d'ici peu.

Dans le box suivant, un jeune scientifique effectuait des réglages sur une lanterne de projection. Bientôt, une image apparut sur un drap blanc tendu : une silhouette d'homme au visage barré d'un point d'interrogation se dessina, complétée par un nuage de mots cherchant à définir son âge, son métier, son profil psychologique, ses motivations et sa fortune. Autour d'une table ronde, une dizaine d'agents studieux noircissaient des carnets de notes.

– C'est absolument passionnant ! s'extasia le Commandant. On appelle cette méthode « le profilage ». Nous sommes convaincus que les sorciers vivent au sein d'un réseau très bien organisé. Nous travaillons donc à dresser le profil de leur chef afin d'affiner nos recherches.

– Ces scientifiques participent directement aux enquêtes ? s'étonna Charles.

– Exactement, sourit le Commandant. Laissez-moi vous expliquer…

Il se saisit d'un crayon et d'un morceau de papier puis dessina un cercle qu'il divisa en trois portions.

– Selon moi, reprit-il d'un ton professoral, il existe trois catégories de Déviants. La première regroupe les petits délinquants et les criminels ; ils ne pensent qu'à eux et ne se rendent probablement pas compte qu'ils servent le Mal. Ils ne présentent à mes yeux aucun intérêt, balaya-t-il d'un geste dédaigneux.

– Et les deux autres ? s'impatienta Charles qui avait passé de nombreuses années de sa vie à traquer ces Déviants soi-disant sans intérêt.

– J'y viens, gloussa le Commandant. Les hérétiques font l'apologie du Destructeur, mais ce dernier ne leur a pas accordé le moindre pouvoir. Pour nos agents du BRD, il s'agit donc d'adversaires particulièrement déterminés mais faiblement armés ou entraînés, donc finalement pas si dangereux…

– Restent donc les sorciers…

– Exactement, reconnut le Commandant en se tordant les mains de plaisir. J'ai autrefois apporté ma modeste contribution à la capture d'un de leurs chefs. J'ai pris conscience à cette époque qu'un ennemi atypique nécessitait des moyens adaptés et j'ai proposé à notre Patriarche que les extraordinaires progrès de la science puissent nous aider à lutter contre leurs pratiques archaïques. Il a fallu convaincre le Grand Inquisiteur, ajouta-t-il avec une moue faussement offensée, mais ils m'ont finalement donné les moyens de mettre cette unité sur pied.

– Ce chef que vous avez arrêté, demanda Charles, était-il si puissant ?

– Ce fut une traque éprouvante, approuva le Commandant dont les traits s'assombrirent pour la première fois. Gaban fut un adversaire particulièrement retors…

– Comment ?! s'écria Charles sous les regards réprobateurs des profileurs qui peinaient à se concentrer. Gaban était un sorcier ?

Herring le tira discrètement par le bras en adressant un signe d'excuse à ses hommes.

– À ennemis exceptionnels, moyens exceptionnels, chuchota-t-il. Allons nous installer dans le chalet. Nous y serons plus à l'aise pour parler.

– Pourquoi n'y a-t-il pas d'autres espaces fermés ? demanda Charles.

– Par le passé, répondit le Commandant un peu embarrassé, un de nos agents a succombé aux artifices du Mal… Ici, chacun surveille l'autre. Nous limitons ainsi les risques.

Il salua de la main un groupe de jeunes femmes munies de casques et assises en face d'immenses machines vomissant des câbles de toutes parts.

– Ne me dites pas qu'il s'agit d'un…

– D'un central téléphonique ! jubila le Commandant devant les yeux ébahis de Charles. Et après notre discussion, je vous montrerai l'armurerie, ajouta-t-il au comble de l'excitation.

Ils s'installèrent dans de confortables fauteuils faisant presque oublier l'aspérité des roches environnantes. Charles déclina le verre de brandy que lui offrit le Commandant : comme son mentor, il ne buvait jamais d'alcool.

Trois coups secs résonnèrent à la porte.

– On n'est jamais tranquilles ici, sourit le Commandant.

– Les linguistes ont trouvé quelque chose, annonça un soldat au garde-à-vous.

Le visage d'Herring s'illumina.

– Magnifique ! Cher ami, dit-il en se tournant vers Hodgson, accepteriez-vous de remettre notre petite conversation à plus tard ?

Le directeur, bien qu'hérissé par une telle familiarité, acquiesça.

– Suivez-moi ! lui lança le Commandant avant de traverser la base en trottinant.

Lorsqu'ils parvinrent jusqu'à la paillasse des scientifiques, un petit attroupement s'était déjà formé. Herring et Hodgson vinrent se placer aux premières loges.

– Dites-moi tout ! les pria le Commandant en tapant frénétiquement dans ses mains. Professeur Perry ?

– Eh bien, dit le plus âgé des trois linguistes en s'avançant, en croisant les différentes sources de runes, nous sommes finalement parvenus à déchiffrer l'inscription de la bougie.

– En êtes-vous certains ? demanda Charles.

– Voyez vous-mêmes…

Le Pr Perry fit signe aux uns et aux autres de s'écarter. Il lissa sa courte barbe blanche, puis se tourna vers la bougie.

– *Scintillam*, articula-t-il.

Un murmure de stupeur parcourut l'assistance. La mèche de la bougie venait de s'embraser.

CHAPITRE 6

Course-poursuite

Secoué de sanglots, Oliver ramena ses genoux contre sa poitrine. L'agent Brett continuait de le surveiller du coin de l'œil, impassible, lissant régulièrement son bouc du revers de la main. Deux heures plus tôt, il l'avait escorté jusqu'à sa chambre après que le Grand Inquisiteur l'eut convaincu par la violence de dénoncer M. Dawkins.

J'espère qu'il aura compris et se sera sauvé, pria Oliver, conscient de la déviance d'une telle pensée. Et à vrai dire, l'espérait-il vraiment ? Oliver était en colère. Il en voulait à la terre entière, à M. Dawkins et à sa maudite librairie, au Grand Inquisiteur qui l'avait frappé sans pitié, à Mère Helen qui n'avait pas bougé le petit doigt pour le protéger, à ce Brett et son stupide bouc… Même Dévouée Mary n'était pas là pour le réconforter, réalisa-t-il avec désolation. Qu'allait-il devenir ? L'excommunication ou la mort auraient la même issue fatale, il ne survivrait pas deux jours sur un îlot désertique au milieu de véritables Déviants…

Quel idiot ! Conserver un livre interdit… Finalement, c'était sans doute contre lui-même qu'il était le plus en colère.

On frappa à la porte.

– Qui va là ? tonna l'agent Brett en rapprochant instinctivement les doigts de son revolver.

– Dévouée Mary ! Mère Helen m'a demandé d'aider le jeune Déviant à préparer son bagage.

L'agent ouvrit la porte et, sans un regard pour Oliver, la Dévouée commença à rassembler quelques affaires.

– Ne restez pas dans nos pattes ! intima-t-elle à Brett d'une voix autoritaire. La pièce est minuscule et le temps presse, attendez-nous dehors !

Déboussolé, l'agent passa par toutes les couleurs avant d'aviser la lucarne trop étroite pour que quelqu'un s'y glisse.

– Vous avez dix minutes, grommela-t-il en claquant la porte.

Quand l'agent disparut, le masque de marbre de la jeune femme se fissura. Elle se précipita vers Oliver et l'enlaça tendrement, provoquant un ruissellement de larmes contagieuses.

– Il faut faire vite, se reprit-elle. Explique-moi, en quelques mots, ce qu'il s'est passé.

Oliver s'essuya les yeux et songea qu'il était temps de tout dire. Ses confidences glacèrent la Dévouée.

– C'est… étrange, dit-elle. Je ne comprends pas ce que l'Hégémonium voudrait nous cacher… Pourquoi le Grand Inquisiteur s'est-il autant mis en colère avant la découverte du livre ?

– Plus que cinq minutes ! résonna la voix de l'agent Brett de l'autre côté de la porte.

Dévouée Mary lui prit la tête entre les mains.

– Le temps presse, articula-t-elle. Je ne comprends pas ce que le Grand Inquisiteur te reproche mais cela semble très grave, et je n'ose imaginer le châtiment qu'on te réserve si ses agents t'emmènent… Tu dois t'enfuir !

– Quoi !? s'exclama Oliver. Mais c'est impossible ! Et pour aller où ?

– Je sais où te cacher. Écoute-moi bien attentivement.

Brett, qui faisait les cent pas devant la porte, parut soulagé de voir sortir Oliver avec sa besace. Le Grand Inquisiteur piquait facilement des colères lorsqu'il s'impatientait.

– Oliver aura besoin d'une tenue supplémentaire, lâcha laconiquement Dévouée Mary lorsqu'ils passèrent devant la buanderie.

Elle se glissa d'un bond dans la petite pièce, immédiatement suivie par Oliver qui claqua la porte dans son dos, la verrouilla et déplaça une petite table pour la bloquer.

– Vite ! lui intima la Dévouée en ouvrant la fenêtre qui donnait sur un chêne pluricentenaire dont les branches chatouillaient le mur. Et fais attention en descendant !

– Mais… et toi ? s'immobilisa Oliver en enjambant la balustrade.

Il venait de comprendre qu'elle ne le suivrait pas.

– Ça va aller, tenta-t-elle de le rassurer malgré sa voix chevrotante. Promets-moi de ne pas revenir, même si Dennis ou moi te manquons, ce serait bien trop dangereux.

Oliver acquiesça en silence. Quelques larmes au coin de ses yeux trahissaient sa tristesse.

– Dépêche-toi ! s'affola la Dévouée tandis qu'un premier gond de la porte cédait sous la violence des coups d'épaule de Brett.

Oliver agrippa les branches les plus proches et bascula dans le vide. Sans quitter la fenêtre des yeux, il dévala l'arbre. Plus il se rapprochait du sol, plus les yeux de Dévouée Mary retrouvaient leur douce sérénité. Mais bientôt, la jeune femme disparut, laissant place au visage écarlate de l'agent Brett.

– Par ici ! vociféra-t-il. Le prisonnier s'échappe !

Il ne lui restait que quelques branches avant d'arriver en bas… mais déjà les deux agents qui montaient la garde devant les grilles du domaine accouraient dans sa direction. La mâchoire contractée par la peur, Oliver laissa ses pieds pendre dans le vide puis sauta à terre. Il se réceptionna sans heurts avant de détaler à travers le parc. Le mur du fond s'était effondré un soir d'orage et n'avait toujours pas été réparé. Lorsque Oliver l'enjamba, les deux agents le talonnaient déjà. Il prit la route principale et fonça en direction de Bridgetown. L'air glacial de l'hiver lui brûlait les poumons. Il ne conserverait pas cette vitesse bien longtemps. Il bifurqua à travers la forêt sur le chemin du lac. Zigzaguant entre les bouleaux blancs, griffé de toutes parts par les branchages hostiles, il parvint néanmoins à creuser l'écart avec ses poursuivants. Ralentissant l'allure pour conserver son équilibre, il s'engagea sur le lac glacé. Il avait un peu d'avance, mais les arbres nus peinaient à le dissimuler. Les agents ne tarderaient pas à le repérer. Il venait d'atteindre la moitié du lac lorsque ces derniers s'élancèrent à leur tour sur la glace. Oliver accéléra. Lorsqu'il s'apprêta à poser le pied sur la rive opposée, un craquement sinistre retentit. Tous se figèrent.

L'un des deux agents en profita pour l'apostropher. Il suait à grosses gouttes, et se tenait les mains sur les cuisses.

– Rends-toi ! lança-t-il à bout de souffle. Tu n'as aucune chance d'échapper à deux agents !

Oliver se tut. Dans l'ombre des fourrés, il aurait juré apercevoir une silhouette noire encapuchonnée qui ne perdait rien de la scène. Le temps de reporter son attention sur les agents qui avançaient vers lui, elle avait disparu.

Un craquement retentit à nouveau et se transforma cette fois en une déflagration sourde et continue. Aux pieds d'Oliver, quelques stries se dessinèrent à la surface du lac avant que l'ensemble ne se lézarde à une vitesse vertigineuse. Le jeune garçon sauta sur la rive et regarda, effaré, les deux agents lutter pour rester debout sur des blocs devenus indépendants. Leur numéro d'équilibriste dura une fraction de seconde. Ils basculèrent dans l'eau gelée, hurlant à l'aide et incapables de se hisser pour se sauver.

– S'il te plaît… je vais lâcher… aide-moi… articula l'un d'eux.

Sans réfléchir, Oliver posa le pied sur une première plaque. Avançant avec prudence, il parvint jusqu'à l'agent qui, engourdi par le froid, peinait de plus en plus à s'y maintenir.

– Merci, murmura l'homme dont le visage virait au violet.

Oliver l'attrapa par les poignets puis le tira de toutes ses forces, mais les vêtements gorgés d'eau de l'agent l'entraînaient vers le fond, réduisant son effort à néant. Il ne tiendrait pas longtemps. En désespoir de cause, il releva la tête en direction des fourrés, espérant y apercevoir l'intrus. Personne. Il avait probablement rêvé. Plus loin, l'autre agent se débattait pour se maintenir à flot.

– Ça ne sert à rien, souffla l'agent en desserrant son emprise autour des avant-bras d'Oliver. Mon collègue est plus léger que moi, essaye de le sauver !

Les muscles raidis par l'effort, Oliver déployait toute son énergie pour ne pas abandonner ce poids presque mort.

– Lâche-moi ! intima à nouveau l'agent qui usait maintenant de ses dernières forces pour se débattre.

– Non ! hurla Oliver.

Il resserra sa prise autour des bras de l'agent, se courba pour renforcer ses appuis… et s'effondra.

Bientôt, un voile noir l'aveugla. Tout sembla disparaître autour de lui. Sa tête tourna si vite qu'il fut pris de nausée, ses oreilles bourdonnèrent comme une armée d'abeilles. Ses muscles refusaient d'obéir. Plusieurs spasmes le secouèrent de bas en haut dans un élan épileptique. Peu à peu, le voile noir s'estompa. Des formes pastel aux contours flous dansèrent devant ses yeux avant de s'assembler pour former une image : celle d'une ville géante, composée de tours de verre et d'acier, où des milliers de personnes se pressaient dans les rues, où des lumières vives s'affolaient tout autour d'eux. Le bruit d'assourdissantes machines orchestrait ce manège. Tout était gris, même le ciel semblait avoir perdu de sa clarté… Progressivement, la sensation de vertige s'estompa, le bourdonnement laissa place aux bruits de la forêt et Oliver rouvrit les yeux. Il n'y avait plus aucune trace des deux agents. Ils reposaient probablement au fond du lac. Frigorifié, Oliver poussa sur ses bras pour se relever mais s'effondra comme une poupée de chiffon. Sa tête pesait une tonne et chaque mouvement lui réclamait plus d'énergie qu'il n'en avait.

Il perçut la voix de Brett s'élever depuis la forêt.

– Par ici ! ordonnait l'agent. Il y a des traces de pas !

Rassemblant ses dernières forces, Oliver parvint à se lever et tituba jusqu'à la berge. Trois pas supplémentaires et il s'effondra à nouveau le nez dans la neige. Son corps l'avait abandonné.

– Pétarade de pétarade ! J'me disais bien qu'j'avais entendu du barouf depuis la route !

Malgré les clochettes de neige accrochées au bout de ses cils, Oliver reconnut le visage rond qui se penchait sur lui. Le chauffeur de Lord Abberline le toisait avec étonnement.

– T'es pas le p'tit truand qu'avait escaladé mon tacot ? Qu'est-ce que tu manigances ici ?

– Jones ! retentit la voix de l'agent Brett qui se rapprochait. Où êtes-vous ?

– Je vous en prie, murmura Oliver. C'est moi qu'ils cherchent mais je n'ai rien fait ! Je ne peux plus bouger…

Les sourcils du chauffeur se crispèrent. Il semblait réfléchir. Et hésiter.

– Je vous en prie… répéta Oliver, les yeux remplis de larmes.

D'un geste décidé, le mastodonte se saisit du garçon et le remonta vers la route. Il l'allongea sur la banquette arrière de l'automobile et démarra le véhicule. Encore transi de froid, Oliver poussa un long soupir de soulagement.

– Pas de bobards, hein ?! Pourquoi ces agents en ont-ils après un morveux comme toi ?

Oliver n'osa pas répondre. Épuisé, il se cala dans la banquette. Bercé par le ronronnement du moteur, il luttait pour ne pas sombrer.

– J'ai trouvé un très vieux livre interdit dans la réserve du libraire. Comme j'étais en retard pour l'arrivée du Grand Inquisiteur à la Communauté, je me suis précipité pour me préparer et je l'ai laissé dans ma besace. Les agents l'ont trouvé et ne m'ont pas laissé m'expliquer… J'ai eu peur et je me suis enfui.

Le silence qui suivit parut interminable à Oliver qui s'était arrêté de respirer. Jamais le chauffeur du Lord n'allait gober ça.

– C'est malin, ça, grogna-t-il. Maintenant c'est sûr qu'ils vont te croire coupable ! Je risque de me retrouver dans un sacré pétrin… J'espère qu'ils vont pas m'débarquer sur un îlot à cause de toi !

– Je l'espère, murmura Oliver.

Et il s'endormit aussitôt.

CHAPITRE 7

East End

Dévouée Mary courait sur la glace. Ses yeux injectés de sang semblaient fuir une menace invisible. Elle manquait de trébucher à chaque pas. Sur l'autre rive, le Grand Inquisiteur l'attendait…

– Oliver !

On lui tapotait l'épaule.

– Oliver, réveille-toi !

Le visage de Dévouée Mary s'effaça et Oliver discerna, penché sur lui, un nez proéminent.

Le chauffeur de Lord Abberline le secouait.

– Dérouille-toi un peu, on est arrivés !

Sa tête pesait une tonne et il peina à s'extirper des limbes de son court sommeil.

– Nous sommes déjà à Londres ? bredouilla-t-il la gorge sèche.

– Je veux ! approuva fièrement le chauffeur en tapant sur le toit de l'automobile. Tiens, ça va te réchauffer ! ajouta-t-il en lui tendant une flasque cabossée.

Oliver grimaça en reniflant l'odeur de whisky bas de gamme qui en échappait. Un haut-le-cœur le ramena quelques années plus tôt, quand il s'était infiltré avec Dennis dans la cave de la Communauté. Les deux compères, avides d'une nouvelle aventure, s'étaient donné rendez-vous pour explorer ce lieu interdit, réservé à quelques Dévouées privilégiées. Ils avaient débouché une bouteille hors d'âge couverte de poussière, bu quelques gorgés au goulot, copieusement vomi derrière une arche puis s'étaient enfuis en courant. Oliver se souvenait encore du mal de crâne du lendemain et s'était promis de ne jamais recommencer.

Dennis... songea-t-il soudain avec angoisse. Le reverrait-il seulement un jour ? Le Grand Inquisiteur lui dirait sûrement, ainsi qu'à tous les autres, qu'Oliver était un Déviant. Ils seraient bien forcés de le croire. Seule Dévouée Mary était en mesure de le disculper, mais elle était aux mains du Dignitaire. Son estomac se tordit en pensant au sort que risquait de connaître la jeune femme.

– C'est pas du tord-boyaux, s'exclama le chauffeur du Lord en lui arrachant la bouteille des mains, c'est du réchauffe-boyaux !

Il sirota plusieurs gorgées qui déclenchèrent un rot sonore.

– On est à l'entrée de l'East End, reprit-il. T'es bien sûr que c'est le quartier dont causait la Dévouée ? C'est pas très bien famé...

La rue sombre dans laquelle ils s'étaient garés ressemblait à une bouche sur le point de les engloutir. Malgré le froid sec qui accompagnait la nuit, quelques gouttes de sueur se formèrent à la lisière des tempes d'Oliver. Il n'y avait pas d'éclairage public, mais il devina quelques échoppes déjà fermées. De rares rais de lumière émanaient des étages et laissaient deviner des familles agglutinées autour d'un poêle à bois.

– C'est bien ça, déglutit-il. Le refuge s'appelle « Le Cœur du Créateur ».

– De mon côté je retourne sur Mill Road, bougonna le chauffeur en reprenant place dans l'automobile. Au fait, je m'appelle Albert. Bon courage, gamin !

Sans attendre la réponse d'Oliver, il lança le moteur et s'éloigna. Bientôt, ses phares ne furent plus que des points de lumière lointains qui s'évanouirent à un carrefour.

Jamais Oliver ne s'était senti aussi seul. Et perdu. Échapper à des agents pour se retrouver dans ce quartier sinistre était loin de ressembler aux aventures auxquelles il aspirait depuis toujours. Il ravala son désespoir. Avant toute chose, il devait trouver l'orphelinat. Dévouée Mary lui en avait souvent parlé, évoquant ses premières années de service dans ce lieu d'accueil pour les enfants des rues, mais jamais il n'aurait pensé s'y rendre un jour. Elle lui avait assuré que son amie Dévouée Coleen, qui dirigeait l'institution, l'accueillerait sans lui poser de questions.

– Ashland Street, souffla-t-il pour ne pas oublier l'adresse.

Encore fallait-il trouver quelqu'un qui lui dirait comment s'y rendre.

Le jeune garçon puisa dans son courage et se mit en mouvement. Il s'était toujours imaginé Londres comme une ville lumière, effervescente et fourmillante à toute heure du jour et de la nuit. Mais ce soir, les trottoirs crachaient un silence vertigineux. Seuls quelques éclats de voix provenant des rues adjacentes témoignaient d'un semblant de vie. Il s'engagea dans une ruelle et dut, avec effroi, enjamber quelques corps endormis dans la neige. Ces gens vivaient-ils vraiment là ? Chaque pas lui donnait l'impression de s'enfoncer dans un labyrinthe sans issue.

Soudain, il vacilla. On venait de le frapper à la tête. À moitié sonné, il passa la main sur sa tempe pour y découvrir un mélange de neige sale et de cailloux. Quatre garçons de son âge, hilares, étaient adossés à l'entrée d'une minuscule venelle.

– On t'a jamais vu ici ! fit remarquer le plus grand, à la mâchoire de fouine. Il faut payer une taxe pour voyager tranquillement !

– Ton manteau fera l'affaire, s'esclaffa l'un de ses acolytes, une cigarette au bec.

D'un naturel calme et pacifique, Oliver ne s'était battu qu'une seule fois dans sa vie. Avec Andrew. Le fils de la boulangère avait jugé drôle de répandre la rumeur que les parents d'Oliver faisaient partie des complices de Darius Gaban et avaient été excommuniés. Oliver avait perdu ses nerfs et lui avait asséné un coup de poing en plein milieu du visage Leurs camarades avaient dû les séparer. Bon perdant, Andrew ne lui en avait pas tenu rigueur et ils s'étaient réconciliés le lendemain.

L'air patibulaire de ses quatre compagnons du soir laissait penser qu'ils étaient bien plus rodés au combat.

– Eh bien quoi ?! s'agaça la fouine. Tu nous le donnes, ce manteau, ou tu vas nous obliger à venir le prendre ?

Sans demander son reste, Oliver prit ses jambes à son cou et s'enfonça dans les bas-fonds de la capitale.

– Attrapez-le ! hurla la fouine de sa voix nasillarde.

La soupe de neige alourdissait les pas d'Oliver. Les voyous sur ses talons, il bifurquait d'une ruelle à l'autre, zigzaguant au milieu de familles entières recroquevillées sur le pas des portes.

Ses agresseurs, qui connaissaient leur terrain de chasse comme leur poche, restaient dangereusement au contact.

– Non ! hurla Oliver en freinant sec au pied d'un mur.

Déjà ses poursuivants s'engageaient dans l'impasse.

– Tu aurais eu mieux fait de nous donner ce fichu manteau, maugréa la fouine en faisant craquer son cou.

Le cœur battant, Oliver leva deux poings tremblants en direction des quatre vauriens qui approchaient à petits pas. Il recula tant qu'il le pouvait ; il se retrouverait bientôt acculé.

Brusquement, une porte s'ouvrit avec fracas et un homme furibard en sortit.

– J'avais bien entendu ta voix de petite crapule, Billy !

– Te mêle pas de ça, Felix, lui répondit la fouine d'une voix nettement moins assurée.

Le dénommé Felix devait avoir une quarantaine d'années. Il jeta un regard en direction d'Oliver. Sa tête ronde, au crâne parfaitement glabre, reposait sur un cou de taureau. S'il ne dépassait pas Oliver en taille, il le soulevait probablement d'un bras. Il portait des bretelles sur une chemise si sale et chiffonnée qu'on pouvait douter de sa blancheur originelle. Ses manches relevées laissaient apparaître des avant-bras nerveux et contractés, larges comme des cuisses.

– Vous mettre à quatre pour attaquer un gosse, siffla-t-il en les menaçant du regard. C'est pas le courage qui vous étouffe…

– Pour la dernière fois, c'est pas tes oignons, Felix ! Laisse-moi gérer mes affaires !

– Des affaires ? Tu te prends pour un caïd ? Tu rackettes les enfants que les gangs épargnent car ils trouveraient ça honteux de les taxer ! Tu me fais pitié !

Prompt comme l'éclair, il dégaina un couteau accroché à sa ceinture et en plaça le froid de la lame sur le cou de Billy.

– Fais bien attention, lui murmura Felix à l'oreille, si je te retrouve dans cette rue, je te tranche la gorge. Est-ce que c'est clair ?

Livide, Billy acquiesça et détala comme un lapin, immédiatement suivi par ses compères.

– Qu'est-ce qui t'arrive, mon garçon ? demanda Felix en approchant lentement d'Oliver.

Sentant ses jambes fléchir, Oliver se cramponna aux barreaux des fenêtres de la maison la plus proche.

– Appuie-toi sur mon épaule. Une bonne tasse de chocolat chaud te requinquera !

À sa grande surprise, Oliver se retrouva dans une pièce sombre remplie de bouteilles et de tonneaux.

– Tu as eu beaucoup de chance que je sois en train de changer un fût, lâcha Felix.

Ils franchirent une seconde porte, et Oliver sentit bientôt une vague de chaleur l'envahir. Des flammes dansaient dans l'âtre de la cheminée et dessinaient des ombres sur les boiseries murales.

Un pub, observa Oliver en avisant le bar où, accoudé, un client lui lançait un regard vitreux. Cinq ou six tables se partageaient le reste de l'espace. Toutes délaissées, à l'exception de l'une d'entre elles qui accueillait deux hommes silencieux, absorbés dans la contemplation de leur pinte de bière.

Oliver s'assit sur un tabouret et ferma un instant les yeux. Il pourrait poser sa tête sur le zinc, peut-être se réveillerait-il d'un mauvais rêve, comme si tout cela – le livre interdit, la colère du Grand Inquisiteur, la course-poursuite sur le lac ou celle avec Billy – n'avait jamais existé. Trop d'émotions, trop de fatigue…

– Hé, tu t'endors ou quoi ? Bois plutôt ça, je vais bientôt fermer ! aboya Felix.

Reniflant les volutes de fumée qui s'échappaient de sa tasse, Oliver songea avec un pincement au cœur que Dévouée Mary ne lui préparerait plus jamais son chocolat. Sentant ses yeux le piquer, il inspira profondément.

– T'as eu affaire à ce petit voyou de Billy ? l'apostropha son voisin quelque peu éméché.

Oliver acquiesça.

– Faut être prudent par ici, marmonna l'inconnu. Billy et sa bande sont des gamins, rien à voir avec les gangs... On est probablement le seul quartier du Royaume que l'Hégémonium ne parvient pas à contrôler, alors qu'on est précisément à Londres ! ajouta-t-il en ricanant. C'est pas une drôle d'ironie quand même ?

À nouveau, Oliver se contenta d'approuver d'un signe de tête poli. Il était trop épuisé pour répondre. Tendant l'oreille, Felix semblait suivre leur échange tout en essuyant ses verres d'un torchon aussi crade que les rues du quartier.

– Remets-moi un dernier scotch ! l'apostropha l'homme en levant nonchalamment le bras.

– C'est fini pour ce soir, Will, t'as bien assez bu ! Et puis je ferme dès que le gamin a terminé son chocolat.

Le dénommé Will se contenta de hausser les épaules et, au grand dam d'Oliver, reporta son attention sur lui.

– Et qu'est-ce que tu fais là, toi ?

– Je vivais chez ma tante à Breadwood, improvisa Oliver. Elle est décédée et je n'ai nulle part où aller. On m'a dit qu'un orphelinat appelé « Le Cœur du Créateur » pourrait m'accueillir par ici. Je le cherchais quand Billy et sa bande me sont tombés dessus.

– Eh ben, mon pauvre vieux ! siffla Will qui paraissait sincèrement touché par l'histoire d'Oliver. C'est pas facile pour les gens comme nous. C'est pas comme ces Dignitaires qui se remplissent les poches et…

– Will ! le coupa Felix en jetant un regard inquiet vers les deux hommes au fond de la salle. Tu parles trop !

– Moi, c'que j'en dis… marmonna-t-il en haussant à nouveau les épaules.

Oliver détourna les yeux et se replongea dans ses propres tourments. Parmi le flot de questions qui se bousculaient dans sa tête, une en particulier cristallisait son attention. Que s'était-il passé sur la glace, lorsqu'il essayait de hisser cet agent hors de l'eau ? Cette cécité soudaine, se souvint-il en grimaçant, accompagnée de spasmes et de bourdonnements. Et puis cette drôle d'image qui s'était imposée à lui et lui avait semblé si réelle… C'était absurde, se reprit-il, il ne s'agissait sûrement que d'un malaise lié à la peur et à l'épuisement. Son cœur s'accéléra. Devenait-il fou ? Ou possédé par le Destructeur comme le Grand Inquisiteur semblait le croire ?

– Il va être temps de partir, lança Felix assez fort pour être entendu par les deux hommes au fond de la salle. Je vais t'expliquer comment rejoindre le refuge, ajouta-t-il à l'intention d'Oliver.

Le garçon s'enfonça dans le froid des rues de Londres à l'animosité à peine voilée. La cradeur des immeubles répondait à l'inhumanité des rues, où la pauvreté débordait des trottoirs. Après quelques minutes de marche, Oliver tomba sur un vieil immeuble décrépit. Sur la façade, il lut : *Le Cœur du Créateur : Son rêve est notre rêve.*

Il posa son doigt sur la petite sonnette et tendit l'oreille. Rien. Le cœur battant, Oliver recommença et laissa son doigt une longue minute. Finalement, une quinte de toux résonna. Quelqu'un approchait. Une clé s'enfonça dans la serrure.

– C'est pour quoi ? bougonna un petit homme hirsute et bedonnant, entrouvrant la lourde porte retenue par un entrebâilleur.

– Bonsoir monsieur, répondit Oliver, s'efforçant d'avoir l'air le plus affable possible. Dévouée Mary de Bridgetown m'envoie. Elle a travaillé ici il y a quelques années et…

– Et c'est pour ça que tu me réveilles en pleine nuit ?! intervint l'homme avec ironie.

– Pardonnez-moi ! l'implora Oliver. Je n'ai nulle part où aller et elle m'a assuré que Dévouée Coleen m'accueillerait ici et…

– Et elle s'est trompée, rétorqua sèchement le gardien. Il y a un règlement ici, et on n'accueille personne en plein milieu de la nuit. Reviens demain et on verra s'il y a de la place ! conclut-il en claquant rudement la porte.

Décontenancé et épuisé, Oliver envisagea la mort dans l'âme de revenir sur ses pas. Il pourrait dormir dans la ruelle attenante au bar de Felix. Après tout, Billy et sa bande n'y remettraient probablement pas les pieds de sitôt.

Il s'assit un instant et se prit la tête dans les mains. La rue était glaciale. Il fixa le refuge et ses traits se durcirent. Lorsque le gardien avait entrouvert la porte, quelques effluves de chaleur s'en étaient échappés pour venir le chatouiller. Il n'avait pas fait tout ça pour se résigner et laisser ce gardien et son stupide règlement avoir le dernier mot. Il sonna frénétiquement jusqu'à ce que la porte s'entrouvre à nouveau.

– Ne m'oblige pas à prévenir les agents ! menaça le gardien. Je t'ai dit de dégager, alors dégage !

– Pourriez-vous informer Dévouée Coleen qu'Oliver arrive de Bridgetown de la part de Dévouée Mary, rétorqua froidement Oliver.

Pour toute réponse, le gardien fit mine de lui fermer de nouveau la porte au nez, mais Oliver glissa un pied.

– Ton compte est bon, maugréa l'homme, tu viens de signer ton départ pour une excommunication.

– Laissez-moi parler à Dévouée Coleen ! cria Oliver d'un ton chargé de désespoir.

– Je t'écoute, répondit calmement une voix féminine. Qu'as-tu de si important à me dire ? Et vous, arrêtez votre cirque, vous allez réveiller tout le refuge.

Oliver et le gardien lâchèrent conjointement la porte. La silhouette d'une Dévouée se découpa dans la pénombre.

– Je vous en prie, chuchota Oliver. Je viens de la part de Dévouée Mary, à Bridgetown.

– Monsieur Bennet, vous allez devoir faire une entorse à votre cher règlement, souffla Dévouée Coleen. Suis-moi ! ajouta-t-elle à l'intention d'Oliver. Nous avons des choses à nous dire, mon garçon.

CHAPITRE 8

Le Tabularium

Le Grand Inquisiteur s'engouffra dans ses appartements, sans un regard pour les serviteurs qui s'inclinaient sur son passage. Il avait la mâchoire tendue et la mine renfrognée. Depuis deux jours, il ne décolérait plus. Il en voulait à ses hommes d'avoir laissé échapper Oliver et se blâmait de sa propre maladresse. Qui sait ce que ce maudit gamin avait réellement entendu ?

Il sursauta lorsque Charles Hodgson frappa à la porte entrouverte.

– Son rêve est notre rêve, glissa le jeune directeur, parfaitement apprêté malgré l'heure matinale. Avez-vous fait bon voyage, Votre Dignité ?

Markus Hammer lui fit sèchement signe de s'asseoir, puis il retraça avec amertume les événements de l'avant-veille.

– Après tout c'est un enfant, se hasarda Charles à la fin du récit. Qui le croirait s'il allait raconter…

– Il m'a entendu parler de la Matière ! Et du Projet Eden ! le coupa le Grand Inquisiteur en faisant vaciller un petit guéridon d'un coup de poing rageur. Quel besoin avais-je d'en parler à Helen ?!

Charles savait qu'il était impossible de le raisonner quand il fulminait de la sorte. Cela faisait douze ans qu'il le pratiquait. Il prit le parti de se faire le plus petit possible tandis qu'un pâle soleil de matin d'hiver venait peu à peu supplanter les dernières bougies encore vaillantes.

– Mobilisez autant d'agents que nécessaire, se reprit le Dignitaire, inventez une histoire crédible pour justifier sa traque et retrouvez-le au plus vite ! La Dévouée qui l'a aidé à s'enfuir est coriace, mais elle finira bien par nous dire où il est !

– Et que ferons-nous de lui une fois capturé ?

Le Grand Inquisiteur se posta face à la fenêtre. Il sembla s'abandonner dans la contemplation de l'aube nacrée de rose.

– Il y a trop d'enjeux, murmura-t-il. Le Projet Eden pourrait tout changer. Absolument tout... Nous ne pouvons pas courir le risque d'anéantir vingt ans de travaux à cause d'un enfant trop curieux ! Vous devrez faire le nécessaire, Charles...

L'intéressé pâlit puis déglutit.

– Votre Dignité, balbutia-t-il. Ne pourrait-on pas simplement l'enfermer ou l'excommunier ? Je n'ai jamais hésité à punir nos ennemis, vous le savez, mais ce jeune garçon n'a pas quinze ans...

Le Grand Inquisiteur s'approcha et lui posa une main sur l'épaule.

– C'est bien parce que je connais votre valeur que je vous confie cette mission. Nous accomplissons le dessein du Créateur, et ce dernier exige le sacrifice de cette âme pour en sauver des milliers d'autres. Me faites-vous confiance, Charles ?

– Bien entendu, mais…

– Alors tuez-le ! Accomplissez la volonté du Créateur ! Partez serein, je vous absous par avance de ce péché. Vous êtes l'épée qui déchirera le voile sombre que le Destructeur distille dans le cœur des hommes. Ne tremblez pas au moment de frapper, c'est tout ce que je vous demande.

Charles acquiesça, ses traits se détendirent légèrement, puis il s'agenouilla.

– Son rêve est notre rêve, prononça-t-il avant d'embrasser la main que le Dignitaire lui tendait.

Il traversa d'un pas rapide la galerie des Portraits puis descendit le majestueux escalier à double volée sans rencontrer âme qui vive. Dans moins d'une heure, des milliers de fonctionnaires arpenteraient ces mêmes couloirs, transformant le Palais en véritable fourmilière. *Je suis l'épée*, se répéta Charles en inspirant profondément. *Et je ne tremblerai pas.*

– Au Tabularium ! lança-t-il au chauffeur qui l'attendait dans la cour.

L'immense bâtiment aux arcades épurées jouxtait le Palais Patriarcal.

Hodgson profita de ce court trajet pour se replonger dans la missive parvenue la veille au secrétariat du Grand Inquisiteur.

Votre Dignité,

J'ai émis le souhait, il y a six mois de cela, de réintégrer dans nos équipes de chercheurs le Pr Everett Stout.

Condamné à vingt ans d'interdiction de toute activité liée aux sciences suite à une publication jugée « à la frontière de l'hérésie », il a maintenant purgé sa peine et manifesté le désir de revenir à l'Université.

J'ajoute qu'il s'est montré exemplaire ces dernières années, faisant amende honorable à maintes reprises pour cette erreur de jeunesse.

Les nombreuses découvertes réalisées par mes équipes participent à la domination du royaume d'Anglie sur le reste du monde, et le Pr Stout, unanimement considéré par la communauté scientifique comme l'un de nos plus brillants cerveaux, représenterait un atout considérable pour accroître notre avance.

À la demande de M. Lenny Roberts, responsable de la sécurité de l'Université, le Conseil Éthique et Dogmatique a suspendu la réintégration du Pr Stout sans prétexte valable car, je le répète, il a purgé sa peine.

Puisque le Conseil appartient à votre juridiction, j'en appelle à votre arbitrage et vous conjure de lever cette entrave.

Je vous adresse par avance tous mes remerciements pour l'attention portée à cette requête.

Son rêve est notre rêve,

Pr Ernest McFailen – Directeur du département de Physique de la Création – Université de Londres

La voiture se gara devant une porte enchâssée entre deux statues. Quatre gardes s'effacèrent au passage de Charles qui pénétra dans une galerie de miroirs. Par effet d'optique, l'espace semblait démultiplié et donnait le tournis. C'est ainsi que l'on reconnaissait les nouveaux venus. À leurs pas hésitants. Charles se hâta vers le bureau d'une jolie réceptionniste.

– Son rêve est notre rêve, dit-elle en s'inclinant. Quel plaisir de vous revoir, Monsieur le Directeur.

– Bonjour Margaret ! Je souhaiterais sortir deux dossiers individuels, le premier au nom d'Everett Stout et le second au nom d'Ernest McFailen.

La réceptionniste nota consciencieusement la requête dans un registre que Charles signa avant d'en détacher un petit formulaire.

– Ne vous dérangez pas, dit-il alors qu'elle s'apprêtait à l'accompagner, je connais parfaitement les lieux et la procédure.

Une pointe de déception ternit le regard de la jeune femme qui se rassit, puis Charles se dirigea d'un pas sûr vers une porte close étroitement protégée par trois agents. Une minuscule plaque d'étain indiquait : *Salle des actualisations.* L'un des agents, au garde-à-vous, jeta un œil attentif au formulaire et fit signe à son collègue d'ouvrir la porte.

Charles traversa une salle spacieuse dans laquelle une centaine de fonctionnaires s'activaient dans le plus grand silence. Des agents circulaient discrètement entre les bureaux, s'assurant que l'actualisation des dossiers soit faite dans le respect des consignes de l'Hégémonium. Rapports semestriels des pasteurs, lettres anonymes, comptes-rendus d'agents… toutes les informations concernant les sujets du Royaume étaient analysées, traitées et consignées ici.

Les archivistes multipliaient les va-et-vient, les bras chargés de dossiers. Charles leur emboîta le pas.

– Monsieur le Directeur de cabinet, chuchota un petit homme aux yeux de chouette, accoudé à son guichet. Que nous vaut le plaisir de votre visite aux archives ?

– Bonjour Romuald, répondit Charles en lui tendant son formulaire.

Romuald était l'archiviste en chef.

– Everett Stout et Ernest McFailen, souffla-t-il à un jeune homme qui disparut aussitôt, aspiré dans une forêt d'étagères. Vous aurez vos dossiers dans moins de cinq minutes, ajouta-t-il non sans une pointe de fierté.

Réputé comme le plus élaboré jamais pensé par l'homme, le système de classification du Tabularium permettait à ses archivistes de retrouver un dossier en quelques minutes. Le jeune fonctionnaire se montra fidèle à la réputation du lieu. Il réapparut presque aussitôt, les dossiers en main, et les transmit avec respect à Charles Hodgson. Quelques minutes plus tard, le bras droit du Grand Inquisiteur retrouvait l'intimité de son automobile.

– À l'Université ! lança-t-il à son chauffeur avant d'extirper les deux dossiers de sa pochette en cuir.

Les premières pages du dossier d'Everett Stout étaient consacrées à son enfance. Fils d'un diplomate proche du Patriarche, il avait grandi entre la Confédération américaine, le royaume d'Indus et l'Empire mongol, avant de rallier Londres et de poursuivre de brillantes études à l'Université. *Rien de particulièrement intéressant*, se dit Hodgson avant de découvrir une chemise étiquetée « Affaire de la Théorie des mondes multiples ». *Nous y voilà !* se réjouit-il.

De nombreux articles du *Journal Officiel* avaient relayé le scandale des semaines durant. Charles Hodgson examina une première coupure où s'affichait la photo du jeune chercheur menotté et encadré par des agents. Everett Stout avait été arrêté dans son laboratoire. Une tribune rédigée par le Dignitaire Francis Jones, Grand Divulgateur extérieur et chef de file des Dignitaires dits « modernistes », affirmait que la Théorie des mondes multiples ne portait pas atteinte au dogme car elle ne remettait jamais en question l'existence du Créateur. Elle défendait l'hypothèse selon laquelle il existerait une myriade de mondes parallèles dont certains seraient peut-être très semblables au nôtre, et soumettait l'idée que le Destructeur puisse être l'un de leurs habitants. Cela constituait, d'après Francis Jones, une piste de réflexion intéressante pour mieux s'en protéger. Il concluait en appelant à la poursuite des recherches.

Une seconde tribune, publiée le lendemain par le Grand Inquisiteur sous sa casquette de chef de file des Dignitaires conservateurs, exposait les arguments à charge : Markus Hammer répondait qu'en remettant en cause une partie du dogme – la nature du Destructeur – le jeune chercheur, qualifié d'hérétique, s'attaquait à l'ensemble de la Religion Unique.

Charles se souvint qu'après une audience particulièrement tendue à la Chambre des Dignitaires, le Patriarche avait coupé la poire en deux en rejetant l'accusation d'hérésie mais en condamnant Stout à vingt ans d'interdiction d'exercer toute forme de recherche.

Une série de rapports et de lettres complétaient l'épais dossier. Charles s'attarda sur l'une d'entre elles, rédigée deux ans après la sentence par Lenny Roberts, aujourd'hui responsable de la sécurité à l'Université, et adressée à Markus Hammer.

Votre Dignité,

Mes agents chargés de la surveillance d'Everett Stout le soupçonnent d'entretenir une correspondance régulière avec le jeune chercheur Paul Adamson qui, vous le savez mieux que moi, détient nombre d'informations classées secrètes.

Aussi je vous suggère de le faire également surveiller.

Si nous identifions la moindre preuve que leurs échanges sont de nature scientifique, et non simplement amicale, ils transgresseraient de fait l'interdiction prononcée par notre Patriarche et mériteraient tous deux l'excommunication.

Je ne manquerai pas de vous faire parvenir des rapports réguliers à ce sujet.

Son rêve est notre rêve,

Lenny Roberts

Manifestement, songea Hodgson, Roberts n'avait jamais mis la main sur ces fameuses preuves puisque, treize ans plus tard, se posait la question de la réintégration de Stout à l'Université. Le rapport le plus récent, rédigé par un agent toujours en charge de la surveillance du chercheur, révélait que Stout passait le plus clair de son temps dans les soirées mondaines, à dilapider la fortune de son père aujourd'hui décédé.

Charles parcourut ensuite le dossier du Pr McFailen mais n'y découvrit rien qu'il ne savait déjà. Scientifique de renom, le directeur du département de Physique de la Création était connu pour conseiller officieusement le Patriarche et afficher des affinités certaines avec nombre de Dignitaires modernistes.

Lorsque Charles traversa la cour intérieure de l'Université, les imposants vitraux réfléchissaient, comme autant de miroirs, les premières lumières de la journée. Le « dôme », comme le surnommaient affectueusement les universitaires, apparut face à lui. Il abritait la plus grande bibliothèque du Royaume. Un serviteur au teint cireux vint l'accueillir.

– Bienvenue Monsieur le Directeur, dit-il en s'inclinant. Si vous voulez bien me suivre…

Sous l'œil des gargouilles millénaires, Charles se laissa conduire jusqu'à un confortable salon où trois hommes l'attendaient. Affable et souriant, le Pr McFailen se leva et lui serra chaleureusement la main. Ses yeux, cachés derrière de fines lunettes rondes à la monture d'or, respiraient l'intelligence et la malice, et seule la blancheur de sa barbe traduisait ses soixante-dix printemps.

– Je crois que vous connaissez déjà M. Roberts, dit-il.

Le responsable de la sécurité de l'Université lui tendit une poigne vigoureuse. Il portait un costume terne qui venait assombrir encore un peu plus son visage anguleux. Charles l'avait rencontré à plusieurs reprises car il appartenait à la garde rapprochée du Grand Inquisiteur. Il était les yeux et les oreilles du Dignitaire au sein de l'Université.

– Et laissez-moi vous présenter le Pr Faredey, qui siège au Conseil Éthique et Dogmatique pour les questions scientifiques.

Un petit homme rond, dont la seule fantaisie résidait dans le port d'une courte moustache, se leva à son tour et vint le saluer.

Charles prit place au côté de Roberts, près d'une cheminée dans laquelle un serviteur venait de déposer une bûche. Il acheva de se réchauffer avec une tasse d'un excellent earl grey.

– Venons-en aux faits, si vous le voulez bien, proposa-t-il avec courtoisie.

– Soit, approuva le Pr McFailen. Je souhaite comme vous le savez réintégrer le Pr Stout dans mes équipes. Il a été irréprochable pendant toute la durée de sa suspension et j'estime que nous ne pouvons nous permettre de nous priver de l'un de nos plus brillants chercheurs.

– Ce que le professeur omet de dire, siffla Lenny Roberts, c'est que même si Stout n'a pas fait parler de lui ces vingt dernières années, il a néanmoins été fortement suspecté de…

– Et lavé de ces soupçons ! l'interrompit McFailen, sans même un regard pour le responsable de la sécurité. Si vous aviez eu le moindre chef d'inculpation, le Pr Stout aurait été arrêté depuis longtemps !

– J'imagine que vous n'avez rien trouvé de compromettant du côté de sa correspondance avec ce Paul Adamson ? demanda Hodgson en se tournant vers Roberts.

– Je ne peux pas vous répondre présentement, maugréa le responsable de la sécurité en désignant les deux professeurs du regard. Cette partie de l'affaire est, disons… confidentielle. Mais puisque le rôle de l'Université est d'aider l'Hégémonium à accroître sa puissance et à combattre les Déviants, et que vous y parvenez convenablement aujourd'hui, je ne vois pas l'utilité de réintégrer un potentiel élément perturbateur comme Stout.

– Le rôle des sciences, et par conséquent celui de l'Université, va bien au-delà des guerres et des conquêtes, répondit Ernest McFailen sur un ton qu'il s'efforçait de contenir. Nos découvertes peuvent aider les hommes dans bien des domaines, elles peuvent les soigner ou les protéger. Everett Stout était de loin mon plus brillant élève, et je le pense capable d'extraordinaires découvertes.

– Qu'en pense le Conseil Éthique et Dogmatique ? demanda Charles en se tournant vers le Pr Faredey.

– Eh bien… dit-il en s'empourprant. Bien que nous partagions les craintes de M. Roberts, rien ne justifie objectivement de bloquer le Pr Stout qui a effectivement purgé sa peine. En nous y opposant, nous craignons un remue-ménage à la Chambre des Dignitaires où le Pr Stout semble bénéficier d'un certain nombre d'appuis.

– Effectivement, ironisa Roberts, il est, paraît-il, de toutes les réceptions données par les modernistes. Mais peut-être l'y avez-vous croisé, professeur McFailen ?

– Nous ne sommes pas là pour faire de la politique, coupa Charles.

La santé déclinante de l'actuel Patriarche, affilié aux modérés, avait ravivé la question de sa succession, cristallisant les tensions entre les modernistes et les conservateurs. Le vote des Dignitaires modérés ferait probablement pencher la balance pour savoir qui du Grand Inquisiteur Markus Hammer ou du Grand Divulgateur extérieur Francis Jones serait le prochain Patriarche.

Charles Hodgson s'apprêtait à poursuivre lorsque trois coups secs retentirent à la porte.

– Pardonnez-moi, dit le serviteur. Un pli urgent pour Monsieur le Directeur de cabinet.

La lettre portait le sceau du Grand Inquisiteur. Hodgson la décacheta délicatement et lut avec surprise :

Nous avons fouillé le passé de la Dévouée.

Elle a travaillé plus jeune dans un orphelinat, c'est peut-être là qu'Oliver s'abrite.

Rendez-vous immédiatement avec vos hommes au refuge du Cœur du Créateur, East End.

Charles se leva.

– Pardonnez-moi, messieurs, dit-il respectueusement, mais je vais devoir écourter cette réunion. Je vous ferai parvenir la réponse du Grand Inquisiteur dans les plus brefs délais.

Il salua les trois hommes et se dépêcha de quitter la pièce. Lenny Roberts, visiblement peu enclin à s'attarder au côté d'Ernest McFailen, lui emboîta le pas.

– Dites-moi, lui lança Charles avant de quitter les lieux, que s'est-il passé avec cet Adamson ?

– Nous l'avons également fait surveiller, expliqua Roberts. Et si nous n'avons rien d'incriminant dans sa relation avec Stout, mes hommes ont découvert qu'il menait des recherches clandestines à son domicile…

– A-t-il été emprisonné ? demanda Charles. Excommunié peut-être ?

– Ni l'un ni l'autre, grimaça Roberts. Lorsque mes hommes sont arrivés chez lui, Paul et sa femme Susan avaient disparu. Seul restait leur bébé, abandonné dans son berceau. Nous les avons cherchés à travers tout le Royaume, en vain. Seul le Créateur doit savoir où ils sont…

CHAPITRE 9

L'orphelinat

Une voix féminine résonna dans le couloir de l'orphelinat.

– Debout ! Il est sept heures !

Autour d'Oliver, une quinzaine de lits s'agitèrent.

– Secoue-toi ! lui lança Harvey, le doyen de la chambrée. Pas de place pour les marmottes au Cœur du Créateur !

La veille, pour son premier jour à l'orphelinat, ce sympathique garçon roux bien râblé l'avait initié au fonctionnement de l'institution, puis ils avaient partagé un gâteau avec les autres pensionnaires de l'orphelinat afin de fêter, modestement, le Grand Rêve.

Oliver s'habilla en hâte et lui emboîta le pas. Depuis le quatrième et dernier étage où siégeait leur dortoir, ils traversèrent une succession d'escaliers et de couloirs au papier peint déchiré afin de rejoindre le réfectoire au rez-de-chaussée. Sous le regard bienveillant des Dévouées, une soixantaine de jeunes garçons âgés de cinq à quinze ans prirent place autour de six grandes tablées pour le petit déjeuner. Oliver suivit Harvey au fond de la grande salle, en compagnie des plus âgés.

– Est-ce que tu sais lire et écrire ? lui demanda Mark, un adolescent à la peau sombre et au regard vif.

– Oui. Avant le décès de la tante qui m'a élevé, j'allais à l'école à la Communauté du village.

– Parfait, sourit Mark, tu seras en classe avec nous alors ! Si tu n'avais jamais appris, tu te serais retrouvé avec les petits !

L'avant-veille, lorsque Dévouée Coleen l'avait accueilli, elle avait respecté son silence sur les circonstances qui l'avaient conduit à l'orphelinat, et le simple nom de Dévouée Mary lui avait servi de sésame.

« Tous nos jeunes ont un parcours compliqué », avait-elle soupiré avant de lui conseiller de réfléchir à une histoire simple à raconter aux autres pensionnaires. Malgré ses réticences à mentir, Oliver s'était donc inventé une tante fictive qui venait de mourir.

Deux orphelins d'une dizaine d'années hissèrent sur la table une grosse marmite brûlante.

– Voilà une chose qui ne me manquera pas : ces petits déjeuners ! s'exclama Arnold, un grand costaud qui grimaçait devant son bol rempli de haricots blancs à la sauce tomate.

– Il aura seize ans dans moins de un mois, glissa Harvey à Oliver, c'est l'âge limite pour rester ici. Comme beaucoup d'orphelins, il a déjà été recruté en tant qu'ouvrier sur les chantiers navals.

– Avec ma première paie, je m'offrirai du bacon ! abonda Arnold.

Une cloche retentit à côté de la cheminée, et Oliver aperçut Dévouée Coleen agiter une chaînette avant que tous les pensionnaires se redressent comme un seul homme.

– Son rêve est notre rêve ! lancèrent-ils à l'unisson, le torse bombé et le menton relevé. « Article premier, reprirent-ils en chœur, la Religion Unique, initiée par le Créateur, est le seul culte du royaume d'Anglie et tous ses sujets doivent s'y soumettre. Article 2 : l'Hégémonium gouverne le royaume d'Anglie au nom du Créateur, et protège ses sujets contre le Destructeur. Article 3 »…

Durant une dizaine de minutes, les articles de la Constitution hégémonique s'égrenèrent jusqu'au cent quatre-vingt-quatorzième : « Lorsque arrive l'heure, pour sa Dignité le Patriarche, de rejoindre le Créateur, les Dignitaires élisent son successeur. »

Chacun des trois repas de la journée s'accompagnait de ce rituel où les aînés, récitant sans peine l'important corpus de loi, montraient ainsi l'exemple à leurs cadets.

– Tu as quoi ce matin ? demanda Mark à Arnold.

– Vaisselle, répondit le futur ouvrier naval. Je vais leur demander de commencer à rassembler les bols, dit-il en désignant la table voisine composée de garçons de sept et huit ans.

– La chance, soupira Mark, moi, j'ai ménage…

Les autres gloussèrent et Oliver comprit qu'il s'agissait probablement de la corvée la plus pénible qui soit.

– Et toi ? demanda Oliver en se tournant vers Harvey.

– Potager ! Tu peux m'accompagner si tu veux, nous n'avons classe que dans deux heures.

Oliver le suivit à travers la cuisine où l'équipe d'Arnold rinçait les premiers bols, puis ils traversèrent un cellier débordant de sacs de toile, de châtaignes et de potimarrons avant d'atteindre une porte branlante donnant sur un lopin de terre à l'arrière de l'immeuble.

– C'est mon endroit préféré, sourit Harvey en inspectant les plantations. Ça n'est jamais une corvée de m'en occuper.

Parfaitement alignées et séparées par d'étroites allées, les parcelles de cultures saisonnières exhibaient tantôt des courges bientôt prêtes pour la cueillette, tantôt des salades ou des plants d'ail et de choux.

– Ma tante aussi avait un potager, se réjouit Oliver en repensant à son apprentissage du jardinage avec Dévouée Gersande.

Aussitôt, son estomac se contracta. Gersande le pensait sûrement coupable, tout comme Dennis, Andrew et les autres... Seule Dévouée Mary pouvait l'innocenter, mais qui sait ce qu'elle était devenue. Ses yeux s'embuèrent lorsqu'il imagina le pire.

– Courage, mon vieux ! le réconforta Harvey en lui posant la main sur l'épaule. J'imagine que ce n'est pas facile de perdre ta tante et de te retrouver ici du jour au lendemain, mais à l'orphelinat, on se soutient tous !

– Tu es ici depuis longtemps ? demanda Oliver en s'efforçant de lui rendre son sourire.

– Plutôt, oui ! Ma mère est morte à ma naissance et mon père a été assassiné quand j'avais dix ans.

– Désolé... murmura Oliver qui regretta aussitôt d'avoir posé la question.

– Ne t'inquiète pas, dédramatisa Harvey en haussant les épaules. Ma nouvelle famille est ici et j'aurais pu tomber beaucoup plus mal. Mon père était docker et champion de boxe de l'East End, jusqu'à ce qu'un gang l'assassine parce qu'il refusait de participer à leurs combats truqués. Sans l'orphelinat, je n'aurais probablement pas eu d'autre choix que de rejoindre une bande...

Comme Billy et ses acolytes, songea Oliver en repensant à son arrivée en ville, et il se surprit à éprouver plus de compassion que de ressentiment à leur égard.

– On s'y met ? reprit le solide rouquin en attrapant une bêche. Pendant que je retourne la terre, tu n'as qu'à remplir l'arrosoir !

Oliver se rendit au puits à l'extrémité du jardin, puis il se saisit d'une binette et imita Harvey avant de retirer les mauvaises herbes aux pieds des plants de poireaux.

– J'aimerais en faire mon métier ! sourit Harvey, visiblement heureux de découvrir quelqu'un qui sache y faire. J'aurai seize ans dans quelques mois et j'espère trouver un emploi de jardinier, à Londres ou ailleurs. Et toi, c'est quoi ton plan après l'orphelinat ?

Après l'orphelinat, se répéta Oliver. Allait-il vraiment rester ici un an et demi, jusqu'à atteindre l'âge limite ? À vrai dire, les alternatives ne se bousculaient pas. Ici au moins, il serait logé, nourri, et pourrait profiter de la compagnie d'autres garçons de son âge. Comme l'avait justement fait remarquer Harvey, il aurait pu tomber beaucoup plus mal.

– Je ne sais pas trop, répondit Oliver. Peut-être partir sur un bateau…

Restait à espérer que les agents du Grand Inquisiteur le laisseraient tranquille. C'était difficile à croire tant les paroles qu'il avait interceptées semblaient le condamner. Pourquoi les mots « Projet Eden » et « Matière » – avec un grand M, comme dans le livre de M. Dawkins ? – portaient-ils tant à conséquence ?

– Un aventurier ? s'amusa Harvey. Après tout pourquoi pas ! Nos seules attaches sont ici…

Oliver sourit avec nostalgie en repensant à ses amis.

– Allez, il est temps d'aller en classe !

Oliver et Harvey s'installèrent aux côtés de Norbert, un garçon de douze ans aux lunettes maintes fois rafistolées. La leçon du jour, animée par Dévouée Lorraine, robuste quadragénaire aux mèches grisonnantes, portait sur le repérage des Déviants.

– Un Déviant peut trahir ses intentions avec ce qu'il dit, ce qu'il entreprend, et ce qu'il est, expliqua l'énergique professeure. Il faut rester vigilant et toujours prendre en compte ces trois dimensions !

– Qu'entendez-vous par « ce qu'il est » ? demanda Mark.

– Lorsqu'un Déviant dit ou fait quelque chose, il est facile à identifier : il se rapproche sciemment du Destructeur en blasphémant ou en commettant un délit. Ce qu'il est se dévoile de manière plus insidieuse. Un Déviant peut avoir, malgré lui, une attitude atypique, lorsque le Mal accumulé en lui déborde par exemple. Il va alors adopter un comportement irrationnel, comme s'il était possédé.

Oliver sentit ses boyaux se contracter. Comme avoir d'étranges visions ?

Et si le Grand Inquisiteur avait raison ? Peut-être était-il asservi par le Mal, ce qui expliquerait qu'il ait conservé un livre interdit plutôt que de le remettre au Pasteur. Après tout, peut-être méritait-il d'être arrêté par les agents du Dignitaire… Peut-être était-il un Déviant ?

De vifs éclats de voix l'arrachèrent à ses réflexions.

– Il y a un règlement ! hurla un homme. On ne peut pas entrer ici sans l'aval de Dévouée Coleen !

Tous les garçons se précipitèrent à la fenêtre. Deux étages plus bas, M. Benett se faisait bousculer par une dizaine d'agents faisant la sourde oreille aux prescriptions du vieux concierge. Parmi eux, Oliver reconnut l'agent Brett et blêmit. Ils l'avaient déjà retrouvé…

– Ça va ? s'inquiéta Harvey. Tu trembles.

– Je ne me sens pas très bien, répondit Oliver, avant de se précipiter vers la porte, ignorant les cris de Dévouée Lorraine qui le sommait de se rasseoir.

Harvey se précipita à son tour.

– Oliver ! cria-t-il. Qu'est-ce que tu fais ?

Les pas secs des agents résonnaient déjà dans l'escalier. Paniqué, Oliver s'enfuit à l'aveuglette.

– Arrête ! ordonna Harvey en le saisissant par l'épaule. C'est toi qu'ils cherchent, c'est ça ?

– Lâche-moi ! rétorqua Oliver en repoussant violemment son bras.

Surpris par tant d'agressivité, Harvey resta stoïque. Les bruits de pas gagnaient du terrain.

– Suis-moi ! lança-t-il finalement.

Ils remontèrent à contre-courant le flot d'élèves curieux d'approcher les agents, et se glissèrent dans un cagibi regorgeant de fournitures. Harvey entrouvrit une fenêtre donnant sur le potager.

– Attendez ! siffla une voix dans leur dos.

Les deux garçons se figèrent avant d'apercevoir Dévouée Coleen refermer soigneusement la porte derrière elle.

– C'est le directeur de cabinet du Grand Inquisiteur en personne, chuchota-t-elle en se précipitant vers eux. Dès que tu es arrivé, j'ai senti qu'il se passait quelque chose… Il m'a dit qu'ils allaient fouiller tous les trains et les bateaux en partance de Londres… Je ne te poserai qu'une seule question Oliver, et j'attends que tu me dises la vérité.

Oliver approuva.

– Est-ce que Dévouée Mary va bien ? demanda-t-elle en ravalant un sanglot.

– Je n'en sais rien, répondit Oliver d'une voix lourde. Je ne pense pas…

Dévouée Coleen acquiesça en silence.

– Vite ! gronda Harvey. Je crois que je les entends à l'étage. Je pourrai te tenir par les poignets et te laisser pendre jusqu'à ce que tu attrapes la gouttière avec tes jambes. Après, tu t'accroches et tu descends. On l'a déjà fait pour sortir en cachette…

Il se mordit aussitôt les lèvres mais Dévouée Coleen ne broncha pas. Elle semblait absente.

Oliver aurait voulu dire quelque chose mais les mots s'emmêlaient dans sa tête. Pressé par le temps, il enjamba la balustrade et adressa un regard plein de reconnaissance à Harvey qui le laissa glisser dans le vide. Non sans peine, il parvint à enrouler ses jambes autour de la gouttière puis descendit juste assez bas pour sauter sans se blesser. Une fois à terre, il se précipita à travers les rangées de potimarrons et se glissa sous les barbelés délimitant la parcelle voisine. Après avoir vérifié qu'aucun agent ne montait la garde dans la rue attenante, il s'élança vers l'unique lieu qu'il connaissait en ville.

Le visage de Felix s'assombrit lorsqu'il aperçut Oliver, haletant, traverser son bar encore vide à cette heure matinale.

– Qu'est-ce que tu fais là ? aboya-t-il en jetant des regards inquiets en direction de la rue.

– L'orphelinat n'avait plus de place pour moi, improvisa le garçon. Je voudrais un chocolat chaud, ajouta-t-il en sortant une pièce de sa besace.

– Bien sûr, soupira Felix en le regardant droit dans ses yeux. Plus de place… Et tout ça n'a rien à voir avec la descente d'agents qui fouillent les lieux en ce moment même ?

Oliver se décomposa.

– Les nouvelles vont vite ici, reprit Felix en approchant son visage de celui du garçon. Surtout quand des agents, qui s'aventurent rarement dans le quartier, débarquent en nombre. Je me fous de savoir qui tu es, mais je ne veux pas d'ennuis ! Je te laisse dix minutes pour te réchauffer et décider de ta prochaine destination ! Et garde ta pièce, tu en auras plus besoin que moi !

Sans ajouter un mot, Felix lui posa sèchement un bol sur le comptoir.

Oliver s'effondra sur un tabouret. C'était comme si l'insouciance de son enfance s'évaporait dans la fumée de ce chocolat chaud. Il aurait tout donné pour faire marche arrière, retrouver sa vie d'avant, commencer son apprentissage auprès de Pasteur Allan et mener une vie calme et heureuse à Bridgetown, auprès des Dévouées et de ses amis.

– Cinq minutes… marmonna Felix.

Ce fut comme une décharge électrique.

Oliver s'efforça de chasser toutes les pensées parasites pour se focaliser sur une seule question : où pouvait-il se réfugier ?

Retourner à la ferme était impensable. Qui sait ce que le Grand Inquisiteur avait raconté à Dennis et ses parents… Et puis, tout le monde le connaissait à Bridgetown… On le repérerait aussitôt. Les agents semblaient contrôler tous les moyens de quitter le Royaume… Peut-être valait-il mieux attendre quelques jours avant d'essayer de s'enfuir. Mais où allait-il se cacher au cœur de Londres ? Il frissonna au souvenir des corps avachis dans la boue des ruelles sordides du quartier et se dit qu'il ne tiendrait pas une nuit, qui plus est avec des canailles comme Billy. Il devait s'éloigner. Sa gorge se noua lorsqu'il se rendit compte qu'il ne connaissait pas un seul endroit, mis à part l'orphelinat, dans Londres. Pas un seul nom de rue, de quartier ni même de temple. Ses espoirs se réduisaient comme peau de chagrin… Mais soudain, un nom ressurgit : Mill Road. Après l'avoir déposé ici, Albert, le chauffeur de Lord Abberline, avait dit retourner sur Mill Road.

– C'est de la folie, soupira-t-il en se prenant la tête entre les mains.

Albert l'avait protégé dans le feu de l'action, mais de là à sciemment le cacher des agents… D'autant que Mill Road était probablement l'adresse de Lord Abberline, un proche des Dignitaires…

Felix attrapa le bol d'Oliver et le jeta dans le bac à vaisselle.

– Ça fait dix minutes, maugréa-t-il. Tu dois t'en aller maintenant.

Oliver prit une profonde inspiration.

– Oui… Merci… Pourriez-vous m'indiquer le chemin de Mill Road ?

CHAPITRE 10

21 Mill Road

Oliver maintenait une allure vive. De solides pavés avaient remplacé la boue gorgée de neige qui s'accrochait aux semelles, ce qui signifiait qu'il avait réussi à quitter l'East End et, probablement, à semer l'agent Brett.

Ses doigts endoloris tenaient le bout de papier griffonné par Felix, sensé lui permettre de rejoindre « les beaux quartiers » du nord-ouest de la capitale. Une heure de marche le séparait de Mill Road. À l'approche du centre-ville, les bleus de travail se faisaient rares. Le visage cloué au sol, Oliver essayait de se faire le plus discret possible au milieu des beaux costumes et des jolies toilettes. Son visage affichait encore quelques éraflures, vestiges de sa course-poursuite sur le lac, et son manteau sale et déchiré dénotait dans cet environnement de nantis.

– Jeune homme ! claqua une voix autoritaire dans son dos. Attendez un instant !

Le cœur battant, Oliver osa un furtif coup d'œil en arrière. Trois agents pressaient le pas. Mais ils traversaient la rue en direction d'un autre garçon de son âge.

– Vos papiers ! Nous recherchons un Déviant d'une quinzaine d'années !

Priant pour qu'ils ne l'aient pas remarqué, Oliver disparut dans une ruelle adjacente et se réfugia dans le premier café venu. Il s'installa, tremblant, dans un renfoncement discret bénéficiant d'une vue imprenable sur la porte, et dépensa ses derniers sous dans une tarte à la viande et un chocolat chaud. Il resterait ici jusqu'à la nuit tombée, en espérant qu'aucune patrouille ne vienne s'y réchauffer.

Il passa l'après-midi à tendre l'oreille aux causeries du comptoir pour s'occuper la tête, et à sursauter à chaque allée et venue. Quand son esprit vagabondait, son estomac et sa gorge se nouaient. Les heures s'égrenaient au compte-gouttes, les conversations des clients tournaient autour d'un seul sujet : une famille d'un village de l'Essex venait de disparaître et les spéculations allaient bon train. Un grand chauve affirmait que son beau-frère, un employé administratif du Palais, savait de source sûre que l'Empire slave était impliqué, et que cela conduisait de facto à une guerre imminente. Ses compagnons de bar l'écoutaient religieusement, impressionnés par la pertinence de l'information.

À dix-neuf heures, Oliver estima qu'il était assez tard pour s'aventurer dehors. Il sortit du café et se remit en route. Prudent, il privilégia les ruelles sombres aux grandes artères inondées de lumière, et se blottit à plusieurs reprises sous un porche lorsque des groupes d'hommes croisaient son chemin. Il parvint sans encombre au quartier de Count Park et, grâce aux indications d'une fleuriste qui fermait boutique, finit par atteindre Mill Road.

Il remonta une impasse résidentielle composée d'immeubles bourgeois en briques rouges. Seul le bâtiment fermant l'impasse dénotait. Des planches de bois en barraient les fenêtres et son mur décrépit semblait sur le point de s'effondrer. L'immeuble était manifestement à l'abandon.

Le jeune garçon perdit le peu d'assurance qu'il lui restait. Son plan était de réussir à convaincre Lord Abberline de l'aider à fuir le Royaume à bord de l'un de ses navires. Peu importait la destination, il avait frôlé l'arrestation et sentait l'étau se resserrer. Son approche était audacieuse, mais Albert intercéderait peut-être en sa faveur… Et Oliver n'avait de toute façon personne d'autre vers qui se tourner.

Il inspira profondément et fit le tri parmi les milliers d'idées noires qui s'entrechoquaient dans sa tête. Avant toute chose, il devait trouver la maison du Lord. Il s'était imaginé que le richissime homme d'affaires résidait dans un château entouré d'un parc si vaste qu'il le parcourait à cheval. Mais la rue qu'il scrutait était désespérément commune. Surtout, elle était désespérément vide.

Une légère angoisse lui vrilla l'estomac. Et si l'accent guttural d'Albert l'avait trompé ? S'il n'avait jamais été question de Mill Road ? Son regard s'arrêta sur un interstice entre deux immeubles. Un haut portail noir en fer forgé protégeait l'accès d'un domaine. Plus loin, un chemin de gravier s'enfonçait dans un parc arboré. *21 Mill Road*, lut-il sur une petite plaque au-dessus d'une sonnette qu'il pressa sans réfléchir pour ne pas se laisser le temps de se débiner. Ça valait le coup d'essayer. Un garde-chasse émergea de la pénombre, fusil sur l'épaule, accompagné d'un grand chien musculeux.

– Que voulez-vous ? demanda-t-il en réajustant sa casquette de laine.

– Je viens voir Albert, articula Oliver d'une voix mal assurée. C'est très important. Pouvez-vous le prévenir qu'Oliver de Bridgetown est là.

L'homme le jaugea un instant puis s'approcha d'une petite guérite noyée dans la nuit. Il attrapa un combiné téléphonique et échangea quelques mots. Son chien, impassible, ne quittait pas Oliver des yeux.

– Suivez le chemin qui bifurque vers la gauche et vous tomberez sur le Manoir, dit le garde-chasse en déverrouillant le portail. Vous êtes attendu.

Le soulagement laissa rapidement place à la nervosité. Qui sait si Lord Abberline ne le remettrait pas à ses amis Dignitaires ? L'espace d'un instant, Oliver fut tenté de faire marche arrière mais déjà le garde-chasse refermait le portail et s'éloignait dans la rue.

Les jambes lourdes, Oliver longea un triste bosquet déshabillé par l'hiver pour se retrouver au pied d'une vaste pelouse recouverte de neige. À la lisière, le Manoir lui apparut, dégorgeant de lumière, plus grand encore que le bâtiment principal de la Communauté. Le lierre, qui recouvrait les deux étages et grimpait jusqu'au toit, avait résisté au grand froid et laissait à peine deviner le gris des pierres. Sur la droite, une tour surplombait le bâtiment. Oliver s'avança et aperçut Albert qui lui adressait de grands signes de la main depuis les marches du perron.

– Pétarade de pétarade ! s'exclama-t-il alors qu'Oliver approchait. Qu'est-ce que tu peux bien faire là ?

– Je… je ne savais pas où aller, bafouilla Oliver. Et je ne connais personne à Londres…

– Bon, tu vas m'expliquer tout ça à l'intérieur, répondit le colosse en fronçant les sourcils.

L'entrée du Manoir n'aurait pas dépareillé au sein du pavillon des invités, songea Oliver dont les narines commençaient à frémir en humant le délicieux fumet qui se répandait dans le hall.

– Mme Templeton est notre bonne fée, sourit Albert en désignant une porte entrebâillée. Un vrai cordon-bleu ! ajouta-t-il en tapotant son énorme panse.

Un escalier en bois sculpté surgissait au milieu des dorures et meubles anciens, et permettait d'accéder aux étages.

– Par ici, l'invita Albert en désignant une porte faisant face à la cuisine. Nous pourrons parler tranquillement dans le petit salon.

« Petit » ? s'étonna Oliver. Un lustre en cristal culminait à quinze pieds, baignant de lumière des tableaux de maître intercalés entre des bibliothèques pleines à craquer de livres et de bibelots.

Du doigt, Albert désigna deux confortables fauteuils en cuir au centre de la pièce.

– Avant toute chose, dit-il gravement, est-ce que quelqu'un sait que tu es ici ?

– Non, l'assura Oliver. Je n'en ai parlé à personne.

– Tu n'as jamais mentionné le Lord ou bien Mill Road devant quelqu'un ?

Le garçon se mordit les lèvres.

– J'ai interrogé deux personnes pour trouver la rue, répondit-il en grimaçant, un barman de l'East End et une fleuriste du quartier.

La porte s'ouvrit à la volée avant qu'Albert ne réagisse.

– Mais enfin ! Il n'a pas l'air bien du tout ! s'exclama une tornade multicolore au moment de s'engouffrer dans la pièce. Albert, vous êtes incorrigible ! Rapprochez-vous du feu ! Allez, bougez-vous !

Agacé et penaud, Albert obtempéra sans discuter. La tornade s'avérait être une femme rousse d'une cinquantaine d'années parée d'une robe verte aux motifs bariolés de fruits et de légumes.

– Tu dois être gelé ! reprit-elle en scrutant Oliver. Pas vrai que tu es gelé ?

Sans lui laisser le temps de répondre, Albert tira son fauteuil comme s'il s'agissait d'un simple cabas et l'installa devant la cheminée.

– Et voici de quoi vous requinquer ! ajouta-t-elle en posant deux assiettes remplies d'épaisses tranches de rosbif et de salade, ainsi que deux grands verres de cidre dont les fines bulles remontaient à la surface.

Albert vida le sien d'un seul trait.

– Aaaaah ! Ça va mieux ! s'exclama-t-il. J'avais le gosier sec ! Comme je te le disais précédemment, Mme Templeton est notre bonne fée !

– Et ce n'est pas toujours facile ! corrigea la gouvernante. Si on m'avait prévenue, j'aurais pu faire un peu mieux ! Mais non, c'est toujours comme ça ici ! On a des invités de dernière minute et on est obligé de les recevoir à la va-vite !

Oliver se demanda s'il devait s'excuser pour le dérangement. Elle ignorait probablement que lui-même n'avait pas prévu de venir, et, pour tout dire, il ne s'imaginait pas pouvoir être mieux reçu qu'avec cette magnifique assiette…

Oliver trempa ses lèvres dans son cidre, et la gouvernante, satisfaite, quitta la pièce.

– Bien, reprit Albert. Adrian, le gardien, nous confirme qu'il n'a vu personne de louche à ta poursuite. Explique-moi maintenant ce que tu fais ici…

Oliver lui raconta ses mésaventures depuis leur séparation à l'entrée de l'East End. Toujours méfiant, il tut les véritables raisons du courroux du Grand Inquisiteur. Le chauffeur grimaça lorsque Oliver lui rappela qu'il avait lui-même parlé de Mill Road en le déposant.

– Tout ce pataquès parce qu'ils t'ont trouvé en possession d'un livre interdit ? conclut-il en postillonnant un morceau de salade. C'est pas banal ! Est-ce que tu te souviens au moins de quoi il parlait, ce fameux livre ?

– Je n'en ai lu que la première page, répondit sincèrement Oliver. Et je n'ai rien compris ! Il y avait écrit : « Vous qui lisez ce livre, vous souhaitez dominer la Matière. »

– Drôle de charabia ! trancha Albert après quelques secondes de flottement. Peut-être un jargon de Déviants, va savoir ! On dirait que tu t'es mis dans une drôle de panade, soupira-t-il. Qu'est-ce que tu espérais en venant ici ?

Oliver déglutit.

– Eh bien… Je sais que les bateaux du Lord vont dans le monde entier et j'espérais qu'il accepte de m'embarquer sur l'un d'entre eux, pour me permettre de quitter le Royaume.

Albert se tourna vers la cheminée.

Le crépitement de la bûche et les gémissements de l'estomac d'Oliver vinrent troubler le silence. Pressé par les questions d'Albert, le garçon n'avait encore rien avalé.

– Tu causes, tu causes ! s'exclama le chauffeur. Prends un peu le temps de dîner, tu dois mourir de faim !

Il s'éclipsa et revint avec un verre de vin rempli à ras bord qu'il sirota, songeur, le nez sur les flammes. Oliver osait à peine se projeter au lendemain. Allait-il se retrouver à la rue après le dîner ? Cette idée le poussa à ralentir sa mastication. Verrait-il le Lord ? Existait-il une infime chance pour que ce dernier accepte sa requête ?

– Le Lord ne reviendra que demain matin, annonça Albert, comme s'il pouvait lire dans ses pensées. C'est lui que tu devras convaincre, car ce serait prendre un gros risque pour sa compagnie...

Oliver approuva silencieusement.

– D'ici là, reprit Albert, nous n'allons pas te mettre dehors. Mme Templeton t'a déjà préparé une chambre d'amis. Je suppose que tu as bien besoin de te reposer.

Un soupir de soulagement souleva la poitrine du garçon. C'était déjà une nuit de gagnée. Mais un dernier doute le fit frissonner.

– Le Lord... il est proche des Dignitaires, non ?

– Ne t'inquiète pas pour ça, dit Albert. Ce n'est pas le genre d'homme qui dénonce un enfant !

Après l'avoir conduit à sa chambre et lui avoir souhaité bonne nuit, Mme Templeton referma doucement la porte derrière elle, abandonnant Oliver à l'immensité de la pièce. Au-dessus de la cheminée, le miroir lui renvoya un reflet pâle et fatigué. Il se débarbouilla au lavabo puis s'enveloppa dans les draps frais. Malgré toutes les questions qui l'obsédaient, la douceur des lieux le fit sombrer dans un profond sommeil.

Le lendemain matin, un rayon de soleil s'immisça entre les rideaux, créant un ballet de poussière dans son faisceau. Oliver se réveilla, un peu étourdi et désorienté. Il contempla l'immense parc entourant le Manoir. Quelques empreintes d'animaux avaient percé la chape de neige qui recouvrait la pelouse. Dans le miroir, son visage semblait avoir repris des couleurs. Il frémit en songeant qu'il allait bientôt rencontrer

Lord Abberline. Que deviendrait-il si ce dernier refusait de l'aider ? Il se força à chasser cette idée, aplatit ses épis rebelles – il devait faire bonne impression – et s'habilla en vitesse.

D'appétissants effluves de bacon lui indiquèrent que Mme Templeton était déjà à l'œuvre. En s'engageant dans l'escalier, il perçut des éclats de voix. L'une d'entre elles lui semblait familière. Intrigué, il dévala quelques marches jusqu'à apercevoir la porte du Manoir. Le Lord lui tournait le dos et Mme Templeton attendait qu'un invité lui confie son manteau. L'invité s'avança, souriant, en direction du petit salon. Le cœur d'Oliver cessa de battre… Il s'était jeté droit dans la gueule du loup ! Le Grand Inquisiteur, l'homme qui l'effrayait le plus au monde, se trouvait là, à quelques pas. Lord Abberline l'avait trahi ! Bientôt, les agents viendraient le cueillir. Il s'immobilisa en haut des marches.

Lord Abberline invita le Dignitaire dans le petit salon et, ce faisant, ses yeux croisèrent ceux d'Oliver. Sous l'effet de la surprise, ses pupilles se dilatèrent sans que son visage n'en dise davantage. Il fit un signe discret de la main en direction de la cuisine et Albert s'avança. Le chauffeur remonta quelques marches l'air de rien, son index posé sur ses lèvres. Arrivé à hauteur d'Oliver, il lui plaqua la main sur la bouche, le saisit comme un sac de pommes de terre puis le ramena dans sa chambre.

– Surtout ne fais aucun bruit ! chuchota-t-il en maintenant son bâillon après l'avoir déposé sur son lit. Est-ce que tu m'as bien compris ?

Malgré les tremblements qui le secouaient, Oliver hocha la tête et Albert le libéra.

– Vous m'aviez promis, dit-il la voix pétrie de sanglots, mais le Lord m'a trahi…

– Le Lord n'a rien fait du tout ! s'exclama Albert avant de se mordre le poing.

Ils restèrent aux aguets mais furent rassurés par le silence ambiant.

– Le Grand Inquisiteur s'est invité sans prévenir, chuchota Albert. Je te promets qu'il n'est pas au courant de ta présence. Le Lord fait partie de ses principaux conseillers, tout comme il l'est pour le Patriarche et le Grand Divulgateur extérieur. On viendra nous prévenir quand il sera parti et que le danger se sera éloigné.

Les minutes qui suivirent s'égrenèrent dans la crainte. Oliver redoutait de voir l'agent Brett surgir dans sa chambre, pistolet au poing, mais il n'avait d'autre choix que d'attendre en espérant que le Lord fût digne de confiance. Il crut s'évanouir lorsque deux coups secs résonnèrent à la porte.

– Le Lord l'attend, prévint la gouvernante.

Et Oliver respira enfin.

Albert l'escorta jusqu'au petit salon et, d'un signe encourageant de la tête, l'invita à entrer.

Lord Abberline était perdu dans la contemplation d'un tableau. Il se tourna doucement vers Oliver. Une pointe de tristesse embrumait son regard azur mais l'assurance qui émanait de lui suffit à redonner un peu d'aplomb au jeune garçon. Le Lord lui tendit la main. Elle dégageait un puissant parfum de cigares.

– As-tu bien dormi ? demanda-t-il une fois qu'ils prirent place dans les fauteuils en cuir.

– Oui, répondit Oliver, légèrement surpris. Et vous ?

– Je ne dors jamais très bien, sourit le Lord. Probablement l'âge. Mais on s'y habitue.

Oliver se contenta de hocher la tête.

– Bien, reprit le Lord. Je veux maintenant que tu me racontes toute ton histoire depuis la découverte de ce fameux livre chez notre ami commun.

M. Dawkins… Oliver sentit son cœur grincer. Lui et le Lord étaient amis depuis l'Université. Son hôte pourrait lui tenir rigueur de l'avoir dénoncé.

Le jeune garçon répéta le même récit qu'il avait fait la veille à Albert, sans omettre d'insister sur l'espoir qui l'avait conduit jusqu'ici.

– T'embarquer discrètement sur l'un de mes bateaux… sourit le Lord. Je dois reconnaître que c'est bien pensé. Tu m'as tout l'air d'un garçon intelligent, Oliver !

L'intéressé rougit jusqu'aux oreilles.

– Je te promets d'y réfléchir très sérieusement, reprit le Lord, mais comprends qu'une opération aussi risquée demande un tant soit peu de préparation. En attendant que les choses se précisent, je te promets que tu ne risques rien en restant mon invité. Il te faudra observer quelques règles de prudence, évidemment, comme ne pas quitter ta chambre lorsque j'ai des visiteurs, et tout se passera bien.

– Merci beaucoup, murmura Oliver.

Il sentit un poids immense s'envoler. Des larmes de soulagement lui chatouillèrent les yeux.

– Je fais ce qui me semble juste, lui répondit modestement le Lord. À ce propos, quelque chose me chiffonne dans ton histoire…

Oliver déglutit, sachant déjà ce que le Lord allait lui demander.

– Je connais bien notre Grand Inquisiteur, reprit-il en regardant Oliver droit dans les yeux. Et, si je devais m'autoriser un avis, sa réaction me paraît légèrement disproportionnée, même si le fait de détenir un livre interdit constitue à l'évidence un crime d'une grande gravité. Es-tu bien sûr de ne rien avoir oublié ?

Sentant à nouveau ses joues s'empourprer, le jeune garçon s'efforça d'adopter la voix la plus assurée possible.

– Rien du tout. Je vous ai tout dit.

– C'est d'accord, sourit le Lord. Après tout, je ne le connais sans doute pas aussi bien que ça. Et puis, on ne connaît jamais tout à fait les gens : Dawkins était mon ami depuis plus de cinquante ans, et jamais je n'aurais soupçonné une telle chose de sa part…

– Moi non plus, reconnut Oliver.

– Il y a des illusions trompeuses, conclut le Lord. À présent, je dois te laisser, j'ai du travail. Mme Templeton te dira quand et où tu peux te balader. N'hésite pas à la solliciter, elle sera ravie de t'aider !

Oliver traversa le couloir et s'arrêta sur le seuil de la cuisine. Mme Templeton, vêtue d'une robe mauve aux motifs d'oiseaux, épluchait carottes et navets pour ce qui s'annonçait un délicieux ragoût.

– Oliver ! sourit-elle. Nous sommes ravis que tu restes avec nous ! Tu es ici chez toi !

Peu habitué à tant d'attentions, Oliver rougit pour la troisième fois de la journée. Ça commençait à faire beaucoup…

– Le Lord reçoit des visiteurs à déjeuner. Il ne faudra pas que tu quittes les étages. En attendant, tu peux te promener dans le parc si tu le souhaites, mais ne t'approche pas de la grille, il ne faudrait pas que quelqu'un te voie.

– Je serai prudent, promit Oliver, content de pouvoir s'aérer un peu.

Alors qu'il approchait de la porte d'entrée, la voix de la gouvernante lui parvint depuis la cuisine.

– J'ai mis ton manteau avec le linge sale, tu en trouveras un autre à ta taille dans l'entrée !

Mme Templeton était réellement une bonne fée, songea Oliver en attrapant un vêtement de bien meilleure facture qu'il enfila avec plaisir.

Il n'osa pas fouler la neige qui recouvrait les pelouses. De loin, il reconnut Adrian, le garde-chasse, qui lui adressa un signe de la main. Son molosse, sans surprise, n'était pas loin.

L'angoisse de la matinée commençait à se dissiper. La visite impromptue du Grand Inquisiteur était finalement bien tombée. À présent, Oliver faisait confiance à son hôte. Si le Lord lui permettait de se glisser dans un navire, il pourrait peut-être même vivre les aventures dont il rêvait.

Cette pensée aurait pu – ou dû – le réjouir, mais prendre le large signifiait également fuir ses amis – Dennis, Andrew et les autres, mais aussi Dévouée Mary qui s'était sacrifiée pour lui permettre d'échapper à l'agent Brett. Qu'était-elle devenue ? Plusieurs fois par jour, cette question venait le hanter, et l'absence de réponse laissait son imagination fertile concevoir les pires scénarios. Il pressentait que le Dignitaire la maltraitait, comme il l'avait lui-même expérimenté dans le bureau de Mère Helen, et cette idée lui semblait aussi incompréhensible qu'insupportable. Oliver n'avait rien d'un Déviant. Aucune rage ne l'animait, pas plus que l'envie de blesser les autres. Il aimait son prochain et l'aidait dès qu'il le pouvait. Alors, si l'Hégémonium œuvrait pour le bien de tous et était à ce point infaillible, pourquoi s'acharnait-il sur lui ?

Un peu étourdi par toutes ces questions, il regagna le Manoir.

– Te voilà, sourit Mme Templeton depuis le seuil de la cuisine. Les invités seront là dans moins d'une heure, il vaut mieux que tu t'installes dans le petit bureau pour déjeuner.

Oliver approuva sans bouger.

– Évidemment… soupira la gouvernante. Excuse-moi, Oliver, j'aurais dû me douter que ni le Lord ni Albert n'ont pensé à te faire visiter la maison. Allez, suis-moi !

Mme Templeton le précéda au premier étage et désigna les six portes que desservait le couloir.

– Il y a la chambre du Lord, dit-elle, celle d'Alicia, une grande salle de bains, le salon de musique, le petit bureau… La porte du fond permet d'accéder à la tour qui abrite le bureau du Lord et la bibliothèque.

– Qui est Alicia ?

– La petite-fille du Lord. Elle est à l'école mais tu la rencontreras sûrement ce soir. Au deuxième étage, ce ne sont que des chambres, celle d'Albert, celle d'Aulus, l'homme à tout faire du Lord, la mienne et quatre chambres d'amis dont celle que tu occupes, ajouta-t-elle en l'entraînant dans le petit bureau.

La pièce, relativement étroite, disposait d'étagères couvertes de bibelots qui la rapetissaient davantage encore. La gouvernante détacha l'abattant d'un joli secrétaire et l'invita à y déposer son assiette.

– Je viendrai te prévenir quand les invités seront partis. À tout à l'heure ! dit-elle avant de s'éclipser.

Oliver considéra les curieux objets rassemblés dans la pièce. La plupart d'entre eux ressemblaient à de vieux instruments de navigation marine qu'il avait déjà vus au fil de ses lectures. Boussoles, compas, sextants, astrolabes, énuméra-t-il. Il goûta le ragoût encore brûlant, puis poursuivit son inspection. Son regard s'attarda sur une boussole en cuivre cabossée qui semblait être l'objet le plus ancien de la collection. En se hissant sur la pointe des pieds, il parvint à s'en saisir et, surpris par son poids, faillit la lâcher. Voilà sans doute l'origine de ses bosses, songea-t-il en l'époussetant avec sa manche, avant de découvrir un étrange cadran. Quatre symboles remplaçaient les points cardinaux. Quatre symboles qu'il avait déjà rencontrés. La couverture du livre interdit, se remémora-t-il. Un arbre se substituait au nord, une goutte d'eau, au sud, une flamme, à l'est et ce qui ressemblait à un tourbillon, à l'ouest. Les trois premiers symboles étaient la copie conforme des pictogrammes découverts chez M. Dawkins. Troublé, il remarqua une inscription gravée sur le côté. Cela rassemblait davantage à une suite de symboles qu'à une phrase. Mais les caractères étaient trop petits pour pouvoir être décryptés à l'œil nu.

Il partit à la recherche d'une loupe, ouvrit le premier tiroir du secrétaire et fouilla parmi le bric-à-brac de plumes et de trombones avant d'en extraire un classeur si épais que le fermoir menaçait de céder. Il inspecta soigneusement le reste des fournitures. Rien. Pas de loupe. Au moment de ranger le classeur, une photographie s'en échappa et tournoya avant de se poser délicatement au sol. Oliver s'abaissa pour la ramasser et ne put retenir un cri de stupeur. Il tenait dans sa main une photo de la Communauté de Bridgetown. Il détacha le fermoir et ouvrit le classeur. Une quinzaine d'intercalaires séparaient des dossiers étiquetés chacun d'un prénom. Le premier était au nom de Lily. Il comportait plusieurs photographies d'une jeune fille de son âge ainsi que de nombreuses lettres manuscrites. Il parcourut la dernière, datée d'il y a trois ans.

Ma chère Ines,

Je te confirme que Lily n'est pas celle que nous cherchons.

Ta mission de surveillance s'achève donc.

Nous t'attendons au plus tôt à Mill Road.

Bien à toi,

Arthur Abberline

Oliver poursuivit sa lecture et se glaça. La dernière étiquette indiquait « Oliver ». Il entrouvrit le dossier. Plusieurs photographies le représentaient de loin, dans le parc de la Communauté ou les rues du village. Il se saisit d'une lettre.

Mon cher Arthur,

Conformément à tes dernières instructions, je continue de surveiller Oliver de près.

Ma couverture est particulièrement adaptée, son goût pour la lecture nous a rapprochés. S'il fallait un jour l'approcher, je serais parfaitement à même de le faire.

Bien à toi,

Henri Dawkins

Oliver ne pouvait détacher ses yeux des lettres arrondies tracées par la main du libraire. Une sensation de vertige l'obligea à s'asseoir.

Le surveiller, une couverture…

Les questions s'entrechoquaient. Il se prit la tête dans les mains. Albert l'avait-il manipulé et sciemment entraîné ici ?

CHAPITRE 11

Le bal

– Champagne, Monsieur ?

Virevoltant à travers le grand salon de réception, le serveur s'inclina devant Everett Stout.

– Merci mon ami ! lui lança le dandy en attrapant une coupe.

Son regard mutin s'attarda sur un groupe de jeunes femmes qui le dévoraient des yeux. D'un air conquérant, il écarta les longues mèches rousses qui s'échappaient de son chapeau et s'élança en direction des demoiselles. Une main ferme lui saisit le bras et le stoppa dans son élan.

– Monsieur le baron ! s'exclama Everett. Vous donnez là une magnifique soirée !

– Je vous remercie, professeur. Je venais m'assurer que vous passiez un bon moment.

L'hôte de la soirée s'épongea le front à l'aide d'une serviette qu'il échangea contre une poignée de petits-fours.

– Je m'apprêtais à le faire, sourit le scientifique en désignant les jeunes femmes qui, aussitôt, gloussèrent et s'empourprèrent.

– Vous êtes incorrigible ! s'esclaffa le baron en recouvrant sa cravate de postillons. Avez-vous déjà rencontré mon épouse ?

Plus souvent que tu ne l'imagines, songea Everett en croisant le regard éteint de la baronne, mais il répondit avec l'amabilité qui seyait à ce genre de soirées.

– Je ne pense pas avoir eu ce plaisir, dit-il en frôlant des lèvres la main qu'on lui tendait.

– Mon cher professeur, reprit le baron, savez-vous que mon beau-frère siège au Conseil Éthique et Dogmatique ? Je crois savoir qu'il a été question de vous cette semaine, et que votre histoire de mondes multiples continue d'enflammer les débats !

– Chéri, intervint la baronne d'une voix glaciale, je crois savoir que le Pr Stout a lui-même reconnu qu'il s'agissait d'une erreur de jeunesse. Pourquoi sans cesse la lui rappeler ? Je n'ose imaginer votre lassitude, ajouta-t-elle en se tournant vers lui.

– Ce n'est rien, sourit Everett. La passion d'un jeune scientifique peut lui faire perdre la tête, mais je peux vous assurer que je suis maintenant sage et rangé.

Son regard malicieux semblait hurler l'inverse et les joues de la baronne rosirent, lui redonnant une étincelle de vitalité.

– Vous êtes décidément très demandé, susurra une voix cristalline, après que les maîtres des lieux se furent éloignés.

– Bonsoir Emily, sourit Everett.

Emily figurait sûrement parmi ses admiratrices les plus entreprenantes.

– Vous avez récemment fêté vos quarante ans. Quand songerez-vous donc enfin à vous caser ?

– Ma chère comtesse, soupira le scientifique en lui tendant la main, vous imaginez-vous danser toute votre vie au bras du même homme ?

– Tant qu'il ne s'agit pas du baron, se moqua-t-elle en acceptant l'invitation.

Ils s'élancèrent sur la piste et tournoyèrent au rythme endiablé des violons de l'orchestre, sous les regards admiratifs ou jaloux. Si Everett semblait imperturbable, la jeune femme, elle, frissonnait au contact de sa main dans le creux de ses reins.

Brusquement, la musique s'arrêta. Un murmure parcourut l'assemblée. Un homme traversait la salle de bal.

– Le Dignitaire Jones en personne, souffla Emily. Quel honneur pour le baron !

Le Dignitaire avait la peau ébène et une barbe grise parfaitement taillée. Il déambulait parmi les convives, échangeant poignées de main et sourires. Dans son sillage, Everett reconnut son ancien mentor, Ernest McFailen, le directeur du département de Physique de la Création. Ce dernier lui fit un signe de la main.

– Tsss, toujours trop demandé… sourcilla Emily en voyant Everett s'éloigner.

Le scientifique approcha avec l'élégance qui seyait à son pas, et s'inclina face aux deux hommes.

– Professeur Stout, sourit le Dignitaire, je crois que le Pr McFailen a de bonnes nouvelles pour vous.

– Vraiment ?

– Cela reste fragile, tempéra le vieux professeur, il y a eu de nombreuses discussions impliquant le Conseil et l'Inquisition, et certains trouble-fêtes comme Lenny Roberts ne vous lâcheront pas d'une semelle. Mais oui, vous êtes finalement réintégré parmi les effectifs de l'Université !

Everett Stout masqua son euphorie. Il avait cru mourir lorsque l'Inquisition avait choisi de prolonger sa mise au ban. Aujourd'hui, le soulagement était à la hauteur du déchirement qu'il avait connu.

– C'est une très bonne nouvelle, se réjouit-il d'une voix neutre. Je vous remercie, professeur. Vous également, Votre Dignité.

– Je n'y suis pas pour grand-chose, répondit le Dignitaire en riant. Pas directement en tout cas… Mais je pense que le Patriarche ne souhaitait pas revivre le même cirque qu'il y a vingt ans, et les modérés ont tranché en votre faveur. Félicitations, professeur !

– Il faudra vous tenir à carreau, l'avertit McFailen. Je me suis porté garant de vous !

– Soyez sans crainte, professeur. Je ne vous créerai aucun tracas.

Le Dignitaire et le professeur s'en allèrent saluer d'autres convives. Everett profita de ne plus être au centre de l'attention pour se rapprocher de la porte. Il n'avait plus qu'une seule idée en tête, s'en aller et partager avec Paul ce dénouement tant attendu.

– Professeur Stout ! l'apostropha un homme entre deux âges. J'espère vous voir à la petite sauterie que j'organise la semaine prochaine !

Le plus idiot de tous les idiots, songea Everett en s'efforçant de sourire à l'homme qui approchait. Il pourrait bientôt prétexter sa charge de travail à l'Université pour ne plus jamais revoir ces imbéciles.

– Certainement, mon cher vicomte, je ne raterai ça pour rien au monde ! dit-il avant de s'éclipser.

Quand Stout rentra chez lui, Peter Beauchamp sursauta et s'empressa de quitter son fauteuil pour venir à la rencontre de son maître.

– Monsieur rentre particulièrement tôt, fit-il remarquer en le débarrassant de sa redingote. Je ne l'attendais pas avant demain matin.

– Mon cher Peter, sourit le scientifique, ce n'est pas une soirée comme les autres…

– Monsieur ? l'interrogea-t-il avec son flegme habituel.

– Ils m'ont réintégré ! s'écria Everett en jetant son haut-de-forme au plafond. Je vais pouvoir reprendre nos recherches !

– C'est une bonne nouvelle… articula le majordome.

Mais déjà ses traits venaient de s'assombrir.

– Ça y ressemble ! s'agaça le scientifique. Tu faisais la même tête lors des funérailles de mon père !

– Que Monsieur me pardonne, s'excusa Peter. Je connais vos projets et je m'inquiète pour vous… Les agents ne vous lâcheront pas… Et puis, j'aurais préféré vous voir fêter cette nouvelle avec vos compagnons de soirée, ou même avec une demoiselle, plutôt que…

– Il n'y a qu'avec lui que je veux la fêter ! coupa sèchement Everett. Et je ne t'ai pas demandé ton avis ! Amène-moi plutôt un cigare et les deux clés !

Le majordome s'inclina et s'exécuta à contrecœur.

– Je n'ai plus besoin de toi. Tu peux aller te coucher.

– Très bien, Monsieur. Je vous souhaite une bonne nuit, Monsieur, dit le majordome en s'éclipsant.

Everett s'approcha de la cheminée. Des larmes humidifièrent ses joues jusqu'à se perdre sous son menton glabre. Toute la joie qui illuminait son visage s'était évaporée.

Il s'approcha d'une étagère, en sortit quelques livres qui dissimulaient une serrure et y introduit la première clé. Un pan de mur pivota. Everett emprunta l'escalier qui menait à une vaste cave et se dirigea vers un coffre-fort.

Il l'ouvrit avec la seconde clé, en sortit un petit coffret de bois ainsi qu'une bouteille de gin, deux verres de dégustation, et s'installa à une table de bridge. Il alluma son cigare, remplit les deux verres, siffla le premier et sortit une photo du coffret qu'il posa sur la table. On y reconnaissait Everett, probablement étudiant, coiffé d'un catogan, en compagnie d'un garçon de son âge au visage doux et d'une jolie jeune femme aux longs cheveux châtains.

– À la tienne, Susan ! Et à la tienne, mon cher Paul, mon seul véritable ami, souffla-t-il avant de vider le second verre et de les remplir à nouveau. Tu ne vas pas me croire, reprit-il les yeux rivés sur la photo. Je retourne enfin à l'Université ! Vingt ans à supporter ces imbéciles, tous plus décadents les uns que les autres… Mais ça a finalement porté ses fruits !

Everett siffla un verre supplémentaire avant de fouiller dans la boîte et d'en sortir une lettre. Une larme vint mourir sur le papier, précisément à l'endroit où figurait la date. Everett la tamponna. Peu importait si la date n'était plus visible, il la connaissait trop bien : vingt-sept jours avant la disparition de Paul et Susan. Il se concentra malgré les brumes qui obstruaient son cerveau et la relut pour la millième fois.

Mon cher Everett,

Déjà deux ans depuis notre dernier courrier.

Une éternité !

Je n'ai toujours pas le droit de communiquer avec toi et je suis plus surveillé que jamais. Je nous fais donc courir un risque à tous les deux en t'écrivant. Je pense que tu me pardonneras, car contrairement à moi tu n'as jamais eu peur.

J'ai tellement de choses à te raconter… Malheureusement, le temps presse et je n'irai qu'à l'essentiel dans cette lettre.

J'ai trois nouvelles à partager avec toi. Tu ne seras pas surpris que je commence par la mauvaise, mon optimisme me poussant toujours à croire que de bonnes choses succèdent aux pénibles.

L'étau se resserre autour de Susan et moi. Je mène depuis plusieurs mois des recherches clandestines à notre domicile, et j'ai maintenant peur de voir débarquer les agents à toute heure du jour ou de la nuit. J'ignore combien de temps il nous reste.

Les bonnes nouvelles maintenant. Ces recherches découlent d'incroyables découvertes réalisées dans le cadre du projet sur lequel je suis contraint de travailler pour l'Hégémonium. J'ai ainsi pu compléter tes travaux sur les mondes multiples afin de créer un appareil baptisé « l'Arche ». La suite est si extraordinaire que ma main tremble en écrivant ces lignes…

Susan et moi avons découvert un autre monde ! « L'Arche » ne nous en donne qu'une image pour l'instant, mais il existe bel et bien ! Nous avons finalement prouvé que tu avais raison !

La seconde bonne nouvelle est peut-être plus importante encore (pour nous tout du moins).

Susan est enceinte ! L'accouchement est imminent et notre bébé devrait être là dans trois ou quatre jours au plus. Nous sommes tellement heureux ! J'espère de tout cœur que tu le connaîtras un jour !

S'il devait nous arriver quelque chose, Susan a caché les plans de l'Arche à la bibliothèque de l'Université, dans ce recueil que toi seul apprécies. Il n'est jamais consulté, ainsi personne ne les trouvera si ce n'est toi.

Peut-être s'agit-il d'une lettre d'adieu. Merci pour tout.

Ton ami à tout jamais,

Paul

De profonds sanglots l'étreignirent à nouveau. Everett porta le dernier verre à ses lèvres. Les idées affleuraient, confuses et désordonnées, et sa tête commençait à tourner. Dans cet état, il retrouvait un semblant d'espoir. Peut-être étaient-ils encore vivants, cachés quelque part avec leur bébé. *Je vais construire l'Arche*, songea-t-il en embrassant la photo. *Et je vous retrouverai.*

CHAPITRE 12

Retour à Bridgetown

Fuir au plus vite. Quitter Londres.

Oliver traversait le centre-ville en direction du sud. Il ne prêtait attention ni aux rémouleurs qui hélaient les jolies servantes, ni aux éventuels agents qui auraient pu se cacher parmi la foule. Il ne pensait plus à rien. La découverte du dossier l'avait laissé en état de choc. Il s'était glissé hors du Manoir avant d'escalader le mur d'enceinte pour détaler loin de Mill Road.

Lily n'est pas celle que nous cherchons…

Oliver se faufila parmi le cortège qui remontait l'artère permettant de quitter la capitale à pied.

Ma couverture est particulièrement adaptée…

Une patrouille surveillait les portes de la ville.

Son goût pour la lecture nous a rapprochés…

Impossible de faire marche arrière sans attirer l'attention. Oliver colla aux basques d'une bruyante famille bourgeoise, fit mine de rire à leurs plaisanteries et, son luxueux manteau aidant, passa sans encombre sous les yeux des agents.

Il quitta la route principale pour la longer à travers champs.

Je continue de surveiller Oliver de près…

Les correspondances conservées par Lord Abberline lui revenaient en boucle. Qui diable était ce soi-disant homme d'affaires et que lui voulait-il ? Tout cela n'avait aucun sens. Il songea aux mystérieuses disparitions. Le Lord l'avait-il hébergé pour l'enlever par la suite ? Il regretta de ne pas avoir fouillé plus longtemps. Le dossier renfermait-il une note sur les fromagers de Berckford ? La famille dans l'Essex ?

Tout cela était absurde. Il n'était qu'un orphelin élevé par des Dévouées. Il n'avait rien de particulier.

Pourquoi M. Dawkins le surveillait-il ? *M. Dawkins*... Il chassa immédiatement l'image du vieux libraire. Il se sentait trahi, blessé, abandonné. Son univers avait basculé. Sa vie entière semblait lui échapper.

Une épaisse couche de neige recouvrait la terre en jachère mais, accaparé par ses pensées, Oliver n'avait plus conscience de l'effort exigé à chacun de ses pas. Le soleil déclinait, les villages, tous identiques, se succédaient, et il faisait déjà nuit noire lorsqu'il parvint enfin à rejoindre Bridgetown.

Promets-moi de ne pas revenir, ce serait bien trop dangereux...

Dévouée Mary s'était sacrifiée pour qu'il échappe à l'agent Brett, et il commettait probablement une grosse erreur en revenant là où tout avait commencé. Mais, guidé par ce qui ressemblait à un instinct de survie, il avait ressenti un besoin viscéral de revoir des visages familiers, de se raccrocher à eux. Dennis et sa famille étaient les derniers vestiges qu'il lui restait de sa vie passée.

Il longea la réserve de bûches de la ferme et essaya d'apercevoir la pièce à vivre, mais une épaisse buée recouvrait la fenêtre. Il rassembla son courage et frappa à la porte.

– J'arrive, j'arrive !

Quand Annie l'aperçut, elle se figea, la bouche entrouverte.

– Viens là, souffla-t-elle en écartant les bras.

Le jeune garçon se lova contre son épaule. Annie héla son fils qui sortit en trombe de la chambre qu'il partageait avec sa petite sœur et se précipita vers son meilleur ami, bientôt imité par Joseph et Laura.

Ils l'installèrent près du feu et le couvrirent d'attentions. Oliver huma le bol de soupe qu'on lui tendit. Ça ne valait peut-être pas la cuisine de Mme Templeton, mais ça avait l'odeur de son enfance. Chaque gorgée troublait le lourd silence qui emplissait la pièce. Annie s'en alla coucher Laura qui prétextait la présence d'Oliver pour essayer de veiller tard. Les hommes se retrouvèrent entre eux.

– Oliver, lança Joseph, qu'est-ce qui se passe ?

Oliver baissa les yeux. Comment pouvait-il répondre à cette question ? Il était l'homme le plus recherché du Royaume, un richissime explorateur le faisait surveiller par un libraire qui, par ailleurs, détenait des livres interdits, et la femme qui l'avait élevé avait sans doute, par sa faute, de gros ennuis... Voilà ce qu'il se passait !

– Comment va Dévouée Mary ? se contenta-t-il de répondre.

– Tout va bien pour elle, s'empressa de le rassurer Annie, déjà de retour. Elle a commis une erreur en t'aidant à t'enfuir, mais Mère Helen a plaidé en sa faveur. Notre Grand Inquisiteur, dans son immense miséricorde, l'a envoyée se faire rééduquer à Londres. Elle nous reviendra bientôt guérie.

– « Rééduquer » ?

– Oui, se réjouit Annie, il existe un endroit merveilleux, baptisé « le Centre de la Dernière Chance ». Ils y sauvent les sujets proches de basculer dans la Déviance. Ils vont prendre soin d'elle là-bas !

Un centre de rééducation ? Oliver frissonna. Elle n'y avait sûrement jamais mis les pieds. Dévouée Mary avait berné l'agent Brett pour se glisser dans sa chambre. Ils avaient eu le temps de se parler. Le Grand Inquisiteur n'aurait jamais fait preuve d'une telle clémence, compte tenu de son zèle pour protéger l'énigmatique Projet Eden.

– Tu sais, reprit Joseph, nous ne pensions jamais te revoir après ce qu'ils nous ont raconté.

Oliver l'interrogea du regard.

– Si tu savais comme nous nous en voulons, reprit-il en fixant les flammes. Pendant tout ce temps, nous n'avons rien vu, rien suspecté…

Des larmes perlaient le long de ses joues rondes. Elles se réfugièrent dans sa barbe hirsute.

– Vous n'avez rien à vous reprocher… souffla Oliver.

– Des mois que ça durait, reprit sourdement le fermier, que ce monstre de libraire pervertissait ton âme avec ses théories déviantes…

– Non, coupa le garçon, j'ai juste trouvé un livre interdit. Avant ça, il ne s'était jamais rien passé.

– Le Grand Inquisiteur nous a prévenus que tu réagirais comme ça, déplora Joseph en s'essuyant le visage à l'aide de sa manche. Nous savons que tu nous mens, Oliver, mais tu es également une victime et nous te pardonnons. Comme le fait notre Dignitaire.

Un terrible sentiment d'impuissance submergea le garçon. Jamais ils ne le croiraient. Pourquoi douteraient-ils de la parole du Grand Inquisiteur ?

– Nous ne t'avons pas encore annoncé la bonne nouvelle ! s'exclama Dennis qui piaffait d'impatience. Le Grand Inquisiteur souhaite également t'envoyer au Centre de la Dernière Chance. Ils vont te guérir et tout redeviendra comme avant !

Oliver prit la mesure de ce que ces derniers mots impliquaient.

Sa famille d'adoption comptait le livrer aux agents. Sans le savoir, ils l'enverraient vers l'excommunication ou la mort. Le jeune garçon se leva.

– Qu'est-ce que tu fais ? s'exclama Joseph en l'imitant.

Ses muscles semblaient tendus sous son tricot et son regard s'était durci. Oliver recula et entrouvrit involontairement la porte de la chambre des enfants. Les deux petits lits jumeaux étaient vides.

– Où est Laura ? demanda-t-il d'une voix tremblante.

Une sourde angoisse lui noua l'estomac. Il connaissait déjà la réponse. Elle serait bientôt là en compagnie des agents qui montaient la garde à la Communauté.

– Ne t'inquiète pas, tenta de le rassurer Annie. Tout va bien se passer.

Subitement, Oliver prit conscience qu'il n'était pas le seul en danger. Dennis et sa famille venaient de signer leur arrêt de mort.

– Vous devez fuir ! les supplia-t-il. Le Grand Inquisiteur vous fera arrêter dès qu'il saura que je vous ai parlé !

– Oliver, calme-toi, souffla Annie.

– Tu n'as pas à avoir peur, renchérit Joseph. Nous ne voulons que t'aider.

Oliver tendit l'oreille. Un léger vrombissement, à peine plus fort que le bourdonnement d'un insecte, se rapprochait. Les agents arrivaient.

– Je suis désolé. Jamais je n'aurais dû venir…

– Rassieds-toi, murmura Joseph en s'approchant doucement de lui.

Oliver recula et se retrouva acculé contre le mur. En désespoir de cause, il bondit sur le lit de Dennis, abrita son visage dans son coude et s'élança contre l'unique fenêtre de la pièce. Il hurla en sentant les minuscules lames de verre lui lacérer les chairs, puis se retrouva, tremblant, le nez dans la neige. Il n'avait pas une seconde à perdre. Il parvint avec difficulté à se redresser mais sa tête tournait. Une terrible douleur l'élançait à l'arrière du crâne. Il saignait.

– Juste à temps ! s'exclama une voix grave précédée par le faisceau d'une lampe à gaz. On dirait qu'il s'est bien amoché par contre !

Trois agents l'encerclèrent, revolver au poing.

– Oliver ! sanglota Annie qui se précipita vers lui. Pourquoi as-tu fait ça ?

Elle appliqua un mouchoir contre la plaie et pressa fortement. L'un des hommes s'accroupit à son tour pour évaluer les dégâts.

– Ça devrait aller… Mais il faudra que tu appuies bien fort pendant le trajet, ajouta-t-il à l'intention d'Oliver.

– Vous ne l'emmenez pas se faire soigner à la Communauté ? s'étonna Joseph avec un regard inquiet pour le garçon.

– Nous avons ordre de le ramener immédiatement au Palais.

Les vertiges d'Oliver s'intensifiaient. Joseph le porta jusqu'à la voiture et l'installa à l'arrière, aux côtés du plus jeune des agents dénommé Tarley.

– Tu viendras nous voir dès que tu seras guéri ! lui glissa Laura avant que la portière ne claque.

Oliver peinait à garder les yeux ouverts, et le sang continuait à affluer dès qu'il relâchait la pression de sa compresse. Cette fois, c'était la fin, songea-t-il en se sentant sombrer. Il avait fait une erreur, il n'aurait jamais dû rompre la promesse faite à Dévouée Mary. Un haut-le-cœur lui souleva la poitrine. Survivrait-il seulement jusqu'à Londres ?

– Tu dors ? grommela l'agent Tarley.

Oliver se tut. Les mots ne lui venaient plus.

– Il a quand même l'air dans un sale état, commenta Tarley pour ses collègues.

– D'après ce que j'ai compris, répondit le chauffeur, M. Hodgson n'a pas reçu l'ordre de le remettre sur pied…

– Avec la Dévouée et les fermiers dont on s'occupera sûrement au retour, ça fait quand même un sacré ménage pour un patelin de cette taille…

– Tu peux le dire ! approuva le chauffeur.

Les mots des agents glacèrent Oliver dont la conscience devenait de plus en plus floue. Tout était sa faute. Dévouée Mary était sans doute morte, et les Felton connaîtraient bientôt le même sort. Des larmes silencieuses s'échappèrent de ses yeux clos.

– Qu'est-ce que c'est que ça ?

Le chauffeur freina brusquement. Oliver vint s'écraser contre l'appui-tête.

Il aperçut dans le faisceau des phares une charrette arrêtée au milieu de la route. Deux silhouettes encapuchonnées semblaient s'affairer.

– Dégagez ! hurla le chauffeur à travers la fenêtre. Nous sommes des agents en mission !

– Désolé, répondit l'un des deux hommes. Notre essieu s'est brisé tout net. Impossible de la bouger à deux avec le chargement.

Cette voix... songea Oliver. Il aurait juré... Sa blessure lui jouait probablement des tours.

Le chauffeur jura et fit signe à son collègue de le suivre, laissant Oliver sous la seule garde de l'agent Tarley. Le froid qui s'engouffrait par les portières ouvertes l'aida à ne pas perdre connaissance.

– Qu'est-ce qui vous est arrivé ? demanda le chauffeur tandis que l'autre agent sortait la lampe à gaz du coffre.

– Rien de particulier, souffla le voyageur. Mais la route est tellement cabossée par ici... On a dû rouler sur un nid-de-poule...

Oliver observait la scène depuis la voiture. L'agent braqua le faisceau de la lampe sur les deux hommes qui se couvrirent les yeux. L'un était large d'épaules, l'autre semblait plus grand et plus élancé.

– Ah oui, quand même ! siffla le chauffeur en constatant les dégâts. Une fois la route dégagée, vous n'aurez pas grand-chose à faire que de marcher jusqu'au prochain village et espérer trouver un charron qui ne dorme pas...

Poussant de toutes leurs forces, ils entreprirent de déplacer la charrette sur le bas-côté, mais elle demeura solidement ancrée au beau milieu du passage.

– Votre collègue, il pourrait pas venir nous aider ?

– Tarley ! appela le chauffeur. Il dort, le gamin ?

L'agent Tarley confirma et sortit de la voiture. Alors, Oliver se risqua à rouvrir un œil. Son attention s'attarda sur l'homme trapu. Ce dernier multipliait les regards inquiets à son encontre.

– À trois, annonça-t-il pour coordonner la poussée. Un…

Dans la lumière des phares, une lame sembla se matérialiser dans la main de son compagnon.

– Deux…

De loin, Oliver crut apercevoir un pic à glace.

– Et trois !

Le compagnon se jeta sur le chauffeur et lui trancha la gorge d'un geste sec. Surpris, le deuxième agent eut juste le temps de relever la tête pour voir la lame se planter entre ses deux yeux. L'agent Tarley sortit son revolver mais l'homme, plus prompt, dévia sa main et le coup de feu se perdit vers le ciel. Une autre lame apparut, se planta dans le cœur de l'agent qui s'effondra.

Oliver paniqua. Voilà qu'il avait des hallucinations maintenant. Les agents avaient bien disparu de son champ de vision. Tout était allé si vite.

Craignant de connaître le même sort, il entrouvrit la portière et entreprit de s'échapper. Ses jambes se dérobèrent dès qu'il posa le pied dehors, et les vertiges l'envoyèrent valser à terre.

– Va le chercher, je m'occupe de l'essieu, marmonna l'un des hommes.

Et Oliver perdit définitivement connaissance.

CHAPITRE 13

La Chambre des Dignitaires

La sonnette retentit. Charles Hodgson se précipita dans l'entrée, le visage encore couvert de mousse.

– Quoi ?! s'exclama-t-il en ouvrant brutalement la porte.

– Pardonnez-moi, bredouilla le coursier en s'inclinant, un pli urgent en provenance du Palais.

Charles le lui arracha des mains. La tension et le manque de sommeil liés aux événements de la nuit se lisaient sur son visage. Il plongea sa tête dans l'eau, siffla une grande tasse de café bien noir puis décacheta la lettre.

Charles,
L'Hémicycle vous interrogera durant la plénière de ce matin.
Retrouvez-moi une heure avant la séance.
Je vous dirai quoi faire.
Markus Hammer – Grand Inquisiteur de l'Hégémonium

Il ne manquait plus que ça, grommela-t-il, même s'il pouvait s'y attendre puisque les trois agents massacrés dans la nuit se retrouvaient à la une du *Journal Officiel.* Les modernistes s'engouffreraient dans la brèche pour fragiliser le camp du Grand Inquisiteur. Le Dignitaire avait déjà eu toutes les peines du monde, la semaine passée, à contenir le flot de questions sur cet adolescent recherché qui mobilisait tant d'agents. Charles se resservit une grande tasse de café. La journée promettait d'être longue.

Le Palais grouillait malgré l'heure matinale. Charles tendit l'oreille en traversant la galerie des Portraits. « L'affaire de Bridgetown » était sur toutes les lèvres. Il pressa le pas jusqu'aux appartements du Grand Inquisiteur.

– Charles ! l'accueillit le Dignitaire. Savez-vous pourquoi nos patrouilles sont toujours composées de trois agents ?

Ses traits étaient tirés et ses cernes, plus sombres qu'à l'accoutumée.

– Je l'ignore, répondit Hodgson en s'inclinant.

– Ils doivent régulièrement faire face à des situations nouvelles ou particulièrement complexes, poursuivit le Grand Inquisiteur, qui exigent une prise de décision rapide et efficace. Un nombre impair permet de dégager plus facilement une majorité en cas de désaccord. À deux contre un, l'agent minoritaire a ordre de se plier au choix de ses collègues.

Charles opina. Il l'avait probablement appris à l'École Hégémonique de l'Administration mais l'avait déjà oublié.

– Depuis sa création, reprit le Dignitaire, notre Hégémonium a constamment recherché l'efficacité. Ces derniers jours, j'ai le sentiment que nous avons renié cet idéal.

Charles se raidit.

– Je ne vous blâme pas, tempéra le Dignitaire, car je suis à l'origine de ce bourbier. Il n'empêche que vos recherches se sont révélées étonnamment infructueuses au regard des moyens dont vous disposez…

Les joues du directeur de cabinet s'empourprèrent.

– Et l'explication tient probablement aux événements de cette nuit, conclut son mentor.

– Que voulez-vous dire ?

– Le gamin n'aurait pas pu s'en sortir tout seul. Ce qui signifie qu'on l'a forcément aidé. D'après le fermier, nos hommes l'ont récupéré alors qu'il était blessé et se sont immédiatement mis en route pour Londres. Tout ce que nous savons, c'est qu'ils ont été massacrés quelques minutes plus tard, et que le gamin a disparu. Pour une raison qui nous échappe, des Déviants s'intéressent à lui et l'ont libéré.

– Ne trouvez-vous pas la coïncidence incroyable ? demanda Charles.

– Peu importe, balaya le Grand Inquisiteur. Si vous espérez un jour devenir Dignitaire – et je connais votre ambition –, vous devez être capable de transformer n'importe quelle difficulté en opportunité. C'est donc ce que nous allons faire. Quels que soient les responsables du massacre, nous allons raconter à la Chambre l'histoire qui nous arrange, celle qui nous permettra d'avoir les coudées franches… Notre priorité est de faire taire les modernistes, nous nous occuperons du gamin ensuite.

Les deux hommes se dirigèrent vers l'hémicycle où se réunissait chaque semaine la Chambre des Dignitaires. Ils rejoignirent immédiatement le camp des conservateurs situé sur l'aile droite de l'amphithéâtre. Charles serra quelques mains avant de prendre place derrière les colonnades, auprès des autres collaborateurs.

– Il paraît que tu passes à la casserole aujourd'hui ?

– Salut Joshua, répondit Charles en serrant la main de son ancien camarade de promotion. J'aurais dû, comme toi, travailler pour le grand régisseur des Chemins de fer… J'aurais moins de soucis…

– Ce n'est pas vrai ! rétorqua son homologue faussement vexé. Il nous arrive aussi de devoir répondre de nos actes quand les travaux n'avancent pas assez vite… Et ne va pas croire que je n'ai pas d'ambition, je prévois même de devenir ton directeur de cabinet quand tu seras Dignitaire !

Charles sourit.

– Plus sérieusement, reprit Joshua, j'espère que tu t'es bien préparé parce que ces décadents ne te feront pas de cadeaux ! maugréa-t-il en adressant un regard noir à l'aile gauche de l'hémicycle.

Rassemblés autour du Grand Divulgateur extérieur, les Dignitaires modernistes bouillonnaient. *Ils préparent les flèches qu'ils m'adresseront*, songea Charles en inspirant profondément.

L'assemblée se leva comme un seul homme. Le Patriarche venait d'apparaître, précédé du chambellan qui l'aida à prendre place à la tribune d'honneur. Il conservait, malgré une maigreur cadavérique, son aura d'intelligence et de douceur.

Quatre sujets constituaient l'ordre du jour. Les questions destinées à l'Inquisition clôtureraient la séance, ce que regretta Charles qui sentait monter la pression.

Le grand argentier du Royaume, le haut-commissaire aux Affaires navales puis le grand administrateur du Territoire se succédèrent à la tribune. Quelques questions de courtoisie leur furent posées mais personne n'était dupe. L'Hémicycle était à cran, et chaque camp avait hâte que l'affrontement commence. L'occasion d'affaiblir l'adversaire était trop belle.

– M. Charles Hodgson, annonça finalement le chambellan.

Un silence de mort s'empara de la Chambre. Charles, flageolant, descendit la volée de marches le menant à la tribune.

– L'heure est maintenant aux questions pour l'Inquisition, déclara solennellement le chambellan. À la demande du Dignitaire Francis Jones, Grand Divulgateur extérieur de l'Hégémonium, M. Charles Hodgson répondra aux questions de la Chambre à propos de deux affaires : la recherche d'un adolescent mobilisant de nombreux agents depuis trois jours, et la mort violente de trois d'entre eux cette nuit même.

Nous y voilà, se dit Charles en balayant l'assemblée du regard. Plusieurs mains se dressèrent à travers l'hémicycle.

– Dignitaire Francis Jones, appela le chambellan. Puisque vous êtes à l'initiative de cette convocation, je vous invite à poser la première question.

– Merci, répondit le Grand Divulgateur extérieur en se levant.

Sa voix résonnait comme un grondement de tonnerre.

– Monsieur le Directeur de cabinet ! clama-t-il. Depuis trois jours, des centaines d'agents sont mobilisés, et nous ne savons rien de plus que ce que nous apprend le *Journal Officiel*. À savoir qu'un simple adolescent tient tête à l'élite de nos troupes. J'ose espérer que nous sommes mal informés…

Un murmure d'approbation parcourut le camp des modernistes. Charles s'efforça de ne pas baisser les yeux face au Dignitaire Jones qui ne pouvait masquer le plaisir que lui procurait l'exercice.

– Quel camouflet si toute cette histoire se révélait exacte ! reprit-il. Je n'ose imaginer les gausseries de nos ennemis, mais également la peur de nos honnêtes sujets confrontés à une Inquisition incapable de les protéger !

– Comment osez-vous ? s'exclama le Dignitaire Gary Hamilton, qui siégeait juste à côté de Hammer.

Plusieurs conservateurs l'imitèrent et invectivèrent à leur tour le camp d'en face. Le Patriarche leva la main, leur intimant de se rasseoir, et le calme revint aussitôt.

– Monsieur Hodgson, reprit le chambellan, qu'avez-vous à répondre au Grand Divulgateur extérieur ?

– Je vous remercie, articula Charles. Sa Dignité a reconnu elle-même n'avoir aucune information sur l'affaire qui nous préoccupe et c'est probablement ce qui explique la teneur de son discours.

Plusieurs conservateurs s'esclaffèrent tandis que l'intéressé s'efforçait de rester de marbre.

– Avant toute chose, poursuivit Charles, je souhaiterais vous montrer quelques diapositives qui nous aideront à faire la lumière sur toute cette affaire.

Devant un parterre de regards circonspects, il se dirigea vers la lanterne de projection et effectua les réglages nécessaires. Le visage d'un adolescent s'afficha sur le mur.

– C'est donc lui, la terreur qui paralyse notre Royaume ? ironisa le Dignitaire Craig Patterson, moderniste et haut-commissaire à l'Alimentation.

– Allons, tempéra Charles qui sentait les poissons mordre à l'hameçon, croyez-vous sérieusement que ce « simple adolescent », pour reprendre l'expression du Dignitaire Jones, soit capable de déjouer les recherches de nos plus fins limiers ?

– Soit, expliquez-vous alors !

– Ce jeune garçon, reprit Charles, intéresse beaucoup de monde. Mais pour comprendre qui il est, il faut remonter quelques années en arrière.

Il s'empara d'une nouvelle diapositive qu'il glissa dans la lanterne, et un frisson secoua aussitôt l'Hémicycle. Le visage d'un homme s'afficha. Un visage impitoyable qui les avait longtemps défiés et que personne n'avait oublié.

– Qu'est-ce que Darius Gaban a à voir avec tout ça ? s'exclama le Dignitaire Francis Jones. Ne nous dites pas qu'il s'est évadé !

– Cela serait fâcheux, d'autant qu'il est officiellement mort… renchérit Patterson. Nous serions bien embêtés pour justifier son retour…

– Rassurez-vous, rétorqua Hodgson, Gaban croupit toujours au fond de sa geôle, contrairement à nombre de ses fidèles qui se sont tenus à l'écart après l'arrestation de leur chef. Mais il se trouve que nos hommes de la Distillerie ont relevé une recrudescence d'activité de la part des sorciers ces dernières semaines.

Charles rebascula la première diapositive devant la lentille.

– Il s'appelle Oliver, il a quatorze ans et ce n'est pas un simple adolescent. Il est le petit-fils de Gaban.

Un brouhaha accueillit l'annonce.

Charles chercha des yeux son mentor qui acquiesça discrètement de la tête. « La peur, la haine et le désir sont de bien meilleurs arguments que la logique, la dialectique et la démonstration », lui répétait-il souvent. Quinze ans après son arrestation, Gaban déclenchait toujours une angoisse contagieuse.

– Allons ! tonna le Grand Divulgateur extérieur qui n'appréciait pas la tournure que prenait la séance. Nous n'allons quand même pas trembler devant l'image d'un garçon de quatorze ans, quand bien même son grand-père nous a donné du fil à retordre ! Êtes-vous sûr de ce que vous avancez, Hodgson ?

– Parfaitement sûr. Oliver est le fils de Walter Gaban, lui-même fils de Darius Gaban.

– Et pourquoi les sorciers le recherchent-ils ?

– Nous n'en sommes qu'au stade des hypothèses. Néanmoins, le Commandant Herring de la direction des Affaires occultes redoute qu'Oliver possède la même puissance que son grand-père. Si cela se révélait exact, il pourrait rassembler les sorciers autour de lui et relancer la guerre.

Le plan du Grand Inquisiteur fonctionnait à merveille, songea Charles qui s'efforçait de ne pas sourire. L'agressivité avait laissé place à la peur sur les visages des modernistes.

– Où est le garçon ? demanda le Dignitaire Lawrence, chef de file des modérés.

– Je peux vous dire où il était hier soir, aux alentours de vingt et une heures, mais à présent…

Charles chargea une nouvelle diapositive. Trois corps sans vie gisaient le long d'une route.

– Nos hommes l'ont retrouvé à proximité d'un village du nom de Bridgetown. Vous avez lu la suite dans le journal…

– Qu'est-ce qui nous prouve qu'ils ont bien été attaqués par des sorciers ? siffla le Dignitaire Jones qui s'en voulait d'avoir sous-estimé Hodgson – ce freluquet s'en sortait aussi bien que son maître.

– Le mode opératoire et la prise de risques, répondit Charles. Très peu de Déviants s'en prennent directement à nos agents, et certainement pas sans arme à feu. Nos légistes de la Distillerie analysent actuellement les corps, nous pourrons vous fournir les rapports d'autopsie dès qu'ils auront terminé.

– Dignitaire Hammer ! appela le Patriarche, qui jusque-là s'était contenté d'écouter.

– Patriarche ? répondit le Grand Inquisiteur en se levant.

– Ce que votre collaborateur nous apprend là est très grave. Il y a quinze ans, le secret de la magie a déjà failli éclater au grand jour, et les mesures radicales que nous avons dû prendre à l'époque vis-à-vis des malheureux témoins me hantent encore…

Un lourd silence s'ensuivit.

– Nous ne devons jamais revivre ça, reprit le Patriarche. Que proposez-vous, Dignitaire Hammer ?

Charles se retint d'exulter. « Si vous réussissez notre petit numéro, l'avait prévenu son mentor, ils se tourneront vers moi et me demanderont de les protéger. »

– De me faire confiance ! les enjoignit le Grand Inquisiteur. Accordez-moi tous les moyens nécessaires pour mettre la main sur cet enfant. Il incarne le dernier espoir des sorciers que nous devons tuer dans l'œuf ! D'ici peu de temps, le Projet Eden éradiquera à jamais cette menace ! Nous ne pouvons pas prendre le risque de tout compromettre maintenant.

Dans l'Assemblée, chacun retenait sa respiration, le regard tourné vers la tribune d'honneur.

Les yeux du Patriarche trahissaient son intense réflexion.

– C'est d'accord, finit-il par articuler. Vous avez les pleins pouvoirs. Rien ne doit entraver la réussite du Projet Eden. Les portes d'un monde nouveau se rapprochent. Un monde débarrassé du Mal. Nous ne devons surtout pas en perdre la clé…

Une véritable ovation descendit des rangs conservateurs, sous le regard noir des modernistes. Hammer venait d'asseoir encore un peu plus son influence sur la destinée du Royaume.

– Qu'il en soit ainsi, conclut le Patriarche. Son rêve est notre rêve !

– Son rêve est notre rêve, répétèrent Charles et le Grand Inquisiteur en échangeant un regard victorieux.

CHAPITRE 14

Retour au Manoir

Oliver porta la main à l'arrière de son crâne et frémit en sentant les sutures. C'était douloureux.

– N'y touche pas, chuchota quelqu'un à côté de lui. Il faudra du temps pour que ça cicatrise.

Cette voix... Il cligna des yeux mais les referma aussitôt, ébloui par la lumière du jour.

Progressivement, ses derniers souvenirs remontèrent à la surface : la découverte du dossier, sa fuite vers la ferme, son saut à travers la fenêtre, l'arrivée des agents... Et après ? Le trou noir. Quelques images éparses et brumeuses surgissaient mais s'estompaient aussi vite. Avait-il rêvé ces mystérieuses silhouettes, ces corps qui s'effondraient ?

– Je vais te chercher de quoi te restaurer, chuchota à nouveau la voix. Ne bouge surtout pas, tu es encore très faible.

Où était-il ?

Ses yeux s'habituèrent peu à peu à la clarté environnante. Des taches de couleur se transformèrent en formes indécises puis se stabilisèrent enfin. Il reconnut sans peine le miroir, les chaises et les tableaux. Il avait déjà dormi dans cette chambre.

Il tourna la tête.

M. Dawkins lui souriait depuis l'embrasure de la porte.

– Poussez-vous, Henri ! le tança Mme Templeton. Vous n'y connaissez rien aux enfants !

La gouvernante s'engouffra dans la chambre, posa son plateau sur la table de nuit et appliqua sa main sur le front d'Oliver.

– Il est encore un peu chaud, grimaça-t-elle. Je compte sur vous pour prévenir le Lord ! Il faut le laisser se reposer !

– Je ne prendrai pas le risque de vous désobéir ! plaisanta M. Dawkins en écartant d'un sourire ses larges favoris.

Elle leva les yeux au ciel puis déposa un baiser sur le front du garçon.

– Plus jamais ça, soupira-t-elle. Quelle frayeur tu nous as faite !

– J'ose à peine imaginer à quel point tu dois te sentir perdu, souffla le vieux libraire en s'asseyant. Nous répondrons à toutes tes questions, évidemment, mais Mme Templeton a raison. Ta priorité est de récupérer. Sache seulement que tu es en sécurité ici ! Personne ne te fera le moindre mal !

Oliver resta silencieux. Sa bouche était sèche et sa tête tournait. M. Dawkins l'aida à porter le bol à ses lèvres, lui fit boire quelques gorgées trop chaudes puis le garçon se rendormit. Bientôt, des images terrifiantes le secouèrent.

Dévouée Mary courait dans une sombre forêt. Elle l'appelait à l'aide et jetait régulièrement derrière elle des regards terrifiés. Le danger approchait. Elle trébucha au beau milieu d'une clairière et se releva avec peine. Ils l'avaient déjà rattrapée et l'encerclaient. Quatre silhouettes terrifiantes. L'une après l'autre, elles abaissèrent leur capuche. Joseph, Annie, Dennis et Laura allaient se jeter sur leur proie…

Oliver hurla.

Il aperçut son reflet dans le miroir qui lui renvoya un visage blafard et ruisselant… Il était au Manoir. Il n'y avait pas de forêt ni de clairière. C'était un simple cauchemar, se répéta-t-il pour se rassurer. Un simple cauchemar. Il chercha M. Dawkins du regard mais la chaise était vide à présent.

La fièvre avait probablement baissé durant son sommeil, songea-t-il en se touchant le front, et il parvint à se redresser dans son lit. Il retrouvait peu à peu une respiration régulière.

Quelques flocons de neige voltigeaient devant les carreaux de la fenêtre. Il mesura sa chance de pouvoir se blottir sous les couvertures.

Pourquoi était-il de retour au Manoir ? La volonté du Lord sans doute…

Ce dernier le faisait surveiller depuis des années. Il avait sûrement une bonne raison pour l'avoir secouru, et si Oliver était indéniablement bien traité, il n'en restait pas moins son prisonnier…

Il avisa un petit livre posé sur le plateau à côté du reste de soupe froide. Probablement une attention de M. Dawkins. Mais quelque chose clochait. Quelque chose qu'il n'arrivait pas à identifier. Il s'empara du livre et le lâcha presque aussitôt, comme s'il lui brûlait la main. La couverture, évidemment. Verte, somptueuse, agrémentée d'enluminures dorées.

Mythes, légendes et autres histoires de l'Ancien Temps – Par Cornelius Batulcan.

Il hésita. Il ignorait ce qui se tramait ici, entre le Lord et M. Dawkins, mais ce livre avait vraisemblablement été laissé à son intention. Il l'ouvrit.

Une magnifique gravure ornait la première page. Quatre personnages imaginaires se tenaient par la main au milieu d'une nature chatoyante. Une aura de lumière émanait de leurs corps. Des arbres fruitiers, des animaux et même un couple d'humains entièrement nus les entouraient. *Le Jardin*, indiquait la légende. Un texte occupait l'autre page.

De la création du monde

Au commencement était le chaos
Tout était noir, comme une nuit infinie
Puis Belan, Eithène, Thelbes et Matra apparurent
Belan était le Feu, indomptable et sauvage
Eithène était l'Air, insaisissable et nue
Thelbes était l'Eau, puissant et ondoyant
Matra était la Terre, solide et nourricière
Chacun erra, solitaire, dans le néant
Malheureux, car ils se sentaient incomplets,
Et ce calvaire dura plus de mille ans,
Un jour ils se rencontrèrent
Ils ne s'étaient jamais vus mais ils se reconnurent
Ils fusionnèrent, se consumèrent, et de leur union naquit la Matière
Apparurent les rochers, les rivières, les plantes, les animaux
Puis les hommes
Tous apprirent à vivre ensemble
Dans ce jardin merveilleux
Car tous étaient Matière
Tous étaient Belan, Eithène, Thelbes et Matra

– Ahhh ! Le fameux Jardin !

Oliver sursauta et referma précipitamment le livre.

– Enfant, je passais des heures à contempler cette gravure dans les moindres détails, sourit Lord Abberline. J'espérais secrètement pouvoir m'y rendre un jour.

Le vieil homme rouvrit le recueil.

– C'est peut-être ça qui m'a donné envie de voyager…

Un petit homme rond à l'épaisse barbe blanche se glissa à son tour dans la chambre.

– Cornelius Batulcan ! s'exclama-t-il en louchant sur le livre. J'adorais ses histoires lorsque j'avais ton âge !

– Voici le Dr McMullen, précisa le Lord.

– Je viens vérifier les points de suture, souffla le médecin en faisant signe à Oliver de baisser la tête.

Lui non plus ne semblait pas surpris de la présence d'un livre interdit.

– Ça m'a l'air parfait, conclut-il. Tu en garderas peut-être une petite cicatrice en souvenir mais ça te donnera l'air d'un baroudeur !

Lord Abberline remercia le médecin, reposa le livre et adressa un regard triste à Oliver.

– Avant toute chose, lui dit-il, je te prie de me pardonner. Je t'avais promis que tu serais en sécurité au Manoir mais ma négligence aurait pu te coûter la vie…

Oliver ne s'attendait pas à des excuses. Il observa le Lord avec méfiance.

– Suis-je… votre prisonnier ?

– Non ! Bien sûr que non ! Il est vrai que tu n'as pas eu ton mot à dire puisque tu étais inconscient, mais mes hommes t'ont vraisemblablement sauvé la vie.

– Mais alors… pourquoi avez-vous un dossier sur moi ? Et pourquoi…

Trop d'idées se mélangeaient dans sa tête.

– … tout le reste ? conclut-il en désignant le livre interdit.

Le Lord sembla peser ce qui allait suivre.

– Les réponses à ces deux questions, et probablement aux dizaines qui te brûlent les lèvres, sont intrinsèquement liées, souffla le vieil homme. Et ce que je m'apprête à te confier va bien au-delà de nos seules personnes. De ce simple secret dépendent des milliers de vies à travers le Royaume, et ses détenteurs préféreraient cent fois mourir que de tomber aux mains des agents…

Oliver frémit en repensant aux trois derniers jours qu'il venait de traverser.

– Nous devons nous faire confiance, reprit le Lord. Je m'apprête à t'ouvrir les portes d'une Communauté bien différente de celle que tu as connue jusqu'ici, et la confiance constitue sans aucun doute son bouclier le plus sûr. J'attends de toi que tu me dises la vérité, et que tu me promettes de ne plus fuir comme tu l'as fait. En échange, tu pourras nous rejoindre ou, si tu préfères, quitter le Royaume sur l'un de mes navires. Est-ce que ce marché te convient ?

Le Lord appartenait à ces rares personnes dont chaque attribut inspirait confiance. Sa voix était chaude, ses traits, francs et son regard, profond. Joseph aussi était comme ça, songea Oliver. Pourtant, il l'avait dénoncé et livré aux agents.

– D'accord, murmura-t-il malgré tout.

– Bien, approuva le Lord. Permets-moi donc de te poser une question qui t'éclairera par la suite. N'as-tu jamais fait l'expérience de phénomènes… curieux ?

– « Curieux » ?

Les images du lac lui revinrent en mémoire.

– Quelque chose d'étrange ou d'inexplicable que tu aurais provoqué malgré toi… ça ne t'évoque rien ?

Oliver sourcilla. Le Lord avait-il les réponses aux étranges phénomènes qui l'avaient récemment frappé ? « Nous devons nous faire confiance », venait-il d'exiger.

Alors Oliver raconta. Il n'omit rien depuis la découverte du livre, le mystérieux Projet Eden ni même l'étrange vision de cette ville de verre et d'acier lorsqu'il gisait sur la glace… Lorsqu'il parvint à la fin de son récit, il devina un rictus de surprise sur le visage du Lord.

– Albert m'a soulevé et porté jusqu'à votre voiture, conclut Oliver. J'ignore ce qui a pu se passer sur la glace, peut-être n'était-ce qu'une hallucination. J'étais tellement paniqué…

– Merci de ta franchise, lui répondit le Lord. Mais, sache-le, rien de ce que tu m'as raconté ne me semble de l'ordre du fantasme…

– Mais c'est impossible…

– Est-ce parce qu'on ne t'a jamais dit qu'une chose était possible que ça la rend impossible pour autant ?

– Je ne sais pas, bredouilla Oliver.

– L'esprit humain est ainsi fait, sourit le Lord. Par crainte ou par orgueil, il préfère occulter ce qu'il ne connaît pas plutôt que de se confronter à sa propre ignorance. N'y voit aucun reproche de ma part, l'Hégémonium prend un malin plaisir à stimuler ce biais…

Le Lord se saisit du livre de Batulcan.

– Qu'en as-tu pensé ?

– C'est une belle histoire, estima Oliver.

– Je suis content que tu l'ais appréciée, approuva le Lord. Dans l'Ancien Temps, certains hommes priaient déjà le Créateur, mais nombre de divinités Lui faisaient concurrence, parmi lesquelles Belan, Eithène, Thelbes et Matra. Difficile d'imaginer dans quel monde nous vivrions aujourd'hui si Adelphe Setton les avait vénérées ! Peut-être dirions-nous « leur union est notre union »… Les histoires et les idées sont puissantes, Oliver, elles n'ont pas leurs pareilles pour façonner le monde.

– Que voulez-vous dire ?

– Le Créateur existe dans l'esprit de millions de personnes, répondit le Lord, ce qui suffit à lui conférer une très forte aura. Cependant, je ne L'ai pas plus vu, entendu ni expérimenté que Balan ou Matra. Ce que j'essaie de te faire comprendre, c'est que toi, à l'inverse, tu as vécu un étrange phénomène sur la glace… Vécu, vu et ressenti.

Oliver resta pensif. Les propos du Lord, aux antipodes de tout ce qu'on lui avait inculqué, le mettaient mal à l'aise… tout comme sa propre curiosité à leur égard. Le Lord remettait en question l'existence même du Créateur. Il aurait tout aussi bien pu suggérer que la neige ou le sable n'existaient pas…

– Pourquoi Adelphe Setton aurait-il voulu faire disparaître les autres croyances ?

– Les ressorts sont toujours les mêmes, Oliver. Dans le cœur de beaucoup d'hommes, la tolérance est rare et la peur, abondante. On craint l'autre et sa différence, on fuit ce que l'on ne comprend pas. À l'époque, les étranges phénomènes que nous évoquions étaient monnaie courante, on les connaissait et on les maîtrisait. Malheureusement, certains s'en servaient à mauvais escient et d'autres, comme Setton et ses disciples, commencèrent à prendre peur.

– Ces « phénomènes », répéta Oliver, qu'est-ce que c'est ? On dirait presque que vous parlez d'une… d'une sorte de… magie.

Le Lord se contenta d'un énigmatique sourire.

– Non… balbutia Oliver. Je ne vous crois pas…

– Et pourtant, répondit doucement le Lord, tu l'as expérimentée lorsque tu essayais de sauver cet agent…

Oliver se prit la tête entre les mains.

– Je dois être fou, ou bien c'est vous…

– Je ne crois pas que l'un d'entre nous le soit, sourit le Lord en lui posant une main paternelle sur l'épaule. Ou alors, à choisir, ce serait moi car je suis bien plus vieux…

Il se redressa et adopta une posture plus grave.

– Je n'ose imaginer quelle aurait été ma réaction si on m'avait dit à ton âge que tout ce que je connaissais n'était que balivernes… Cela doit être terrible et je ne peux que compatir. Peut-être que ceci te convaincra…

Oliver releva la tête tandis que le Lord lui désignait l'entrebâillement de la porte.

Le vieil homme prononça quelques mots et la porte claqua sèchement, comme mue par une invisible énergie.

Oliver la fixa bouche bée, incapable d'en détacher le regard.

– Magie, sorcellerie, alchimie, énuméra le Lord d'une voix douce. On leur a donné tellement de noms à travers l'histoire… Personnellement, je considère simplement cela comme des facultés car c'est à la portée de tous, même si beaucoup l'ont oublié.

– Comment ? Comment savez-vous tout ça ?

– À l'époque de Setton, certains sujets refusèrent d'abandonner ce savoir et le protégèrent clandestinement.

Ils le transmirent à leurs enfants qui firent de même… Nous sommes encore quelques milliers à le protéger aujourd'hui.

– Mais je ne comprends pas… Pourquoi vous intéressiez-vous à moi ?

– Il arrive parfois que l'on détecte chez certains enfants une prédisposition particulière. Nous pensons que c'est ton cas, et c'est pourquoi M. Dawkins te surveillait. Cela expliquerait également l'étrange vision que tu as eue sur la glace, et qui s'est imposée à toi sans que tu soupçonnes même l'existence de la magie.

– Je… je serais donc capable de faire… ça ? demanda Oliver en désignant la porte.

– Ça ou autre chose, répondit le Lord. Il est bien trop tôt pour affirmer avec certitude que cette prédisposition existe chez toi, tempéra le Lord, mais c'est une possibilité. Si les choses ne s'étaient pas précipitées, nous aurions continué à te surveiller et tu n'en aurais peut-être jamais rien su.

– Vous comptez me garder ici pour m'étudier ?

– Nous pouvons toujours faire ça ! s'esclaffa le Lord. Mais je propose plutôt que tu étudies la magie. Seule la pratique et l'expérience valideront ou infirmeront à coup sûr notre intuition… Qu'en dis-tu ? Et tu pourras toujours partir quand bon te semble si cela ne te plaît pas.

– Je… D'accord, souffla Oliver en laissant involontairement échapper un profond bâillement.

– Repose-toi maintenant, murmura le Lord en se levant. Nous reparlerons très bientôt de tout cela.

Lord Abberline quitta la chambre puis rejoignit le petit salon où l'attendaient Henri Dawkins et Altaïr Levinson.

– Alors ? s'enquit l'éminent membre du Conseil de la Magie, en lissant sa fine moustache grise entre deux doigts.

– Il a plutôt bien réagi, soupira le Lord. Même si cela fait beaucoup à accepter... Nous ne lui parlerons de son éventuel rôle qu'une fois que nous aurons des certitudes. Ne l'effrayons pas davantage avec des conjectures.

– Et quand le saurons-nous ? demanda M. Dawkins.

– Pour ça, mon cher Henri, je vais te faire la même réponse qu'au principal intéressé : seules la pratique et l'expérience valideront ou infirmeront notre intuition.

– Huit siècles d'oppression, souffla Levinson. Ce serait fantastique qu'il arrive enfin...

– Raison de plus pour ne pas céder à l'euphorie, tempéra le Lord. Henri, Osmond et le Conseil sont les seuls initiés, et je compte sur vous pour qu'il en reste ainsi. Si Oliver s'avère être celui que nous attendons, notre rôle sera de le guider. Personne ne doit être au courant pour l'instant.

– Tu as raison, approuva Levinson en dépliant sa longue silhouette de sauterelle. J'imagine que le Conseil le rencontrera bientôt ?

– Dès demain, glissa le Lord. Nous débuterons son apprentissage au plus vite.

CHAPITRE 15

L'Université de Londres

– Carte, s'il vous plaît !

Everett Stout présenta au garde de l'Université le précieux sésame, reçu dans le courrier de la veille.

– Tout est en ordre, vous pouvez passer, déclara l'officier en lui tendant la clé de son bureau.

Rien n'avait changé. Il sourit aux gargouilles moqueuses qui le défiaient depuis les façades gothiques puis avisa le dôme au toit d'or. Quelque part dans les rayonnages de cette immense bibliothèque se trouvait le livre dans lequel Susan Adamson avait glissé la découverte de son mari. Ce soir, il saurait.

Une poignée d'étudiants s'écartèrent sur son passage en chuchotant. *Amusant,* songea-t-il. Ils savaient à peine lire au moment de « l'affaire » mais le reconnaissaient tous. Il avait sous-estimé sa renommée.

Sa lettre de réintégration précisait que le bureau 431 lui avait été attribué. Autrement dit, quatrième étage, bureau 31.

– Monsieur Stout, siffla une voix glaciale alors qu'il approchait.

Everett tenta d'ignorer le regard haineux du responsable de la sécurité.

– Roberts ! J'imagine que vous venez me souhaiter un agréable retour ? Dois-je m'attendre à un bouquet ? Des chocolats peut-être ?

– *Monsieur* Roberts, le corrigea le responsable de la sécurité. Et je ne suis pas dupe, comme tous les autres ! Vous avez peut-être des amis haut placés, mais je sais qui vous êtes ! Je sais que votre copain Paul Adamson n'avait pas poursuivi ses recherches tout seul ! Et je vous aurai à l'œil ! Au moindre faux pas, vous êtes fichu !

– Mon cher Lenny, rétorqua le scientifique, tous ces mots d'accueil me vont droit au cœur !

Roberts le bouscula d'un coup d'épaule, puis, après un dernier regard assassin, se volatilisa dans les étages tandis que Stout pénétrait dans le bureau 431.

Une table, une chaise et une étagère pleine à craquer composaient l'essentiel du mobilier. Stout remplaçait le Pr Forster parti à la retraite et héritait pour le moment de ses sujets d'étude. Il se saisit d'un classeur et l'entrouvrit. Il allait devoir s'y intéresser suffisamment pour faire illusion, le temps de poursuivre les recherches de Paul.

La matinée s'écoula lentement, au rythme des feuillets de son prédécesseur qu'il oubliait immédiatement après les avoir lus. Tout son être était accaparé par le livre qui l'attendait depuis tant d'années dans la bibliothèque. Le Pr Forster travaillait sur un prototype d'engin volant motorisé. Les ateliers du Royaume construisaient déjà des ballons mais, s'ils s'élevaient parfaitement dans les airs, ils restaient pour l'instant tributaires de la direction du vent pour se déplacer. Un appareil dirigeable révolutionnerait à coup sûr la conquête des cieux.

Sur les coups de midi, un visage familier s'annonça dans l'embrasure de la porte.

– J'ai croisé Lenny Roberts, glissa le Pr McFailen, il avait sa tête des mauvais jours…

– J'aimerais bien connaître sa tête des bons jours, sourit Stout.

– Ne fais pas l'erreur de le sous-estimer. Il est très rancunier !

Everett haussa les épaules. Roberts était le cadet de ses soucis.

– L'as-tu déjà lu ? lui demanda le directeur du département en lui tendant le *Journal Officiel* du jour.

Everett sourcilla en découvrant la une.

Ultimatum officiel du Dignitaire Markus Hammer, Grand Inquisiteur de l'Hégémonium, à l'attention du président de la Confédération américaine

Monsieur le Président

Depuis près de six mois, cent trente et un honnêtes sujets sont portés disparus aux quatre coins de notre Royaume. Nos agents ont enquêté sans relâche et nous avons maintenant suffisamment de preuves qui incriminent votre nation impie.

Quel que soit le motif de vos horribles crimes, je vous somme de libérer immédiatement l'ensemble de ces hommes, de ces femmes et de ces enfants. Un navire armé appareillera demain depuis Londres pour les récupérer et les ramener à bon port.

En réparation, l'Hégémonium vous somme de faire allégeance au royaume d'Anglie, sans quoi nous nous considérerons officiellement en guerre contre vous.

Son rêve est notre rêve.
Markus Hammer, Grand Inquisiteur de l'Hégémonium

– Une guerre de plus… marmonna Stout.

– Je me suis entretenu avec le Dignitaire Jones qui a rencontré les émissaires américains. Selon eux, cette histoire de preuves est du vent. Le Grand Inquisiteur n'a rien…

– Rien… à part une histoire pour rassurer nos compatriotes et un motif d'attaquer la Confédération si elle ne fait pas allégeance…

– Moins fort ! lui intima le professeur en jetant un regard nerveux vers la porte. Mais je dois reconnaître que notre Grand Divulgateur extérieur n'est pas loin de penser comme toi. Si Hammer obtient la majorité à la Chambre, la guerre sera déclarée.

Las, Stout désigna le classeur de son prédécesseur.

– J'ai bien peur que ces travaux n'aboutissent qu'à une arme de plus…

Everett ne se faisait plus d'illusions. Il en avait maintes fois fait part, en privé, à McFailen. Tous les projets de recherche étaient commandités par l'Hégémonium et surveillés de près par le Conseil Éthique et Dogmatique. Cette machine volante offrirait une manière tout à fait originale de tuer les ennemis du Royaume.

– Si Hammer succède un jour à notre Patriarche, soupira McFailen, l'Université sera officiellement affiliée à l'Inquisition… Mais je préfère ne pas y penser.

Everett attendit l'heure du déjeuner pour quitter son bureau. À cette heure-ci, la bibliothèque serait presque vide.

Quelques rares quidams se hâtaient dans la cour intérieure lorsqu'il la traversa en direction du dôme.

– Everett ? Everett Stout ?

– Michael… souffla Everett du bout des lèvres.

– Ça alors ! s'exclama le petit homme rondouillard en se précipitant vers lui. On ne s'est pas revus depuis… depuis…

– Mon éviction ! conclut sèchement Everett en remarquant que la calvitie de son collègue, naissante à l'époque, s'était considérablement aggravée.

– En tout cas, je suis content de te revoir ! reprit Michael avec enthousiasme.

Everett en doutait. Le Pr Michael Colon incarnait tout ce qu'il détestait. Il était obséquieux, couard, servile… Leur amitié avait pris fin quand l'affaire avait éclaté. Michael Colon n'était pas de ceux qui se salissent les mains.

– Je suis attendu, coupa Stout, qui reprit sa route.

Le dôme abritait deux exemplaires de chacun des livres autorisés par le Conseil Éthique et Dogmatique et publiés au cours des huit derniers siècles. Les universitaires pouvaient les consulter sur place ou les emprunter à condition d'avoir une autorisation signée de la main de leur directeur de département. Everett emprunta l'escalier à double révolution et s'engouffra sous l'immense coupole. Quelques étudiants éparpillés autour de grandes tables en bois laqué feuilletaient des ouvrages. D'autres arpentaient les allées d'étagères ou déambulaient à l'étage, le long de la coursive, à la recherche d'un renfoncement où ils pourraient chuchoter sans gêner leurs voisins. Everett sourit. Paul insistait souvent pour qu'ils s'installent ici. Ils étaient idéalement situés pour observer le bureau d'accueil sans être vus, disait-il. Quelques mois plus tard, une raison moins avouable avait émergé. Une jolie bibliothécaire siégeait à ce bureau. Elle s'appelait Susan.

– Bonjour monsieur. Puis-je vous renseigner ?

La nouvelle Susan était blonde, plutôt fine et jolie. Elle ressemblait à Emily, l'une de ses nombreuses maîtresses, et cela le fit sourire.

– Bonjour mademoiselle, lui lança-t-il en faisant tournoyer son haut-de-forme. Je souhaiterais consulter le recueil des *Recettes amérindiennes* de Diana Archer.

– Bien, monsieur, je vais consulter nos fiches. Puis-je voir votre carte universitaire ?

Les Recettes amérindiennes... Il s'agissait d'un stratagème convenu avec Paul et Susan lorsqu'ils se savaient surveillés. S'ils souhaitaient s'échanger un document, ils le cachaient dans la couverture de cet obscur recueil qu'aucun universitaire ne consultait jamais.

– Monsieur Stout ? Le livre que vous recherchez est situé allée 16, étagère 4. Souhaitez-vous que je vous explique comment vous y rendre ou que je vous accompagne ?

– Ce n'est pas la peine, je suis déjà venu. Il y a longtemps...

Le panonceau situé à l'entrée de l'allée annonçait : *Traditions et folklores des peuplades sauvages*. Everett approcha nerveusement de la quatrième étagère et parcourut les dos du bout des doigts. *Les Épices colorées du royaume d'Indus* succédait aux *Danses traditionnelles des régions ibériques.* Sa main tremblante se posa sur l'ouvrage de Diana Archer. Et s'il était vide ? Si Susan s'était fait prendre avant ? Si quelqu'un avait emprunté ce livre et trouvé le document ?

Il jeta de furtifs coups d'œil autour de lui. Personne. Tout en feignant de le feuilleter, il glissa un doigt sous les rabats de la couverture et sentit une protubérance. Un papier plié en quatre. Il tendit l'oreille. Toujours personne. Il se saisit du papier et le cacha à l'intérieur de sa botte droite.

La nuit tombée, Everett se glissa en hâte parmi le flot d'étudiants qui traversait la cour. L'après-midi lui avait semblé interminable mais il n'avait pas voulu prendre le risque de lire les notes de Paul sur place.

Une voix nasillarde l'interpella alors qu'il s'apprêtait à franchir les grilles de l'Université.

Lenny Roberts le regardait d'un air mauvais.

– Un instant, s'il vous plaît. Veuillez me suivre au poste de contrôle.

Il s'efforça de ne rien laisser paraître des sueurs froides lui parcourant l'échine. *Personne ne m'a vu*, se répéta-t-il pour se rassurer. *Il ne peut pas savoir*. Un agent le fit asseoir.

– Alors comme ça, souffla le responsable de la sécurité en consultant une fiche, on s'est rendu à la bibliothèque sur l'heure du déjeuner… *Les Recettes amérindiennes* de Diana Archer ! Qu'est-ce que ça signifie ?

Il ne sait rien de plus…

Sa cuisse tremblait sous le couvert de sa redingote.

– Ça signifie que je suis gourmand.

L'angoisse croissante lui comprimait les poumons. Face à lui, Roberts semblait retenir sa rage.

– Paul Adamson jouait également au plus malin, articula Roberts, la mâchoire tendue. Et l'on ne peut pas dire que ça lui ait vraiment réussi. Méfiez-vous, professeur Stout… Méfiez-vous.

– J'ai parfaitement le droit de consulter un livre de recettes. Malgré la guerre imminente contre la Confédération, apprécier leur cuisine ne fait pas de moi un renégat.

– C'est amusant… Amusons-nous alors ! Imaginons que ce livre ne soit pas qu'un simple livre de recettes… Et que vous ne vous soyez pas précipité dessus par hasard…

Il lui arracha violemment sa sacoche des mains et en vida le contenu. Un bloc-notes, deux classeurs et quelques stylos s'éparpillèrent au sol. Roberts, cramoisi, s'acharna sur les poches. Elles étaient vides elles aussi.

– Les vôtres maintenant ! hurla-t-il. Si vous n'obtempérez pas, je vous y forcerai avec l'aide de l'agent Byrne.

Ce dernier, qui se tenait droit et silencieux derrière Roberts, fit craquer ses doigts.

Everett s'exécuta et retourna les poches de sa redingote ainsi que celles de son pantalon.

Roberts le fixa avec gravité. Jamais Stout n'avait lu autant de frustration dans un regard.

– Foutez le camp !

– Merci, répondit Everett. Je vous apporterai un bol de soupe de maïs demain.

Il était déjà tard quand Everett Stout put enfin rentrer chez lui. Peter Beauchamp, son majordome, se faisait un sang d'encre. Il savait son maître aussi impétueux que sa défunte mère. En trente ans de service, il avait rarement connu le repos. Quand le cliquetis d'une clé résonna enfin dans la serrure, il était déjà prêt à jaillir. Et il jaillit.

– Monsieur ? s'enquit-il en réceptionnant le manteau qu'on lui lançait.

– Je l'ai ! s'exclama Stout.

Il se précipita dans le salon, fit pivoter la fausse bibliothèque et avala la volée de marches qui conduisait au sous-sol. Sa main tremblait d'excitation au moment de glisser ses doigts dans sa botte. Il siffla un verre de gin et s'installa dans un confortable fauteuil. Méthodiquement, il déplia la feuille pour ne pas l'abîmer. Le texte était dactylographié. Probablement Susan, elle adorait taper à la machine. Il aurait préféré retrouver l'écriture de son ami, mais balaya toute pointe d'amertume. Au verso, une machine avait été dessinée.

Compte-rendu de l'expérience… commença-t-il à lire. Il sourit. Paul était carré, rigoureux. Tout ce qu'il faisait, il le faisait parfaitement. Tout son contraire. Ils se complétaient bien.

<u>Compte-rendu de l'expérience baptisée « Arche »</u>

<u>Contexte et objectif :</u>

Suite à la publication de la Théorie des mondes multiples (Stout), l'expérience « Arche » vise à prouver empiriquement l'existence de ces autres mondes.

<u>Hypothèses :</u>

Les mondes multiples sont enchevêtrés et non adjacents, ils n'appartiennent donc pas à la même dimension. C'est la Matière qui les sépare. Sans elle, un passage entre notre monde et un autre pourrait s'ouvrir.

Cette Matière est composée d'infimes petites parties invisibles à l'œil nu que nous nommons « particules ». En les séparant, nous pouvons créer une brèche dans le voile que forme la Matière entre les mondes.

Protocole :

L'expérience « Arche » consiste à concevoir un cadre conducteur et aimanté au travers duquel nous allons faire circuler un nombre très élevé de courants électriques. Cette surcharge d'énergie concentrée sur une surface réduite pourrait suffisamment altérer les particules de Matière pour les diviser et les ramener vers les contours du cadre.

Cf. schéma au dos de cette page.

Résultats :

L'expérience est concluante et toutes nos hypothèses se sont révélées valides. Nous avons choisi de baptiser « électrofission » ce processus consistant à diviser la Matière en particules par l'action d'une surcharge électrique. Après plusieurs minutes d'électrofission, une image est apparue au centre du cadre.

Malgré le flou, nous avons cru distinguer des falaises le long d'un océan, ainsi qu'une forme indécise qui pourrait être un petit port. L'excitation pourrait fausser notre jugement, car il s'agit probablement là de la première image d'un autre monde jamais observée par un humain.

Il ne s'agit pour l'instant que d'une projection, et notre bras passe au travers comme s'il s'agissait d'une brume. Notre première hypothèse est que le courant électrique abîme les molécules en les séparant, mais que de petits déchets moléculaires continuent à former un semblant de voile entre les mondes. En affinant l'expérience, nous pourrions peut-être construire un véritable passage entre ce nouveau monde et le nôtre.

Résultats secondaires :

Nous avons été capables d'isoler, de capturer puis d'étudier des particules de Matière. Après avoir réitéré l'expérience plusieurs dizaines de fois, nous pouvons donc affirmer avec certitude que la Matière est composée exclusivement de quatre particules : l'eau, le feu, l'air et la terre. Nous espérons pouvoir creuser davantage cette découverte dans le futur. Nous pressentons qu'elle pourrait changer le cours de l'humanité.

P. Adamson – S. Adamson

CHAPITRE 16

Le Conseil

Oliver se glissa dans la cuisine de Mme Templeton d'où s'échappait un délicieux fumet.

– Bonjour mon chéri ! s'exclama la gouvernante en attrapant une assiette débordante de bacon. Tu vas avoir besoin d'énergie pour tout raconter au Conseil !

Oliver n'avait pas quitté son lit la veille. Ce matin, ses vertiges avaient disparu et sa blessure ne le faisait presque plus souffrir. Mme Templeton semblait ravie de pouvoir discuter tout en épluchant une montagne de pommes de terre. Elle jurait qu'une grande journée se dessinait pour lui : il allait devenir un membre à part entière de leur Communauté et rencontrer beaucoup de gens. Pour autant, elle prenait garde à ce qu'Oliver se ménage – le Lord avait parfois tendance à oublier que tout le monde ne pouvait pas suivre son rythme, et elle saurait le lui rappeler.

– Qu'est-ce que c'est exactement que le Conseil ? lui demanda Oliver en mordant à pleines dents dans son toast.

– Notre gouvernement ! Lord Abberline en est le chef. Ils se regroupent ici toutes les semaines. J'ai bien sûr rouspété pour que tu ne les rencontres qu'à la prochaine réunion, mais le Lord n'a rien voulu…

La porte du petit salon s'ouvrit avec fracas, interrompant dans son élan la gouvernante.

– J'en ai plus qu'assez de vos méthodes despotiques ! rugit un homme de haute stature qu'Oliver aperçut dans l'entrebâillement. Si le Conseil ne sert plus à rien, mettons immédiatement fin à cette mascarade et annonçons à tous les magiciens que le Lord dirige seul notre Communauté !

– Allons, Richard, n'en fais-tu pas un peu trop ?

Un septuagénaire longiligne le retenait par la manche. Il affichait un flegme à la hauteur de la colère du dénommé Richard.

– Trop ? Les mâchoires de l'homme se contractèrent sous sa fine barbe poivre et sel. J'en fais trop ?!! Ouvre les yeux, Altaïr ! Ce gamin a vécu près de quinze ans chez les Dévouées ! Souviens-toi du dernier sujet que nous avons intégré à l'âge adulte ! Encore une belle réussite du Lord !

Oliver se raidit. Était-il vraiment la cause de son courroux ? Il n'avait jamais songé que son arrivée puisse faire débat. Le Lord ne l'avait jamais présenté de la sorte.

– Ce n'est pas comparable, balaya Altaïr.

– C'est complètement comparable, le corrigea son interlocuteur en approchant son visage du sien.

Visiblement excédé, il tourna les talons et s'éloigna vers l'entrée du Manoir.

Altaïr soupira, agitant les poils gris de sa fine moustache, puis il adressa un clin d'œil rieur à Oliver.

– Ne te tracasse pas, chuchota-t-il en approchant. Ça n'a rien à voir avec toi ! Richard Lancester et le Lord ne s'entendent pas très bien…

– C'est un euphémisme ! s'exclama Mme Templeton. Mais tout va bien se passer, s'empressa-t-elle d'ajouter, même si ses coups d'économe soudainement secs et saccadés semblaient signifier le contraire.

– Richard est le seul à réagir de la sorte. Nous autres sommes ravis que tu rejoignes notre Communauté. Je m'appelle Altaïr Levinson, ajouta-t-il en lui tendant la main. Je pense que tu peux te rendre dans le petit salon, je vais voir si notre ami s'est calmé.

Mme Templeton lui serra le bras pour l'encourager, et c'est les jambes flageolantes qu'Oliver traversa le couloir.

Lord Abberline siégeait à l'extrémité d'une table rectangulaire en compagnie de deux femmes. La première, une quinquagénaire menue au visage émacié, portait une robe marron qui lui montait jusqu'au cou. Tout chez elle évoquait la rigueur, depuis son chignon strict jusqu'à l'ordonnancement des plumes et des feuilles de papier devant elle. Elle ne souriait pas.

– Judith Cormick dirige l'école que tu fréquenteras, annonça le Lord.

Une école ? Le Lord avait certes parlé d'apprentissage, mais Oliver s'était imaginé prononcer quelques mystérieuses formules en sa compagnie. Il opina dans l'espoir de cacher sa surprise : il se sentait déjà suffisamment mal à l'aise depuis l'esclandre de Lancester. Serait-il bon élève ici ? Il connaissait la Constitution hégémonique sur le bout des doigts, mais il devinait déjà qu'elle ne lui serait d'aucune utilité…

Assise face à la directrice de l'école, une jeune femme d'une trentaine d'années aux cheveux roux portait un pantalon en tweed sur un chemisier blanc. Mis à part dans certaines gravures ou photographies d'expéditions lointaines, Oliver n'avait jamais vu de femme habillée à la garçonne. Elle lui sourit.

– Ines Montgomery commande à nos soldats, précisa le Lord en allumant un volumineux cigare. Je constate que nous sommes maintenant au complet.

Altaïr Levinson et Richard Lancester se rassirent face à face, sans que ce dernier témoigne un quelconque intérêt pour Oliver.

– Je prends sans doute trop à cœur les intérêts de cette Communauté, grommela-t-il en réajustant sa cravate.

Ines le foudroya du regard.

À la demande du Lord, Oliver leur raconta son histoire, depuis son enfance parmi les Dévouées jusqu'aux incidents répétés des derniers jours. Judith Cormick, qui semblait consigner tout ce qu'il disait, le pria plusieurs fois de ralentir. Son visage demeurait impassible, n'affichant ni l'acrimonie de Lancester ni la bienveillance d'Ines et d'Altaïr qui l'encourageaient du regard. Est-ce qu'elle le jugeait ? Estimait-elle qu'il parlait trop vite pour faire un bon magicien ?

Lorsqu'il parvint enfin au bout de son récit, il nota avec un brin d'inquiétude qu'aucune réaction n'anima la salle du Conseil. On se redressait autour de la table, on échangeait des regards mais on ne parlait pas. Avait-il été suffisamment clair ? Le gargouillement de son ventre perça le silence, et il regretta aussitôt l'assiette de bacon qu'il avait à peine eu le temps de toucher avant d'entrer.

– J'imagine que vous avez envoyé Albert et Aulus pour l'aider ? souffla finalement la directrice de l'école.

Le Lord approuva de la tête, tout en faisant des ronds songeurs avec la fumée de son cigare.

– Pourquoi consulter ce Conseil quand il est tellement plus simple d'envoyer son tueur personnel ? ironisa Lancester.

– Je vous prierai de parler autrement d'Aulus, répondit

calmement le Lord. Certaines situations exceptionnelles exigent une réactivité exceptionnelle. Vous le savez très bien.

Un tueur personnel… Oliver frissonna. La tension montait encore d'un cran.

– Balivernes ! s'écria Lancester. Ces situations exceptionnelles demandent plutôt une réflexion et une concertation exceptionnelle ! Il en va de la sécurité de toute notre Communauté ! Suis-je vraiment le seul à mesurer la dangerosité de ce type de comportements ?

– Oliver serait probablement en prison ou mort si le Lord n'était pas intervenu ! répliqua aussitôt Ines. Il suffit qu'Abberline dise « pile » pour que tu dises « face » et vice versa ! Tu nous fais perdre notre temps !

– Espèce de petite…

Richard Lancester, écarlate, semblait sur le point d'imploser.

– Ce n'est pas si simple, tempéra Judith afin d'éviter un probable flot d'insultes. Richard a raison sur un point : notre Communauté nous a élus pour que nous décidions collégialement et en son nom. Si nous ne respectons pas ce principe, nous ne sommes plus si différents de l'Hégémonium. Ne le perdons jamais de vue…

Altaïr Levinson, qui portait depuis le début un œil distrait sur ces échanges, soupira, se leva et vint s'installer aux côtés d'Oliver.

– J'ai droit à ces chamailleries chaque semaine, chuchota-t-il, assez fort toutefois pour que chacun l'entende. Ce qui t'est arrivé sur cette mare m'intéresse bien davantage. Pourrais-tu me décrire une nouvelle fois ce que tu as vu ?

Son intervention eut l'effet escompté. Tous reportèrent leur attention sur Oliver. Le Lord sourit lorsque l'adolescent prit soin de préciser qu'il s'agissait d'un lac et nom d'une mare, puis Oliver se concentra sur la description de l'étrange ville saturée aux bâtiments de verre et d'acier entrevue dans sa vision. Un nouveau silence accueillit son récit.

– Est-ce que ce… « phénomène » est bizarre, je veux dire, même pour un magicien ? demanda-t-il.

Une communion silencieuse sembla s'opérer entre les membres du Conseil, qui se tournèrent de concert vers le Lord.

– Non ! finit par trancher ce dernier. Certains sont capables de voir l'avenir, d'autres, de se projeter dans des lieux lointains ou même d'accéder aux souvenirs ou aux rêves des autres. Je ne serais pas surpris que tu aies l'un de ces pouvoirs. Il te faudra pratiquer pour le savoir.

Oliver opina, même s'il trouvait le Lord moins assuré qu'à l'accoutumée.

– Bien ! Je pense qu'il est temps de faire une pause. Mme Templeton va nous servir à déjeuner. Merci Oliver pour tes réponses, conclut le Lord en souriant. Profite bien de ton dernier après-midi de libre, car tu commences l'école demain.

– Je vous attends à la première heure dans mon bureau, confirma Judith Cormick.

– Une dernière chose, ajouta le Lord. Passe me voir ce soir dans la tour, je te montrerai une boussole qui nous en dira un peu plus sur toi !

Oliver poussa la porte de la cuisine. Un grand plat de gratin dégageant d'appétissants effluves de poivre et de muscade attendait sur la table. Il se souvint de l'étrange boussole trouvée dans le petit bureau, celle qui affichait quatre mystérieux symboles en lieu et place des points cardinaux. Que pourrait-elle lui révéler ?

Alors qu'il approchait son nez du gratin, une voix l'interpella.

– Tu dois être Oliver ?

L'intéressé sursauta et se retourna.

Une jeune fille de son âge lui souriait depuis l'embrasure de la porte. Ses longs cheveux blonds se rassemblaient en une tresse sur le côté de son visage. Elle sentait les fleurs et la vanille, songea Oliver avant de se rendre compte qu'il la dévisageait sans doute avec trop d'insistance.

– Bonjour, dit-il timidement.

– Je suis Alicia, la petite-fille du Lord.

Il aurait juré voir rosir ses joues.

– Vous avez fait connaissance ? demanda Mme Templeton en déposant un baiser sur les cheveux de la jeune fille. Je sers le Conseil et nous déjeunons !

Alicia lui posa quelques questions sur son arrivée au Manoir, auxquelles Oliver répondit avec gêne. À Bridgetown, les filles de son âge n'allaient pas à l'école et il n'était pas habitué à les fréquenter.

– As-tu une idée de ton élément ? lui demanda-t-elle alors que Mme Templeton lui servait une copieuse part de gratin.

– Mon quoi ? demanda Oliver en fronçant les sourcils.

– C'est tout le Lord, ça ! soupira la gouvernante sous le regard amusé d'Alicia. Un jour il oubliera sa propre tête !

– Il existe quatre types de magie élémentaire, lui expliqua la jeune fille, l'eau, la terre, l'air et le feu. On possède tous un élément fort avec lequel on la pratique. Moi, par exemple, c'est la terre.

– Et moi, le feu, compléta Mme Templeton. Le Lord est

un extraordinaire magicien d'air, c'est sans doute pour ça qu'il est souvent dans les nuages, ajouta-t-elle en gloussant.

Alicia fixa Oliver en plissant les yeux.

– Hum… je dirais… Peut-être l'eau… Pas le feu en tout cas !

– Et pourquoi pas ? se vexa Oliver, sentant ses joues s'empourprer sous le regard persistant de la jeune fille.

– Alicia, ce n'est pas très poli, intervint la gouvernante, mais sûrement pas le feu, tu as raison, approuva-t-elle dans un fou rire.

Ça ou autre chose, après tout… Il le saurait ce soir.

À cet instant, Ines Montgomery se glissa sans prévenir dans la cuisine. Alicia se précipita dans ses bras.

– Comment va ma filleule préférée ?

– Ton unique filleule, précisa Alicia. Heureusement que je suis ta préférée ! Dis, quel est l'élément d'Oliver, selon toi ?

La plus jeune des membres du Conseil ferma exagérément un œil en le scrutant.

– Pas facile, hésita-t-elle, mais à mon avis, pas le feu…

Quand Oliver remonta dans sa chambre, il se posait mille et une questions. Pourquoi ne serait-il pas un magicien de feu ? Manquait-il d'ardeur ? Il se jeta sur son lit et attrapa le recueil de Cornelius Batulcan qu'on lui avait confié. Il s'attarda sur la première page, songeant qu'un peu de lecture suffirait à faire diversion.

Hommage à Adam Welles

Adam Welles était un fils de l'air. Le plus grand que la Terre ait porté. Il ne l'accablait pas du poids de ses pas car il commandait au vent et celui-ci l'emportait : on l'appelait « le Voyageur du Vent ». Il n'habitait nulle part et, dans chaque contrée, un homme disait l'avoir rencontré. Il se laissa porter tout au long de sa vie, soucieux uniquement de parfaire sa connaissance des hommes et de la magie.

Lorsque le Chancelier, que certains appelèrent « le Destructeur » dans leur ignorance, surgit de nulle part pour attaquer le Royaume, Welles pria le vent de se muer en tornade et celui-ci le ramena à temps pour affronter et repousser la menace. Les sujets du Royaume le portèrent en triomphe et le célébrèrent. Enfin… presque tous. Car au lieu de le récompenser pour sa bravoure, le Roi d'Anglie se laissa convaincre par le fourbe Adelphe Setton de lui confier tous ses pouvoirs, et la magie fut interdite. Ses pratiquants furent chassés, opprimés, excommuniés ou tués, tandis que leur savoir était brûlé, nié et oublié. Adam Welles choisit de résister. Dans le plus grand secret, il rassembla autour de lui une communauté de fidèles. Ensemble, ils préservèrent le savoir des magiciens et le transmirent à leurs enfants, assurant ainsi la pérennité de leurs connaissances. Adam Welles n'était pas qu'un fils de l'air. Il possédait une autre faculté rare et précieuse. Il n'oubliait rien et pouvait également pénétrer la mémoire des autres et s'approprier leurs souvenirs. Il continua à parcourir le monde et, grâce à ce pouvoir, recueillit la mémoire de tous les magiciens qui le souhaitaient. Il contribua ainsi à sauver un extraordinaire savoir, parmi lequel les mythes et légendes ancestraux que j'ai le plaisir de vous conter dans ce livre. Gloire à Adam Welles !

Cornelius Batulcan

– Oliver ?

L'intéressé sursauta.

Il s'était probablement assoupi après avoir lu plusieurs histoires du recueil, qui avait chu au pied de son lit.

Il reconnut la voix d'Alicia qui patientait à la porte.

– Je suis rentrée de l'école, reprit-elle. Tu veux que je te montre quelques livres utiles pour commencer ?

Oliver la suivit jusqu'à sa chambre au premier étage. La douceur du cocon de la jeune fille tranchait avec la solennité des autres pièces. De gigantesques coussins aux teintes pastel s'entassaient au pied d'un lit à baldaquin et des plantes recouvraient chaque parcelle du mobilier présent.

Délicatement, Alicia approcha sa main d'une fougère posée sur son bureau. Les branches s'ébrouèrent et s'approchèrent d'elle, comme un chat méfiant reniflerait un inconnu. Puis elles vinrent se frotter contre la main de la jeune fille qui rit devant l'ébahissement d'Oliver.

– C'est de la magie de terre, sourit-elle, visiblement satisfaite de son effet. Si c'est ton élément fort, tu seras sûrement capable d'en faire autant ! Tu veux voir quelque chose de marrant ?

La jeune fille vint se placer au centre de la pièce et prononça une formule où il était question de *planta* quelque chose…

Progressivement, chaque plante se mit à croître et Oliver sursauta lorsqu'un philodendron lui chatouilla le cou. La chambre ressemblait maintenant à une véritable jungle.

Une autre formule, toujours aussi inintelligible pour le garçon, ramena les plantes à leur taille initiale. En se rétractant, un petit bananier renversa un cadre dans le sillage de sa large feuille. Sur la photo en noir et blanc, Oliver reconnut le Lord en compagnie d'une jeune femme portant un bébé dans les bras. Il s'apprêta à poser une question mais finalement s'abstint.

– C'est moi dans les bras de ma mère, dit Alicia en percevant son hésitation. Elle est morte quelques mois plus tard…

– Désolé, souffla Oliver.

– C'est comme ça… Je ne l'ai pas vraiment connue, je n'ai aucun souvenir…

– Et ton père, est-ce que lui aussi… ?

– Je ne sais pas qui c'est. Je ne crois pas que ma mère et lui aient vraiment été un couple. Elle n'a jamais voulu dire son nom à mon grand-père.

– Et tu n'as pas envie de connaître son identité ?

– Parfois si. Mais je me dis qu'il ne s'est jamais manifesté… Je ne sais même pas s'il est encore vivant.

Tous deux restèrent un moment silencieux, confrontant leurs deux solitudes.

– Et toi, ça a dû être dur de grandir seul dans une Communauté, non ?

– Pas du tout ! s'exclama Oliver sans même y réfléchir.

Le visage de Dévouée Mary lui revint en mémoire. Ses yeux, comme deux océans de tendresse, ses joues rondes, son inaltérable sourire…

– Les Dévouées font peut-être partie de l'Hégémonium, reprit-il, mais elles n'ont rien à voir avec le Grand Inquisiteur ! Entre elles et mon ami Dennis…

Son sang se glaça.

– Qu'y a-t-il ? s'inquiéta Alicia.

– Rien… Il s'est passé tellement de choses ces trois derniers jours que je n'y avais plus pensé… Ils m'ont arrêté dans la maison de mon meilleur ami… ça risque de leur attirer des ennuis… Je n'ai aucune idée de ce qu'ils sont devenus…

– Peut-être que mon grand-père peut envoyer Aulus jeter un œil… il fait parfois ça… Demande-lui.

Oliver opina. Une inquiétude sourde lui vrillait l'estomac. Il fallait qu'il sache.

– Tu connais Adam Welles ? demanda-t-il pour changer de sujet.

– Bien sûr, répondit Alicia, c'est le père fondateur de notre Communauté.

Elle attrapa un livre sur l'étagère.

Adam Welles, le Voyageur du Vent – Vie et œuvre du plus grand des magiciens par Cornelius Batulcan.

– J'ai lu qu'il était capable de voir les souvenirs des autres…

– C'est vrai, approuva Alicia. On appelle ça « le Mémorisme ». Grâce à ce pouvoir, il a consigné toutes sortes de choses dans de nombreux livres que la Communauté protège et enrichit !

– C'est courant, ce pouvoir ?

– Pas vraiment… Ces dernières années, un seul magicien s'est révélé être un Mémoriste… Malheureusement, ça n'était pas une bonne personne et il a disparu… On ignore même s'il est encore vivant. N'en parle jamais à mon grand-père, cette histoire l'a beaucoup blessé. Il s'appelait William Morecombe. Pourquoi est-ce que ça t'intéresse ?

– Un jour, j'ai eu d'étranges visions, rougit Oliver. Et le Lord pense que ça pourrait être ça…

Alicia acquiesça.

– Si c'est le cas, sourit-elle, ça te vaudra sûrement des cours particuliers en plus… À ce propos…

Elle retourna vers son étagère et se saisit de plusieurs livres : *Introduction au Flux*, *Rejoindre le Flux et le maîtriser* et enfin *Précis de langue ancienne.*

– Ça devrait suffire pour commencer, dit-elle.

– Qu'est-ce que c'est que le…

Le surgissement de Mme Templeton dans l'entrebâillement de la porte l'interrompit.

– Le Lord vous attend dans la tour, souffla-t-elle. C'est l'heure de connaître l'élément d'Oliver.

Oliver pénétra dans une salle ronde éclairée par des vitraux et qui s'étirait sur deux étages. Les murs étaient ornés d'étagères ou de vitrines. Une table de lecture en bois massif trônait en son centre, derrière laquelle le Lord, M. Dawkins et Albert l'attendaient.

– Tu es impatient ? demanda le vieil homme.

Oliver hocha la tête. Il reconnut immédiatement la boussole qu'il avait entraperçue dans le petit bureau. Il ne s'était pas trompé…

– Cela s'appelle une « boussole élémentaire », lui expliqua le Lord. Tu vas devoir établir une connexion particulière avec elle, afin qu'elle puisse déterminer ton élément fort.

– Que dois-je faire ?

– Théoriquement, c'est très simple : imposer tes mains au-dessus du cadran et te relâcher au maximum tout en te concentrant sur la boussole. La connexion se fera toute seule, même si cela peut prendre un peu de temps. Tu risques peut-être de retrouver les nausées et les vertiges que tu as déjà expérimentés lorsque tu étais sur le lac… mais rassure-toi, cela disparaîtra vite une fois que tu seras familier de la magie.

Oliver détailla attentivement les quatre symboles en lieu et place des points cardinaux : la flamme, la goutte d'eau, le tourbillon et l'arbre. Après avoir expiré profondément, il ferma les yeux et porta ses mains quelques centimètres au-dessus du cadran.

Ne penser à rien, se répéta-t-il, même si l'excitation du moment l'empêchait de vraiment lâcher prise. Instinctivement, il essaya de ralentir sa respiration. Un curieux fourmillement lui caressa les paumes, à proximité du cadran. Peu à peu, il remonta depuis ses avant-bras jusque dans ses épaules avant de s'étendre à l'ensemble de son corps. Ni nausées ni vertiges, il trouvait la sensation agréable, presque enivrante. Le fourmillement redoubla d'intensité et devenait maintenant un tressaillement qui l'agitait de bas en haut et lui donnait une impression de puissance. C'était comme si son corps et son esprit avaient pleinement fusionné et créé un monde à part. Oliver rouvrit les yeux. Un halo étincelant irradiait de son corps, libérant une formidable énergie qui électrisait la pièce. Les papiers posés sur le bureau du Lord voltigeaient tout autour de lui. Tous le regardaient ébahis. Oliver pencha les yeux vers la boussole. *Air*, lut-il en suivant l'aiguille. *Je suis un magicien d'air.*

CHAPITRE 17

L'île des excommuniés

Trois ans plus tôt, à quatre cents kilomètres au nord du royaume d'Anglie, quelque part au milieu de l'océan

De la lumière ! Enfin ! William Morecombe cligna des yeux, agressé par le puits de soleil qui inondait la cale. Il inspira profondément et se délecta de l'air frais qui s'engouffrait dans ses poumons… Ainsi s'achevaient trois semaines de captivité, durant lesquelles ils avaient vécu enfermés dans une complète obscurité.

– Nous sommes arrivés ! brailla le major Gibbons en plissant le nez depuis la passerelle. Sortez !

L'un après l'autre, comme des pantins tremblants, les excommuniés gagnèrent le pont. On se dévisageait parmi la dizaine de compagnons d'infortune car on ne s'était pas vraiment vu, et à peine parlé depuis le début du calvaire. Tous se figèrent en découvrant la petite île qui leur faisait face. Fin du voyage. Ils y mourraient ensemble. L'angoisse et la détresse voilaient les regards.

– Vous étiez déjà des criminels et des Déviants ! hurla Gibbons. Vous êtes maintenant des excommuniés. L'Hégémonium vous remet entre les mains du Créateur.

Lui seul décidera de votre sort. Priez donc pour qu'Il ait pitié de vos âmes.

On les poussa sans ménagement dans une chaloupe. Morecombe se retrouva collé à un septuagénaire athlétique à l'épaisse moustache blanche, sous la garde de deux soldats assis à la proue du canot.

– Bill Benny, dit l'homme.

– William Morecombe.

– Enchanté, William. Je suis content de voir qu'il y a au moins un homme ici qui ne tremble pas comme une feuille.

Son œil demeurait vif, presque rieur, malgré les trois semaines d'épreuves et de privations.

– C'est parce que je ne compte pas faire de vieux os ici, souffla Morecombe. Des affaires de la plus haute importance m'attendent à Londres…

– Quand vous aurez trouvé le moyen d'y retourner, ne m'oubliez pas ! s'esclaffa Benny. J'y ai connu une ou deux dames qui vont sacrément me manquer !

Morecombe sauta à l'eau et poussa la barque à l'approche du rivage. La fraîcheur de l'océan ne l'affectait pas. Comme tout magicien d'eau, il savait calmer les ardeurs de la mer. Et il aimait plus que tous ses caprices, insaisissables et parfois meurtriers.

Le relief formait une petite crique où ils accostèrent. Le rivage se transforma rapidement en un dense tapis d'herbe abrupt et gorgé de pluie, qui s'étendait jusqu'à un bois. L'île mesurait probablement deux ou trois mille hectares.

Assis au milieu de la plage, les excommuniés regardèrent le bateau repartir sans eux. Ils ressemblaient à une poignée d'agneaux, craintifs et indécis, sur le point de se faire dévorer. Sans quelqu'un pour les secouer et les diriger, ils s'abandonneraient rapidement à leur mort sur ces galets grisâtres. Un homme au visage sombre demeurait à l'écart. Plus encore que la peur, c'est le mépris pour ses codétenus qui déformait ses traits.

– J'ai mis ça de côté pendant le voyage, murmura l'un des excommuniés en sortant de sa poche un morceau de pain rassis. Nous pouvons le partager…

L'homme isolé se précipita et le lui arracha des mains, puis le poussa violemment au sol. Tous le fixèrent avec crainte et surprise.

– Seuls les plus forts survivront ici, railla-t-il, et je ne vous donne pas une semaine…

Probablement un ancien soldat, songea Morecombe en détaillant sa large carrure. Il sentit Bill se contracter à ses côtés et lui fit signe de ne pas intervenir.

– Comment t'appelles-tu ? demanda Morecombe.

– Caporal Douglas, répondit l'homme en crachant au sol.

Il s'approcha et bomba le torse. Morecombe, nullement impressionné, esquissa une moue amusée. Gagné, se dit-il, il s'agissait bien d'un soldat.

– Écoute-moi bien, le bellâtre, reprit le caporal en lui tapotant le torse de son index gras. À l'avenir, c'est moi qui pose les questions, et on se contente d'obéir, est-ce que c'est clair ?

– Et si tu rendais plutôt ce pain à son propriétaire ? avança Morecombe.

L'instant d'après, il se baissait pour éviter le coup de poing que le caporal lui adressait en guise de réponse.

– Je vais te… hurla-t-il.

Il n'eut pas le temps de finir sa phrase. Un morceau de glace tranchant comme le verre se matérialisa dans la main de Morecombe. Le caporal Douglas s'effondra, les doigts rougis par le sang qui s'écoulait de sa gorge. Le propriétaire du pain vomit le peu de bile qui tapissait encore son intestin tandis que les autres, hallucinés, s'étaient figés d'effroi.

Morecombe posa la main sur le front du caporal agonisant, expira puis ferma les yeux. Un flash l'assaillit aussitôt.

Maman m'accompagne à l'école de la Communauté pour la première fois. Les autres garçons et moi nous regardons. Je suis timide.

J'apprends à lire avec Dévouée Cornelia, je n'y arrive pas mais elle est patiente. J'aime bien Dévouée Cornelia.

Je tombe amoureux de Bernadette, la fille des voisins, elle est si belle avec ses longs cheveux noirs.

Les flashs se succédaient à une vitesse vertigineuse.

J'épouse Bernadette au temple du village, elle porte une robe blanc immaculé, nous nous embrassons. Je suis heureux.

Je m'engage dans l'armée car la solde est bonne et le travail manque au village. Je dois être plus dur. Je sers l'Hégémonium pour la gloire du Créateur.

Bernadette accouche de Franny, notre fille, mais je pars le lendemain me battre dans le royaume d'Indus. Bernadette pleure. Moi aussi, je suis triste. J'espère que je reviendrai.

L'histoire du caporal défilait sous les yeux de Morecombe.

Des insurgés attaquent notre campement. Ils sont armés de fourches et de machettes. Nous ripostons avec nos fusils. Je tue plusieurs indigènes. J'ai constamment peur, je les hais.

Je suis blessé et rapatrié. J'ai droit aux honneurs. Je retrouve Bernadette et Franny qui a deux ans, je ne l'avais pas vue depuis sa naissance. Elle pleure quand je la prends dans mes bras.

Je fais des cauchemars.

Seuls les battements de son cœur reliaient encore Morecombe à son enveloppe charnelle.

J'ai été affecté à Londres, à la garde du Palais, depuis ma blessure. C'est un honneur mais je m'ennuie. Nous vivons dans un minuscule appartement avec Bernadette et Franny. Nous regrettons notre village.

Bernadette dit qu'elle ne me reconnaît plus. Elle ne me laisse plus la toucher. Je dors sur le canapé.

J'enfile des pintes de bière. Un soir, je frappe un homme. Les agents m'arrêtent.

Le verdict tombe : je suis excommunié.

Morecombe grimaça en s'arrachant à ses visions. Le retour à la réalité était toujours pénible. Dans ces instants de communion, il n'y avait ni souffrance, ni fatigue, ni pesanteur du corps. Juste un délicieux sentiment de satiété qui gagnait chaque portion de son être. Bientôt viendrait le manque, il le savait, mais il chassa cette idée.

Il dévisagea Douglas qui s'agitait encore. Un relent de pitié le traversa. Ce n'était pas un mauvais bougre, juste un pauvre type pas très malin et qui n'avait pas eu de chance.

– Où suis-je ? bredouilla le caporal.

Du sang s'échappait de la commissure de ses lèvres. D'un geste sûr, Morecombe l'acheva d'une lame dans le cœur.

Ses compagnons le fixèrent, pétrifiés. L'île tout entière semblait retenir sa respiration. Seul Bill le jaugeait du regard, la bouche en coin, l'air de se dire que ce type étrange pourrait bien être le premier excommunié à réellement quitter son île.

– J'imagine que cela soulève quelques questions, souffla calmement Morecombe en se rapprochant du groupe.

Mais personne ne réagit. Tous s'interrogeaient encore sur ce qu'ils venaient de voir. D'où venait la lame qui avait tranché la gorge de Douglas ? Et surtout, qui pouvait bien être cet homme, aux yeux verts et aux traits si délicats, qui semblait tuer comme d'autres récitaient la Constitution ?

– Le prodige auquel vous venez d'assister n'est rien en comparaison de ce dont je suis capable, les harangua Morecombe. Si je vous apprenais à en faire autant, nous pourrions même regagner Londres.

S'ils ne l'avaient pas vu à l'œuvre, tous l'auraient traité de fou. À la place, une ambiance électrique gagna la plage.

– Que veux-tu en échange ?

Bill avait le regard perçant de celui qui savait que tout se négociait dans la vie.

– Votre obéissance, rétorqua Morecombe. Et votre présence à mes côtés pour mener une bataille. Vous devrez être prêts à tuer pour survivre. Ensuite, vous serez libres. Que ceux qui acceptent me rejoignent.

Bill fit le premier pas sans l'ombre d'une hésitation. Les autres excommuniés l'imitèrent et se redressèrent sur leurs jambes tremblantes. Seul Trevor Scott, l'homme au pain, hésita un long moment avant de céder. Douglas, lui, aurait vraisemblablement refusé. Morecombe l'aurait de toute façon tué.

– Pourquoi crois-tu que Trevor ait mis aussi longtemps pour se décider ? demanda Morecombe alors que Bill et lui marchaient le long du rivage, tandis que les autres allumaient un grand feu sur la plage.

– Parce qu'il me semble être un homme sage et intelligent, sourit Bill. Tu nous demandes de prendre une ou plusieurs vies pour sauver la nôtre… Ça n'est pas une décision facile.

– Tu n'as pourtant pas hésité une seule seconde…

– Sans doute parce que je ne suis ni sage ni intelligent.

Morecombe sourit. Et Bill le suivit lorsqu'il s'enfonça dans l'eau jusqu'à mi-cuisses. Un banc de poissons ondulait juste sous la surface. Morecombe ferma les yeux, tendit la main et prononça une formule dans une langue inconnue. Bill assista à un second miracle. L'eau se solidifia tout autour des poissons, les entravant suffisamment pour les empêcher de nager. L'un après l'autre, Morecombe les arracha à leur prison de glace pour les confier à Bill qui les acheva d'un coup de galet sur la tête.

– Et nous serons tous capables de faire ça ? demanda Bill.

– Ça ou autre chose, répondit Morecombe. Ça ou autre chose…

Aujourd'hui, à deux cent cinquante kilomètres plus à l'est

Morecombe plissa les yeux pour apercevoir une petite tache à l'horizon.

– Jetez l'ancre ici ! Nous approcherons de l'île cette nuit.

– À vos ordres, monsieur Morecombe !

Ses hommes procédaient avec vitesse et efficacité. Trevor et Samuel, les deux magiciens d'air, se relayaient en permanence afin de maintenir gonflée la voile de feuilles tressées. Trois ans d'efforts, songea-t-il en les regardant manœuvrer, le temps de les former et de construire ce bateau.

– Anxieux ? demanda Bill en tirant sur sa pipe.

– Ils ne se sont jamais battus… Même eux ignorent comment ils réagiront face à des soldats…

– Je suis confiant, souffla son second dans un nuage de fumée. Ils se sentent invincibles à tes côtés. Si tu leur demandais d'attaquer le Palais Patriarcal, ils fonceraient tête baissée.

Bill observa son chef du coin de l'œil. Ils ignoraient tout de sa vie d'avant et les spéculations allaient bon train. Avait-il été un officier ? Il leur avait transmis sa science du combat. Un charpentier naval ? Il avait dessiné les plans du bateau. Un proche du Patriarche ? Il semblait tout connaître de l'Hégémonium.

Depuis deux semaines, date à laquelle ils avaient levé l'ancre, il les guidait en regardant le ciel.

La curiosité de Bill le titillait parfois mais il en prenait son parti. L'extraordinaire charisme de William suffisait à galvaniser leurs compagnons, et lui-même resterait probablement à ses côtés après ce soir. Il en avait vu des choses, mais ce que leur montrait William dépassait l'entendement. Quel que soit son mystérieux plan, Bill lui faisait confiance. Jouer un mauvais tour à l'Hégémonium n'était de toute façon pas pour lui déplaire.

À la nuit tombée, ils accostèrent à bonne distance de la forteresse qui s'érigeait au milieu de l'île.

Le groupe mené par Bill disparut dans l'obscurité. S'ils tombaient sur une patrouille, il saurait réagir. Bill avait fait la guerre et ne tremblerait pas au moment de tuer si cela s'avérait nécessaire. Il fit signe aux autres de le suivre.

Au même moment, l'adjudant Bird poussait la porte de la caserne en se frottant les bras.

– Les températures viennent de chuter, lança-t-il à la ronde. Bon courage à la prochaine patrouille !

Cinq hommes se levèrent et quittèrent la caserne, fusils en bandoulière. Bird remplit plusieurs tasses de café fumant et allongea les mains vers la cheminée.

Le lieutenant Beadle, qui jouait aux dés avec ses soldats, s'interrompit et réclama le silence.

– Vous n'entendez rien ? demanda-t-il en levant l'index.

Tous tendirent l'oreille.

– On dirait un bourdonnement, chuchota Bird.

Le lieutenant s'agaça et lui fit signe de se taire.

– On dirait que ça se rapproche...

Une violente bourrasque ébranla le bâtiment. Une fenêtre explosa et des éclats de verre recouvrirent la table de dés.

– Ça alors ! laissa échapper le soldat Scrives en ramassant un grêlon de la taille d'une balle de golf.

Le gémissement du vent s'engouffrait par le carreau cassé. Rien dans la journée n'avait laissé présager un tel déluge.

La porte s'ouvrit à la volée et les cinq patrouilleurs grimaçants se précipitèrent dans la salle.

– Je n'ai jamais vu une tempête pareille ! grogna l'adjudant Dawson. C'est l'apocalypse dehors ! Le soldat Franklin a manqué de se faire assommer par la grêle !

– Abritez-vous le temps que ça passe ! cria le lieutenant. Aucun risque qu'un bateau approche avec ce temps !

Une petite flamme jaillit au milieu des ténèbres. Le signal de Bill. Il signifiait que la voie était libre. Morecombe fit signe à ses hommes d'avancer.

À l'intérieur de la caserne, le soldat Scrives s'apprêtait à clouer une planche sur le carreau cassé.

– Lieutenant… bafouilla-t-il.

– Quoi encore ?!

– Dehors… J'ai cru voir une lumière, mais elle a disparu aussitôt…

– Vous perdez la tête ! Comment voulez-vous que…

Une nouvelle déflagration fit trembler le bâtiment.

– Un pan du mur de la forteresse vient de s'effondrer !

Un sombre pressentiment gagna l'adjudant Bird.

– Nom de…

– Quoi encore ?

– Des ombres, chuchota le soldat Scrives, la gorge nouée par l'angoisse. J'ai vu des ombres bouger…

Un silence de mort s'abattit sur la caserne.

– À vos armes ! hurla le lieutenant Beadle. Bird, prenez le portail ouest avec deux hommes, Dawson…

Un crépitement strident l'interrompit. Tous les regards convergèrent vers la cheminée, où une myriade d'étincelles virevoltaient à la surface des bûches.

– Qu'est-ce que…

L'âtre explosa dans un fracas d'enfer. Des gerbes de feu atterrirent aux quatre coins de la pièce et le bois s'embrasa tout autour des soldats.

– Tous dehors !

L'adjudant Bird se précipita sur la porte mais elle refusait obstinément de s'ouvrir.

– La pression du vent est trop forte ! hurla-t-il, alors que d'autres poussaient sans succès à ses côtés.

La caserne se transformait en fournaise. Un craquement sinistre leur signifia que le plafond se fissurait.

– La fenêtre, vite ! ordonna le lieutenant Beadle en relevant un soldat qui déjà suffoquait.

L'adjudant Bird fractura le carreau d'un coup de crosse. Il devina une silhouette qui émergeait d'un buisson, épaula son fusil et pressa la détente. L'ombre s'écroula et s'évanouit dans les fourrés. En retour, un geyser de flammes vint frapper la fenêtre et l'empêcha d'en enjamber le rebord. Il perdit l'équilibre et s'étala juste à temps pour voir le toit s'effondrer.

– Vite, par ici !

– Qui est touché ?

– Trevor, répondit Bill. Une balle dans l'épaule.

Une auréole rouge nimbait la chemise de l'ancien comptable. Livide, il serrait de toutes ses forces la main de Samuel.

– Je vais extraire la balle, siffla Morecombe. Poussez-vous !

– L'avez-vous déjà fait ? bégaya Trevor.

– Des centaines de fois…

Un ancien chirurgien ? pronostiqua Bill alors que Morecombe matérialisait une fine lame de glace dans sa main.

– Prêt ?

En guise de réponse, Trevor poussa un hurlement terrible.

– Je l'ai ! Trouvez de l'alcool et désinfectez la plaie ! souffla Morecombe avant de s'échapper avec Bill vers la tour située légèrement à l'écart de la caserne qui ressemblait maintenant à un brasier géant.

– Que cherchons-nous ? demanda Bill.

– Un homme…

Ils grimpèrent un escalier étroit jusqu'à une porte que Bill fit sauter d'un violent coup d'épaule. Il grimaça. Une silhouette cadavérique gisait le long du mur, les bras entravés par deux anneaux incrustés dans la roche. Était-il seulement vivant ? Morecombe se posait visiblement la même question car il tâta le pouls de l'homme. Un soupir de soulagement souleva sa poitrine.

– Fais fondre le métal, ordonna-t-il en désignant les anneaux. Prends garde à ne pas le blesser.

– Qui est-ce ?

Morecombe agrippa l'homme inconscient par ses cheveux sales et lui releva le menton. Bill étouffa un cri de stupeur. Tout le monde le croyait mort depuis quinze ans…

Et pourtant.

Ils étaient sur le point de délivrer Darius Gaban.

CHAPITRE 18

Le premier jour d'école

Oliver franchit les grilles du parc à la suite d'Alicia et pressa le pas pour rester sous son parapluie.

– Attention à ne pas glisser, dit-il, prévenant.

Les dernières neiges avaient laissé une boue glissante sur les pavés. Oliver n'avait plus quitté l'enceinte du Manoir depuis sa fugue et une agréable sensation de liberté accompagnait son premier jour d'école.

– Par ici ! indiqua Alicia en désignant l'immeuble décrépit qui clôturait l'impasse. Fais-moi confiance !

Oliver plissa les yeux, mais il ne distinguait rien à travers les fenêtres barrées de planches. L'immeuble devait être à l'abandon depuis des années. Sa curiosité allait croissant. Alicia grimpa sur le perron et agita la chaînette rouillée d'une vieille cloche bringuebalante. Installé une marche plus bas pour profiter du parapluie, Oliver humait l'agréable parfum aux notes vanillées de la jeune fille.

Un judas dévoila un œil inquisiteur.

– Qui est-ce ?

– Oliver ! Il vient d'arriver au Manoir.

Le crissement d'un verrou se fit entendre.

– Bienvenue sur la vraie Mill Road, glissa Alicia avec malice.

La façade disparut dès qu'Oliver franchit la porte, bientôt remplacée par un simple mur à hauteur d'homme. Le garde, un trentenaire râblé vêtu de noir, referma une épaisse porte dans son dos. Les deux adolescents se trouvaient à l'entrée d'une rue qui s'étirait à perte de vue. Alicia tira Oliver par la manche car la pluie redoublait.

– Où sommes-nous ? hurla-t-il pour couvrir le martellement des gouttes sur le trottoir.

– Sur Mill Road, répéta Alicia. Mon grand-père est un illusionniste, l'immeuble n'existe pas !

Cette rue pourrait être n'importe quelle rue de Londres, nota Oliver. Elle était jonchée de petites maisons ramassées composées d'un magasin au rez-de-chaussée et d'un ou deux étages d'habitation. Les silhouettes qu'ils croisaient, parées de larges capuches ou cachées sous leur parapluie, se hâtaient vers l'intérieur des boutiques. Dans le sillage d'Alicia, ils bifurquèrent dans une ruelle et s'arrêtèrent devant une épaisse grille. Un chemin traversait une large pelouse vers une gentilhommière à colombages entourée de quatre immenses constructions de verre.

– Les serres, expliqua Alicia devant le regard interloqué d'Oliver. Il y en a une par élément. C'est là que se déroulent les cours pratiques.

Sur le portail, une plaque indiquait : *École de magie élémentaire de Londres.*

– Stressé ? demanda la jeune fille.

– Un peu, reconnut Oliver. Je ne sais rien de tout ça, ajouta-t-il en désignant du doigt le mot « magie ».

– Il faut bien commencer un jour. Allez, viens ! Mieux vaut éviter d'être en retard avec le Pr Cormick !

Oliver se glissa timidement dans le bureau de la directrice.

– Je vous en prie, dit-elle en désignant une chaise. Je suis à vous dans une seconde.

Concentrée à annoter un document, elle n'avait pas relevé la tête. Son ton cordial ne suffit pas à détendre Oliver qui balaya la pièce du regard. Celle-ci ressemblait davantage au bureau de Mère Helen qu'à celui du Lord. Les livres s'alignaient parfaitement le long des étagères et seul le portrait d'un homme posant au milieu d'un décor tropical distillait un peu de chaleur dans ce terne décor.

– C'est Adam Welles, précisa la directrice.

La douceur des traits de cet homme inspirait la confiance. Oliver n'était pas étonné que les magiciens lui aient confié tous leurs souvenirs.

– Chaque jour, reprit-elle, nous nous efforçons de nous montrer dignes de l'héritage qu'il nous a légué. La Grande Bibliothèque protège notre savoir et cette école le transmet.

– « La Grande Bibliothèque »… ?

– C'est Altaïr Levinson qui a la charge de cette institution. Ses Voyageurs parcourent le monde à la recherche des rares livres qui ont échappé à la folie de l'Hégémonium. Mais concentrons-nous plutôt sur l'école… Que pensez-vous apprendre ici ?

– Euh… bafouilla Oliver, la magie ?

Le visage du Pr Cormick demeura impassible.

– La véritable histoire de notre monde ? ajouta-t-il d'une voix mal assurée.

Toujours aucune réaction ; la directrice se contentait de le fixer de ses yeux clairs et perçants.

– Je crois qu'il y a aussi une langue…

Il ne savait plus quoi dire. Était-ce un test ?

– Un peu de tout ça, souffla-t-elle. Mais pas seulement…

Elle le fixa.

– Comment expliquez-vous l'attitude de Richard à votre égard hier ?

– Eh bien, répondit Oliver en serrant les dents, j'ai cru comprendre qu'il reprochait au Lord de ne pas avoir consulté le Conseil avant de m'inviter à rejoindre la Communauté.

– C'est une partie de la réponse, acquiesça-t-elle. Certaines décisions doivent être validées par la majorité des membres du Conseil et l'intégration d'un nouveau membre en fait partie. Comprenez bien que votre cas est extrêmement rare, le précédent remonte à une dizaine d'années. Que vous le vouliez ou non, votre jeunesse passée au côté des Dévouées vous a façonné : vous connaissez la Constitution hégémonique par cœur, l'Histoire racontée par le Conseil Éthique et Dogmatique ou les nouvelles censurées du *Journal Officiel*... Bref, vous pensez et voyez le monde comme n'importe quel sujet de l'Hégémonium...

Oliver sentit sa gorge se nouer. Il essayait de faire bonne figure mais il ne pouvait réprimer un sentiment de honte. De honte et d'injustice.

– Plusieurs milliers de magiciens comptent sur nous pour garantir leur sécurité et celle de leur famille, reprit la Directrice. Intégrer un sujet représente toujours un risque. Richard Lancester n'a aucune animosité personnelle à votre égard, il veut juste protéger les siens.

Oliver hocha la tête. Il comprenait.

– Bien, approuva le Pr Cormick. Vous devez bien comprendre que votre apprentissage ici représente beaucoup plus qu'un agrégat de disciplines, comme l'Histoire ou la magie pratique : c'est un nouvel état d'esprit et un rapport au monde qui n'ont plus rien à voir avec votre ancienne vie. Êtes-vous sûr d'être prêt pour ça ?

– Je le suis.

La directrice le fixa un long moment, elle semblait sonder son âme. Une ébauche de sourire se dessina sur son visage.

– Dans ce cas…

Elle annonça qu'elle ne voyait aucune objection à son intégration. Mais Oliver allait devoir rattraper son retard car il intégrerait directement une classe de troisième année afin d'étudier avec des élèves de son âge. De nombreuses nuits blanches l'attendaient. Heureusement, l'essentiel des cours de première et deuxième année était des Matières théoriques, et sa capacité à emmagasiner de nombreuses informations était grande.

– Le seul cours pratique que vous devrez rattraper est la découverte et le contrôle du Flux, expliqua la directrice.

Le Flux… Alicia lui avait prêté deux livres à ce sujet qu'il n'avait pas encore eu le temps d'ouvrir.

– Qu'est-ce que c'est ? demanda-t-il.

– Avant tout, c'est une énigme, sourit le Pr Cormick. Nos ancêtres, pas plus que nous d'ailleurs, n'ont jamais réussi à percer son mystère. Il s'agit d'une sorte d'énergie qui relie toute la Matière du monde. D'où vient-elle et quelle est sa nature exacte, nous l'ignorons. Mais nous savons que c'est elle qui nous donne nos pouvoirs.

Encore cette Matière… songea Oliver.

– Tout ce qui est tangible est Matière, reprit la directrice, vous, moi, les animaux, les plantes, les minéraux, l'eau et même l'air que nous respirons. Le Flux traverse chaque parcelle de Matière et nous permet d'interagir avec elle.

– Tous les hommes sont donc capables de magie, souffla Oliver.

– Certains sont plus réceptifs au Flux que d'autres, tempéra la professeure, mais théoriquement, oui, tous en sont capables. À l'époque d'Adelphe Setton, ses fidèles s'effrayèrent de la puissance générée chez certains par le Flux. Ils décrétèrent que, pour pouvoir s'élever et s'approcher du Créateur, l'homme devait rompre tout lien avec la Matière. Du jour au lendemain, on la dit avilissante et méprisable…

Le Pr Cormick avait raison, réalisa Oliver en essayant d'imaginer l'extraordinaire toile d'araignée qu'il allait devoir détricoter : un tout nouveau rapport au monde…

– Vous allez d'abord devoir apprendre à ressentir ce lien, reprit Judith Cormick, puis à vous en servir. Nous travaillerons ensemble quotidiennement, avant le début de vos classes.

Oliver quitta le bureau de la directrice une heure plus tard, planning en main et besace débordante de livres. Son premier cours débutait dans l'après-midi. Il quitta le bâtiment principal pour se diriger vers la serre dédiée à la magie de terre où Alicia étudiait toute la matinée.

La pluie ruisselait sur les immenses parois de verre, protégeant ainsi le secret de ce qu'elles abritaient. L'entrelacs de branches et de feuilles qui l'accueillit l'empêchait de voir à plus de quelques mètres. Il suivit un chemin de pierre qui serpentait à travers cette drôle de jungle et déboucha finalement sur une grande clairière où s'affairaient une poignée d'élèves.

– Oliver ! s'exclama Alicia en lui faisant signe de la rejoindre.

Cinq élèves l'entouraient. Ils le dévisagèrent avec curiosité.

– Restez concentrés ! scanda une jeune femme avec autorité.

Six chiots agités la suivaient dans tous ses déplacements.

– J'ai déposé une corbeille avec six balles de couleurs différentes, reprit-elle sous le regard d'Oliver, installé en retrait. Aujourd'hui, vous allez travailler la connexion avec un animal. Chacun d'entre vous se verra attribuer une couleur. Vous devrez guider votre chiot grâce au Flux pour qu'il vous rapporte la bonne balle. Est-ce clair pour tout le monde ?

Oliver suivit des yeux la petite-fille du Lord. Elle s'accroupit vers l'un des chiots qui la renifla puis posa ses pattes avant sur son genou. Elle mit délicatement sa main sur la tête du petit animal et ferma les yeux. Le chiot s'immobilisa brusquement, cessa de japper et se précipita vers la corbeille. Il renifla chacune des balles, hésita puis revint vers Alicia en tenant la verte dans sa gueule. Tous ses camarades fixèrent la jeune fille avec admiration.

– Bravo ! s'exclama Oliver à la fin du cours. C'était super impressionnant !

– Chester est le meilleur chien du chenil, répondit modestement Alicia en désignant son chiot.

– C'est lui qui a tout fait, commenta une jeune fille mince et athlétique.

Un sourire caustique se dessina sur son visage tandis qu'elle nouait ses cheveux châtains en une courte queue-de-cheval.

– Tu es nouveau, non ? lança-t-elle à l'adresse d'Oliver, un peu impressionné par l'aplomb qu'elle dégageait.

– Oliver, voici Suzy Chaplain, soupira Alicia.

– Sa meilleure amie ! précisa l'intéressée en souriant.

Tous trois se rendirent dans le réfectoire où ils s'installèrent à l'extrémité d'une longue tablée. Des côtelettes d'agneau accompagnées de petits pois les attendaient.

– Pourquoi toujours des légumes verts ? grommela un garçon aux larges épaules qui s'installa à leurs côtés.

– Parce que les carottes pourraient te rendre aimable ? avança Suzy.

– Voici Dan Atwood, sourit Alicia à l'intention d'Oliver.

Le nouveau venu lui serra chaleureusement la main, sans même relever les sarcasmes de la jeune fille.

– Je ne sais même pas à quand remonte la dernière intégration d'un élève n'ayant pas grandi dans une famille de magiciens ! dit-il.

– Une dizaine d'années selon le Pr Cormick !

– Mais bien sûr, s'exclama Dan en se tapant le front, c'était Morecombe !

Oliver se remémora l'échange entre Richard Lancester et Altaïr Levinson : « Souviens-toi du dernier sujet que nous avons intégré à l'âge adulte… » Ils parlaient de William Morecombe. Le dernier Mémoriste recensé ! Alicia avait ajouté que ça n'était pas une bonne personne…

– Qu'a-t-il fait ? demanda Oliver, piqué de curiosité.

Dan et Suzy se tournèrent vers Alicia qui haussa les épaules.

– Seul mon grand-père et le Conseil savent ce qu'il s'est réellement passé… William avait à peu près notre âge, je crois, quand il a rejoint la Communauté. Les rumeurs disent qu'il avait été apprenti au Palais Patriarcal, mais il ne parlait jamais de son passé. C'était un magicien d'eau incroyablement doué, et un Mémoriste, comme tu le sais déjà. Il y a trois ans, il a paraît-il fait quelque chose de très grave mais le Conseil n'a jamais rien dit à ce sujet. Tout ce qu'on sait, c'est que lui et mon grand-père se sont violemment affrontés, et que Morecombe est parvenu à s'enfuir.

– Il faut être un sacrément bon magicien pour réussir à s'enfuir face au Lord, siffla Dan.

– On soupçonne Dan d'être un peu amoureux de notre chef, souffla Suzy. Il serait même devenu ami avec Alicia pour pouvoir l'approcher…

L'intéressé leva les yeux au ciel.

– C'est quand même une perte pour la Communauté, dit-il, les Mémoristes ont un pouvoir rare…

– Oui, mais avec Oliver, on en a peut-être un nouveau, glissa Alicia.

Oliver sentit ses joues s'embraser face aux regards interloqués de ses camarades. Suzy retrouva la première l'usage de la parole.

– Quoi ?! s'exclama-t-elle. Tu es un Mémoriste ?

– On n'en sait rien, tempéra Oliver. J'ai juste eu une étrange vision, et le Lord pense qu'il s'agissait peut-être du souvenir d'un agent qui me poursuivait.

En son for intérieur, il espérait que ça ne soit pas le cas, car les comparaisons avec son triste prédécesseur risquaient de pleuvoir.

– Ça pourrait être lié à la magie d'air, non ? avança-t-il sans trop y croire.

– J'ai bien peur que non, répondit Alicia. C'est forcément de la magie immatérielle.

– « Immatérielle »… ?

– Illusionnisme, Mémorisme, télépathie… Tous les pouvoirs rares qu'on n'explique pas par le Flux.

– Tu n'es donc plus la seule ici à posséder ce don, Alicia, glissa Dan en la poussant du coude.

– Tu as un pouvoir immatériel ?! s'étonna Oliver.

– Malheureusement… soupira-t-elle. Je suis une Empathe. En gros, je peux ressentir les émotions des autres.

– Ça peut créer des situations gênantes, s'amusa Suzy.

– Lorsque je l'ai découvert il y a deux ou trois ans, je ne parvenais pas du tout à contrôler mon pouvoir…

– Elle rougissait lorsqu'elle croisait des amoureux, raconta Dan, mieux valait ne pas s'attarder…

Oliver se remémora son trouble lors de leur première rencontre dans la cuisine. Il espérait que son pouvoir ne s'était pas déclenché ce jour-là…

– Montre voir ton emploi du temps ! reprit Dan. Runes avec le Pr Coolidge cet après-midi… Excellent pour commencer ! J'y pense, tu veux voir un truc marrant ?

– Non ! répliquèrent aussitôt Suzy et Alicia.

Oliver les interrogea du regard.

– Règle d'or ! le mit en garde Suzy avec sérieux. Quand Dan te propose de voir un truc marrant, et que ça a un lien avec les runes, tu dis non !

– Il y a deux ans, sourit Alicia, Dan avait gravé les bougies de mon gâteau pour en faire des super bougies… Résultat, des flammes de trois mètres de haut, impossibles à éteindre. Heureusement qu'Aulus était là, je crois que toute ma chambre aurait brûlé sinon… Mon grand-père ne l'a jamais su, ajouta-t-elle d'un air entendu.

Dan haussa les épaules.

– Voyons voir ta classe, dit-il pour changer de sujet. Il y a d'abord Charlotte Lawford...

– Très timide mais gentille, commenta Suzy.

– Simon Cook...

– Plutôt mignon...

– Charly Callaghan.

– Fou amoureux d'Alicia !

La petite-fille du Lord se prit la tête entre les mains.

– Hannah Miller.

– Un peu collante, continua-t-elle, garde tes distances !

– Et Flora Lancester.

– Aïe... grimaça Suzy, ça, c'est la tuile !

– « Lancester », répéta Oliver. C'est la fille de...

– Richard, approuva Suzy. Aussi sympathique que son père...

Une légère appréhension accompagnait Oliver lorsqu'il se rendit dans la serre de l'air. Aux antipodes de sa voisine dédiée à la terre, elle surprenait par sa légèreté et sa simplicité. Des matelas en recouvraient le sol, et de nombreux coussins s'agglutinaient contre les parois de verre. On aurait dit un dortoir géant.

Il repéra un groupe de cinq élèves qui attendaient leur professeur.

– Attention !

Un petit coup derrière la nuque le fit trébucher la tête la première, le nez dans les matelas. Il se retourna et se retrouva nez à nez avec une échelle de corde qui semblait pendre depuis le ciel.

– Désolé, j'arrive !

Oliver tourna la tête. Rien.

– En haut ! reprit la voix, plus amusée qu'inquiète.

Un jeune homme d'une trentaine d'années flottait littéralement vers lui, retenu par d'invisibles fils.

– Vous volez ?! s'exclama Oliver lorsqu'il posa pied à terre.

– Malheureusement non, répondit-il en s'esclaffant, ça n'est que de la chute libre. Je m'appelle James Deakin et j'enseigne le pilotage. Un de mes élèves a oublié de remonter l'échelle pendant la manœuvre, je te présente toutes mes excuses.

Oliver leva la tête et n'en crut pas ses yeux. Une vingtaine de petits bateaux à voile recouverts de symboles tournoyaient sous le plafond de la serre, accueillant chacun deux élèves à leur bord.

– Des aéroboats, commenta le Pr Deakin. J'ai l'impression que tu les vois pour la première fois… Tu rentres en troisième année, c'est bien ça ?

Oliver opina, incapable de prononcer le moindre mot. Des bateaux volants…

– Tu devras encore attendre deux ans pour apprendre à les manœuvrer, lui lança-t-il avec une tape amicale sur l'épaule. Bon courage !

Oliver s'approcha du petit groupe d'élèves qui le dévisageaient avec curiosité.

– Salut, l'accueillit un garçon en lui tendant la main, je m'appelle Simon. Et voici Charly.

– Oliver, c'est ça ? Le nouveau qui habite au Manoir…

– Et voici Charlotte et Hannah.

La première s'empourpra. La deuxième lui adressa un énergique salut de la main.

– Et Flora…

L'adolescente se tenait quelques pas à l'écart du groupe, adossée à la paroi. Elle avait hérité du regard dur de son père. Sa peau caramel et sa longue chevelure aux reflets d'ambre lui venaient sûrement de sa mère. Elle semblait sur la défensive.

– Bonjour à tous !

Un homme à l'air débraillé et distrait s'approcha d'eux à pas lents. Il ne semblait pas plus familier des lieux qu'Oliver et portait un regard curieux sur tout ce qui l'entourait.

– Allons, Flora, rapprochez-vous du reste de la classe !

– Bonjour professeur Coolidge ! répondirent-ils tous en chœur.

– Henderson ? s'exclama-t-il en louchant sur Oliver, les yeux plissés derrière ses épaisses loupes. N'êtes-vous pas en quatrième année ?

– Pardon, bafouilla-t-il, je crois qu'il y a méprise. Je m'appelle Oliver et c'est mon premier jour…

Simon et Charly étouffèrent un fou rire.

– À la bonne heure ! s'exclama le professeur. Bienvenue, dans ce cas !

– Henderson est en cinquième année, chuchota Simon. Et c'est un magicien de feu aux cheveux longs.

Les élèves s'assirent en cercle autour du professeur.

– Comme vous le savez tous, commença Coolidge, les runes d'air peuvent être très puissantes. Ce sont elles par exemple qui, gravées sur la coque des aéroboats, leurs permettent de s'élever dans les airs. Ces dernières sont extrêmement complexes et ne seront pas abordées durant votre scolarité. À la moindre approximation de calligraphie, l'aéroboat pourrait s'écraser. Nous viserons donc quelque chose de beaucoup plus simple aujourd'hui… Voici votre consigne : vous avez une heure pour trouver la suite de runes la plus efficace pour permettre à votre feuille de léviter à un mètre de hauteur, puis de retoucher le sol au bout d'une minute. Vous travaillerez en binôme. C'est parti !

Simon et Charly se tapèrent dans la main. Charlotte se rapprocha d'Hannah.

– Je crois qu'on n'a pas le choix… souffla Flora. À moins qu'on demande au professeur de le faire chacun de son côté… ça ne me changera pas beaucoup…

– Je préférerais regarder comment tu fais, dit Oliver. Je ne connais rien aux runes.

Les traits de Flora se détendirent légèrement, trahissant une certaine surprise. Elle se reprit aussitôt.

– Comme tu veux, marmonna-t-elle en haussant les épaules.

Elle sortit une feuille de papier ainsi qu'une plume sertie.

– Tu ne sais pas comment fonctionne une suite, j'imagine ?

– Non.

– Sors ton dictionnaire, soupira-t-elle.

Aussi aimable que son père, observa Oliver. *Dommage, car elle serait plutôt jolie sans cet air de pimbêche*… Il chassa aussitôt cette idée et entrouvrit l'épais recueil.

– Tu as retenu la consigne ?

– Oui, il faut faire voler la feuille…

Elle leva les yeux au ciel et soupira à nouveau.

– Quoi ?!

Travailler avec elle allait vraiment s'avérer pénible.

– Pas « voler », le corrigea-t-elle sèchement, « léviter » – ça n'a rien à voir ! J'ai donc besoin que tu me cherches ce mot !

Oliver s'exécuta de mauvaise grâce.

– Trouvé ! Ça montre dans l'ordre le symbole de l'air entre parenthèses, grommela-t-il, puis le dessin d'un petit trait au-dessus d'un plus gros, et enfin un mot, « *levitare* ».

– Le premier symbole signifie que seuls les magiciens d'air peuvent graver cette rune et lui conférer un pouvoir. Si un magicien d'eau le fait, ça n'aura aucun effet. Ensuite, il s'agit de la représentation de la rune puis de sa prononciation à voix haute. Jusqu'ici tu suis ?

Il opina.

– C'est le premier symbole qu'il faudra dessiner sur la feuille, parce que léviter est la consigne centrale. Elle est complétée par un détail sur la hauteur, un mètre, puis sur la durée, une minute.

– J'ai compris, dit Oliver, je dois maintenant chercher le symbole de « mètre » dans le dictionnaire.

– Presque ! Toutes les distances s'expriment en pieds dans l'alphabet runique. Mais l'idée était là… ajouta-t-elle dans un demi-sourire.

Même si son ton prétentieux l'agaçait, Oliver reconnut qu'elle faisait certains efforts pour apparaître moins désagréable.

Le mot « pied » était suivi des quatre symboles élémentaires. Et Oliver ne put s'empêcher de se demander si Dan avait gravé ce type d'indications sur les bougies d'Alicia.

– Il faudra faire précéder la rune correspondant au pied du chiffre 3, expliqua Flora, car trois pieds correspondent à un mètre.

Oliver découvrit ensuite que le mot « minute » était symbolisé par un petit sablier.

Un petit trait au-dessus d'un plus gros, le chiffre 3, un pied et un sablier, résuma-t-il. Correctement calligraphiée par un magicien d'air, cette suite de runes devait permettre d'associer un sort à la feuille de papier. N'importe qui était ensuite capable de l'activer en prononçant la formule correcte.

Flora s'évertua à la copier de la plus belle des manières. Son coup de crayon, ferme et assuré, dessinait avec aisance chacun des caractères, si bien qu'Oliver et elle furent les premiers à terminer le devoir.

Quelques minutes plus tard, le temps imparti prenait fin. Comme prise d'une inspiration soudaine, Flora se hâta d'ajouter une rune sur leur copie.

– Bien ! s'exclama le Pr Coolidge. Voyons voir !

Il s'installa face à Simon et Charly et prononça la formule. Leur feuille flotta à bonne hauteur mais semblait peiner à se maintenir, elle toussotait.

– Sur la rune désignant « léviter », je suis prêt à parier que le trait supérieur ne fait pas exactement la moitié du trait inférieur. Les runes sont une affaire de précision, messieurs.

La feuille d'Hannah et Charlotte s'éleva également à bonne hauteur, stationna durant une minute, puis retomba doucement en ondulant.

– C'est bien, se réjouit le professeur sans plus de commentaires. Voyons voir ce que nous ont préparé Lancester et Henderson.

– Oliver…

Leur feuille s'éleva, se maintint parfaitement droite pendant une cinquantaine de secondes et commença à redescendre progressivement. Elle toucha le sol à la soixantième seconde.

– « Permettre à votre feuille de léviter à un mètre de hauteur, puis de retoucher le sol au bout d'une minute », répéta le professeur. Bravo, vous avez parfaitement compris ma consigne ! La dernière rune, qui ressemble à un escalier, induit la notion de progressivité, expliqua-t-il à l'ensemble de la classe. Excellent !

– C’était l’idée de Flora, précisa Oliver qui ne souhaitait pas de louanges imméritées.

La jeune fille demeura impassible.

À la fin du cours, Oliver la rattrapa et la remercia pour son aide.

– De rien, grommela-t-elle en haussant les épaules, et elle tourna précipitamment les talons.

Le soir, dans la pénombre de sa chambre, la lueur de la bougie dansait sur le visage d’Oliver, tout affairé à recopier les premières runes étudiées dans la journée.

Un raclement de gorge l’arracha à sa concentration.

– Je crois deviner que tu as commencé avec le Pr Coolidge, dit le Lord en louchant sur sa copie.

Oliver opina.

– Les runes sont un vaste et passionnant sujet, reprit le vieil homme en s’asseyant. L’illusion qui dissimule Mill Road se résume en une longue et complexe série gravée par mes soins sur le petit mur de pierre…

– C’est incroyable ! s’exclama Oliver. Jamais les agents ne pourront deviner ce qui se cache derrière !

– Je te remercie, sourit le Lord. Cette illusion nous protège depuis un demi-siècle, mais elle ne me survivra pas. J’ai beau m’arracher les rares cheveux qu’il me reste sur le crâne, je n’ai pas encore de solution pour mettre les nôtres à l’abri quand je serai parti… Mais ce n’est pas le sujet, se reprit-il, comment s’est passé ton rendez-vous avec Judith Cormick ?

– Bien, répondit Oliver. Elle va m'apprendre à contrôler le Flux. Elle m'a également parlé de la Matière. Vous pensez que le Projet Eden a quelque chose à voir avec les magiciens ?

– C'est une hypothèse, reconnut le Lord. Le Conseil la prend en tout cas très au sérieux. Tu nous as révélé une information importante, Oliver, et je t'en remercie encore. Mais ne te tracasse pas avec ça, concentre-toi plutôt sur ton apprentissage, c'est le plus important.

– À ce propos… existe-t-il des cours spécifiques pour travailler les pouvoirs immatériels ?

– Non, répondit le Lord, ils restent trop rares. Mais j'ai un vieil ami, Osmond Wright, qui pourrait nous aider à confirmer la nature de ton pouvoir et pourquoi pas t'apprendre à le maîtriser. C'est un professeur à la retraite. Est-ce que cela te conviendrait ?

Oliver acquiesça.

– Une dernière chose, reprit le Lord en triturant nerveusement le cigare qui dépassait de sa poche, j'ai envoyé Aulus jeter un œil du côté de Bridgetown…

– Chez les Felton ? s'exclama Oliver. Est-ce qu'ils vont bien ?

– Je suis désolé, déglutit le Lord. Il n'y a plus personne à la ferme…

CHAPITRE 19

Le Pr Wright

Oliver poussa la porte des *Quatre Éléments,* l'auberge de Mill Road.

– Tu en as, une sale tête ! s'exclama Suzy.

La jeune fille était attablée avec Alicia et Dan autour de trois chocolats chauds.

– Mauvaise journée ?

Oliver soupira. Mme Atwood remettait des bûches dans l'immense cheminée qui diffusait une chaleur réconfortante. Les parents de Dan tenaient la seule auberge de la rue. Elle ne désemplissait jamais. Accoudé au bar, Albert leva sa pinte pour le saluer et retourna à sa bruyante conversation.

– Je ne suis probablement pas fait pour la magie, soupira Oliver. Je n'ai toujours pas réussi à ressentir le Flux, et je passe toutes mes nuits à essayer de rattraper mon retard en histoire et en langue ancienne…

Ça n'était pas le principal problème et Oliver le savait parfaitement. À toute heure du jour et de la nuit, les visages de Dennis et des membres de sa famille hantaient ses pensées. Étaient-ils prisonniers ? Excommuniés ? Morts ?… Le saurait-il seulement un jour ? L'impuissance et la culpabilité le rongeaient de l'intérieur.

– Voilà qui va te remonter le moral ! s'exclama M. Atwood en déposant sous son nez une tasse fumante.

OIiver constata que Dan avait hérité des larges épaules et des oreilles en chou-fleur de son père.

– Ça ne fait que dix jours que tu as commencé l'école, tempéra Alicia. Nous avons tous travaillé plus de deux ans sur le Flux. Ça ne peut pas venir du jour au lendemain.

– Je sais, mais je me sens tellement nul dès qu'on en vient à la pratique… Je suis incapable de lancer le moindre sort. Et j'ai l'impression que toute la serre m'observe parce que je suis nouveau…

– Ce n'est pas la seule raison, ironisa Suzy.

Dan l'interrogea du regard en attrapant une pleine poignée de bonbons.

– J'ai croisé deux filles qui sortaient de la serre de l'air… Elles disaient qu'elles trouvaient le nouveau « très mignon ».

– Qui ça ? s'exclamèrent Alicia et Dan d'une seule voix.

Oliver rougit.

– Aucune idée, souffla Suzy, des deuxième année, je crois. À propos de mignon…

Elle tourna la tête vers la porte de l'auberge.

Charly Callaghan et Simon Cook venaient de s'installer à une table. Simon adressa un geste amical à Oliver. Charly s'empourpra en saluant Alicia, qui à son tour vira cramoisi.

– Fichu pouvoir d'Empathe… compatit Dan.

– C'est extrêmement incommodant, pesta la jeune fille. Je le maîtrise de mieux en mieux mais il continue de se déclencher tout seul lorsque quelqu'un ressent des émotions fortes. Surtout quand il s'agit…

– D'amour ? avança Suzy à voix haute et intelligible.

– Oui, chuchota Alicia en la fusillant du regard. Je crois, d'ailleurs, qu'Ines a rencontré quelqu'un. Depuis quelques jours, dès que nous nous croisons au Manoir, mon pouvoir se déclenche et je ressens… Bref, c'est vraiment gênant…

– Si tu sortais avec Charly, reprit Suzy en jetant des coups d'œil appuyés en direction des deux garçons, je pourrais peut-être en profiter pour passer du temps avec Simon…

– À mon époque, on était beaucoup plus discrets quand on draguait, lança un jeune homme hilare en s'installant à leur table.

Oliver serra la main de Colin, l'aîné de la fratrie Atwood. Le sosie de Dan, avec dix ans et trente kilos de plus. Il venait de terminer son apprentissage de Voyageur, pour la plus grande fierté de ses parents.

– Alors comme ça, personne ne t'aide à mieux maîtriser ton pouvoir ? demanda Colin à Alicia en soufflant la mousse de sa bière qui faisait saliver Dan.

– Mon grand-père m'entraîne de temps en temps. Il fera sans doute la même chose avec Oliver…

– Je ne crois pas, dit ce dernier en fronçant les sourcils. Il m'a déjà parlé d'un professeur, un certain Osmond…

Colin s'étouffa dans ses bulles. Les autres poussèrent de grands cris. Autour d'eux, les conversations s'interrompirent avant de reprendre de plus belle.

– Osmond ? répéta Dan un ton plus bas. Osmond Wright ?

– Je n'en sais rien, s'agaça Oliver, pourquoi ?

Ils échangèrent des regards gênés jusqu'à ce qu'Alicia prenne la parole.

– Osmond Wright est un ancien professeur de l'école, dit-elle. Il enseignait à l'époque où mon grand-père en était le directeur. C'était il y a très longtemps, mais on raconte qu'il était déjà…

Elle semblait chercher ses mots.

– Complètement taré ! asséna Suzy. Ça craint si le Lord t'envoie chez lui…

– Il paraît qu'il perdait régulièrement les pédales, renchérit Colin. Ils ont été obligés de le virer. Il vit cloîtré chez lui depuis plus de vingt ans.

– Pourquoi le Lord veut-il que tu travailles avec lui ? s'étonna Suzy.

Oliver interrogea Alicia du regard. La jeune fille n'en avait pas la moindre idée. Il se sentait déjà submergé par le retard qu'il avait à rattraper, pourquoi lui imposer des cours particuliers avec un vieux fou ? Le Lord voulait-il le tester ? Un sentiment de lassitude l'enfonça un peu plus profondément dans sa chaise.

– À propos de taré, renchérit Suzy, comment ça se passe avec l'Autre ?

L'Autre désignait Flora.

– Toujours pareil, soupira Oliver. Elle prend tout le monde de haut et ne parle à personne. J'ai cru un moment que ça s'améliorerait, mais non. Pourquoi est-ce qu'elle est comme ça ?

– Elle est aussi mauvaise que son père, souffla Suzy en haussant les épaules, c'est tout.

– Je crois surtout qu'elle n'est pas très heureuse, rectifia Alicia. Nous étions dans la même classe en première année, à l'époque où mon pouvoir est apparu, et elle était plus peste encore. Je ressentais très souvent sa colère…

– À sa décharge, ça ne doit pas être facile d'être la fille de Richard Lancester, tempéra Colin. Vu tout ce qu'il s'est passé…

– « Tout ce qu'il s'est passé » ? demanda Oliver.

– Pardon, j'oublie parfois que tu viens juste d'arriver… Cette histoire remonte à plus de quinze ans. À l'époque, Richard fut soupçonné de financer Gaban.

– Gaban ? Darius Gaban ? L'Ombre du Destructeur ? Mais quel rapport avec les magiciens ?

– Un rapport plutôt étroit, sourit tristement Colin. Gaban était un magicien. Et l'un des plus puissants ! L'Hégémonium s'efforçait de maquiller tous ses méfaits pour ne pas être contraint de dévoiler notre existence. À l'époque, Gaban était le chef des Vallemoriens.

– Des quoi ?

– Des Vallemoriens. Du nom de Robert Vallemore, un contemporain d'Adam Welles. Quand ce dernier fonda notre Communauté pour protéger les magiciens et leur savoir, Vallemore les exhorta à mener une guerre frontale contre l'Hégémonium. Il était prêt à détruire le Royaume et sacrifier tous ses sujets plutôt que de laisser le pouvoir à Setton. Il y a toujours eu une minorité de magiciens à penser comme lui. Il y a une quinzaine d'années, ils s'étaient trouvé un chef charismatique en la personne de Gaban, mais ce dernier prenait des risques insensés, jusqu'à mettre Mill Road en danger. Le Conseil a été obligé de les bannir, lui et ses fidèles, pour tous nous protéger. C'est là que tout a dégénéré…

– Que s'est-il passé ?

– Les Vallemoriens ont attaqué Mill Road en représailles, il y a eu plusieurs morts à la station d'aéroboats, puis ils ont tenté de renverser le Conseil… Heureusement, le Lord a découvert où ils se cachaient et a vaincu Gaban. Il l'a laissé pour mort et s'est échappé avant que les agents n'arrivent.

Colin semblait animé de la même admiration pour le Lord que son frère.

– Tu l'ignores peut-être, mais les Lancester sont les banquiers de Mill Road, et Richard n'a jamais caché sa désapprobation pour la politique du Lord, qu'il juge trop douce vis-à-vis de l'Hégémonium. Or, Gaban semblait disposer d'énormément d'argent, les soupçons se sont donc naturellement portés sur la banque Lancester. Richard a toujours fermement nié mais il a mis plus de dix ans à redorer son image pour finalement réussir à se faire élire au Conseil !

– Ça doit quand même être plus facile d'être la petite-fille du Lord que la fille de Richard, conclut Dan en poussant l'intéressée du coude.

– Sûrement, dit-elle. Sûrement…

Le lendemain matin, Oliver traversa le mur d'illusion avant le lever du soleil. Les gardes, épuisés par leur nuit d'astreinte, attendaient la relève avec impatience.

– Cours particulier ce matin ? lui lança l'un d'eux.

Oliver acquiesça. Les gardes s'étaient habitués à le voir passer avant le flux d'écoliers, une connivence naturelle s'était créée au fil des jours. Quelques rares lumières perçaient l'obscurité. Oliver aimait ce moment silencieux où le jour s'étirait avant de pleinement se lever.

L'école semblait endormie quand il pénétra dans la cour. En approchant, des éclats de voix lui parvinrent depuis le couloir des professeurs. Oliver risqua un œil.

– Pour la dernière fois, c'est non ! siffla sèchement Richard Lancester. Je me fiche que l'école organise une journée avec les Voyageurs. Tu n'as aucune raison d'y participer ! Ton avenir est à la banque, un point c'est tout !

– Mais papa, l'implora Flora, tout le monde y participe…

– Assez avec tous ces caprices d'enfant gâtée ! Hier tu voulais être conductrice d'aéroboat, aujourd'hui c'est Voyageur, et demain je ne sais quoi encore ! Essaie de mesurer la chance que tu as ! Tu dirigeras notre banque d'ici quelques années ! Tout le monde aimerait être à ta place ! De plus…

La porte de la directrice s'ouvrit brusquement.

– Ah ! C'est vous, Richard ? J'ai bien reçu votre note urgente. Je vais annuler mon cours particulier avec Oliver pour vous recevoir, il ne devrait pas tarder.

Oliver s'avança sans bruit, le plus naturellement possible, espérant que ni Richard ni sa fille ne le soupçonnent de les avoir entendus. Raté ! Flora lui jeta un œil noir et triste à pleurer en tournant les talons.

– Je suis désolé, Oliver, lui lança Judith Cormick, une urgence pour le Conseil. Nous remettrons notre leçon à demain.

Le reste de la journée s'écoula lentement. Flora l'ignora, ce qui dans un sens l'épargnait de ses sarcasmes, mais lui laissait également le champ libre pour redouter son rendez-vous de la soirée… Aux alentours de dix-neuf heures, Altaïr Levinson vint frapper à la porte de sa chambre. Le Lord étant retenu, c'est lui qui le conduirait chez le Pr Wright.

– Je te trouve bien silencieux, lui glissa-t-il après qu'ils eurent traversé le mur, est-ce que tout va bien ?

– Pas vraiment, reconnut Oliver, je ne m'en sors toujours pas avec le Flux malgré les efforts du Pr Cormick. Je me sens plutôt nul en magie…

Il n'avait pas envie de parler des Felton.

– « Nul » ? sourit le vieil homme. À ce point-là ? Et dire que tu as commencé il y a bientôt deux semaines…

– Tout le monde me dit ça, souffla Oliver, mais j'ai parfois l'impression de leur faire perdre leur temps, au Pr Cormick, au Lord, et à vous en ce moment même…

– Nous ne perdons pas notre temps ! s'exclama Levinson. Nous apprenons à nous connaître ! Et c'est quelque chose qui prend le temps d'une vie, tout comme l'apprentissage de la magie. Personne, et surtout pas le Lord, ne s'attend à ce que tu lances des sorts dès à présent ! Tout ce que nous a révélé la boussole, c'est que ton potentiel est élevé. Nous n'attendons rien de plus de ta part qu'un travail sérieux, et nous savons que tu t'y attelles. Le reste viendra en temps et en heure.

– Pourquoi le Lord souhaite-t-il que je travaille avec le Pr Wright ? demanda Oliver.

– S'il s'avérait que ton pouvoir soit bien du Mémorisme, il pourrait nous être particulièrement précieux, comme l'est par exemple l'illusionnisme du Lord. Or, ce dernier n'a pas le temps de t'aider à le faire prospérer. Déjà qu'il ne dort que quatre heures par nuit… Je me demande souvent comment il parvient à tenir…

– Et le Pr Wright…

– … n'est pas si terrible que ce qu'on raconte, balaya Levinson, et il pourrait même t'être d'une grande aide pour tes pouvoirs en général. Même s'il ne s'agit pas là de magie élémentaire, je pense que tout est lié là-haut. (Il pointa son doigt sur sa tête.) Nous y voilà, dit-il en désignant une petite maison délabrée aux volets clos.

Assailli par une odeur rance, Oliver eut un haut-le-cœur lorsque Levinson ouvrit la porte vermoulue. Un tapis de poussière recouvrait les étagères de l'entrée, que venaient éclairer quelques rares rais de lumière s'invitant au travers des interstices des volets. À la lueur d'une bougie chancelante, un vieil homme squelettique crispait ses doigts nerveux autour des accoudoirs de son fauteuil. Ses yeux fiévreux s'enfonçaient dans un visage sans âge.

– Oliver, je te présente le Pr Osmond Wright.

– Bonjour professeur, déglutit Oliver, le cœur au bord des lèvres.

Laborieusement, le vieillard leva les yeux vers lui.

– Lord Abberline souhaite que vous travailliez ensemble sur le pouvoir immatériel d'Oliver, afin de l'identifier et de lui permettre de le maîtriser, précisa Levinson.

Une lueur de folie réveilla le vieil homme.

– Lord Abberline, répéta-t-il en s'étouffant et en crachant. Lord Abberline…

Ses spasmes se transformèrent en rire nerveux. Il avait l'air dément. Comme les amis d'Oliver l'avaient décrit.

– Alors si Lord Abberline le souhaite, grommela-t-il, nous ferons ce que Sa Majesté exige.

Altaïr Levinson leva les yeux au ciel.

– Eh bien quoi ?! s'exclama le vieillard. Ose me dire que ça n'est pas toujours la même histoire !

– Nous servons notre Communauté et…

– Foutaises ! hurla le Pr Wright avec hargne. Balivernes !!! Tu es bien trop intelligent pour croire à ces sornettes !

Il prit appui sur une canne et se leva avec difficulté. Lentement, il s'approcha de Levinson et le fixa.

– Au fond, souffla-t-il, nous ne sommes pas si différents, toi et moi. Le Lord nous a pris nos vies, et nous n'avons rien fait pour l'en empêcher. Regarde-moi aujourd'hui… Si j'en suis là, c'est sa faute. Et que dire de toi ?

– Silence !

Altaïr Levinson menaçait Osmond Wright du doigt.

– Silence, répéta-t-il, les yeux brillants de colère. Lord Abberline ne nous a jamais forcé la main pour quoi que ce soit. J'ai dédié ma vie à cette Communauté et j'en suis fier. Je ne suis pas là pour écouter tes jérémiades. Une seule question m'intéresse, vas-tu oui ou non aider Oliver ?

Oliver aurait voulu lui souffler la réponse. Non, non et non ! Il n'imaginait pas remettre les pieds ici.

Les traits d'Osmond se déformèrent et de nouveaux spasmes soulevèrent sa poitrine. Il riait, pleurait, crachait et éructait au nez d'Altaïr, qui s'efforçait de conserver sa dignité.

– Tu es incorrigible, murmura le Pr Wright. Indécrottable.

Claudiquant, il retourna vers son fauteuil et s'y laissa tomber.

– Cette vieille canaille d'Abberline ne me fichera jamais la paix…

Il se tourna enfin vers Oliver.

– La semaine prochaine après tes cours. Tu m'obéiras au doigt et à l'œil. Et je te préviens, ça ne sera une partie de plaisir ni pour toi ni pour moi…

– Ça ne s'est pas si mal passé, souffla Altaïr en quittant les lieux.

Oliver tressaillit. Il était terrifié à l'idée de se retrouver seul avec cet homme.

– Que lui a fait le Lord pour qu'il soit autant en colère ?

Levinson se tourna vers Oliver et le fixa avec intensité.

– Il y a une chose que tu ne dois jamais oublier : tu seras toujours libre de faire tes propres choix. Jamais le Lord ni le Conseil ne te forceront à agir contre ton gré. Notre liberté est l'essence même de qui nous sommes, sinon nous ne valons guère mieux que l'Hégémonium. Est-ce que tu me comprends ?

Oliver acquiesça.

– Le pouvoir d'Osmond l'a rendu fou, reprit Levinson. Il n'a jamais réussi à en prendre la mesure. Un devin ne voit pas le futur, il entrevoit des futurs potentiels. Plein de futurs potentiels. Voir toutes ces possibilités sans savoir laquelle va se réaliser n'a cessé de le tourmenter, et il en a perdu la tête. Il est arrivé que le Lord le sollicite, notamment à l'époque de Gaban, afin d'anticiper et d'éviter d'autres drames comme l'attaque de Mill Road, mais cela restait anecdotique. Le Lord n'est pour rien dans la déchéance de ce pauvre Osmond… Il s'est perdu lui-même.

Dans l'obscurité de sa maison sans âme, Osmond Wright peinait à décolérer. Ses doigts tremblaient, ses mains, ses bras, et bientôt tout son corps fut parcouru de convulsions.

Il se recroquevilla au pied de son fauteuil. Ses oreilles se mirent à bourdonner. Il ne voyait déjà plus rien. Alors que sa conscience s'estompait, il lâcha prise. Peu à peu, le voile noir disparut. Des images floues émergèrent de la pénombre.

Des corps. Plusieurs corps inanimés. On les déposait au milieu d'autres corps, dans la cale d'un bateau. Un homme approchait, on aurait dit un médecin…

Osmond inspira à pleins poumons, comme s'il sortait la tête de l'eau. Sa colère avait déclenché son pouvoir… Pourquoi se mettait-il encore dans ces états ? Il se détestait. Il détestait ce pouvoir, « sa malédiction », comme il l'appelait…

Pourquoi lui avait-on montré ces corps ? Qui étaient-ils ? Il se hissa avec difficulté sur son fauteuil. Maudit pouvoir qui le rongeait de l'intérieur…

CHAPITRE 20

Le Centre transitoire du Projet Eden

Vous devez fuir ! Le Grand Inquisiteur vous fera arrêter dès qu'il saura que je vous ai parlé !

Joseph se prit la tête entre les mains. La mise en garde d'Oliver tournait en boucle dans son esprit.

Son regard croisa celui d'Annie. Elle s'efforçait de faire bonne figure pour ne pas inquiéter les enfants, mais il le voyait bien, elle était terrorisée. Tout comme lui. Depuis l'arrestation d'Oliver, leur monde avait volé en éclats. Deux voitures les avaient arrachés à la ferme, les agents leur avaient bandé les yeux et ils s'étaient retrouvés enfermés ici, dans cette pièce immaculée équipée à l'économie : deux lits superposés et une minuscule salle de bains. Rien d'autre. Tout était blanc, du sol au plafond. Un hôpital peut-être ?

Que leur voulait-on ? S'imaginait-on qu'ils avaient caché Oliver pour le soustraire aux recherches des agents ? Cela n'avait aucun sens…

« Je ne peux rien vous dire, mais vous saurez tout bientôt, ne vous inquiétez pas… » Ils entendaient toujours le même refrain depuis deux jours de la bouche d'une Dévouée qui se contentait de leur déposer un plateau et repartait aussitôt. Ils ne connaissaient pas son nom. Dennis s'efforçait de distraire sa sœur mais son sourire semblait de plus en plus contraint chaque jour. Lui aussi pressentait que quelque chose clochait.

La voiture du Grand Inquisiteur remonta les docks à toute allure.

– Rien de neuf sur le garçon ?

– Non, soupira Charles Hodgson en se couvrant le nez pour étouffer les odeurs.

À cette heure matinale, on déchargeait les bateaux afin d'acheminer la pêche vers la criée.

– Si nous n'apprenons rien de plus aujourd'hui, vous ferez fouiller toutes les maisons de Londres, ordonna le Grand Inquisiteur. Il ne doit pas nous échapper.

Un panneau indiqua qu'ils entraient dans une zone militaire interdite au public. Au poste de contrôle, les soldats s'empressèrent de remonter la barrière à la vue de Markus Hammer, et l'agent Brett reprit sa course. La berline frôla une série de hangars avant de s'arrêter au pied d'un bâtiment blanc flambant neuf, devant lequel un homme austère les attendait.

– Son rêve est notre rêve, lança le Pr Carter en s'inclinant devant le Grand Inquisiteur. Quel plaisir de vous revoir au Centre transitoire du Projet Eden.

– Merci Hugh, répondit Hammer en lui tendant la main. Quand le prochain chargement est-il prévu ?

– Demain soir, Votre Dignité. Sauf s'il sied à Votre Dignité de le retarder. Peut-être que la présence de nos invités de dernière minute…

– Ça ne change rien ! coupa le Grand Inquisiteur. Conduisez-moi auprès d'eux.

Un bruit de pas.

Joseph se releva d'un bond. La Dévouée venait pourtant à peine de les quitter.

Trois tours de clé dans la serrure. Annie, Dennis et Laura se redressèrent à leur tour.

– Votre… Votre Dignité ?

Joseph s'inclina et baisa la main qu'on lui tendait.

– Suivez-moi ! ordonna Hammer.

Ils traversèrent une enfilade de couloirs aussi blancs que la blouse du Pr Carter. Les portes closes à battants formaient une triste haie d'honneur sur leur passage. Le Grand Inquisiteur en personne… Joseph paniqua. Dans quel genre de bourbier Oliver les avait-il entraînés ?

Ils parvinrent à un salon où de larges fenêtres offraient une vue sur l'extérieur. Et Joseph, en plissant les yeux face à la lumière naissante, reconnut les docks.

– Tout d'abord, déclara le Grand Inquisiteur, je vous prie d'accepter nos excuses pour ces deux derniers jours.

Joseph se liquéfia. Des excuses, lui qui s'attendait à être soupçonné d'avoir couvert la fuite d'Oliver… Allaient-ils en rester là et rentrer à la ferme ?

– Mes hommes ont été obligés d'agir vite pour vous mettre en sécurité, reprit Markus Hammer. Car il en va de votre vie !

Joseph et Annie échangèrent un regard angoissé.

– Oliver fait partie d'un groupuscule extrêmement dangereux, poursuivit le Dignitaire. Si les monstres qui ont massacré nos trois agents suspectaient qu'il vous ait confié quelque secret, ils pourraient revenir pour vous faire taire…

– Que… que devons-nous faire ? souffla Joseph en repensant avec horreur à la une du *Journal Officiel*.

– Tout me dire ! Vous ne serez en sécurité que lorsque nous les aurons mis sous les verrous !

Pressé d'en finir, Joseph relata la visite d'Oliver sans omettre le moindre détail, abstraction faite de la mise en garde de l'adolescent – « Vous devez fuir ! Le Grand Inquisiteur vous fera arrêter dès qu'il saura que je vous ai parlé ! » Il commettait là un terrible péché en violant l'article 15 de la Constitution : mentir, dissimuler ou travestir la vérité à un représentant de l'Hégémonium constituait un crime passible d'excommunication ou de mort. Mais il mesurait aussi l'inconscience de tenir de tels propos.

Il acheva son récit sans même parvenir à regarder le Dignitaire droit dans les yeux.

– Est-ce tout ? interrogea Markus Hammer. Vous ne vous souvenez de rien d'autre ? Quelque chose qui puisse nous aider à le localiser, ou à identifier ses complices ?

– Non, Votre Dignité. Je suis désolé.

– Je comprends, soupira le Grand Inquisiteur. Il aura été prudent.

Il se leva, aussitôt imité par Hugh Carter et Charles Hodgson.

– Votre Dignité… chuchota Joseph.

Le Dignitaire se figea, surpris qu'un fermier ose lui adresser la parole sans y avoir été invité.

– Qu'allons-nous devenir ? poursuivit Joseph sans quitter ses chaussures des yeux.

– Vous avez raison, vous êtes en droit de le savoir, répondit le Dignitaire. (Un sourire carnassier se dessina sur ses lèvres.) Rassurez-vous, nous savons comment vous protéger de ces Déviants. Le Pr Carter va vous expliquer tout cela en détail…

Le Grand Inquisiteur s'échappa de la pièce, accompagné de l'agent Brett. Il navigua d'un pas assuré dans les couloirs impersonnels et froids de l'immeuble puis s'arrêta devant une porte blanche. Espérant que leur prisonnière ait quelque chose d'intéressant à lui dire cette fois-ci. Cet idiot de fermier lui avait fait perdre assez de temps ! Un infirmier remit des clés à l'agent Brett, s'inclina puis se retira.

– Mary, murmura le Dignitaire en pénétrant dans une cellule étroite et désincarnée. Vous avez l'air si fatiguée…

La jeune femme releva vers lui des yeux rougis par les larmes. Son visage affichait les premiers stigmates de la peur et de la privation. On ne lui avait rien servi d'autre que de l'eau ces trois derniers jours. Un hématome lui noircissait le front.

– Je ne vous appelle pas « Dévouée » car vous ne méritez pas ce titre, asséna Hammer. Mais venons-en au fait ! Dites-moi où le jeune Oliver a pu s'enfuir en quittant l'orphelinat et je saurai me montrer clément. Refusez, et plus personne n'entendra jamais parler de vous…

– Pourquoi tant d'acharnement ? sanglota-t-elle en guise de réponse. Qu'a-t-il bien pu entendre de si compromettant ?

L'agent Brett la saisit par le poignet et la jeta violemment contre le mur.

– Sa Dignité vous a posé une question, gronda-t-il, contentez-vous de répondre !

Dévouée Mary se frotta la tempe. Elle en serait quitte pour un second hématome. Elle ne savait pas où Oliver se cachait. Et quand bien même... Une bouffée d'amour maternel dessina un infime sourire sur ses lèvres sanguinolentes. Savoir qu'Oliver leur avait échappé la réconfortait. Dévouée Coleen l'avait-elle mis à l'abri ?

– Je ne sais pas où il est, articula-t-elle avec difficulté. Je n'en ai pas la moindre idée.

L'agent Brett fit mine de la bousculer à nouveau mais le Grand Inquisiteur l'arrêta d'un geste de la main.

– Tant pis pour elle, soupira-t-il avec mépris. Elle vient de laisser passer sa dernière chance de choisir le chemin de la rédemption. Qu'il en soit ainsi !

Joseph tremblait. On l'avait allongé sur une table d'opération, les poignets et les chevilles entravés par des étaux. Deux scientifiques s'affairaient dans un coin, mélangeant d'étranges liquides dans des éprouvettes. Il n'était pas bien sûr d'avoir compris toutes les explications du Pr Carter. Ce dernier avait tenté de les rassurer : l'Hégémonium comptait les récompenser de leur loyauté en les protégeant et en leur offrant de toujours mieux servir le Créateur. Il leur avait confié que l'endroit où ils se trouvaient servait de base arrière pour un formidable projet consacré à concevoir l'homme de demain. Joseph et sa famille feraient partie des pionniers. Cet homme nouveau aurait la pureté des tout premiers hommes, nés de la volonté du Créateur et protégés du péché.

Maintenant, Joseph avait peur. Il avait bien essayé de freiner l'enthousiasme du Pr Carter, mais refuser n'était pas une option. On ne se dérobait pas à l'appel du Grand Inquisiteur, on acceptait et on remerciait le Créateur pour cet immense honneur.

Les deux scientifiques remplirent une seringue. Allait-on le piquer ? Annie et les enfants allaient-ils connaître le même traitement ? Pauvre Laura…

À présent, ils le regardaient. Ils portaient un masque devant la bouche. Il se glaça d'effroi.

– Détendez-vous, monsieur Felton. Ça n'est qu'une toute petite piqûre…

Il grimaça lorsque l'aiguille lui traversa le bras et il perdit aussitôt connaissance.

CHAPITRE 21

L'anniversaire de Dan

– *Zephyr !* articulèrent Oliver et ses camarades, le bras tendu vers une pile de coussins.

Tous vacillèrent, sauf un. Celui d'Oliver.

– Accroche-toi ! l'encouragea Simon Cook, son compagnon de classe. Je suis sûr que ça va bientôt marcher !

Oliver soupira tandis que Flora, dont la pile s'était effondrée sous la puissance du sort, lui lançait un regard moqueur. Deux heures plus tôt, il quittait le bureau du Pr Cormick la tête basse, encore incapable de se connecter au Flux. Pourquoi était-il si maladroit ? Ses amis et ses professeurs avaient beau lui répéter que plusieurs mois d'entraînement étaient nécessaires pour entrevoir les premiers résultats, il ne parvenait pas à se raisonner. Tout le monde se montrait patient avec lui, mais jusqu'à quand ? Le Lord l'avait accueilli et protégé… Comment réagirait-il si Oliver se montrait incapable de la moindre magie ?

– Votre cours de manipulation du vent est terminé. Essayez de pratiquer d'ici notre prochaine leçon ! déclara sobrement le Pr Rosebury pour clore le cours.

Mais déjà ses élèves ne l'écoutaient plus. Ils avaient les yeux rivés vers le ciel. Bientôt, des murmures d'excitation résonnèrent dans la serre.

– Les sixième année s'essaient à la chute libre ! s'exclama Simon en désignant du doigt les aéroboats qui naviguaient au plafond.

Oliver plissa les yeux. Les runes qui les maintenaient à bonne hauteur semblaient atrocement complexes.

– La formule est *Gravitas*, lui expliqua Simon. Mais personne n'a jamais réussi à faire ce qu'ils font du premier coup.

Charly Callaghan confirma d'un coup d'œil hautain. Depuis l'arrivée d'Oliver, il s'affichait distant. Sans doute parce que Oliver vivait sous le même toit qu'Alicia, avait suggéré Dan. Oliver ignora son hostilité et reprit son observation des aéroboats. Il reconnut le Pr Deakin qu'il avait rencontré lors de son premier jour. Assis à la proue d'un bateau volant, il distillait des instructions à un élève blême scrutant le vide avec appréhension. Un nuage de coussins servait de piste d'atterrissage. À travers la serre, les regards des jeunes filles semblaient s'attarder davantage sur le professeur que sur le garçon qui se tenait sur ses jambes de coton.

– *Gravitas*… bafouilla l'élève sans grande conviction avant de s'écraser sans grâce dans les coussins, heureusement sans dommage.

– Normal ! sourit Simon. Dépêchons-nous par contre ! Hannah, Charlotte et Flora ont déjà quitté la serre. On va être en retard en histoire !

Les cours théoriques se déroulaient dans le bâtiment principal de l'école, dont l'architecture majestueuse donnait à l'ensemble une élégance intimidante. Oliver pénétra dans une salle ordonnée, où les tables étaient alignées avec une minutie austère. Il s'installa aux côtés de Flora – c'était la seule place de libre – et déchanta aussitôt. Malgré leurs nombreux travaux en binôme, elle se montrait toujours aussi bêcheuse.

Le Pr McDobble, dont la bouille juvénile tranchait avec son gilet jacquard, se posta devant le tableau. « Il décrit l'histoire seconde par seconde », avait prévenu Suzy. On disait aussi qu'il s'était laissé pousser la moustache par lassitude d'être confondu avec ses élèves.

– Bien ! s'exclama-t-il en tapant dans ses mains pour réclamer le silence. Nous allons aujourd'hui approfondir notre connaissance d'un personnage central de notre histoire : j'ai nommé Perceval Patterson. Je vous écoute !

Son regard ricocha d'un élève à l'autre à travers la classe.

– Perceval Patterson est le seul magicien à avoir réussi à ouvrir une passerelle vers un autre monde, répondit Terry, un magicien de feu au physique aérien.

– Exact. Et pourquoi a-t-il fait ça ?

– Pour retrouver Héloïse, sa femme, morte en mettant au monde leur bébé, poursuivit Terry. Il espérait ainsi découvrir le monde des âmes et ramener celle de la femme qu'il aimait vers les vivants.

– Encore exact ! se réjouit le professeur. Mais qu'a-t-il découvert à la place ?

– Le Chancelier… marmonna Charlotte, surprise d'avoir pensé à haute voix.

Elle rougit derrière ses larges lunettes.

– Et sous quel autre nom le connaît-on également ? insista le professeur en reportant son attention sur la jeune fille.

– « Le Destructeur »… C'est ainsi qu'on l'appelle au sein de l'Hégémonium, qui le considère comme l'incarnation du Mal. En réalité, il semblerait qu'il s'agisse d'une sorte de tyran régnant sur un autre monde. Le Chancelier avait promis à Perceval de lui ramener Héloïse et de leur conférer la vie éternelle s'il maintenait sa passerelle ouverte assez longtemps pour que ses troupes nous envahissent. Mais Adam Welles et Adelphe Setton, aidés des troupes du roi et de nombreux magiciens, sont intervenus à temps pour les repousser.

– Excellent ! la complimenta le professeur. Qui peut me dire quels sont les deux héritages légués par Patterson ? Peut-être vous, le nouveau ?

– Désolé, professeur, je l'ignore, dit Oliver qui réalisa l'immensité de son retard.

– Violette peut-être ?

La jeune fille fronça des sourcils épais qui venaient couronner de jolis yeux en forme d'amande.

– « Deux héritages » ? répéta-t-elle. Il y a bien entendu le légendaire *Viatorem*, ce livre où Patterson aurait consigné la formule magique permettant d'ouvrir une passerelle vers un autre monde. Mais personne ne sait à ce jour où le livre se trouve. On a bien raconté que Darius Gaban avait mis la main dessus, mais on ignore si c'est vrai. Quant au second héritage…

Violette baissa la tête. Elle butait.

– Quelqu'un d'autre ? relança le professeur. Personne ? Le pacte, voyons, conclu entre Patterson et le Chancelier ! C'est la raison d'être des Vallemoriens !

Les Vallemoriens… Oliver tenta de se remémorer ce qu'on lui avait appris sur leur compte.

Gaban avait été leur chef, s'il se souvenait bien… Il lui fallut une poignée de secondes pour réaliser que plusieurs visages s'étaient tournés vers lui. Avait-il parlé à voix haute ? Mal à l'aise, il se recroquevilla sur sa chaise. À ses côtés, Flora se raidit et se mit à taper nerveusement du pied.

C'est alors qu'il réalisa. Ce n'était pas lui que les autres regardaient. C'était Flora. Quinze ans après les faits, Flora était toujours entachée par les soupçons entourant son père.

– Les Vallemoriens cherchent le *Viatorem* depuis huit siècles, reprit le Pr McDobble. Leur objectif est d'honorer le pacte conclu entre Patterson et le Chancelier. Mais ils se fichent bien de ramener Héloïse. Ce qu'ils souhaitent évidemment, c'est accéder à la vie éternelle… et régner sur notre monde pour toujours !

– Croyez-vous qu'il y ait encore des Vallemoriens depuis la disparition de Gaban ? demanda Hannah.

– Sans doute, mais ils ne sont plus aussi organisés depuis la disparition de leur chef.

– Flora a peut-être un avis sur la question… siffla Charly Callaghan.

– Charly, comment osez-vous ?! s'exclama le professeur.

La jeune fille s'était levée, mâchoire contractée et regard noir. Son camarade la défiait d'un sourire ironique.

– *Levitare*, articula-t-elle d'une voix lourde en tendant le bras en direction d'un atlas posé sur une étagère.

L'épais volume se souleva de quelques centimètres. Chacun fixait la jeune fille avec curiosité. D'un geste sec de la main, elle l'envoya voler à la figure de Charly qui s'écroula en gémissant sur son voisin.

– Flora ! s'écria cette fois le professeur. Avez-vous perdu la raison ? Il est formellement interdit de…

La jeune fille l'ignora et se précipita, en sanglots, vers la porte qu'elle claqua avec force.

– La classe est terminée pour aujourd'hui, souffla avec dépit le professeur. Callaghan, ajouta-t-il, considérez que vous avez mérité cette bosse sur la tête… Cook va vous conduire à l'infirmerie.

– Va-t'en ! hurla-t-elle.

Flora s'était réfugiée dans l'une des alcôves de la bibliothèque qui permettait de travailler en groupe sans gêner ses voisins. Sans bien savoir pourquoi, Oliver l'avait suivie.

– Laisse-moi, renifla la jeune fille. Je n'ai besoin de personne.

– Tu ne me jetteras rien à la figure, dis ? glissa Oliver. On a encore plusieurs devoirs à rendre ensemble !

La jeune fille grommela qu'elle s'en fichait mais le laissa s'asseoir.

– Il n'aurait pas dû te dire ça. C'était vraiment dégoutant…

– J'y ai droit depuis ma naissance, ricana Flora. Je t'envierais presque d'être orphelin…

Oliver se raidit. Cherchait-elle à le blesser ou pensait-elle vraiment ce qu'elle disait ? Peu importait, après tout. Il ne s'en sortait pas si mal.

– Tu penses sûrement comme les autres, ajouta Flora. Je sais que tes amis me détestent…

Oliver contesta mollement. Il devait bien reconnaître que Suzy et Dan ne mâchaient pas leurs mots à son propos.

– Tu n'es pas toujours très tendre avec moi, lui fit-il remarquer.

Flora haussa les épaules.

– Comme je te le disais, je n'ai besoin de personne, dit-elle.

Puis, sans lui laisser l'occasion de répondre, elle se leva, essuya ses yeux d'un revers de manche et s'éloigna.

Le lendemain, Oliver, Alicia et Suzy se retrouvèrent au réfectoire après les cours de la matinée. Ils attendaient Dan dont c'était l'anniversaire.

– Qu'est-ce que tu as prévu cette année ? demanda Alicia quand Dan approcha.

– Je n'ai pas cours cet après-midi ! J'irai au *Pantin Cracheur de Feu*, puis je vous attends à dix-neuf heures précises à l'auberge !

– Comme tous les ans ! ironisa Suzy.

– Au *Pantin* ? demanda Oliver.

– Tu ne connais pas ?! C'est la meilleure boutique de Mill Road ! Tu dois absolument m'accompagner !

Après le déjeuner, les deux garçons quittèrent le parc de l'école et rallièrent la rue principale. La neige avait entièrement fondu et le soleil qui régnait sur un ciel sans nuages contrebalançait la morsure glaciale de l'hiver.

– Regarde ! s'exclama Dan en rosissant – ou peut-être était-ce à cause du froid. Voilà Ines Montgomery !

La cheffe des soldats de Mill Road venait de traverser le mur d'illusion et leur adressa un signe de la main.

– Alicia est sa filleule, c'est bien ça ?

– Ines était la meilleure amie de sa mère, lui expliqua Dan. Elle s'appelait Agatha.

– Comment est-elle morte ?

– Toutes deux faisaient partie de la garde, répondit Dan d'une voix plus lourde qu'à l'accoutumée. Agatha est morte en mission… Tu sais qu'il existe des librairies semblables à celle de M. Dawkins un peu partout dans le Royaume ?

Oliver acquiesça.

– Elles permettent aux Voyageurs d'y entreposer leurs grimoires sans avoir à voyager trop longtemps en possession de livres interdits. M. Lawford, le père de Charlotte, en tenait une. Les agents l'avaient probablement repéré car il se sentait surveillé, et il a demandé à fermer sa boutique. Agatha et deux autres soldats devaient l'escorter ainsi que son stock…

Dan soupira.

– Mais ils sont arrivés trop tard, reprit-il. M. Lawford avait disparu et une dizaine d'agents les attendaient. Les trois soldats sont morts.

– Et M. Lawford ? déglutit Oliver.

– On ne l'a jamais retrouvé. Ça ne doit pas être facile pour Charlotte de ne pas savoir, même s'il est certainement mort… Je veux dire, ça fait plus de quinze ans…

Oliver ressentit un élan de compassion pour cette camarade de classe si timide. Lui-même s'était parfois raccroché à l'infime espoir de voir revenir ses parents.

Il laissa son regard s'échapper vers les maisons de Mill Road, enchâssées et modestes, abritant des familles qui, peut-être, ne mesuraient pas leur chance.

– Alicia nous a dit qu'Ines était amoureuse, glissa Dan pour détendre l'atmosphère, et ça coïncide avec ton arrivée ici…

Oliver s'esclaffa avec embarras. Sous l'Hégémonium, l'amour n'avait pas droit de cité, et jamais Mère Helen ni même Joseph n'y avaient fait allusion. L'euphorie amoureuse était bannie, tout comme les élans passionnels. Dan ne sembla pas déceler son trouble.

– Regarde ! lui dit-il en désignant du doigt la devanture d'une boutique annonçant *Hellébore et Salsepareille*. C'est le magasin des parents de Suzy. Tous deux sont d'excellents magiciens de terre qui élèvent et dressent des plantes du monde entier.

– Toute la famille est du même élément, remarqua Oliver.

– Eh oui ! Faut dire, lorsqu'un enfant naît, il prend forcément l'élément d'un de ses parents. Suzy n'a pas eu besoin de passer le test de la boussole élémentaire !

– Ce qui signifie qu'au moins un de mes parents, même s'il l'ignore, est un magicien d'air.

– Exactement !

Les deux garçons bifurquèrent dans une étroite ruelle obstruée par un attroupement joyeux.

– On est arrivés, souffla Dan en traînant Oliver parmi les badauds regroupés devant la vitrine du *Pantin Cracheur de Feu – Objets Ensorcelés* dans laquelle des figurines en bois se poursuivaient en s'arrosant de gerbes enflammées. L'hilarité des spectateurs redoubla lorsqu'un père de famille demanda s'il y avait un magicien d'eau parmi l'assistance.

– C'est toujours l'attraction ici ! expliqua Dan. Un jour, j'ai même vu deux types parier sur le dernier pantin qui finirait debout !

– C'est incroyable ! s'extasia Oliver. Comment est-ce possible ?

– Des runes, dit Dan avec émerveillement. Une association très complexe de runes d'air pour faire bouger les figurines, de terre pour qu'elles s'orientent et de feu pour le spectacle ! Aubrey Coolidge et son équipe sont les meilleurs !

Ils pénétrèrent à l'intérieur de l'étrange boutique où les clients déambulaient entre les étagères surchargées d'objets tous plus étonnants les uns que les autres.

– Coolidge, comme… ? s'étonna Oliver.

– Eh oui ! sourit Dan. Aubrey est le fils du Pr Coolidge ! Et le meilleur ami de mon frère. J'espère bien travailler pour lui après l'école ! Tiens, regarde ! Il lui reste quelques boules d'infinithé !

Dan le tira par la manche en direction d'un petit chaudron fumant. À l'aide d'une chaînette en métal, il en extirpa une boule à thé débordante de feuilles étrangement sèches.

– Ils ont réussi à graver les runes directement sur les feuilles, expliqua-t-il. Elles se régénèrent à l'infini et existent dans cinq parfums. Ma mère les a toutes achetées pour l'auberge !

– Et ça, qu'est-ce que c'est ? demanda Oliver en désignant une petite commode couverte d'étranges boussoles.

Aucun point cardinal n'apparaissait sur le cadran et chacune semblait pointer dans une direction différente.

– Ahhh ! s'exclama Dan. Le fameux compas-raison !

Dan se saisit de la première boussole et en extirpa une petite pierre coincée sous le couvercle. Lentement, il la promena tout autour du cadran. Oliver constata à sa grande surprise que l'aiguille la suivait inlassablement.

– Elles proviennent de la même roche, expliqua Dan. Grâce à une rune de terre unique, l'aiguille te guidera toujours vers la pierre. Mon père en a accroché une au collier du chat, il n'en pouvait plus d'écumer Mill Road pendant des heures à sa recherche ! Ah, j'aperçois Aubrey là-bas !

Élégamment vêtu d'une veste verte assortie d'un nœud papillon, le jeune homme présentait ses cannes magiques à trois magiciens de l'âge du Lord.

– Admirez la finition, messieurs ! Chaque rune est gravée puis recouverte de poudre d'or. Et maintenant… *Minus !*

Aussitôt, la canne se rétracta jusqu'à atteindre la taille d'un stylo.

– *Gigas !* s'écria-t-il ensuite sous le regard admiratif de son auditoire, et la canne retrouva sa taille initiale. Plus de problème d'encombrement, précisa-t-il, vous pouvez même en acheter deux pour en laisser toujours une dans la poche de votre costume. Je vous conseille maintenant d'aller voir mon vendeur, il va vous présenter la pochette du gentleman, une petite merveille ! Vous la refermez et quatre glaçons s'y forment immédiatement ! Lorsqu'un ami vous rend une visite impromptue, vous avez toujours de la glace pour accompagner le whisky que vous lui offrez !

Après avoir remercié les trois hommes, Aubrey vint chaleureusement saluer Dan et Oliver. Il paraissait presque aussi dans la lune que son père, nota Oliver, amusé.

– Combien d'années d'école te reste-t-il déjà ? demanda Aubrey.

– Encore trois, soupira Dan en faisant la moue.

– Essaie de ne pas redoubler ! À la vitesse à laquelle on vend, je manque déjà de personnel. Dan a d'excellentes idées ! ajouta-t-il à l'intention d'Oliver. Dès la semaine prochaine je commercialise le sac à plumes.

– Vraiment ? Vous avez réussi ?

Dan était extatique. Aubrey leur fit signe de les suivre.

L'accès à l'atelier, niché dans une pièce plus saturée encore que le magasin, se faisait par une petite porte coincée entre deux étagères. Lorsqu'ils y accédèrent, ils aperçurent une jeune magicienne courir avec un gros sac sur le dos. Deux garçons hilares le remplissaient de pierres sans qu'elle semble peiner davantage.

– Il lévite, expliqua la magicienne du nom de Susan. Le sac s'adapte au contenu et reste toujours aussi léger.

– C'est génial ! siffla Oliver.

– Une idée de Dan, répondit-elle modestement.

– Qui se vendra très bien, précisa Aubrey en se frottant les mains. Choisis ce que tu veux en magasin, Dan, tu l'as bien mérité !

– Je crois que j'ai déjà presque tout ! s'esclaffa l'intéressé. Oliver, tu veux quelque chose ?

– Vraiment ? Je n'ai rien fait pour…

– Ça me fait plaisir ! le coupa Aubrey. Et un refus me vexerait…

– Je reconnais avoir été particulièrement impressionné par le compas-raison, sourit Oliver.

– Excellent choix ! approuva le patron de la boutique. Je ne doute pas que tu deviendras vite un client fidèle ! Une dernière chose, ajouta-t-il en se tournant vers Dan. J'aimerais que tu montres un objet à ton frère. Ça pourrait intéresser les Voyageurs… Mais en attendant d'avoir son avis, je préférerais que vous n'en parliez à personne, et encore moins aux membres du Conseil…

– Qu'est-ce que c'est ? demanda Dan, qui en bavait presque d'impatience.

– Une clé universelle, répondit Aubrey en leur montrant un banal morceau de métal. Ne vous fiez pas aux apparences, elle épouse la forme de n'importe quelle serrure. On a associé plusieurs runes de feu assez complexes dont se servaient à l'époque les forgerons pour fondre et modeler le métal, et honnêtement, je ne pensais pas qu'on réussirait ! Je ne voudrais pas qu'elle tombe entre de mauvaises mains, c'est pour ça que je ne la produirai que si les Voyageurs se montrent intéressés.

– C'est compris, répondit Dan en la glissant dans sa poche, tu peux compter sur moi !

Le soir venu, Oliver et Alicia rejoignirent Dan, Suzy et Colin aux *Quatre Éléments*. Ils se hâtèrent d'ôter manteaux, écharpes et bonnets car l'affluence et le feu qui semblait déborder de la cheminée faisaient grimper en flèche la température de la pièce.

– Vous voilà enfin ! s'écria Mme Atwood en les embrassant. Installez-vous ! Je vous ai préparé le dîner préféré de mon Danou !

– Maman… implora Dan pendant que Suzy, bien trop heureuse de ce surnom, commençait déjà à le reprendre en chœur.

– C'est pas tous les jours qu'on a quatorze ans ! s'écria M. Atwood en déposant un pichet de bière sous les applaudissements de la table.

– Ils n'ont *que* quatorze ans, rectifia Mme Atwood en lui faisant les gros yeux.

– Ce n'est qu'un pichet ! Et ils restent tous dormir ici, non ?

Seule contre tous, Mme Atwood abandonna la partie et réapparut quelques minutes plus tard avec des sandwichs au poulet et des frites.

– Quel gourmet, ce Danou ! ironisa Suzy, après que sa mère se fut éloignée.

– Les sandwichs au poulet de maman sont les meilleurs du monde, répondit le jeune homme en dévorant le sien à pleines dents. Et arrêtez de m'appeler « Danou » !

Colin se saisit du pichet et remplit les verres.

– Tu as commencé tes leçons avec Osmond ? demanda-t-il à Oliver.

– Toujours pas. On est convenus avec le Lord et le Pr Cormick que je me concentre sur le Flux pour commencer... Autant dire que je ne risque pas de le revoir de sitôt...

– Ne sois pas défaitiste ! sourit le frère de Dan. Et si tu veux te changer les idées, la Grande Bibliothèque organise une journée avec les Voyageurs. Deux ou trois élèves pourront me suivre pour voir en quoi consiste mon métier, ça vous dit ?

Alicia accepta la première avec entrain.

– Tu crois que ton grand-père sera d'accord ? tempéra Dan.

La jeune fille grimaça.

– Je ne sais pas trop...

– Pourquoi refuserait-il ? s'étonna Oliver. J'aimerais bien me joindre à vous mais je ne pense pas que le Lord me laissera m'éloigner de Mill Road à cause des agents… mais toi, Alicia, quel est le problème ?

– Mon grand-père est… comment dire…

– Grand-papa poule ! dit Suzy.

– C'est peu de le dire ! Il redoute qu'il m'arrive quelque chose et il se montre très, très, très protecteur avec moi…

– S'il avait su pour les bougies d'anniversaire de Danou, reprit Suzy en s'esclaffant, nous ne serions pas là ce soir !

Plus tard dans la soirée, les amis se retrouvèrent dans la chambre de Dan autour d'une partie de cartes.

– J'ai appris pour Flora, s'esclaffa Suzy, elle a utilisé ses pouvoirs contre Charly Callaghan… Elle va se faire exclure au moins une semaine pour ça !

– Il l'avait bien cherché, souligna Oliver. Même le Pr McDobble était de cet avis.

– De toute façon c'est une peste, balaya la jeune fille. Et ton prétendant en a fait les frais… ajouta-t-elle avec un clin d'œil pour Alicia qui s'empourpra.

– Je n'ai rien contre Flora, soupira-t-elle. Mon grand-père et son père n'étaient pas dans les meilleurs termes quand nous sommes rentrées à l'école et nous ne sommes pas devenues amies, voilà tout !

– Et c'est surtout une peste, corrigea Suzy, mais passons à autre chose… Le cadeau de Danou !!!

Oliver fut parcouru d'un doute. Aurait-il dû prévoir un cadeau ? Les filles ne lui avaient rien dit à ce sujet.

– Je vous propose, poursuivit Suzy en ménageant son suspense, que nous empruntions l'aéroboat de mon père pour faire un tour au-dessus de Mill Road !

– Quoi ?! s'écrièrent Alicia et Dan de concert.

– C'est la meilleure idée du monde ! s'exclama le garçon. Je rêve de ça depuis toujours !

– C'est de la folie, rectifia la petite-fille du Lord. Je n'ose même pas imaginer ce qui se passera si on se fait prendre…

– Oliver, qu'est-ce que tu en dis ? demanda Suzy.

La jeune fille le fixait de son air caustique. À ses côtés, Dan trépignait d'excitation. Il ignora Alicia qui semblait l'implorer de ramener leurs amis à la raison.

– Après tout, trancha-t-il, c'est l'anniversaire de Danou…

– Il est trois heures du matin, chuchota Dan. Secouez-vous !

À pas de loup, les quatre amis traversèrent le restaurant plongé dans l'obscurité. L'air glacial de la rue leur caressa la nuque et chassa toute trace de somnolence – ou de bière – tandis qu'ils remontaient en file indienne l'artère éclairée par la lune. La rue était déserte. Ils ne croisèrent personne jusqu'au magasin de plantes des parents de Suzy.

– Plus un bruit, chuchota Suzy en entrebâillant la porte, mes parents ont le sommeil léger.

Alicia grommela un dernier mot sur l'inconscience de leur attitude, puis ils se glissèrent silencieusement dans la boutique. Les plantes s'ébrouèrent sur leur passage, en particulier celui d'Alicia, ce qui ne manqua pas d'agacer Suzy.

– C'est moi qui les arrose et c'est elle qu'elles préfèrent, pesta-t-elle.

Au fond de la réserve, une porte leur donna accès à une cour où était entreposé un bateau. Sa coque, longue de six mètres, était recouverte de runes. En son centre, un mât permettait d'y monter une voile. Une dizaine de personnes pouvaient y prendre place.

– Génial ! s'enthousiasma Dan dont le regard brillait d'excitation tandis qu'il montait à bord. Il y a deux types de runes sur la coque, dit-il aux autres qui enjambaient à leur tour l'aéroboat. Les premières permettent au bateau de s'élever et d'avancer. Quant aux secondes, il s'agit d'un sort d'illusion tracé par le Lord : la coque reproduit les couleurs du panorama, comme le bleu du ciel par exemple, et l'aéroboat devient presque invisible !

Ils rejoignirent Suzy bien à l'abri du garde-corps.

– Tout le monde est prêt ? lança-t-elle. C'est parti ! *Ascensio !*

Un léger soubresaut agita l'aéroboat qui s'arracha instantanément du sol. Sans difficulté, il s'envola. Bientôt, le premier étage de la maison, puis le toit, les habitations voisines et enfin l'artère principale de Mill Road se découpèrent sous leurs pieds.

– Incroyable… souffla Dan à la proue de l'embarcation.

Même Alicia ne put contenir un sourire. Oliver, lui, n'avait jamais ressenti une telle euphorie. Depuis sa plus tendre enfance, il avait nourri le rêve de poser le pied sur le pont d'un bateau. À cet instant, le visage fouetté par le vent, il le réalisait sans même avoir à quitter Londres.

– On ne peut pas aller plus vite ? demanda Dan.

– Il faudrait qu'un magicien de vent gonfle la voile, lui répondit Suzy. Un qui sache lancer des sorts, précisa-t-elle dans un grand sourire.

L'aéroboat effectua plusieurs boucles dans le ciel sans étoiles de Mill Road et survola l'auberge des *Quatre Éléments*.

– Il faudra dire à ton père qu'il lui manque quelques tuiles, remarqua Suzy.

– Oui, et tu lui expliqueras bien comment tu l'as découvert, ajouta Alicia dans un fou rire.

Quelques minutes plus tard, Suzy reposa sans difficulté l'aéroboat dans la petite cour et les quatre amis se glissèrent en douce dans le magasin.

– *Scintillam !* s'écria une voix courroucée dans la pénombre.

Alicia poussa un hurlement et Dan vint heurter Oliver, paralysé par la surprise. Le magasin baignait dans la lumière chatoyante des bougies ensorcelées qui se reflétaient sur la robe de chambre fleurie de Mme Chaplain. Un peu en retrait dans son pyjama mauve, M. Chaplain semblait soulagé que sa femme prenne les choses en main.

– Maman, souffla Suzy en reprenant sa respiration, tu nous as fait une de ces frayeurs !

– Ohhh, désolée, ma fille, railla-t-elle en s'empourprant.

Oliver aurait juré voir de la fumée sortir de ses oreilles.

– Aussi peur que nous de vous savoir là-haut ? reprit-elle en hurlant. Vous êtes complètement irresponsables ! Et si vous aviez eu un accident ? Ou si quelqu'un vous avait vus ?

– On a été prudents, balaya Suzy d'un haussement d'épaules. On n'a pas quitté Mill Road. C'était pour l'anniversaire de Dan.

Le héros du jour se contentait de fixer le sol. Il se serait bien passé d'une telle publicité.

– Ah oui ? Bon anniversaire, Dan ! Quant à toi, jeune fille, reprit Mme Chaplain en criant, tu es consignée dans ta chambre jusqu'à nouvel ordre ! Et vous, dès demain, je préviens vos parents et le Lord ! Ce que vous avez fait est inadmissible ! Rentrez tous vous coucher maintenant !

– On avait prévu de dormir chez Dan, glissa Suzy.

Son père, affolé, lui fit signe de se taire.

– Dans ta chambre ! fulmina Mme Chaplain pendant qu'Alicia, Oliver et Dan s'éclipsaient la tête basse.

CHAPITRE 22

Le journal de bord

Peter Beauchamp, le majordome d'Everett Stout, se gara à proximité de l'entrée du Tabularium. Les quatre soldats qui montaient la garde ne pouvaient pas l'apercevoir. Il avait pris soin de s'intercaler entre deux calèches suffisamment imposantes. Quelques gouttes de sueur emperlaient son front à la lisière de sa casquette. Un tremblement nerveux le secoua. Il se sentait engoncé dans sa livrée de chauffeur officiel du Palais Patriarcal.

– Je peux le faire, souffla-t-il pour se rassurer. Je dois le faire !

Sept jours plus tôt

Dans le sous-sol de son hôtel particulier, Everett Stout s'affairait sur une étrange machine. L'immense structure de métal venait narguer le plafond, et le cadre en son centre occupait près de la moitié de la pièce. Il resserra un boulon qu'il avait déjà vérifié une bonne dizaine de fois. Il ne parvenait pas à tromper son attente autrement qu'en opérant des gestes répétitifs.

Il ne lui manquait qu'une dernière chose pour pouvoir éprouver cette Arche, scrupuleusement calquée sur les plans de Paul : une source d'électricité suffisamment puissante. Un petit malfrat de l'East End parmi ses connaissances pouvait tout obtenir à condition d'y mettre le prix. Everett recevrait son générateur d'ici quelques jours.

Il se saisit des plans légués par son ami et entreprit de s'assurer une nouvelle fois que tout était conforme à ses croquis. Le coup de crayon de Paul se reconnaissait entre mille. Il possédait une évidente fibre artistique et, à l'époque, jurait à qui voulait l'entendre qu'il se consacrerait un jour entièrement à la peinture. Et à Suzanne. Et à leur enfant à venir.

Everett fronça les sourcils. Le grammage du papier sur lequel Paul avait dessiné le sixième et dernier croquis présentait une irrégularité surprenante. Il caressa du doigt la zone boursouflée et découvrit d'autres aspérités. Serait-il possible que… ?

Le cœur en suspension, il effleura méthodiquement chacun des reliefs…

Des nombres !

Invisibles à l'œil nu et uniquement discernables au toucher.

Everett recopia soigneusement la série de chiffres. Il savait quoi faire. Lorsqu'ils étaient encore étudiants, ils avaient élaboré avec Paul un code leur permettant d'échanger des messages discrètement à travers l'amphithéâtre bondé. Chacune des lettres de l'alphabet était associée à un nombre, auquel ils ajoutaient leur âge. Vingt-sept, se remémora

Everett. Paul et Suzanne avaient vingt-sept ans lorsqu'ils avaient disparu. Ils ordonnaient ensuite les lettres selon une clé qu'ils avaient pris soin de garder secrète.

Il décoda chaque nombre et constata, heureux, qu'il ne s'était pas trompé. Les lettres formaient un mot. Trois, plutôt : « Journal de bord ».

L'un des soldats en faction devant le Tabularium le dévisagea un instant avant de reporter son attention sur un passant. Peter devait se mettre en mouvement. S'il restait en voiture, il risquait d'éveiller les soupçons. Il attrapa un mouchoir, essuya ses mains moites et respira profondément. Il pouvait le faire… Avant d'entrer au service de la famille Stout, trente ans plus tôt, il s'était fait remarquer lors du premier conflit avec la Confédération Américaine, et était revenu de la guerre bardé de médailles. Il réajusta une dernière fois sa casquette et ouvrit la portière.

Trois jours plus tôt

Everett se redressa. Le crépitement des bûches dans la cheminée venait troubler le silence de la nuit. Il ne trouverait pas le sommeil. Trop de pensées, trop d'espoirs…

– Déjà réveillé ? murmura Lady Hamilton en étouffant un bâillement.

– Tu peux te rendormir, chuchota-t-il. Il est encore tôt.

L'épouse du Dignitaire Hamilton alluma sa lampe de chevet.

– J'étais tellement heureuse de recevoir ton mot la semaine passée, dit-elle. J'ai même eu la bêtise de croire que tu ne m'avais peut-être pas oubliée… Même si trois ans s'étaient écoulés depuis notre dernier rendez-vous…

– Je ne t'avais pas oubliée… répondit Everett sans conviction, et en évitant soigneusement de croiser le regard de sa maîtresse.

– Je t'en prie ! Ne me fais pas l'insulte de me parler comme à l'une de ces petites écervelées qui te tournent autour. Et regarde-moi !

Une profonde tristesse imprégnait les yeux de Lady Hamilton.

– Mes sentiments n'ont pas changé, dit-elle d'une voix teintée d'amertume. Mais le prix à payer pour être à tes côtés…

Elle étouffa un sanglot, attrapa son sac au pied du lit et en sortit une feuille de papier à lettres vierge.

– Voilà ! Tamponnée du cachet officiel de mon mari, comme tu me l'as demandé. Je ne veux pas connaître la folie que tu vas commettre grâce à ça.

Elle se leva fébrilement.

– Il vaut peut-être mieux que je m'en aille maintenant…

Aimanté par le papier à lettres, Everett ne fit aucun geste pour la retenir.

D'un pas qu'il aurait souhaité plus assuré, Peter Beauchamp s'approcha de la porte du Tabularium. Deux soldats esquissèrent un mouvement vers lui.

– Identité et laissez-passer ! aboya l'un d'eux.

– Je suis le nouveau chauffeur du Dignitaire Hamilton, dit Peter avec tout l'aplomb dont il se sentait capable. Il m'a chargé de récupérer un document pour lui, ajouta-t-il en tendant la lettre tamponnée.

Premier moment de vérité, songea-t-il en s'efforçant de masquer son trouble. Si le document falsifié par Lady Hamilton présentait la moindre irrégularité, lui et son maître – à qui ils remonteraient facilement – en seraient quittes pour une excommunication.

Le soldat au profil d'aigle alerta son collègue d'un signe de la main et désigna le tampon. L'homme hocha la tête.

– C'est en règle, vous pouvez passer.

Peter s'autorisa un discret soupir de soulagement en pénétrant dans le hall d'accueil du Tabularium. Autour de lui, les miroirs sur les murs accentuaient la majesté du lieu où fourmillaient fonctionnaires et agents. Paralysé par la peur de commettre une erreur, il se figea un long moment avant que le sourire chaleureux d'une hôtesse ne le tire de sa torpeur et qu'elle ne l'invite à s'avancer jusqu'à son guichet.

– Vous êtes nouveau ? sourit-elle. On ne sait jamais dans quel sens aller la première fois, à cause de tous ces miroirs…

Peter acquiesça. La jeune fille portait un badge au nom de Margaret.

– Que puis-je pour vous ? demanda-t-elle.

Le contraste entre la douceur de la jeune femme et la froideur administrative de l'établissement rajoutait à son trouble.

– Tenez ! se contenta-t-il de répondre en lui tendant la lettre.

Tandis que Margaret remplissait plusieurs formulaires, Peter Beauchamp osa un regard circulaire. Le hall desservait un grand escalier et quatre portes closes gardées par des agents. La première affichait : *Salle des actualisations.* La curiosité prenait peu à peu le pas sur la crainte. Aucun sujet du Royaume n'ignorait ce qui se tramait derrière ces murs. Tous étaient fichés. Et c'est ici que l'on amassait les informations sur chaque citoyen, afin d'anticiper, prévenir et endiguer les risques de déviances. Des centaines de fonctionnaires, disait-on, se démenaient chaque jour pour traiter toutes les notes provenant des pasteurs, des agents ou même d'honnêtes villageois soucieux de servir au mieux l'Hégémonium. La porte s'entrebâilla pour laisser passer un petit homme aux yeux de chouette, qui disparut aussitôt dans la pièce.

– Monsieur Huxley ?

Peter sursauta. « Huxley » était le faux nom qu'Everett lui avait choisi. Dire qu'il osait se pointer ici avec un faux nom…

– Quatrième porte, indiqua la standardiste en lui tendant un formulaire. Bonne journée, monsieur Huxley.

Il remercia la jeune femme et s'attarda sur le formulaire qui l'envoyait en direction de la « Réserve ». Son cœur s'emballa à nouveau lorsqu'il tendit le formulaire aux agents. *Il n'y a aucune raison d'avoir peur*, se dit-il pour se rassurer. Il n'aurait probablement plus à ressortir la lettre falsifiée.

L'un des agents ouvrit la porte et l'invita à entrer. Peter atterrit dans ce qu'il crut d'abord n'être qu'une petite pièce sans fenêtre. Une silhouette squelettique se découpait derrière un guichet grillagé.

– Que puis-je pour vous ? souffla l'homme d'une voix lasse.

Peter écarquilla les yeux en s'approchant. Malgré la pénombre, il distinguait maintenant un espace aussi vaste qu'un hall de gare dans le dos de l'homme. Des kilomètres d'étagères en enfilade s'étiraient à perte de vue.

– Bonjour, souffla Peter en tendant son formulaire.

L'homme s'en saisit sèchement et réajusta des lunettes pendant à son cou décharné. Il n'avait pas dû quitter sa réserve depuis un demi-siècle, songea Peter devant son teint blafard. L'archiviste ne put réprimer un hoquet de surprise. Lentement, ses yeux reptiliens se redressèrent vers Peter, désormais animés d'un éclat suspicieux.

– Un instant, marmonna-t-il.

Il s'enfonça dans le labyrinthe. Les objets relatifs à des affaires non closes étaient consignés ici. Un système de classement analogue à celui des dossiers individuels permettait à l'archiviste de mettre la main sur n'importe lequel d'entre eux en un temps record. Pour preuve, il réapparut quelques minutes plus tard. Il tenait un petit objet rectangulaire emballé dans du papier kraft.

Le cœur de Peter suffoquait à présent. Il avait presque réussi.

– Dites-moi… pourrais-je jeter un œil à la lettre de Sa Dignité, je vous prie ? demanda l'archiviste.

– Bien… bien sûr, bredouilla Peter, comme saisi.

Il s'exécuta à contrecœur.

– Ça me paraît bien en règle, glissa finalement l'archiviste en lui rendant le pli. Seulement… cet objet ainsi que tout ce qui touche à cette affaire est classé « DH », pour « Dignitaires de l'Hégémonium », la plus haute habilitation qui soit. Je ne suis censé le remettre qu'à un Dignitaire en personne.

Seconde douche froide. Peter s'efforça de garder son calme et réfléchit en vitesse.

Il n'aurait pas de seconde chance.

– Prévenez Sa Dignité que je me tiens à sa disposition pour lui remettre cet objet en personne, quand bon lui semblera, à toute heure du jour et de la nuit, ajouta l'archiviste.

Un flagorneur, songea Peter. *La flatterie puis la peur.*

– Un instant ! l'interpella-t-il alors que l'homme reprenait le chemin des archives. Un homme dans votre position, habitué à côtoyer l'élite de notre Hégémonium, a forcément entendu certaines choses sur mon patron…

L'archiviste s'immobilisa.

– Vous n'ignorez pas qu'il déteste quand les choses ne se font pas comme il l'entend, ou qu'elles ne vont pas assez vite… Il m'a envoyé ici car il a urgemment besoin du contenu de ce journal de bord. À votre place, je ne l'obligerais pas à venir vous l'expliquer lui-même…

Le visage de l'archiviste se décomposa et Peter espéra avoir fait mouche. Le Dignitaire Hamilton n'avait pas la réputation d'être un homme facile, tout le monde savait ça.

– Tenez… céda l'archiviste en tendant la boîte. Et transmettez tous mes respects à Sa Dignité.

– Peter, tu es un génie ! s'exclama Everett en sautant dans les bras de son majordome.

Peter Beauchamp ne sourcilla pas. Son jeune maître faisait souvent fi des convenances. Jamais Monsieur son père ne se serait laissé aller à pareilles familiarités. Néanmoins, il lui rendit pour la première fois son étreinte.

– Merci, Monsieur, souffla-t-il en essayant de retrouver son flegme naturel.

– Tu prendras bien un verre de gin pour fêter ça ?

– Disons plutôt pour me remettre de mes émotions, Monsieur. Oui, plutôt pour me remettre…

Everett éclata d'un rire sonore, puis il s'empressa de déballer le paquet que Peter venait de lui apporter. Une note dactylographiée recouvrait un épais cahier à la couverture brune :

Journal de bord signé de la main du suspect.

Retrouvé au domicile du suspect, caché sous une latte de parquet.

Classification « DH ».

La latte abîmée, se remémora Everett. Un jour, Paul lui avait montré ce défaut de fabrication. Les agents avaient dû démonter chaque centimètre carré de l'ancien domicile des Adamson pour tomber dessus…

D'une main tremblante, Everett entrouvrit la première page du journal et reconnut aussitôt l'écriture de son ami.

Jour 1.

Je m'appelle Paul Adamson.

Je suis chercheur en physique de la Création à l'Université de Londres, dans le département du Pr Ernest McFailen.

Cet après-midi, le doyen de l'Université m'a convoqué, ainsi que trois autres chercheurs, en présence du Dignitaire Markus Hammer. À son initiative, l'Hégémonium s'engage dans un projet qui pourrait, selon ses dires, renverser le cours de l'humanité. Nous avons été désignés pour le mener à bien.

Je n'ai jamais tenu le moindre journal auparavant, mais au regard de l'immense honneur qui nous est fait, je relirai probablement ces lignes avec gratitude et nostalgie lorsque je serai vieux.

Nous ne savons pas grand-chose de plus pour le moment, mis à part son nom. On l'appelle « le Projet Eden ».

CHAPITRE 23

LA JOURNÉE DES VOYAGEURS

– Quoi ?! Elle a le culot de se joindre à vous ?!

Suzy avait crié sans le vouloir, attirant sur elle les regards amusés de ses camarades qui pressaient le pas. Les températures venaient de chuter drastiquement et Oliver frissonnait malgré son épais manteau.

– Colin n'a pas vraiment eu le choix, souffla Dan en haussant les épaules. Richard Lancester lui a imposé d'emmener sa fille.

Oliver se souvenait encore de la dispute entre Flora et son père, devant le bureau du Pr Cormick. Finalement, le père avait cédé. Flora, paraît-il, était devenue invivable. Et Oliver se réjouissait pour elle. Depuis leur conversation à la bibliothèque, sa perception de la jeune fille avait évolué. Elle-même semblait prendre sur elle pour lui être moins désagréable.

– Elle n'a pas attendu le refus de son père pour être invivable, commenta Suzy. Ça promet des étincelles…

– Si elle tient vraiment à être là, tempéra Alicia, elle se montrera sans doute sous un jour meilleur. Ça n'est pas si grave…

– Si tu voyais ta tête en disant ça ! s'esclaffa Dan. On n'y croit pas une seconde…

– Ça n'a rien à voir avec Flora, s'agaça la jeune fille. Je m'inquiète pour Ines.

– Quoi, Ines ?

– Je ne sais pas… Je la trouve bizarre ces derniers temps. On dirait même qu'elle m'évite. Avant on se disait tout, mais là…

– Tu ne nous as pas dit qu'elle était amoureuse en ce moment ? glissa Suzy.

– Je lui ai demandé, elle a tout nié en bloc ! s'exclama Alicia. Alors que mon pouvoir d'Empathe n'a jamais ressenti une chose aussi intense. Depuis, elle évite le Manoir et se volatilise après chaque réunion du Conseil…

– Elle n'a peut-être pas envie que ça se sache, se hasarda Dan. Peut-être qu'elle est amoureuse d'Oliver et qu'elle n'assume pas leur différence d'âge…

Oliver s'empourpra sous les rires des filles.

– Je parierais plutôt sur le Pr Deakin, dit Suzy. Ils formeraient un superbe couple !

– Vous ne voudriez pas poursuivre à l'auberge ? proposa Dan en claquant des dents. Je ne sens déjà plus mes doigts…

– Je ne peux pas, regretta Suzy. Je suis encore punie une semaine à cause de notre virée en aéroboat. Je n'en reviens pas que vous vous en sortiez aussi bien…

– Je ne sais même pas si mon grand-père est au courant, sourit Alicia. Mme Templeton nous a longuement sermonnés, mais lui n'en a jamais parlé.

– Et moi, ma mère s'est contentée de gronder mon père pour nous avoir servi de la bière, conclut Dan. Je n'en reviens toujours pas que cette excuse ait marché…

Les quatre amis se mirent en route. À l'intersection de la rue de l'école et de Mill Road, Dan se pencha vers Oliver.

– Je pense à un truc, chuchota-t-il pour ne pas être entendu des filles. Colin est en mission et ne reviendra que pour votre sortie. J'ai oublié de lui remettre ça, tu pourrais t'en charger ?

D'une poche de son manteau, il lui tendit un morceau de métal recouvert de runes.

– La clé universelle ! s'exclama Oliver. Aubrey te l'a remise il y a plus d'une semaine !

– Oui, oh… Aubrey a sans doute déjà oublié. Il est encore plus distrait que son père !

Oliver lui jeta un regard réprobateur.

– Je voulais juste m'assurer qu'elle fonctionne bien ! dédramatisa Dan. Et au bout d'une dizaine d'heures de travail, je suis enfin parvenu à traduire la formule runique qu'Aubrey ne nous avait pas donnée, ajouta-t-il fièrement. C'est *Ignis fundo apertum !*

Dix heures de travail, songea Oliver. Il commençait à bien connaître Dan et aurait pu jurer que c'était plus que ce qu'il avait fourni à l'école depuis le début du trimestre…

Le jour venu, Alicia et Oliver pressèrent le pas en apercevant Colin et Flora à la grille du Manoir. Un fiacre stationnait à leurs côtés.

– On quitte Londres pour le village de Twifield, expliqua le jeune Voyageur en désignant l'hippomobile. Sauf si vous nous dégotez un aéroboat, ajouta-t-il pour détendre l'atmosphère.

Oliver sourit et conserva même son enthousiasme quand il aperçut le salut glacial qu'échangèrent Flora et Alicia. Il quittait Mill Road pour la première fois depuis son arrivée, et il se réjouissait de découvrir le quotidien de Colin. Les filles pouvaient bien s'étriper, rien ne viendrait noircir cette journée. Assis à la place du cocher, il reconnut l'un des gardes régulièrement en faction derrière le mur d'illusion. Sûrement les consignes du Lord… Il se doutait bien que le grand-père d'Alicia ne les laisserait pas s'éloigner sans une escorte minimale.

– Une magicienne nous a contactés après avoir mis la main sur un vieux livre, poursuivit Colin. Nous allons le récupérer afin de le rapporter à la Grande Bibliothèque. Ça ne sera pas le *Viatorem*, mais sait-on jamais… Ce type de grimoires nous permet parfois de redécouvrir des sorts oubliés.

Alicia et Colin s'installèrent les premiers dans l'habitacle.

– Au moins ta petite amie ne m'a pas sauté à la gorge, chuchota Flora avant de prendre place en face du Voyageur.

Oliver lui adressa un regard assassin en s'asseyant à ses côtés.

Colin continua d'exposer les rudiments de son métier. Quand le fiacre s'ébroua, Alicia et Flora prirent soin de poliment s'ignorer.

Le fiacre quitta la route principale et s'engagea sur un chemin de terre. Le cottage de Mme Benson se situait à l'écart du village, à l'orée d'un petit bois de bouleaux blancs. Dressée au milieu du toit de chaume, la cheminée de la maisonnette fumait et Oliver espérait qu'une tasse de thé bien chaude les attendait. Le garde stoppa devant le portillon.

– C'est mignon ! se réjouit Alicia en posant pied à terre. On dirait…

– Attention ! hurla Colin.

À peine Oliver s'était-il retourné aux cris de Colin qu'une sphère de feu venait frapper le cocher de plein fouet. Le soldat tomba de sa nacelle dans un râle et vint s'écraser aux pieds de la bande. Pris de panique, le cheval bondit et s'enfuit vers le petit bois, tirant avec lui la voiture vide.

– Qu'est-ce que c'était ? gémit Alicia qui ne pouvait se détourner du corps inerte.

– Abritez-vous derrière moi ! ordonna Colin qui s'efforçait de ne pas paniquer.

Plus un bruit. Seul le cancan d'un canard venant perturber le silence de plomb. Aux côtés d'Alicia, recroquevillée contre le dos de Colin, Flora semblait garder son calme et tendait le bras, prête à se défendre. Oliver se maudit de ne pas parvenir à se connecter au Flux. Jamais il ne s'était senti aussi impuissant.

– On va doucement se rapprocher du cottage, murmura Colin dont les yeux balayaient la campagne à toute vitesse. Mme Benson est une femme âgée, elle n'a probablement rien entendu…

Groupés derrière le jeune Voyageur, ils reculèrent à petits pas jusqu'à ce que la nature s'attaque à eux.

– Lâche-moi ! hurla Oliver en se débattant contre une branche de buis qui venait de jaillir depuis la haie.

Déjà elle s'entortillait autour de sa cheville.

– Mince ! s'exclama Colin. On a affaire à au moins deux magiciens : un de feu et un de terre... Alicia, essaie de libérer Oliver ! Et Flora, fonce chez Mme Benson ! Vite !

Cette dernière s'exécuta tandis qu'Alicia, paralysée par la peur, ne pouvait qu'observer sans réaction la tige qui s'enroulait maintenant autour du tibia d'Oliver.

– Aide-moi ! la supplia le garçon. Alicia, je t'en prie !

Recouvrant en partie ses esprits, elle leva une main tremblante en direction de sa jambe.

– *Planta diminuo*, bafouilla-t-elle la gorge nouée de sanglots.

Rien. Le pédicule continuait de croître et atteignait presque sa cuisse à présent.

– Respire, souffla Oliver en serrant fort la main de son amie. Je sais que tu peux le faire.

À quelques mètres d'eux, Flora rencontrait elle aussi des problèmes.

– C'est fermé ! s'écria-t-elle en s'agitant contre la porte. Impossible de rentrer !

Colin accusa le coup. Il se tenait immobile, le bras tendu, prêt au combat. Trois silhouettes inquiétantes, encapuchonnées de bas en haut, venaient d'émerger des fourrés. Elles approchaient d'un pas tranquille.

Le jeune Voyageur repoussa Flora qui venait de le rejoindre, également prête à en découdre.

– Derrière moi ! ordonna-t-il avant de psalmodier une formule.

Instantanément, un mur de feu se matérialisa entre eux et leurs assaillants qui s'immobilisèrent.

– Nous voulons Oliver, dit calmement l'un d'eux. Laissez-le nous suivre et nous ne vous ferons aucun mal.

– Et lui alors ?! hurla Colin en désignant le corps immobile du malheureux cocher.

– C'est différent. C'est un soldat. Vous n'êtes que des enfants. Oliver ! reprit l'homme. Suis-nous et nous épargnerons tes amis.

– Va te faire voir ! intervint Flora. *Zephyr !* articula-t-elle en direction du mur de flammes qui s'ébroua et vint cueillir l'homme le plus proche. Il hurla de douleur et piétina le bas de sa cape qui prenait feu.

– Tant pis pour vous, maugréa l'homme en frottant ses sourcils encore fumants.

À son tour, il tendit le bras.

Une pluie de grêlons tranchants comme du verre faucha la jeune fille qui s'effondra en gémissant.

– Flora ! hurla Oliver.

À ses côtés, Alicia essayait toujours, sans succès, de le libérer.

L'un des trois hommes se tenait en retrait. Malgré sa capuche, Oliver devinait son regard fixe. Il s'agissait sûrement du magicien de terre qui maintenait sa prise.

– Attaque celui-là, intima-t-il à Colin en le désignant du doigt.

Plus prompt, le troisième homme faucha le jeune Voyageur d'une sphère de feu. Aussitôt, le mur de flammes s'évanouit. Les trois hommes reprirent leur progression d'un pas tranquille. Oliver était terrifié. Colin ne bougeait plus…

– Ne lui faites rien, bafouilla-t-il en désignant Alicia. Je vous en supplie. Laissez-la secourir les blessés. Je n'essaierai pas de m'échapper…

– Entendu, approuva le magicien de feu qui adressa un signe à son homologue, et Oliver sentit la branche de buis se rétracter.

Deux des mystérieux assaillants le saisirent par les épaules et le traînèrent en direction d'une voiture garée sur le bord de la route.

Quand Oliver se retourna pour voir ceux qu'il laissait derrière lui, Alicia, à genoux, sanglotait au milieu des trois corps inanimés.

CHAPITRE 24

Jour 12

Jour 12 (journal de bord de Paul Adamson)

J'ai rendu les clés de mon bureau au Pr McFailen, sans savoir si je remettrai un jour les pieds à l'Université.

Après neuf ans ici, je ne prenais plus le temps d'admirer l'extraordinaire façade gothique millénaire qui aurait dû m'émerveiller chaque jour. J'y ai remédié aujourd'hui, avec une pointe de nostalgie.

J'ai appris mon affectation au Projet Eden il y a moins de deux semaines et les choses s'accélèrent déjà.

Lundi dernier, des agents sont venus me chercher à mon domicile et m'ont conduit, les yeux bandés, dans une grotte souterraine baptisée « la Distillerie ».

Plusieurs centaines de personnes y travaillent dans le plus grand secret, protégeant nos concitoyens d'un genre de Déviants bien particuliers. Je ne sais rien de plus.

L'homme qui dirige ce lieu s'appelle Ronald Herring et se fait surnommer « le Commandant ». Il m'a longuement interrogé, probablement pour s'assurer qu'il n'y ait pas la moindre déviance chez moi.

Derrière une apparente légèreté, de nombreuses flatteries et une conversation faussement badine, il m'a semblé être un homme redoutable. Mes trois confrères également affectés sur le Projet Eden ont enduré le même interrogatoire. Tous les quatre nous connaissions déjà à l'Université. Patrick Morley y dirigeait le département de Physiologie, Allan Barnes est un brillant chimiste et Howard Deming, un médecin prometteur.

Le lendemain, nous avons rencontré le Patriarche en personne. Quel homme extraordinaire ! Une intelligence hors pair ainsi qu'une grande douceur émanent de tout son être. Il s'est d'abord intéressé à nous, à nos recherches menées à l'Université ainsi qu'à nos familles, avec bienveillance et humilité. Quel honneur de pouvoir lui apporter nos modestes contributions !

Nous avons ensuite été rejoints par un professeur dont nous n'avions jamais entendu parler : le Pr Hugh Carter. Originaire de la Confédération Américaine, il a décidé par conviction de mettre ses compétences au service de l'Hégémonium. Avant de nous rejoindre, il a étudié dans ce pays libertaire certains champs de recherche strictement bannis par les canons de notre Religion Unique.

Très vite, nous nous sommes rendu compte que sa connaissance des mécanismes du corps humain dépassait de loin la nôtre. Là-bas, ils se servent de leurs prisonniers comme cobayes et vont même jusqu'à disséquer leurs défunts. Nous sommes glacés d'effroi. Le Patriarche a tenu à nous rassurer. Il nous accorde une dérogation pour toutes nos recherches et nous absout par anticipation pour toutes les actions sacrilèges que nous pourrions mener. Si le chemin pour y parvenir est tortueux, l'objectif final du Projet Eden justifie d'après lui tous les moyens qu'il mettra à notre disposition puisqu'il s'agit, à terme, d'être en mesure de libérer l'homme du péché !

Pour y parvenir, le Pr Carter entrevoit une piste prometteuse : d'après lui, une zone précise du cerveau, baptisée « lobe émosensoriel », aurait un lien particulier avec le péché et les comportements déviants. Notre rôle sera d'assister le professeur dans ses recherches afin de mieux comprendre le fonctionnement de cette zone, et pouvoir agir par la suite pour le bien de tous.

Si nous réussissons, nous pourrons révolutionner le cours de l'humanité.

CHAPITRE 25

Les revenants

Oliver commençait à perdre la notion du temps. On lui avait bandé les yeux et personne ne s'adressait à lui. Ils roulaient depuis au moins deux heures… Trois peut-être…

Colin…

Est-ce qu'il…

La voiture sembla ralentir. Puis s'arrêter.

La portière s'entrouvrit et une main brusque l'attrapa par le bras, lui intimant d'avancer.

– Fais attention, il y a une dizaine de marches.

Oliver reconnut la voix du magicien d'eau qui avait attaqué Flora.

Une douce chaleur l'enveloppa. Ils se trouvaient maintenant à l'intérieur. Comme pour confirmer son impression, une porte claqua dans son dos.

– Avance !

Quelques pas en avant, puis vers la gauche, probablement un couloir.

– On va monter un escalier.

La main le serrait toujours aussi fort. Vingt-six marches, compta Oliver.

– Un autre escalier !

Seulement vingt-quatre cette fois.

Un cliquetis dans une serrure, puis on le fit asseoir.

– Le chef va venir te voir. Tiens-toi tranquille en attendant !

La porte claqua. À nouveau une serrure… Plus un bruit.

Oliver arracha son bandeau d'un geste sec et ses yeux s'habituèrent progressivement à la pénombre de la petite pièce. Probablement un cagibi, faiblement éclairé par un soupirail à hauteur de plafond.

Oliver se laissa glisser le long du mur. Trop d'émotions. Des secousses de plus en plus intenses soulevèrent sa poitrine. Il s'était refusé à craquer devant ses ravisseurs. Enfin il se laissait aller. Des larmes de désespoir venaient mourir à ses pieds.

Pourvu qu'Alicia ait trouvé le moyen de rejoindre Mill Road et de prévenir le Lord…

Flora respirait encore, lui avait-il semblé, lorsque les hommes l'avaient emmené. Mais Colin et le soldat…

Tout était sa faute. Il aurait dû se rendre avant que Flora ne s'interpose. Jamais ils n'avaient eu la moindre chance contre ces hommes. Et que dire de sa propre impuissance ? Incapable de se connecter au Flux…

Il secoua la tête. S'abandonner à ses angoisses ne l'aiderait pas. Il ne pouvait qu'espérer que ses amis soient bien vivants et en sécurité, et essayer de sauver sa peau. Il respira profondément et s'efforça de faire le point.

Qui pouvaient bien être ces hommes et que lui voulaient-ils ?

Le Grand Inquisiteur était à sa recherche, mais l'Hégémonium œuvrait nuit et jour pour protéger le secret de la magie… Ses assaillants n'étaient sûrement pas des agents…

Étaient-ils à l'origine des mystérieuses disparitions qui secouaient le Royaume depuis plusieurs mois ? Oliver était-il leur nouvelle victime ? Non, c'était absurde… Il l'aurait su, si des magiciens étaient impliqués. Le Lord et la Communauté auraient été sur le pied de guerre.

Les seuls ennemis qu'il leur connaissait étaient les Vallemoriens… Mais quel rapport avec lui ?

Tandis qu'il essayait d'y voir plus clair, une illumination s'imposa à lui. La clé universelle ! Dan la lui avait confiée ! Il fouilla ses poches et en sortit le petit morceau de métal couvert de runes.

Le chef allait venir le voir, lui avait dit son geôlier, il n'avait donc pas une seconde à perdre. Il s'approcha de la porte et introduisit le morceau de métal sur la serrure.

Toujours fermée.

Quel idiot ! pesta-t-il. Il devait évidemment prononcer la formule pour que l'enchantement opère. Il porta la clé dans le faible faisceau de la lucarne et plissa les yeux. Il ne connaissait aucune de ces runes…

Dan avait mentionné la formule. Il s'en voulait de ne pas l'avoir apprise par cœur. *Trois mots,* songea-t-il dans un prodigieux effort de mémoire. Elle était composée de trois mots. Dire qu'il était très probablement Mémoriste… quel comble de ne pas réussir à s'en souvenir ! *Ignis ! Ignis* quelque chose…

Il revoyait parfaitement la scène. Dan chuchotait et prenait des airs de conspirateur…

– *Ignis fundo apertum !* s'exclama Oliver à haute voix.

C'était ça ! Les runes gravées sur le métal se mirent à rougeoyer. Le cœur battant, Oliver approcha la clé de la serrure. Le métal s'agita puis se coula parfaitement dans le trou. Tout doucement, Oliver tourna la clé et la serrure s'enclencha. *Merci Dan,* songea-t-il avant d'entrouvrir la porte de quelques centimètres.

Personne dehors. Sa cellule se situait à l'extrémité d'un couloir desservant une dizaine d'autres pièces. Une fenêtre ! Il approcha, mais sa joie fut de courte durée. Depuis le deuxième étage où il se trouvait, aucune prise ne lui permettait de descendre...

À pas de loup, Oliver se dirigea vers l'escalier. Le deuxième étage n'abritait que des chambres, désertées en cette fin d'après-midi. Il tendit l'oreille et perçut des éclats de voix. Il s'accroupit et risqua un rapide coup d'œil. Toujours personne. Juste une porte ouverte. Oliver aperçut un homme, assis de dos, au chevet d'un malade dont il ne voyait que le bras ballant cadavérique.

– Vous avez pris un risque en confiant cette mission à vos hommes, murmura le malade.

Sa voix était si faible et chevrotante qu'elle ressemblait à un sifflement.

– Vous avez raison, dit l'autre en faisant pianoter ses doigts sur le dossier de la chaise. Mais tout comme vous, je préfère rester dans l'ombre le plus longtemps possible. Notre grand projet ne s'en portera que mieux.

– Mieux que moi, je l'espère, cracha l'homme au milieu d'une quinte de toux.

Son interlocuteur lui tendit un mouchoir.

– Ne soyez pas trop dur avec vous-même, monsieur Gaban, vous étiez presque mort quand je vous ai trouvé...

Oliver étouffa un cri de surprise. Il avait forcément mal entendu...

– Et vous pensez vraiment que ce gamin peut réussir ? demanda l'homme alité.

Était-ce lui, le gamin ? Oliver frissonna. Cette voix résonnait vraiment d'outre-tombe.

– Et pourquoi pas ? C'est en tout cas ce qu'ils croient à Mill Road…

– Mill Road…

Un crachat atterrit au pied du lit.

– Monsieur Gaban, reprit l'homme d'une voix amusée, si vous crachez chaque fois que je prononce ce nom, j'installerai bientôt votre lit dans le jardin !

Gaban… Oliver était maintenant sûr d'avoir bien entendu. Tout le monde – magiciens ou non – le pensait mort…

– Et le gamin… sait-il qu'il a ce don ?

– Je ne pense pas… Le Lord lui a probablement menti, comme il ment à tout le monde et manipule les gens… C'est encore ce qu'il fait le mieux…

Un don ? Quel don ?

Un borborygme d'approbation s'éleva du lit.

– Monsieur Gaban, pouvons-nous reprendre ?

Il avança ses mains vers le lit, bras tendus, probablement à hauteur de la tête de Gaban. Oliver devinait une intense concentration. Que pouvaient-ils bien faire ?

– Hé toi, là !

Absorbé par cet étrange face-à-face, Oliver n'avait pas entendu l'homme qui se précipitait vers lui. Sa voix grave ne lui était pas inconnue : il s'agissait du magicien de feu. Jamais il ne l'aurait imaginé aussi âgé. Il devait approcher les soixante-dix ans, mais sa silhouette fine et athlétique était trompeuse. Il arborait une épaisse moustache blanche qui le rendait presque sympathique.

Paniqué, Oliver remonta en courant l'escalier. Mais déjà le moustachu était sur lui et l'attrapait fermement par le tissu de son manteau. Oliver essaya de s'en dépêtrer, sans succès. L'autre bras du moustachu fondait déjà sur lui.

– *Zephyr !* hurla-t-il en désespoir de cause, le bras tendu vers l'homme.

Comme par miracle, une onde de chaleur le traversa de bas en haut. Lorsqu'elle parvint à sa main, une formidable bourrasque s'en échappa et vint frapper son poursuivant en pleine poitrine. Sonné, il lâcha Oliver, bascula en arrière et s'effondra dans l'escalier. Le garçon décampa dans le couloir et, sans réfléchir, se précipita vers la fenêtre ouverte.

– Arrête-toi ! ordonna l'homme qui s'entretenait avec Gaban.

Sa voix calme et ferme trahissait l'habitude d'être obéi.

Oliver avait déjà enjambé la balustrade. L'inconnu approchait doucement. Ses gestes étaient étonnamment rassurants.

– Laissez-moi ! hurla Oliver.

L'homme s'arrêta net et écarta les mains en signe d'assentiment.

– D'accord, dit-il. Si tu ne fais pas de bêtise, je te promets que je ne bouge plus. Bill, laisse-nous ! ordonna-t-il au moustachu qui les rejoignait à son tour. Je m'appelle William Morecombe, reprit-il. Je ne sais pas si mon nom t'évoque quelque chose.

Le Mémoriste, songea Oliver en se remémorant ce qu'il avait entendu auprès de ses amis. Personne ne l'avait revu depuis son affrontement avec le Lord. C'était donc lui, le « chef » des assaillants. Combien de revenants cette maison abritait-elle encore ?

– Tu veux bien m'écouter ? insista Morecombe.

L'homme ne correspondait pas à l'image qu'Oliver avait pu s'en faire. Âgé d'environ trente-cinq ans, il portait un élégant gilet gris sur une cravate verte assortie à ses yeux. Ses cheveux châtains soigneusement peignés vers l'arrière se prolongeaient en un collier de barbe parfaitement taillée. Si elles étaient là, Alicia ou Suzy le trouveraient très beau. Une aura, presque un magnétisme, émanait de tout son être.

Oliver scruta le sol, deux étages plus bas, avec anxiété. La moindre chute serait assurément mortelle. Pourtant, son instinct lui hurlait qu'il pouvait prendre le risque, que tout se passerait bien.

– *Gravitas !* lança-t-il en se laissant tomber.

Alors, le temps se figea. Les formes et les couleurs s'étirèrent, et les secondes ralentirent. Comme une feuille morte ballottée par le vent, il se rapprocha tout doucement du sol et ne reprit ses esprits qu'une fois que ses pieds touchèrent terre. Des passants, médusés, le contemplèrent d'un air béat.

– Le gamin s'enfuit ! hurla Morecombe depuis la fenêtre. Rattrapez-le !

Mais Oliver détala, bousculant bien malgré lui deux élégants vieillards.

Croyley Street – Ville de Londres parvint-il à lire sur une plaque, malgré la pénombre qui gagnait.

Londres ! Lui qui s'imaginait avoir été emmené loin de la capitale !

Il zigzagua d'une rue à l'autre, sans parvenir à semer ses ravisseurs. Trois hommes – qui n'étaient ni Bill ni Morecombe – le talonnaient. Heureusement pour lui, ils ne semblaient pas enclins à utiliser la magie. Sans doute ne voulaient-ils pas attirer l'attention de l'Hégémonium. Hors d'haleine, Oliver s'engagea dans un parc désert. En se retournant pour aviser ses poursuivants, il se prit le pied dans une épaisse racine et s'étala de tout son long. Le temps de recouvrer ses esprits, les trois hommes lui faisaient face...

Comme dans l'East End avec Billy, nota-t-il avec une pointe d'ironie. Il n'était décidemment pas fait pour les courses-poursuites...

– Rentre avec nous, lui intima un petit homme replet, ostensiblement à bout de souffle. Notre chef ne te veut aucun mal !

Oliver ne l'écoutait pas. Le bras tendu vers les trois hommes, il essayait de paraître plus redoutable qu'il ne l'était vraiment. Il ne connaissait que deux sorts – *Zephyr* et *Gravitas* – et le second ne lui serait d'aucune utilité dans la situation présente.

– Impressionnant ! siffla une voix dans le dos des trois hommes. Réussir un sort *Gravitas* quelques semaines seulement après avoir découvert l'existence de la magie...

William Morecombe s'avançait vers eux d'un pas tranquille.

– Si tu acceptais seulement de m'écouter, poursuivit-il, nous pourrions réaliser de très grandes choses ensemble. Comme mettre fin à l'Hégémonium...

Une branche craqua dans le dos d'Oliver, immédiatement suivi d'un bref sifflement. Face à lui, le petit rondouillard s'effondra dans un gargouillement sinistre, une lame de glace plantée dans le cou. Nouveau sifflement.

– *Menia gelum !* réagit Morecombe le bras levé.

Le second projectile de glace vint s'exploser contre un mur du même matériau.

Une silhouette surgit dans le dos d'Oliver, venant s'interposer entre lui et ses ravisseurs. Il portait un manteau long et une large capuche. Les deux hommes de Morecombe esquissèrent un pas en arrière.

– Aulus… souffla Morecombe. J'imagine que tu n'es pas venu seul…

Il prononça une nouvelle formule et, aussitôt, une épaisse nappe de brouillard recouvrit le parc. L'instant d'après, lui et ses hommes avaient disparu, abandonnant le cadavre de leur camarade.

– Oliver ! s'exclama une voix familière dans son dos. T'es pas blessé ?

Le visage cramoisi par son effort de course, Albert se précipitait à sa rencontre, talonné par le Lord qui n'en menait pas large.

Oliver se précipita dans les bras du chauffeur, surpris mais ravi.

Un immense soulagement recouvrit le visage du Lord. Il arracha son nœud papillon et déboutonna le col de sa chemise, peinant à reprendre son souffle.

– Qu'as-tu vu ? souffla-t-il au dénommé Aulus.

– Morecombe, répondit-il, laconique.

Les traits du Lord se figèrent, entre la surprise et l'effroi.

Ce fut la dernière image que vit Oliver avant de perdre connaissance.

CHAPITRE 26

Jour 68

Jour 68 (journal de bord de Paul Adamson)

Cela fait maintenant plusieurs semaines que nous réalisons des tests sur des rats, afin de mieux comprendre le fonctionnement du lobe émosensoriel. Cette protubérance à l'arrière du cerveau, présente chez l'homme et l'animal, révèle des caractéristiques tout à fait singulières.

Par exemple, lorsque le lobe est endommagé, les rats semblent en proie aux plus vives difficultés pour s'orienter. De même, leur agressivité naturelle décroît drastiquement et les cobayes ne se défendent plus face à leurs congénères.

Le Pr Carter est le savant le plus brillant qu'il m'ait été donné de côtoyer. Nous n'en sommes probablement qu'à l'orée des formidables progrès que nous réaliserons à ses côtés.

Cet après-midi restera à coup sûr un tournant dans mon existence. Mes certitudes de scientifique ont été balayées à tout jamais.

Je me demande moi-même si je ne rêve pas en écrivant ces lignes.

Le Patriarche nous a convoqués pour la seconde fois sur les coups de quinze heures, en présence du Grand Inquisiteur, de nombreux agents lourdement armés et d'un homme…

C'est du moins ce que nous avons cru au premier abord.

Mais le Grand Inquisiteur a vite rectifié.

« Ce prisonnier n'est plus un homme, a-t-il dit. Il appartient à la pire espèce de Déviants que la Terre ait jamais portée. Il a vendu son âme au Destructeur en échange de quelques facultés impures. »

Le Déviant ne réagissait pas. Le regard vide, maigre à l'extrême, les cheveux longs et gras, il se contentait de nous implorer du regard.

Sa tristesse semblait si réelle… Les artifices du Destructeur, s'il en fallait une preuve, sont vraiment redoutables.

Le Grand Inquisiteur déposa une bougie à ses pieds et il ordonna à l'homme de nous faire une démonstration de ses pouvoirs. Tous les agents braquèrent aussitôt leur arme sur lui. Il leva un bras tremblant vers la mèche et prononça quelques incompréhensibles paroles.

La mèche s'alluma.

Sans allumette, sans pierre ni briquet.

Comme si le feu obéissait à ce malingre.

Sur un geste du Dignitaire, les agents l'ont emmené hors de la pièce.

Aucun de nous ne pouvait réagir, choqués par ce que nous venions de voir.

« Ils sont nombreux à succomber au Mal, nous apprit le Patriarche en posant sur nous un regard indulgent. Plusieurs milliers au sein du Royaume. Ils sont le chaos. Ils ne vivent que pour la mort et pour la destruction. »

Nous avons appris que, depuis des siècles, la mission première de notre Hégémonium était de protéger ses sujets face à cette menace aussi redoutable qu'invisible. Si la population apprenait leur existence, la panique serait générale et destructrice. Elle servirait leurs intérêts.

Les récentes découvertes du Pr Carter nous donnent l'espoir de neutraliser ce danger pour de bon. Ses travaux démontrent qu'un lien existe entre le lobe émosensoriel et les diaboliques facultés de ces Déviants. Mais pour l'instant, nous ne sommes pas encore parvenus à en comprendre le fonctionnement.

Le Patriarche nous fait l'immense honneur de nous témoigner sa confiance. Nous avons à cœur de ne pas le décevoir. Nous réussirons, pour lui, pour le Créateur et pour le Royaume. Grâce à sa foi, nous pourrons changer le cours de l'humanité.

Et peut-être sauver l'âme du prisonnier en lui offrant de faire œuvre utile… car il sera notre cobaye.

CHAPITRE 27

La prophétie

– Je crois qu'il se réveille…

Oliver grimaça. Des milliers de tambours résonnaient dans sa tête. Il cligna des yeux et reconnut Mme Templeton.

Que faisait-il alité… au beau milieu de l'après-midi à en juger par la lumière qui l'aveuglait ?

Des images éparses et brumeuses l'encombraient sans vraiment s'imposer.

Il se revoyait poursuivi par des hommes…

L'un d'entre eux était William Morecombe…

Petit à petit, les pièces du puzzle retrouvaient un semblant de logique.

Il se souvenait à présent. Il se souvenait de…

– Gaban ! hurla-t-il en se relevant. Darius Gaban !

– Oliver, qu'y a-t-il ?

Le Lord se précipita à son chevet.

– Doucement, murmura Mme Templeton en lui caressant les cheveux. Tu dois te reposer.

Le Lord ignora les recommandations de la gouvernante.

– Qu'as-tu dit ? reprit-il en se penchant sur lui.

Des nuages d'anxiété ternissaient son regard bleu azur.

– Il se trouvait dans la maison où ils m'ont enfermé, souffla Oliver. Lui et Morecombe.

Les traits du Lord se figèrent. Il se leva d'un bond et se précipita à la porte.

– Aulus ! héla-t-il à travers le couloir.

Aulus pénétra dans la chambre. L'homme qui l'avait sauvé avant qu'il ne perde connaissance…

Une cicatrice descendait depuis sa bouche jusqu'au couvert de sa chemise. Le « tueur personnel » du Lord, avait dit Richard Lancester.

Des cheveux sombres plaqués vers l'arrière encadraient un visage dur et renfermé. Même l'agent Brett paraissait plus avenant.

– Préviens les membres du Conseil, lui intima le Lord. Réunion exceptionnelle dans une heure.

Aulus acquiesça et quitta la pièce. Pas une fois ses yeux glacials ne s'étaient attardés sur Oliver.

Le Lord prit appui contre le mur. Pour la première fois, Oliver trouva qu'il faisait réellement son âge. Comme si elle était parvenue à la même conclusion, Mme Templeton le considéra avec inquiétude. Lentement, le Lord se saisit d'un cigare, en ôta la tête et l'alluma à l'aide d'une bougie. Il le savoura de longues minutes, le regard perdu vers le parc, avant de prêter à nouveau attention à Oliver.

– Es-tu bien sûr de ce que tu avances ?

Sa voix, étonnamment calme et posée, suggérait qu'il avait retrouvé une partie de son assurance et Mme Templeton ne put réprimer un discret soupir de soulagement.

– Je n'ai pas vu son visage, répondit Oliver. Juste une main… cadavérique, ajouta-t-il en frissonnant. Mais Morecombe l'a appelé comme ça à plusieurs reprises…

Le Lord acquiesça.

– Je vais vous laisser, chuchota Mme Templeton.

Elle porta une dernière fois la main au front d'Oliver, pour s'assurer que la fièvre était tombée, et disparut avec son plateau.

– Alicia… demanda Oliver, fébrile. Colin et Flora… Comment vont-ils ?

L'image d'Alicia sanglotant au milieu des corps inanimés le fit tressaillir.

– Alicia a réussi à rejoindre Mill Road, s'empressa de répondre le Lord. Colin est sain et sauf, bien que sévèrement touché, quant à Flora, toutes ses blessures sont heureusement superficielles…

Oliver poussa un cri de soulagement.

– Et le soldat ? demanda-t-il.

Le visage du Lord s'assombrit. Oliver comprit.

– La boule de feu avait touché plusieurs organes vitaux, soupira Abberline. Nous sommes arrivés trop tard…

– C'est ma faute, murmura Oliver la gorge nouée. C'est à moi qu'ils…

Oliver s'effondra. Le garde avait peut-être une femme, peut-être même des enfants… Il était mort pour s'être trouvé à ses côtés, au mauvais moment…

– Non ! coupa sèchement le Lord en s'approchant. Je t'interdis de penser ça ! Si quelqu'un est à blâmer, c'est bien moi.

– Une chose avant ça, l'implora Oliver, les yeux mouillés de larmes. Comment s'appelait-il ?

– Stratton, murmura le Lord. Il s'agissait du soldat Franck Stratton.

Le Lord attendit qu'Oliver retrouve un semblant de sérénité pour l'interroger à nouveau.

Adossé à son oreiller, le garçon parvint au bout de son histoire.

– Vous êtes arrivés au moment où ils allaient fondre sur moi… Comment… ?

– Grâce à ton ami Dan, sourit le Lord. Et grâce à ça, ajouta-t-il en sortant de sa poche une boussole en bois.

– Le compas-raison ! s'exclama Oliver.

– Dan était au Manoir quand Alicia est arrivée. Notre brave Albert lui avait promis un tour en automobile pour son anniversaire… Par chance, tu avais la pierre sur toi et la boussole nous a guidés.

Oliver soupira. Sans la passion de Dan pour les runes et les objets ensorcelés d'Aubrey, il serait encore aux mains de Morecombe. Il lui devait une fière chandelle.

Ses traits se tendirent lorsqu'il s'adressa au Lord.

– Vous savez pourquoi ces hommes m'ont enlevé, n'est-ce pas ? Et j'imagine que c'est aussi la raison pour laquelle vous me gardez ici au Manoir depuis le début…

Le Lord fronça les sourcils.

– Que me cachez-vous ? insista Oliver.

Et le Lord céda.

– Je voulais te laisser le temps de t'acclimater, dit-il. Tu te mettais déjà tellement de pression par rapport à la magie élémentaire…

Il hésita, sembla chercher ses mots puis poursuivit :

– Il existe une prophétie, prononcée à l'époque d'Adam Welles…

Il lui tendit un papier jauni par le temps. Une écriture en pattes de mouche s'étendait sur quelques lignes.

La Prophétie du Passeur

Un jour naîtra le Passeur
Dont le corps et l'esprit voyageront entre les mondes.
Servitude ou Liberté
Désespoir ou confiance
Mort ou renaissance
De sa bataille contre l'ennemi séculaire dépendra l'avenir de tous les mondes.

Surpris par ce qui ressemblait à un court poème, Oliver le relut deux fois avant de relever brusquement la tête vers le Lord.

– Je ne comprends pas, vous ne croyez tout de même…

– Si, le coupa le Lord. Je pense que tu peux être ce Passeur…

Le vieil homme poursuivit face au mutisme du garçon.

– As-tu déjà entendu cette rumeur qui raconte que Gaban aurait retrouvé le *Viatorem* ?

Oliver opina.

– Ce n'est pas une rumeur… J'ignore comment, mais à l'époque Gaban avait bel et bien réalisé le rêve des Vallemoriens. Il avait mis la main sur le *Viatorem* ! Mais bien qu'il en ait appris les sorts par cœur, il a échoué à rouvrir un passage entre les mondes. Que lui a-t-il manqué d'après toi ?

– Je l'ignore, balaya Oliver, qui n'était pas d'humeur à jouer aux devinettes.

– Un don. Un pouvoir immatériel.

Oliver se redressa. Serait-il possible… ?

– Des années de recherche m'ont été nécessaires pour acquérir cette certitude, reprit le Lord. Patterson possédait un pouvoir bien plus rare encore que l'illusionnisme ou le Mémorisme. Si rare que le prochain magicien à le posséder faisait l'objet d'une prophétie. Gaban aurait pu essayer toutes les formules du *Viatorem*, je suis convaincu qu'elles n'auraient jamais rien donné.

– L'enlèvement… murmura Oliver. C'est pour mon soi-disant don qu'ils nous ont attaqués… Gaban possède le livre, il ne lui manque que le pouvoir…

– Pas tout à fait, répondit le Lord. Je ne crois pas que Gaban ait encore le livre. Mais quelque part dans sa mémoire se nichent les formules du *Viatorem*. Et Morecombe, grâce à son don de Mémoriste, a toute latitude pour y accéder et les exhumer.

Voilà pourquoi Oliver l'avait aperçu les bras tendus vers la tête de Gaban… L'étrange rituel prenait sens.

– J'ignorais que Morecombe était un Vallemorien, murmura Oliver.

– Il ne l'était pas autrefois… Nous nous sommes certes séparés sur un différend, mais il ne l'était pas…

Un gros différend alors, songea Oliver. Dan et Alicia avaient même évoqué un violent combat. La mâchoire contractée du Lord le dissuada d'en demander davantage.

– Mais… qu'est-ce qui vous fait tous croire que je posséderais un tel pouvoir ?

– Il y a une dizaine d'années, Osmond a eu une série de visions dans lesquelles plusieurs enfants sont apparus. Sans même connaître la prophétie, il pressentait que l'un de vous était lié aux autres mondes… Je vous ai donc tous fait surveiller. Tu connais la suite : un incroyable concours de circonstances t'a amené au Manoir. Sur le lac, tu l'as dit toi-même, tu as eu une vision étrange : la ville qui t'est apparue me semble très éloignée de ce que nous pouvons connaître et je suis de plus en plus convaincu que ton esprit a pu voyager quelques instants dans un ailleurs, comme le mentionne la prophétie.

Un autre monde… Un fou rire nerveux souleva la poitrine d'Oliver. Il se prit la tête entre les mains.

– Est-ce que ça va ? lui demanda le Lord.

– *« L'avenir de tous les mondes »* dit la prophétie. Rien que ça ! Je n'ai rien demandé !

– Si tu es le Passeur, murmura le Lord, j'ai bien peur que tu n'aies pas le choix… quant à l'ennemi séculaire…

Trois coups secs retentirent à la porte.

– Je crois que le Conseil est là, soupira le Lord. Mme Templeton va m'en vouloir, mais il faut que tu viennes avec moi. Tu te reposeras plus tard. Ah ! Une dernière chose… La liste des personnes au courant de ton potentiel pouvoir est très réduite : les quatre membres du Conseil, Albert, Aulus, Osmond et Henri Dawkins… Et pourtant, l'information est arrivée aux oreilles de Morecombe. L'un d'entre eux nous a forcément trahis…

Oliver retint Albert par la manche. Il ne voulait pas s'approcher davantage. Le chauffeur comprit et tous deux demeurèrent légèrement en retrait. Devant eux, Alicia, les yeux rougis, se tenait près de son grand-père. Oliver ne l'avait pas encore revue depuis l'incident. La veille, il s'était effondré de fatigue après sa longue audition par le Conseil.

Le Lord prononça quelques mots avant qu'Ines ne rende à son tour hommage au soldat Stratton dont la tombe s'ouvrait à leurs pieds. Dan soutenait son frère, le bras en écharpe, qui semblait lutter de toutes ses forces pour ne pas s'écrouler. Face à la fosse, une femme et une jeune fille, les traits tirés par la souffrance, se recueillaient sur le cercueil de l'être aimé. Albert s'essuya les yeux du revers de la manche. Oliver sentait la culpabilité lui compresser la poitrine. Quoi qu'en dise le Lord, Franck Stratton serait encore en vie s'il n'avait pas eu la malchance de l'accompagner…

Des fleurs recouvraient la sépulture. Les soldats de la garde s'associèrent pour créer une magnifique spirale d'air, d'eau et de feu qui tournoya vers le zénith. L'hommage pour les hommes tombés au combat. Oliver aperçut Aulus, le visage impassible, assistant à la cérémonie depuis l'entrée du cimetière.

– Je vais ramener Colin en voiture, dit Albert. Il tient à peine debout… Tu n'as rien à te reprocher, Oliver, ajouta-t-il en lui posant la main sur l'épaule. Ce sont les hommes de Morecombe qui sont responsables de sa mort. Personne d'autre.

Les hommes de Morecombe… et Gaban, songea Oliver. À l'heure actuelle, seul le Conseil savait que Gaban avait « ressuscité ». Une longue discussion avait eu lieu afin de décider s'il fallait ou non prévenir la population. Partagé, le Conseil s'était donné quelques jours pour trancher.

– Un traître ?! s'exclama Dan en s'étouffant dans son chocolat chaud.

Oliver lui fit signe de parler un ton moins fort et balaya la salle du regard. Heureusement, les tables voisines étaient inoccupées pour le moment.

– Seuls le Conseil, Albert, Aulus, le Pr Wright et M. Dawkins étaient censés être au courant, reprit-il à voix basse. Pourtant, Morecombe semblait tout savoir de la prophétie et de mon potentiel pouvoir…

– *Le Passeur*, siffla Dan, les yeux brillants. C'est incroyable, pas vrai ?

Alicia se contenta de hausser les épaules. Elle s'était montrée particulièrement silencieuse depuis leurs retrouvailles au cimetière. Sans doute pour ne pas s'accabler, Oliver voulut y voir un lien avec son pouvoir d'Empathe. Ces derniers jours, la jeune fille avait dû absorber son lot de tristesse.

– On ne sait pas encore si j'ai ce don, tempéra Oliver. J'aimerais autant que le Lord se trompe…

– Pas son genre… dit Suzy en s'asseyant à leurs côtés. Comment ça s'est passé, l'enterrement ? Lisa a tenu le coup ?

– Lisa ? demanda Oliver.

– Lisa Stratton, précisa Dan en grimaçant. La fille de Franck. Une fille super chouette, elle est dans ma classe.

Les yeux d'Oliver s'embrumèrent à l'évocation de la jeune fille. Il s'en voulait, il en voulait au Lord aussi, et surtout à William Morecombe et ses hommes, les assassins de Franck Stratton. S'il les recroisait un jour, il les tuerait.

– Tu sais qu'Oliver va tous nous sauver ? lança Dan pour détendre l'atmosphère. Il y a même une vieille prophétie qui en parle…

Ils mirent Suzy au courant des dernières découvertes avant qu'un murmure d'excitation ne gagne l'auberge. Une femme au port de reine venait de franchir la porte.

– C'est Ines Montgomery, souffla une femme attablée à ses deux enfants. Elle commande les soldats.

Les clients s'écartèrent sur son passage. Oliver lut dans leurs regards l'admiration et le respect qu'ils lui portaient. Dan lui avait raconté tant d'histoires sur les exploits de la jeune femme qu'il s'était souvent demandé s'il n'extrapolait pas. Aujourd'hui, il mesurait l'ampleur de son aura. Son courage et son habileté au combat semblaient légendaires.

– Je peux m'asseoir avec vous ? demanda-t-elle en s'approchant de leur table.

– Bien sûr ! s'empressa de répondre Dan, en écartant sa tasse pour lui faire de la place.

Il s'empourpra sous le regard moqueur de Suzy qui, pour une fois, s'abstint de tout sarcasme.

– Ton discours était très beau, dit Alicia, très touchant.

– Merci, murmura Ines en déposant un baiser sur la joue de sa filleule. Je n'ai pas eu besoin de préparer grand-chose, j'aurais pu parler des heures de toutes les qualités de Franck. Sale journée... conclut-elle en sifflant son whisky.

– Vous en savez un peu plus sur les intentions de Morecombe ? demanda Suzy. Dites, il ne pourrait pas ouvrir une passerelle en utilisant Oliver, hein ? Ou alors, ça voudrait dire qu'il posséderait le *Viatorem* ?

– Il est trop tôt pour être sûr de quoi que ce soit, répondit Ines en échangeant un regard entendu avec Oliver.

Visiblement, l'adolescent avait suivi les instructions du Lord. Il avait tu le retour de Gaban.

– Et pour le traître ? s'inquiéta Dan. Comment allez-vous faire ?

– Le Lord doit s'arracher les cheveux, reconnut Ines. J'avoue être aussi particulièrement troublée. J'imagine mal un traître parmi nous…

– J'ai peut-être une idée… souffla Suzy.

– Je t'en prie, la rabroua Ines. On sait tous à qui tu penses mais je te rappelle que la fille de Richard a été blessée durant le combat. On est rarement d'accord avec lui, mais je ne doute pas de sa loyauté…

– Qui, alors ? reprit Suzy sans se laisser démonter.

Ines écarta les bras en signe d'impuissance.

Qui, alors ?

La question continuait de hanter Oliver et Alicia alors qu'ils s'apprêtaient à traverser le mur d'illusion en direction du Manoir. Morecombe et Gaban paraissaient trop bien informés pour n'avoir bénéficié d'aucune complicité intérieure à la Communauté. Oliver penchait également pour Richard Lancester. Son passé trouble et l'antipathie qu'il inspirait jouaient évidemment en sa défaveur…

Qui, alors ?

Le Lord, les autres membres du Conseil, M. Dawkins et Albert semblaient à l'abri de tout soupçon. Osmond Wright ? Même s'il paraissait un peu timbré et critiquait le Lord, ce dernier lui accordait toute sa confiance. Aulus, Oliver devait bien avouer qu'il faisait peur, mais il lui avait déjà sauvé trois fois la vie…

Qui, alors ?…

Alicia n'avait pas prononcé le moindre mot depuis leur départ de l'auberge. Ses traits s'étaient tirés lorsqu'ils s'étaient retrouvés tous les deux. Alicia lui reprochait-elle quelque chose ? Lui en voulait-elle pour l'attaque ? Se sentait-elle en danger avec lui ?

Les soldats s'écartèrent pour les laisser passer. *Huit hommes,* nota Oliver, *au lieu des trois montant habituellement la garde…*

– Est-ce que ça va ? demanda Oliver.

– Très bien ! répliqua sèchement Alicia.

Elle accéléra le pas.

– Attends-moi ! s'écria Oliver, sous le regard des gardes qui souriaient en imaginant une querelle d'amoureux.

Il la rattrapa en quelques enjambées. Lorsqu'elle se retourna, il vit qu'elle pleurait.

– Je suis désolé, murmura-t-il. Je ne sais pas quoi te dire de plus…

Elle écarquilla ses grands yeux bleus qui reflétaient les derniers rayons de la journée.

– Désolé de quoi ?

– De tout… Sans mon prétendu pouvoir, rien de tout ça ne serait arrivé et…

– Tu n'as absolument rien à te reprocher, l'interrompit-elle. C'est à moi que j'en veux ! J'ai tellement honte…

Oliver fronça les sourcils. Il ne comprenait rien à ce qu'elle racontait.

– J'ai été nulle ! s'écria-t-elle. Incapable de te libérer ou de lancer le moindre sort ! Colin s'est battu, Flora aussi…

– Et moi ? dit-il. Tu as vu ? Rien ! Toi, au moins, tu as tenté un sort…

– Que j'ai lamentablement raté ! Un sort que je maîtrise parfaitement, dans ma chambre, depuis au moins cinq ans ! J'ai tellement paniqué que j'ai perdu tous mes moyens. Toi, tu es là depuis quelques semaines et tu as réussi un sort *Gravitas*, c'est exceptionnel ! Je rêverais d'être Voyageur comme Colin ou de rejoindre l'armée comme Ines, mais si je m'effondre à la première difficulté…

– Tu es bien trop dure avec toi ! s'exclama Oliver. Trois magiciens adultes nous ont attaqués. Ce n'est pas ce que j'appelle la « première difficulté » ! Certes, Flora a lancé un sort, mais elle s'est fait faucher juste après. Si tu avais fait de même, personne n'aurait pu alerter les secours et Colin n'aurait probablement pas survécu… Tu lui as sauvé la vie !

– C'est gentil de le présenter comme ça, renifla Alicia en étouffant quelques sanglots. Ma mère était soldat, reprit-elle, tout comme Ines. J'aimerais tellement leur ressembler et qu'elles soient fières de moi…

– Tu es brillante, insista Oliver, la plus brillante de l'école d'après Suzy. Soldat, Voyageur ou autre chose, tu feras ce que tu veux !

– Mon grand-père ne me laissera jamais faire, corrigea-t-elle. Il est très protecteur, sans doute à cause de ce qui est arrivé à ma mère. Il en a surpris plus d'un en me laissant participer à la journée des Voyageurs, mais vu comment ça a tourné, ça ne risque pas de se reproduire…

– Tu devrais peut-être lui en parler, suggéra Oliver. C'est ta vie après tout…

On frappa à la porte. Allongé sur son lit, Oliver tentait de se reposer. La journée lui avait coupé les jambes. Le Lord apparut dans l'encadrement.

– Je ne te dérange pas ?

– Pas du tout, murmura Oliver en étouffant un bâillement. Alors, avez-vous décidé si vous alliez ou non parler du retour de Gaban ?

– Je crois que oui, acquiesça le Lord. C'est une nouvelle triste et effrayante, mais c'est la réalité. Nos concitoyens doivent s'y préparer.

Oliver hocha la tête.

– Il y a certaines choses dont nous avons peu parlé, reprit le Lord en allumant un cigare. En particulier des sorts que tu as réussi à lancer pour t'enfuir. Dis-moi, que s'est-il passé à ce moment-là ?

– Je ne sais pas, reconnut le garçon. Je n'ai pas réfléchi, je connaissais ces sorts et j'ai juste suivi mon instinct.

– As-tu réessayé de les lancer depuis ?

– Oui, reconnut le garçon en s'empourprant. En vain. Je n'ai même pas réussi à me connecter au Flux…

– Ce qui est plutôt normal pour quelqu'un qui a découvert la magie il y a seulement quelques semaines, sourit le Lord. Mais réussir à lancer deux sorts, dont un particulièrement complexe, sans être jamais parvenu à se connecter au Flux, c'est vraiment étonnant ! Cela t'a probablement vidé de ton énergie, ce qui a provoqué l'évanouissement…

Oliver acquiesça.

– Je suis également venu te parler d'autre chose, reprit le Lord. J'aimerais que tu démarres au plus vite tes cours auprès d'Osmond.

– Vous pensez donc que j'ai ce pouvoir ? grimaça Oliver.

– C'est ma conviction. Et je devine que tu aurais préféré que je te dise l'inverse…

– La prophétie n'est pas très claire, maugréa Oliver. Mais je ne suis pas sûr de vouloir porter l'avenir des mondes sur mes épaules…

Le Lord opina. Il comprenait.

– Ce n'est que ma conviction, tempéra-t-il. Mais si nous ne creusons pas, nous ne le saurons jamais…

– Et si c'était le cas ? demanda Oliver. A-t-on la moindre idée de ce que je suis sensé faire ? Rouvrir une passerelle entre les mondes et dîner avec le Chancelier ? Car c'est bien lui, j'imagine, l'ennemi séculaire ?

– Je le soupçonne également, acquiesça le Lord. Même si je n'ai aucune certitude. Dans tous les cas, je te déconseille d'assister à ce dîner…

Il fixa son regard sur celui d'Oliver et reprit d'une voix plus grave.

– J'imagine à peine à quel point ça doit être effrayant, et plus encore pour un garçon de ton âge. Tout ce dont je puis t'assurer, c'est que le Conseil et tous les moyens dont il dispose seront là pour t'épauler le moment venu. Cette bataille sera la nôtre autant que la tienne, nous ne t'abandonnerons jamais. Et Osmond, malgré son caractère… « particulier »… a été autrefois un grand professeur. Je suis convaincu qu'il va pouvoir t'aider.

– D'accord…

– Je te remercie, dit le Lord. Sache qu'au cours de ces séances tu entendras sûrement des choses négatives sur mon compte, comme tu en as entendu de la part de Morecombe et Gaban…

– Je n'en tiendrai pas compte, promit Oliver.

– Ce n'était pas le sens de ma mise en garde, sourit le Lord. Tout ce que je te demande, c'est de me croire quand je te dis que j'ai toujours cherché à œuvrer pour le bien de notre Communauté. Il n'y a pas de recettes miracles et l'exercice du pouvoir est quelque chose de complexe. Seules notre probité et notre volonté sincère d'aider les nôtres peuvent nous servir de boussole. S'il s'avérait que la prophétie te concerne, tes responsabilités dépasseraient probablement de loin les miennes. Tu es quelqu'un de bon, Oliver, ne l'oublie pas au moment de faire ton choix.

CHAPITRE 28

L'île

– Monsieur Hodgson ? Nous sommes presque arrivés.

Charles referma avec hâte l'abattant de son secrétaire. Il s'impatientait de rencontrer les premiers cobayes. Les deux jours passés en mer lui avaient semblé une éternité. Après leur visite du Centre transitoire du Projet Eden, le Grand Inquisiteur avait insisté pour qu'il se rende sur l'île. Aussitôt à bord, il s'était enfermé dans sa cabine et n'avait lâché ses dossiers que pour dormir quelques heures. Il détestait quitter Londres. Tout allait si vite là-bas qu'il risquait de manquer quelque chose.

Il grimpa l'escalier pour rejoindre le pont. Hauts dans le ciel, quelques nuages ouateux s'étiolaient, animés par le souffle d'une bouche invisible. Deux immenses roues à aubes propulsaient le navire, dessinant dans l'écume un sillage éphémère. Droit comme un i sur la passerelle, le capitaine du *Rufin Defosse* donnait ses ordres pour stopper les machines. Charles se posta à la proue et porta sa main en visière.

Trois îles de la taille d'une ville de province apparurent au loin. L'une d'entre elles retint son attention. Contrairement à ses verdoyantes voisines, elle était vierge de végétation, donnant l'impression d'un désert de roche.

En mer, une dizaine de bâtiments de guerre quadrillaient la zone, les canons hérissés, tandis qu'une navette approchait.

Personne n'avait été prévenu de leur arrivée. Il s'agissait d'une visite surprise. L'équipe scientifique insistait pour prolonger la phase de tests du projet, prétextant de trop nombreuses zones d'ombre encore à éclaircir. Leur frilosité exaspérait le Grand Inquisiteur. S'ils se montraient incapables de travailler plus vite, ce dernier saurait convaincre le Patriarche d'ignorer leurs mises en garde, et Charles venait le leur rappeler.

Après avoir montré patte blanche, Charles embarqua sur la navette qui mit le cap vers l'île désertique. Le jeune directeur de cabinet se doutait que cette absence de végétation n'était pas le fruit du hasard. Il la distinguait maintenant plus en détail. Son relief était exceptionnellement plat, vingt mètres de dénivelé tout au plus. Une petite ville se dressait le long du littoral, composée de maisons blanches parfaitement alignées et toutes identiques, jurant avec le gris de la roche. Un port – modeste mais bien aménagé – accueillait quelques barques de pêcheurs qui faisaient figure d'insectes lorsqu'elles côtoyaient les bâtiments de guerre.

– Prévenez le Pr Carter de mon arrivée, ordonna Charles en refusant les mains que lui tendaient les agents pour l'aider à débarquer.

Il réajusta ses fines lunettes rondes et, sans leur accorder la moindre attention, fit quelques pas émus sur le quai. D'un instant à l'autre, il rencontrerait les premiers cobayes du Projet Eden. Les premiers hommes purs d'une nouvelle humanité.

À la lisière de la ville, au Centre de contrôle des opérations, le Pr Carter avait rassemblé les principaux scientifiques du Projet.

– Il est trop tôt pour se lancer, pestait-il, beaucoup trop tôt. Nous entrevoyons à peine les conséquences de ce que nous faisons ici…

– Ne dramatisez-vous pas un peu ? lui demanda Patrick Morley.

– Quatorze cobayes sont morts ! s'indigna le Pr Carter. Quatorze !

– Notre… « traitement » semble maintenant stabilisé, tempéra l'ancien directeur du département de Physiologie de l'Université de Londres.

– Rien ne nous permet d'affirmer qu'ils ne seront pas tous morts demain, Patrick. Rien !

– Qu'en pense le Patriarche ? demanda Allan Barnes.

– Il hésite, soupira le Pr Carter. Il entend nos arguments mais le Grand Inquisiteur le presse… Et sa santé ne lui permet malheureusement pas de se rendre jusqu'ici…

Il désigna de la main le paysage apocalyptique qui s'offrait à leurs yeux.

– Trouvez-vous vraiment que je dramatise ? reprit-il sèchement. Je vous rappelle qu'avant nos travaux rien ne distinguait notre île de ses voisines ! Et je ne parle même pas de la faune ! Combien de poissons morts vos hommes ont-ils ramassé ce matin, capitaine ?

– Plusieurs centaines, répondit le seul participant à la réunion arborant un uniforme et non une blouse. Comme tous les matins lorsque nous déblayons le port. Et nous recommençons le soir.

– Pas le moindre progrès à ce sujet ? demanda le Dr Deming.

Carter se tourna vers Arnold Biggers, le benjamin de l'assemblée. Fraîchement diplômé et débarqué sur l'île, le biologiste se faisait le plus souvent discret.

– Malheureusement non, reconnut-il. La nature dépérit à une vitesse surprenante dès lors qu'un cobaye se trouve à proximité. Et les évolutions du traitement n'ont rien changé à cet aspect. J'ai demandé à ce qu'on plante un arbre en pleine santé et il n'a pas survécu une journée. Je suis navré de ne pas pouvoir vous éclairer davantage.

– Ne le soyez pas, soupira Carter. Votre étude nécessitera des mois ou des années, comme la nôtre. Si seulement le Grand Inquisiteur pouvait l'entendre…

– Peut-être est-ce le prix à payer pour nous débarrasser du Mal, suggéra le Dr Deming. Et que l'humanité renaisse de ses cendres…

– C'est l'avis du Dignitaire Hammer, répondit froidement le Pr Carter. Mais je ne pense pas que…

On frappa à la porte.

– Pardonnez-moi, professeur, s'excusa un agent. Le directeur de cabinet du Grand Inquisiteur est ici. Il demande à vous voir immédiatement.

Charles Hodgson déambula quelques instants le long du quai avant de porter son mouchoir à son nez. Quelle infection ! La mer renvoyait une affreuse odeur rance. Il se rapprocha du bord et étouffa un haut-le-cœur. Des centaines de poissons morts s'entassaient au milieu des bateaux.

Visiblement moins sensible, ou plus habitué, un homme finissait d'amarrer sa barque à un anneau. Charles plissa les yeux. Il ne portait ni le costume d'un agent ni la blouse d'un scientifique. Juste le ciré d'un pêcheur. Un cobaye ! Son cœur s'accéléra.

– Bonjour !

L'homme, quinquagénaire et barbu, leva les yeux vers lui. Son regard vitreux paraissait étrangement lointain.

– Bonjour ! répéta Charles. Vous allez bien ?

– Je suis en paix, marmonna l'homme, mécaniquement.

Charles sourit.

– Et bientôt, avec l'aide de notre Créateur, toute l'humanité connaîtra cette paix.

– Êtes-vous un scientifique ? demanda l'homme de la même voix éteinte.

– Non, sourit Charles. Je travaille avec le Grand Inquisiteur. Quel est votre nom ?

– Alfred Engleman, répondit le pécheur.

Charles Hodgson se souvenait de ce nom. Pêcheur dans le petit le village de Bomouth, Alfred Engleman figurait parmi les premiers disparus. À l'époque, le *Journal Officiel* l'avait vaguement mentionné, le phénomène n'avait pas encore pris l'ampleur de ces derniers mois. Il sourit en se rappelant avoir suspecté un complot de la Confédération américaine.

Une mouche vint se poser sur la joue d'Alfred Engleman. S'il la vit, il ne réagit pas.

CHAPITRE 29

Première leçon

Oliver sursauta.

Il achevait de boutonner sa chemise lorsqu'un cri de désespoir secoua le Manoir. Il se précipita dans le couloir. Alicia, toujours en chemise de nuit, s'était figée devant la porte de sa chambre.

– Ça vient d'en bas, dit-elle, la voix tremblante. On dirait Albert.

Oliver dévala les escaliers, suivi de près par la jeune fille.

Albert s'était écroulé. Le géant avait un genou à terre et le visage enfoui dans la veste du Lord. La mort dans l'âme, Mme Templeton assistait impuissante à la scène, les mains repliées sur son tablier.

– Gaban est bien de retour, Albert, mais il ne fera plus de mal à quiconque, dit le Lord en obligeant son chauffeur à le regarder droit dans les yeux, je te le promets.

Les joues ruisselantes, Albert adressa un sourire triste au Lord puis, sans un mot, s'éloigna vers le parc. Abberline sembla hésiter à le suivre mais il regagna finalement le petit salon d'un pas las. De lourds cernes suggéraient qu'il avait travaillé une bonne partie de la nuit.

– Que s'est-il passé ? bredouilla Oliver, encore sous le choc.

– Chut ! Venez prendre votre petit déjeuner, rétorqua Mme Templeton en s'essuyant les yeux. Il y a des œufs et du bacon.

La gouvernante attendit d'avoir rempli leurs assiettes pour se lancer d'une voix lourde.

– Gaban a fait beaucoup de mal à notre Communauté, Oliver… Avant que le Lord ne le neutralise, il avait attaqué, avec ses Vallemoriens, la station d'aéroboats de Mill Road.

Oliver hocha la tête, il connaissait déjà cette histoire.

– Ce jour-là, poursuivit Mme Templeton, la femme d'Albert s'apprêtait à voyager pour rendre visite à ses parents dans le nord du pays.

– J'ignorais qu'Albert…

– Elle voyageait avec leur petite fille de deux ans, précisa la gouvernante avec gravité.

Oliver sentit son estomac se contracter.

– Les Vallemoriens venaient semer le chaos et la peur… Leur courant s'était durci. Les gens qui se trouvaient là ont été massacrés sans pitié. Dès qu'un aéroboat s'envolait, tentant de s'échapper, Gaban utilisait son pouvoir…

La voix de la gouvernante s'évanouit dans un sanglot. Alicia lui prit tendrement la main.

– Gaban est un Instillateur, expliqua la petite-fille du Lord à Oliver. Son pouvoir fonctionne à l'opposé du mien. Il est capable de se glisser dans ton cerveau et d'y insuffler n'importe quelle émotion. Des dizaines de magiciens ont été torturés de la sorte…

Mme Templeton s'éloigna, feignant d'aller inspecter un placard. De lourdes larmes coulaient le long de ses joues.

– Il a forcé tous les passagers des aéroboats à sauter, reprit Alicia, émue. Ce fut la panique. Une panique incontrôlable.

À son tour, sa voix se brisa. Oliver la fixait les yeux glacés d'effroi.

– Quand elle sauta, la femme d'Albert tenait leur fille dans ses bras…

Un ciel sans nuages surplombait le parc du Manoir. Devant le garage, Albert lustrait nerveusement l'automobile du Lord. Oliver l'observa avec rage depuis le seuil. Personne ne méritait de vivre une telle souffrance. Il se précipita dans ses bras. Les yeux rougis du géant se gorgèrent à nouveau de larmes tandis qu'il rendait son étreinte au garçon.

Oliver aurait aimé rester plus longtemps, mais il devait rejoindre l'école. Le Pr Cormick ne tolérait aucun retard. Il s'éloigna d'une foulée triste et réalisa, en franchissant la grille et en rendant leur sourire aux gardes, que jamais plus il ne verrait celui du soldat Franck Stratton.

– Concentrez-vous ! s'agaça le Pr Cormick. Je vous sens ailleurs.

Oliver s'excusa, et reconnut bien volontiers n'avoir pas la tête à sa leçon.

– Je sais… soupira la directrice. Le Lord annoncera ce matin le retour de Gaban. Je n'ose imaginer la panique

que cela va créer… Mais ce n'est pas l'objet de notre cours, se reprit-elle. Revenons à vous ! Vous êtes parvenu à vous connecter deux fois au Flux. Mais seulement en situation extrême de stress…

– Peut-être devrais-je me contracter au moment de l'invoquer ? se hasarda Oliver.

– Au contraire, sourit la professeure, vous vous mettez déjà beaucoup trop de pression, comme nombre de jeunes magiciens avant vous ! Je suis convaincue que vous avez une affinité très forte avec le Flux, c'est pour ça que vous avez réussi à l'invoquer lorsque vous n'aviez pas d'autre issue face au danger. Vous devriez essayer de l'aborder comme ce qu'il est réellement, c'est-à-dire un allié qui vous offrira un jour d'extraordinaires possibilités, plutôt qu'un défi que vous craignez de ne pas surmonter…

Oliver aurait aimé que tout soit si simple, pouvoir contrôler son cœur et ses émotions avec l'agilité d'un funambule. Il quitta le bureau de la directrice pour se rendre dans la serre de l'air où avait lieu son cours de lévitation. Plantée à l'écart des camarades de sa classe, Flora avait le visage sombre des mauvais jours.

– Comment vas-tu ? s'exclama Oliver.

La jeune fille sursauta, aussi surprise que ses camarades. Oliver rougit.

– Tu as l'air content de me voir… railla-t-elle.

Oliver haussa les épaules. Il n'était pas d'humeur à supporter ses sarcasmes. Il se tourna vers les autres.

– J'ai appris ce matin ce qu'il t'était arrivé, reprit Flora. Désolée… Mais il paraît que tu sais lancer des sorts ?

Oliver lui jeta un regard en coin. Il lui sembla la voir sourire pour la première fois.

Cachés sous une épaisse couche de maquillage, il devina les stigmates de la bataille. Une dizaine de fines entailles striaient ses joues, sa mâchoire et son front. Flora se contracta.

– Je voulais te remercier, dit Oliver. Pour m'avoir défendu… C'était courageux…

La jeune fille se contenta d'une moue. Mais ni l'épais maquillage qui recouvrait son visage, ni son attitude dilettante ne purent masquer le rose qui lui monta aux joues.

Oliver et Flora s'approchèrent des autres élèves de la classe pour venir entourer le Pr Rosebury, qui leur enseignait la manipulation du vent. Chacun se vit distribuer une fleur.

– Posez-la à dix pas de vous, ordonna l'énergique professeure. Je veux la voir voltiger au moins dix secondes ! La formule est *Levitare…*

Oliver inspira. *Le Flux est un allié*, se répéta-t-il, *pas un défi insurmontable.*

Il ferma les yeux pour faire le vide. Mais les visages d'Alicia, d'Albert et de Morecombe vinrent se superposer dans son esprit, avant de laisser place à celui de Flora.

Il ouvrit un œil pour voir comment s'en sortait la jeune fille. Elle connaissait déjà ce sort et s'en était servie pour jeter un livre au visage de Charly Callaghan. Elle était la seule pour l'instant à faire léviter sa fleur une dizaine de centimètres au-dessus du sol. D'un signe de la tête, le Pr Rosebury signifia à Oliver de se reconcentrer.

Le Flux est un allié… Il se rappela les deux sorts qui lui avaient permis de s'échapper. *Gravitas*, en premier lieu… Il n'avait jamais connu une telle sensation. Le temps s'était figé et l'énergie avait comme irradié ses membres. Une impression de déjà-vu, assez agréable, le secoua, plongeant son corps dans une douce léthargie. Et soudain il le ressentit. Le Flux. Les digues venaient de céder, chaque cellule de son être se connectait au monde. Comme doté d'un sixième sens, il percevait tous les courants d'énergie qui le rattachaient à la Matière. Il ouvrit les yeux et se focalisa sur celui qui le reliait à la fleur.

– *Levitare*, dit-il aussi sereinement que possible.

Aussitôt, le Flux sembla s'animer. Oliver et la fleur étaient intimement reliés par un cordon invisible. Leurs Matières avaient fusionné.

– Waouh ! s'exclama Hannah Miller.

La fleur d'Oliver flottait un mètre au-dessus du sol, parfaitement immobile. Le Pr Rosebury la contemplait bouche bée. Charly Callaghan, légèrement en retrait, lança à Oliver un regard noir de jalousie.

Quand Oliver rejoignit ses amis au réfectoire pour déjeuner, ses mésaventures des derniers jours s'étaient déjà ébruitées. Dan et Suzy l'assaillirent de questions. La nouvelle du retour de Gaban s'était répandue comme une traînée de poudre et animait toutes les conversations. On savait qu'un Voyageur et un soldat s'étaient fait attaquer, et que ce dernier avait malheureusement perdu la vie.

– Tu as vraiment vu Gaban ? s'exclama Dan en postillonnant de la purée sous le regard atterré de Suzy.

Oliver hocha la tête et ses amis sentirent tout l'effroi que ces souvenirs charriaient. Il tenta de faire diversion, en s'attardant sur ses exploits de la matinée en matière de lévitation, mais les esprits étaient trop inquiets pour pouvoir s'émerveiller.

– Comment va Colin ? demanda Oliver.

– Il se remet bien, dit Dan. Le Dr McMullen lui a demandé de rester encore deux semaines au lit mais il n'en peut plus. Du coup il se lève, ma mère le gronde et ils se disputent… Je crois que ça l'occupe bien ! s'esclaffa-t-il pour conclure.

– J'en connais un autre qui ferait bien de se reposer, renchérit Alicia. Je n'ai jamais vu mon grand-père aussi épuisé ! Il ne dort plus depuis qu'on soupçonne la présence d'un traître…

– Vous pensez vraiment qu'il y en a un ? demanda Dan.

– Évidemment ! asséna Suzy. Sinon, Morecombe n'aurait jamais été au courant du pouvoir d'Oliver ni de la visite chez Mme Benson…

– Quand même… souffla Dan. Vous imaginez ? Les membres du Conseil, Albert, Aulus, M. Dawkins et Osmond Wright… C'est impossible qu'il y ait un traître parmi eux !

– Peut-être Aulus… glissa Oliver.

– Non ! Il ne trahirait jamais le Lord, affirma Alicia d'un ton catégorique. Il est certes un peu spécial, mais mon grand-père lui confierait nos vies sans la moindre hésitation !

– Et par « un peu spécial », Alicia veut dire « carrément flippant », rectifia Dan.

– Moi, je le trouve assez bel homme, sourit Suzy, avec son air mystérieux et dangereux.

Dan écarquilla les yeux. La jeune fille prolongea le jeu des conjectures.

– Alicia… Altaïr Levinson, M. Dawkins et Osmond Wright sont les plus vieux amis de ton grand-père, n'est-ce pas ? Et même si Wright le critique, je crois que le Lord a une totale confiance en lui, non ?

Alicia approuva.

– Il lui a même confié Oliver, pour mesurer l'étendue de son pouvoir.

Oliver grimaça. Son premier cours particulier avec Osmond Wright débutait le soir même, et c'était peu de dire qu'il appréhendait de se retrouver seul avec l'acariâtre vieillard.

– Albert est bien entendu insoupçonnable, poursuivit Suzy.

Oliver et Alicia hochèrent silencieusement la tête, hantés par les cris de la matinée.

– Il nous reste donc Ines, le Pr Cormick et Richard Lancester…

– Ines est insoupçonnable ! décréta Alicia.

– Tout comme le Pr Cormick, dit Dan.

– Alors, c'est Richard Lancester ! conclut Suzy.

– C'est ridicule, s'agaça Oliver. Flora porte encore les traces de ses blessures.

– Légères, corrigea Suzy. Des blessures légères, contrairement à celles de Colin… Je ne peux imaginer meilleur calcul pour se placer à l'abri des soupçons…

En fin d'après-midi, Oliver quitta l'école pour se rendre chez Osmond Wright. Les hypothèses de Suzy tournaient encore dans sa tête quand il approcha à reculons de la maison du vieux magicien. Un frisson lui parcourut l'échine. Richard Lancester était-il assez machiavélique pour faire de sa fille le plus parfait des alibis ?

La bicoque lui sembla encore plus délabrée que la dernière fois. Le vernis s'écaillait et les tuiles du toit gondolaient par endroits. Quant aux volets, ils n'avaient probablement pas été ouverts depuis plusieurs années.

– Entrez… parvint-il à saisir entre deux quintes de toux.

Il plissa le nez, saisi par l'odeur rance de la tanière du vieux devin.

– J'ai appris tes exploits, lança Osmond depuis son fauteuil (ses yeux fiévreux jubilaient en prononçant ces mots). C'est le Lord qui a dû se réjouir de toute cette histoire !

De son doigt décharné, il désigna un tabouret. De la bave luisait à la commissure de ses lèvres.

Ce type est fou, songea Oliver en croisant son regard. Pourquoi le Lord lui imposait-il ces séances ?

– Maintenant tu es comme moi, éructa-t-il. Pris au piège… Le nouveau jouet du Lord…

Un rire sans joie souleva sa poitrine.

– Je ne crois pas que le Lord se réjouisse du retour de Gaban, rétorqua sèchement Oliver.

Un sourire mauvais illumina le visage du vieil homme.

– Moi aussi, j'étais un bon petit soldat, persiffla-t-il. Je l'ai été longtemps… Alors, dis-moi, que t'a dit notre très cher ami commun à mon propos ?

– Pas grand-chose, reconnut Oliver le visage fermé. Je sais juste que vous étiez professeur. Et que vous êtes devin…

– Devin ! aboya-t-il. Sais-tu seulement ce que cela signifie ? T'a-t-il expliqué comment fonctionnait mon pouvoir ?

– M. Levinson m'a dit que vous voyez différents futurs possibles. Sans savoir lequel va se réaliser…

– C'est exact. Peux-tu seulement imaginer ? s'écria-t-il. Voir des drames toucher tes proches, sans jamais savoir si cela va se produire ou non… Que faire ? Les protéger ou laisser faire ? Les possibilités sont si nombreuses…

Oliver mesura la torture que sa vie avait dû être. Il y avait bien de quoi devenir fou…

– Il y a encore autre chose, murmura le Pr Wright. Quelque chose de beaucoup plus sombre, propre à tous les pouvoirs immatériels…

Oliver fronça les sourcils.

– Je devine que notre cher Lord a préféré le taire, railla le vieil homme.

Il fixa gravement Oliver. Toute lueur de démence semblait s'être évanouie.

– Un pouvoir immatériel n'est jamais neutre pour qui l'utilise… jamais ! C'est une des rares certitudes que nous avons à leur sujet. Le pouvoir alimente son propre désir… Plus tu l'utilises, plus il prend de place. Si tu n'y prends pas garde, c'est lui qui te possède… et non l'inverse.

Un rictus de souffrance déforma le visage du professeur.

– Mais ça, le Lord s'en moque ! Dès qu'une difficulté se présente, il me supplie d'utiliser mon pouvoir « au service du bien commun » ! Sa grande phrase ! Pas une fois il n'a prêté une oreille attentive à ma souffrance, lorsque je sentais ce pouvoir me dévorer et que je le mettais en garde…

Le professeur enfouit son visage entre ses mains.

– Le Lord vole les vies ! hurla-t-il à travers la pièce. Est-ce que tu comprends ce que je te dis ?

Oliver acquiesça timidement. Il comprenait mais ne savait pas quoi en penser.

– Je te laisse une chance de te rétracter, siffla-t-il entre ses dents. Si tu es moins idiot que Levinson, tu sauras la saisir… Nous en resterons là pour aujourd'hui. Notre prochaine session est dans deux jours. Si tu es suffisamment malin, va voir le Lord d'ici là et ne reviens jamais. Je te préviens, je ne serai pas aussi bienveillant avec toi si nous nous revoyons…

– Mais… balbutia Oliver.

– Va-t'en ! aboya-t-il. Hors de chez moi !

Oliver détala. Enfin seul, Osmond enfonça ses ongles dans les accoudoirs de son fauteuil. Sa mâchoire se contracta, il essayait de résister de toutes ses forces. Saleté de pouvoir… Il se mordit les lèvres jusqu'au sang, mais à nouveau ses résistances échouèrent. Il était esclave de son don depuis si longtemps. Bientôt, son corps fut parcouru de convulsions. Ses oreilles se mirent à bourdonner. Et la nuit tomba.

CHAPITRE 30

Jours 127 et 128

Jour 127 (journal de bord de Paul Adamson)

Je n'ai plus écrit dans ce journal depuis de longues semaines. Le Projet Eden nous accapare jour et nuit et je passe le peu de temps qu'il me reste avec ma femme Susan.

Je me suis néanmoins senti obligé de reprendre la plume aujourd'hui.

Le Pr Carter a réparti les travaux entre les membres de l'équipe et je suis en charge de conduire une série d'expérimentations sur le cobaye. Je l'ai revu pour la première fois aujourd'hui.

Les agents l'ont installé avec nous, au Centre transitoire du Projet Eden. Il est prisonnier d'une minuscule cellule ignifugée dont il ne sortira que pour les expériences.

J'ai demandé à lui parler. Je pense qu'il doit comprendre que nous agissons pour son bien, pour sauver son âme et le libérer du mal qui le ronge.

Il a poussé un cri plaintif lorsque la porte s'est ouverte. Il s'est recroquevillé sur lui-même, tremblant, le visage enfoui entre les genoux.

Le Grand Inquisiteur nous avait mis en garde : cet homme n'est plus vraiment humain.

Il m'a fait penser à un animal craintif et acculé.

Il semble craindre les agents par-dessus tout.

Comprenant qu'il ne serait pas capable d'interagir en leur présence, il a fallu toute l'influence du Pr Carter pour leur faire accepter de me laisser seul avec lui dans mon laboratoire.

Car s'il ne l'est plus aujourd'hui, il fut un être humain autrefois. C'est à lui que je me suis adressé. Comprendre son histoire serait assurément riche d'enseignements.

Il m'a semblé plus calme en l'absence des agents.

Je lui ai demandé s'il avait un prénom. Il a écarquillé les yeux mais n'a pas répondu. Comme s'il n'avait plus parlé depuis de nombreuses années et que cette aptitude s'était atrophiée avec le temps.

J'ai alors décidé de lui raconter ma vie. Je lui ai parlé de mon enfance dans le Devon, de mes études à l'Université, puis je lui ai montré une photo de Susan et lui ai confié que nous attendions un enfant. À ces mots, une formidable humanité a inondé son regard.

Jour 128 (journal de bord de Paul Adamson)

En relisant mes mots d'hier, je m'aperçois avoir fait preuve de trop d'indulgence envers le prisonnier. Voire d'une certaine faiblesse.

Je ne dois pas oublier qu'il est un Déviant.

Le Destructeur le possède.

CHAPITRE 31

Cambriolage

– Concentrez-vous ! ordonna James Deakin. L'exercice que je vous propose est l'un des plus complexes de troisième année !

Immédiatement, la classe se figea.

– La formule est *Exsulto*, reprit le professeur avant d'en faire la démonstration.

Il s'étira brièvement sous le regard admiratif d'Hannah et de Charlotte, puis il s'élança. Sa foulée rapide avala la courte distance qui le séparait d'un épais matelas, il bondit.

– *Exsulto !* lança-t-il à l'apogée de son saut.

Une main invisible sembla se saisir du jeune professeur pour le déposer dix mètres plus loin. Son atterrissage en douceur lui permit de continuer sa course pour rejoindre ses élèves.

Un frisson d'excitation parcourut la classe. Seraient-ils vraiment capables d'en faire autant ?

– Bravo ! s'exclama une voix amusée dans leur dos.

Sourire en coin, Ines Montgomery s'approcha d'un pas félin.

– Je ne voulais pas vous déranger, s'excusa-t-elle. Je n'étais plus entrée dans cette serre depuis au moins dix ans ! Je voulais juste la revoir…

James Deakin rougit. Ines Montgomery avait cet effet-là sur les gens. Elle intimidait autant qu'elle fascinait. Flatté, le professeur la retint en l'invitant à observer l'exercice, puis disposa sa classe en file indienne.

– La formule doit être prononcée au plus haut du saut ! dit-il. La principale difficulté pour vous va être de mobiliser le Flux en pleine action. C'est une bonne préparation pour la formule *Gravitas* que vous découvrirez l'année prochaine !

– Trop facile pour toi ! souffla Flora à l'oreille d'Oliver.

Un agréable frisson lui parcourut l'échine et il ne put s'empêcher d'être étonné, aussi bien de la soudaine complicité de la jeune fille que de sa propre agitation.

– Charly, c'est à vous ! intima le Pr Deakin.

L'intéressé démarra à pleine vitesse et…

– *Exsulto !* lança-t-il au début de son saut.

Son pied se coinça dans le matelas et il s'étala de tout son long. Oliver entendit Flora rire dans son dos. Charly se redressa avec la tête de celui qui aurait préféré être partout plutôt qu'ici…

– Rien de cassé ? s'enquit le Pr Deakin.

– Non, rétorqua Charly en rejoignant ses camarades les yeux bas.

– À part quelques égratignures à l'ego… chuchota Flora avec un regard amusé pour Oliver.

La mine renfrognée, Charly contourna ses camarades et rejoignit la queue de la file.

– La coordination est très importante, précisa le professeur. Votre tempo doit épouser celui de l'air afin de sentir le moment opportun pour faire appel au Flux. Lorsqu'on craint de ne pas réussir, on a souvent tendance à le solliciter trop tôt !

Il jeta un coup d'œil à Ines, comme s'il cherchait sa bénédiction, puis invita Charlotte à s'élancer.

– *Exsulto*, souffla la jeune adolescente après une timide course d'élan.

Alors qu'elle semblait toucher terre, une force invisible la rattrapa et prolongea sa suspension sur quelques pas. Hannah, Oliver et Simon applaudirent à tout rompre.

– Bravo, Charlotte, apprécia le Pr Deakin. Avec un zeste de confiance en plus, vous seriez allée encore plus loin !

C'était à présent au tour d'Oliver. Depuis qu'il avait jeté avec succès le sort *Levitare* quelques jours plus tôt, il avait poursuivi son entraînement auprès du Pr Cormick. Il ressentait maintenant plus naturellement le Flux.

– Attendez d'être au plus haut, lui rappela le professeur avec un signe encourageant de la tête.

Tous ses camarades s'étaient tus. La serre elle-même semblait retenir sa respiration. Oliver essaya de faire abstraction et s'élança vers le tapis. Instinctivement, ses yeux se fermèrent au moment de sauter. Il n'avait pas besoin de voir. Il devait juste ressentir. Épouser le tempo de l'air.

– *Exsulto !* dit-il.

Les mots jaillirent, comme mus par une volonté propre. À nouveau, il sentit une douce chaleur l'envelopper, puis des fourmillements gagner son corps. Il flotta, un temps qu'il jugea extraordinairement long, puis ses pieds touchèrent enfin le sol… et se coincèrent dans le tapis, le faisant rouler-bouler sur lui-même.

Lorsqu'il rouvrit les yeux, Ines le fixait bouche bée, tout comme ses camarades. Il comprit en se relevant. Il avait atterri plus loin que le Pr Deakin.

Le temps qu'il reprenne ses esprits, une trentaine de personnes l'entouraient et l'assaillaient de questions.

– Est-ce que tu l'avais déjà fait ? lui demanda Hannah.

– Comment as-tu su que tu étais au plus haut ? renchérit Simon.

– Comment tu t'appelles ? s'enquit une jeune fille rousse, probablement une deuxième année.

La sonnerie vint interrompre les curieux et Oliver put s'extraire de l'agitation en prétextant un cours particulier. Il rassembla ses affaires et se hâta vers la sortie.

– Quelle popularité ! siffla Flora. J'espère que tu trouveras quand même du temps pour notre devoir d'histoire…

Oliver ne releva pas l'ironie.

– Tu veux venir chez moi demain ? proposa-t-elle. À l'abri de tes admirateurs…

– D'accord, bredouilla Oliver, surpris. Pourquoi pas…

Il fila vers la bibliothèque emprunter un livre pour le devoir du lendemain, puis se dirigea vers le réfectoire la tête encombrée de questions sans réponses. Pas tant sur le Flux qu'il commençait à apprivoiser, mais sur l'invitation de Flora. Avait-il bien fait d'accepter ? Plutôt passer un week-end chez le Pr Wright que risquer de croiser Richard Lancester !

Mais il devait avouer que la jeune fille avait considérablement changé depuis l'attaque des Vallemoriens et se montrait presque de bonne compagnie.

Quand il pénétra dans le réfectoire, il fut accueilli par les applaudissements, presque ironiques, de ses amis.

– Les gens ne parlent que de toi ! pouffa Suzy. J'ai cru que tu allais nous snober !

– Ines nous a raconté, sourit Alicia. Tu as vraiment sauté plus loin que le Pr Deakin ?

– À peu près pareil, balaya Oliver.

Depuis les tables voisines, de nombreux regards convergeaient vers lui.

– Ce qui veut dire au moins deux mètres de plus ! commenta Suzy, pas dupe. Mais bon, ce qui nous intéresse vraiment, c'est de savoir ce que faisait Ines dans la serre de l'air !

– Je crois que je vois où tu veux en venir, sourit Alicia.

– Quoi ? Soyez plus claires, je ne comprends rien… s'agaça Dan.

Les deux jeunes filles échangèrent un sourire moqueur.

– Quel lourdaud… soupira Suzy. C'est pourtant évident ! Alicia perçoit des sentiments amoureux chez Ines depuis plusieurs semaines ! Or, ce matin, Ines allait voir le Pr Deakin…

Dan haussa les épaules et fit diversion.

– J'aimerais bien te voir à l'œuvre, souffla-t-il à Oliver. On pourrait se retrouver demain après-midi dans la serre de l'air !

– Je ne peux pas, répondit Oliver d'un air désolé. Je serai chez Flora pour un devoir d'histoire.

– Parmi toutes tes admiratrices, c'est elle que tu choisis ?! grimaça Suzy. Vous, les garçons, vous m'étonnerez toujours…

– C'est un devoir ! s'exclama Oliver, gêné d'avoir à se justifier.

– En même temps, ça pourrait être une bonne occasion… ajouta Suzy qui n'avait pas accordé la moindre attention à la réaction de son ami.

– Qu'est-ce que tu veux dire ? demanda froidement Alicia.

– Si on veut prouver que Richard Lancester est bien le traître, chuchota Suzy, je suis sûre qu'on peut trouver quelque chose dans son bureau ou dans son coffre. Oliver a une occasion unique de se rendre chez lui !

Tous trois écarquillèrent les yeux.

– Tu es folle ! bondit Oliver. Je te rappelle que Richard Lancester est membre du Conseil ! Je ne vais pas fouiller son bureau sous prétexte que mademoiselle Suzy pense qu'il est coupable…

– Qui d'autre alors ?

– Pardon ?

– Si ce n'est pas Richard, qui d'autre alors ?

Personne ne répondit.

Oliver se tut lui aussi. Pourtant, plusieurs fois par jour, il se posait la même question. Et la même réponse revenait toujours en écho, aussi prévisible que le jour ou la nuit : si ce n'est pas Richard, qui d'autre alors ?

Le soir venu, d'autres questions taraudaient Oliver alors qu'il se rendait chez Osmond Wright.

« Si tu es suffisamment malin, va voir le Lord et ne reviens jamais, l'avait-il mis en garde. Je ne serai pas aussi bienveillant avec toi si nous nous revoyons… »

Et pourtant Oliver était là, refusant d'abandonner à la première intimidation. Il en avait fait une question de principe. À Bridgetown, il avait appris à répondre aux brimades. Mère Helen savait également se montrer très sévère et jamais il n'avait pris peur.

Bien sûr, les paroles du vieil homme l'avaient profondément secoué, au point de réveiller une petite voix en son for intérieur : le Lord se servait-il de lui ? Lui avait-il vraiment tout dit de cette prophétie dont il était potentiellement l'élu ?

Les mots de Morecombe s'invitaient régulièrement dans la danse aux côtés des critiques du Pr Wright : « Il ment à tout le monde et manipule les gens… »

Oliver culpabilisait de leur prêter autant d'attention. Mais c'est préoccupé qu'il poussa la porte de la maison du devin.

– Alors tu es revenu… siffla Osmond Wright en prenant appui sur sa canne avec difficulté. Pauvre fou ! N'as-tu rien retenu de notre dernier échange ?

Oliver s'avança lentement.

– Je veux comprendre quel est mon don, dit-il simplement. Et savoir si je suis vraiment ce Passeur dont parle la prophétie.

– Ce vieux singe d'Abberline a déjà déteint sur toi, railla le professeur. Tu ambitionnes donc de sauver les mondes ?

– Au contraire, rétorqua Oliver, j'espère qu'il se trompe.

Le regard du vieil homme se figea un instant, surpris, puis il désigna un tabouret.

– Assieds-toi là.

Il s'affaissa à son tour dans son fauteuil.

– Bois ça ! ordonna-t-il en lui tendant un pot en terre.

– Qu'est-ce que c'est ? grimaça Oliver devant la décoction verdâtre.

Un dépôt marron s'était formé à la lisière du verre dont s'échappait une fumée malodorante.

– Bois ! répéta le professeur. Et ne t'avise surtout pas de discuter mes consignes !

Oliver s'exécuta à contrecœur. Un spasme lui souleva la poitrine. Il avait reconnu l'odeur rance de la maison d'Osmond. C'est comme si cette infâme mixture exhalait l'odeur de chaque parcelle de la pièce, chaque meuble et chaque objet.

Le cœur au bord des lèvres, il releva la tête vers le vieux professeur.

Ce dernier agitait la main dans sa direction. Un geste lent et saccadé. Il lui sembla qu'il souriait.

– Ça ne va pas tarder…

Oliver porta les mains à sa tête. Qui venait de parler ? La voix semblait faire écho à l'intérieur de lui. Quelle drôle de sensation !

Osmond lui adressa un nouveau signe. Chacun de ses mouvements semblait générer une trace dans l'air, comme de l'écume.

– Laisse-toi aller ! N'aie pas peur !

Peur de quoi ? Pourquoi aurait-il peur ? Oliver se sentait merveilleusement bien. Il était dans un délicieux état second. Il avait même envie de rire.

– Demain je vais chez Flora, lança-t-il.

Pourquoi se confiait-il au vieux professeur ?

– C'est très bien, se réjouit Osmond. La potion commence à faire effet. En supprimant de nombreux inhibiteurs, elle va t'aider à changer ta perception de la réalité et à ressentir le monde différemment. Raconte-moi ta course-poursuite avec les agents… Ce jour où tu as atterri sur cette mare… Ce jour où la vision t'est apparue.

Chaque mot prononcé, chaque clignement d'yeux semblait provoquer une onde de choc sur le visage du vieux professeur qui se déformait et tressautait en réaction.

Oliver s'exécuta. Il raconta sa fuite. Et c'est comme si chaque parole quittait sa bouche et sa mémoire dans le même élan, puis s'évaporait instantanément dans une forêt de brume. Pourtant, il conserva inexplicablement le fil de son récit.

– Que ressentais-tu juste avant d'être frappé par cette vision ? demanda le professeur.

– De la peur, répondit Oliver en tressaillant. De l'impuissance et du désespoir. L'agent me suppliait de le lâcher pour essayer de secourir son collègue. Mais je savais que si je l'écoutais, il mourrait aussitôt.

Les traits du Pr Wright se déformèrent jusqu'à ressembler parfaitement à l'agent Jones. Une boule se noua dans l'estomac d'Oliver.

– De quoi as-tu vraiment peur aujourd'hui ?

Était-ce le professeur ou bien l'agent qui lui parlait ? Même la voix d'Osmond s'était transformée. Oliver transpirait.

– Je ne sais pas…

L'agréable sensation qu'il ressentait quelques secondes plus tôt ressemblait déjà à un lointain souvenir.

– Impuissance, désespoir, mort… Ne crains-tu pas d'avoir perdu Dévouée Mary ? martela la voix de l'agent Jones.

– Non !!! hurla Oliver qui se mit à vaciller.

Un vertige. Une chute.

Sa tête qui se cogne. Des spasmes.

Et ce voile noir, à nouveau, qui vient tout recouvrir, avant que le calme ne revienne enfin.

Et que des formes floues ne donnent naissance à une ville étrange qu'il croit reconnaître pourtant.

Face à lui, des tours de verre. Des gens. Trop de gens. Des regards préoccupés, angoissés.

Des lumières qui l'aveuglent. Du bruit. Trop de bruit.

Oliver rouvrit les yeux.

Il porta la main à son front. Une bosse s'était déjà formée.

– Tu t'es cogné la tête en tombant, lui expliqua le Pr Wright.

Il avait retrouvé sa voix normale.

– Qu'est-ce que tu as vu ?

– Que m'avez-vous fait boire ? articula Oliver dans un haut-le-cœur terrible qu'il contint avec peine.

– Une simple potion de plantes. Alors, qu'as-tu vu ?

– Une ville, grimaça Oliver en se frottant le front. Mais ça ne ressemble à rien de ce qui existe chez nous. Il y a des milliers de personnes, elles semblent craindre quelque chose. Je ne sais pas où cette ville se situe mais j'ai l'impression de connaître ce lieu. C'est vraiment bizarre…

Le Pr Wright le coupa d'un geste de la main.

– Hum… Sûrement pas du Mémorisme, grommela-t-il. Et ça ne ressemble pas non plus à mon pouvoir… Bon ! Nous en avons fini pour aujourd'hui ! aboya-t-il en direction d'Oliver. Va-t'en maintenant !

Le garçon s'exécuta, chancelant, pas trop sûr d'être revenu ou non à son état normal.

Le lendemain, un vent glacial se levait sur Mill Road lorsque Oliver s'enfonça dans la ruelle du *Pantin Cracheur de Feu*. Jamais il ne s'était aventuré aussi loin dans la ville. Flora habitait Leylan Street, parallèle à la rue principale.

Un haut mur en pierres de taille protégeait l'intimité de la demeure des Lancester. Oliver sonna et entendit bientôt les graviers crisser sous un pas volontaire.

Il supplia pour qu'il ne s'agisse pas de Richard Lancester.

La porte s'ouvrit sur un majordome en livrée.

– Monsieur ?

Son regard trahissait une pointe d'étonnement.

– Je viens voir Flora, expliqua Oliver. Pour un devoir d'histoire.

– Une visite pour mademoiselle ? s'exclama-t-il, visiblement heureux. Je vous en prie. Soyez le bienvenu !

La maison de Flora était une élégante demeure en pierre au cœur d'un vaste jardin. Deux jardiniers, vraisemblablement des magiciens de terre, s'affairaient autour d'un parterre d'azalées.

Une femme très élégante à la peau sombre vint chaleureusement l'accueillir.

– Tu dois être Oliver, sourit-elle en lui serrant la main. Flora m'a beaucoup parlé de toi. Si tu as besoin de quoi que ce soit, n'hésite surtout pas à demander !

Flora lui ressemblait beaucoup, songea Oliver, excepté pour la dureté de ses traits, sans doute héritée de son père. Un bruit de pas résonna dans l'escalier.

– Maman, soupira Flora sur un ton de reproche. Je pense qu'Oliver est parfaitement pris en charge chez le Lord et qu'il n'a besoin de rien ! On va s'installer dans ma chambre !

Oliver la suivit à travers un dédale de couloirs au luxe ostentatoire : tapisseries, dorures et tableaux se succédaient sous les yeux d'Oliver qui n'y prêtait qu'une faible attention. Son esprit se cognait à une seule question : Flora avait-elle vraiment parlé de lui à sa mère ?

La jeune fille lui fit sommairement la visite, se contentant de désigner les pièces : petit salon, grand salon, bibliothèque, bureau du père…

Le bureau de son père… Nerveusement, Oliver tritura la poche dans laquelle reposait la clé universelle que lui avait redonnée Dan la veille…

Juste au cas où…

– Tu ne l'as toujours pas confiée à Colin ? s'était insurgé Oliver.

– Il est en pleine convalescence… Je ne veux pas lui prendre la tête avec ça…

Le bureau de son père…

– Et enfin ma chambre, indiqua Flora en l'invitant à entrer.

Froide. C'est le premier mot qui vint à l'esprit d'Oliver en découvrant la pièce où la jeune fille passait probablement le plus clair de son temps.

Un lit sans plis, un bureau parfaitement rangé, des étagères remplies de livres… Pas de coussins pastel ni de plantes luxuriantes comme dans la chambre d'Alicia.

– Ma mère n'a pas été trop pressante ? s'inquiéta Flora. Ni même Yegor, notre majordome ?

– Pas du tout, s'empressa de la rassurer Oliver. Ta mère a l'air très gentille !

– Je ne reçois jamais personne, sourit Flora. J'ai dû la dissuader de te faire un gâteau…

Oliver crut déceler une pointe d'amertume derrière le sourire narquois de la jeune fille. Il retint un élan d'empathie et préféra changer de sujet.

– On attaque ? proposa-t-il. Je ne sais même pas qui est ce magicien sur qui on doit écrire !

Heureusement, Flora connaissait la vie d'Oswald Mortimer sur le bout des doigts. Célèbre magicien ayant vécu quatre siècles plus tôt, il avait joué un rôle important dans l'unification des petites communautés éparpillées aux quatre coins du Royaume. En l'écoutant, Oliver mesurait la distance qui le séparait des autres élèves. De Flora tout au moins.

Il la regarda poser par écrit l'essentiel de ce qu'elle savait de Mortimer. Et malgré ses efforts de concentration, son esprit glissait régulièrement vers le bureau de Richard Lancester... Deux portes les séparaient...

D'autorité, Flora s'était chargée de la rédaction du devoir, son écriture étant indiscutablement plus jolie que celle d'Oliver. Lorsqu'elle posa le point final à leur devoir, un large sourire illuminait son visage.

– Terminé ! Juste pour l'heure du goûter ! s'exclama-t-elle. Connaissant ma mère, je suis sûre qu'elle a quand même fait ce gâteau ! Je vais aller voir !

Alors que Flora s'échappait de la chambre, Oliver se figea. Il n'aurait pas de plus belle opportunité de fracturer l'intimité de Richard Lancester...

Si ce n'est pas Richard, qui d'autre alors ?

Il se leva. À pas de loup, il se dirigea vers le couloir et y passa une tête. Personne. Il tendit l'oreille vers l'étage inférieur.

– Le gâteau sera cuit dans cinq minutes, résonna la voix de Mme Lancester.

Cinq minutes…

Le cœur battant, il approcha de la porte et actionna tout doucement la poignée.

Elle s'ouvrit sans difficulté.

Le bureau de Richard Lancester était à peine plus chaleureux que la chambre de sa fille. Seul un tableau coloré venait rompre la monotonie des étagères couvertes de livres et de dossiers.

Ce genre de types cache toujours son coffre derrière un tableau, avait dit Suzy.

Toujours aucun bruit en provenance du couloir.

Oliver posa les mains sur le cadre. Suzy avait probablement vu juste. Il n'était ni cloué ni suspendu à l'aide d'un crochet mais bien scellé au mur. Encore fallait-il trouver comment le faire bouger. Ses doigts se baladèrent tout autour du cadre jusqu'à rencontrer une butée. Il pressa et sursauta lorsqu'un mécanisme s'enclencha. Le tableau bascula et un coffre apparut.

Il devait faire vite.

La tension qui l'animait tutoyait celle qu'il avait ressentie dans la maison de Morecombe. S'il se faisait surprendre, il aurait toutes les peines du monde à justifier sa présence ici.

Il sortit la clé de Dan et l'approcha de la serrure du petit coffre.

– *Ignis fundo apertum*, chuchota-t-il.

Les runes rougeoyèrent puis le métal se coula dans la serrure. L'épaisse porte s'ouvrit sur quelques lingots, des actes de propriété et des dossiers qui se répartissaient sur trois niveaux. Oliver parcourut rapidement la paperasse. Il était essentiellement question de la banque Lancester, d'héritages et de fortune familiale. Rien de très intéressant. Au fond du coffre, il reconnut une série de petits cahiers semblables à celui que noircissait Richard lors de son interrogatoire devant le Conseil. Quelques pages griffonnées évoquaient de nouvelles mesures de sécurité pour Mill Road. Oliver attrapa un autre cahier et en feuilleta les dernières pages.

Deux mots lui sautèrent immédiatement aux yeux.

« Dévouée Mary » lut-il, la respiration coupée avant qu'il n'entende un bruit de pas dans l'escalier. Sûrement Flora qui remontait avec le gâteau…

Il glissa le carnet dans sa poche puis referma immédiatement le coffre avant de réajuster le tableau.

Une goutte de transpiration dégoulinait le long de sa tempe. Il n'avait probablement plus le temps de se glisser dans le couloir avant que Flora n'apparaisse à l'étage. Mieux valait la laisser rentrer dans sa chambre puis la rejoindre, en prétextant chercher la salle de bains…

Les pas se rapprochèrent. Ils s'arrêtèrent à hauteur du bureau. Pourquoi s'arrêtaient-ils ?

Oliver sentit son cœur tambouriner dans sa poitrine.

La poignée s'abaissa.

La porte s'ouvrit.

Richard Lancester se tenait face à lui.

– Qu'est-ce que… ?

Le père de Flora sursauta. Mais la surprise ne dura qu'un fragment de secondes.

Aussitôt, il lui jeta un regard lourd de haine.

– Que fais-tu dans mon bureau ?! articula-t-il la mâchoire tendue, tentant de contenir sa rage.

Paralysé par la panique, Oliver était incapable de prononcer le moindre mot.

– Je suis membre du Conseil, lui rappela Richard d'une voix saccadée. M'espionner constitue un crime très grave…

– Je ne vous espionnais pas, bégaya le garçon.

Richard porta sur la pièce un regard circulaire. Rien ne semblait manquer ni avoir été déplacé. S'il parut un instant rassuré, cela n'atténua en rien son indignation.

– Si ton explication ne me satisfait pas, je t'emmène directement en prison, et personne n'en saura rien avant au moins deux jours ! Réfléchis bien avant de me répondre : que faisais-tu dans mon bureau ?

Oliver releva les yeux. Richard l'impressionnait plus encore que lors de leur première rencontre. La peur qu'il provoquait chez lui atrophiait son cerveau. Oliver était incapable de lui fournir une excuse un tant soit peu crédible…

– Je pense que vous êtes le traître, finit-il par lâcher.

Il plaqua sa main contre sa bouche.

Trop tard. Il avait parlé.

Richard écarquilla les yeux.

Et Oliver se décomposa, incapable de comprendre comment ces mots lui avaient échappé.

Richard, livide, semblait au moins aussi désarçonné que lui.

– Comment oses-tu… ? articula-t-il le souffle court. Jamais je n'ai trahi notre Communauté et jamais je ne le ferai ! M'accuser sous mon propre toit…

Son poing s'abattit violemment sur le bois de son bureau.

– Ma fille unique a été blessée en cherchant à te protéger… Hors de chez moi ! hurla-t-il. Va-t'en !

Oliver tremblait. Son corps refusait de lui obéir !

– Hors. De. Chez. Moi ! martela-t-il.

La tête basse, Oliver le contourna pour rejoindre la porte.

Il frôla Flora qui les espionnait depuis l'embrasure.

Depuis quand assistait-elle à la scène ?

Le gâteau dans les mains, elle le fixa les yeux remplis de larmes.

– Flora… tenta de s'excuser Oliver.

– Dégage ! hurla-t-elle en lâchant le gâteau. Et ne t'approche plus jamais de moi !

CHAPITRE 32

Jour 182

Huit semaines.

Il aura fallu huit semaines pour que notre cobaye me révèle son prénom.

Il s'appelle Edgar.

Huit semaines à lui parler, aussi bien de ma vie que de celle du Royaume.

Aussi bien des complications de la grossesse de Susan que des bisbilles entre les modernistes et les conservateurs.

Il m'écoutait mais ne répondait pas.

Depuis ce temps, je lui inflige toutes sortes d'examens, de piqûres ou de drogues.

Pour le sauver, je le lui répète chaque fois, mais il ne semble pas me croire.

Jusqu'ici, il souffrait mais ne parlait jamais. Parfois il hurlait de douleur.

Je me souviendrai toute ma vie de ses premiers mots.

Ce matin, le Pr Carter et moi étions en désaccord. Il souhaitait intensifier les tests sur Edgar, ce à quoi je m'opposais fermement car ce dernier me semble beaucoup trop faible.

Il a cherché mon regard pendant de longues minutes.

Jusqu'à ces quatre mots : « Comment va votre femme ? »

Je pense avoir difficilement bafouillé une réponse, tant j'ai été surpris.

« Edgar, a-t-il ajouté. Je m'appelle Edgar. »

CHAPITRE 33

Le carnet

– Il nous faut le garçon… siffla Darius Gaban.

C'était un râle plus qu'une conviction prononcée à voix haute.

S'il recouvrait quelques forces, tout son être portait les stigmates, visibles ou invisibles, de ses années de détention.

– Je le sais aussi bien que vous, soupira William Morecombe. Je continue à récolter le maximum d'informations pour savoir où frapper.

Il n'y avait aucune trace de peur dans sa voix. Il lui parlait d'égal à égal. N'importe quel crétin se serait agenouillé et confondu en excuses après avoir échoué la première fois. Pas lui. William Morecombe ne craignait rien ni personne. Le plus redouté des magiciens ne faisait pas exception à la règle.

– J'ai d'ailleurs un rendez-vous qui devrait nous en dire plus, reprit-il. Reposez-vous, j'espère revenir avec de bonnes nouvelles.

Morecombe quitta l'immeuble bourgeois dans lequel il s'était réfugié avec ses hommes après la fuite d'Oliver. Les nostalgiques de Gaban étaient nombreux, puissants pour certains. Des mécènes en appelaient à la révolution et finançaient leurs actions. Certains possédaient des immeubles inhabités qu'ils mettaient à leur disposition.

Morecombe releva le col de son trench-coat. Autant pour se protéger de la morsure du froid que pour s'abriter du regard des autres. Bien qu'il fût loin de Mill Road, il préférait ne prendre aucun risque.

Gaban avait raison. Sans le garçon, tout son plan tombait à l'eau.

Le jour s'évanouissait déjà lorsqu'il atteignit Brewkins Street, une rue animée du cœur de la capitale. La jeunesse dorée du Royaume s'y retrouvait pour boire et danser jusque tard dans la nuit, et la plupart des restaurants affichaient complet. Ignorant les œillades de trois jeunes femmes envoûtées par son magnétisme, il se glissa dans un édifice coincé entre deux tavernes et grimpa un escalier grinçant jusqu'au dernier étage. Alors, il s'immobilisa et respira profondément. C'est ainsi qu'il chassait toute pensée parasite de son esprit.

Elle lui sourit lorsqu'il ouvrit la porte. Chaque fois qu'il la retrouvait, sa beauté lui coupait le souffle.

Il contempla sa longue chevelure rousse, ses yeux légèrement en amande, sa peau diaphane qu'il s'apprêtait à embrasser. Ils ne parlaient jamais du passé. Cela n'aurait fait que les éloigner l'un de l'autre. Ils avaient un accord tacite. Ils ne parlaient jamais des choses qui fâchent. Ils ne parlaient jamais de Mill Road…

Oliver sursauta. On cognait à la porte de sa chambre.

– Entrez ! répondit-il après avoir enfoui le carnet de Richard Lancester dans sa besace.

La silhouette du Lord se découpa dans l'embrasure de la porte.

– Il faut que nous parlions, murmura-t-il en s'asseyant face à lui.

Une bougie se consumait sur une fine table de nuit en fer forgé. La lueur de la flamme vacillante soulignait les cernes du vieil homme, venant creuser son regard. Voilà des jours qu'il ne trouvait plus le sommeil.

– Comment vas-tu ? demanda-t-il.

Oliver s'était habitué au fonctionnement du Lord. Quels que soient son humeur ou l'affrontement qui s'annonçait, il s'enquérait d'abord du bien-être de son interlocuteur. Le reste était secondaire.

Oliver se repassa le fil de sa journée à l'école. Elle avait été longue et pénible. Il s'était préparé à un nouvel accueil volcanique de la part de Flora. Il n'en avait rien été. La jeune fille s'était contentée d'un regard chargé de tristesse et de déception, puis elle avait tourné les talons.

Oliver soupira.

– Richard m'a fait part d'un incident, dit le Lord, presque innocemment.

Oliver baissa la tête, comme un enfant qu'on réprimande.

– Je pensais que c'était lui le traître, dit-il en sentant une vague de honte déferler. J'espérais trouver une preuve dans son bureau.

– Regarde-moi. Regarde-moi dans les yeux, le pria le vieil homme.

Sa voix ne trahissait aucune colère.

– Richard et moi sommes souvent en désaccord, mais je ne doute pas un instant de sa loyauté. Notre justice a tranché et l'a déclaré innocent. Au-delà de l'offense que constitue ton geste, tu as réveillé de vieux fantômes qui l'ont profondément blessé.

Oliver se liquéfia. S'il n'éprouvait aucune sympathie pour Richard Lancester, il se détestait bien davantage à cet instant. Le Lord avait raison. De quel droit l'avait-il soupçonné ? Lui qui n'était là que depuis quelques semaines… Comment avait-il osé ?

– J'ai honte. Je suis le pire des idiots… J'irai présenter mes excuses à Richard Lancester.

– Tu lui dois bien ça, appuya le Lord. Et à sa famille également.

Oliver grimaça en songeant à Flora. L'approcher s'annonçait ardu…

– Une dernière chose, souffla Oliver, pressentant que le Lord allait changer de sujet. Si ce n'est pas Richard, qui alors ?

Le visage du Lord s'assombrit.

– Je ne sais pas, soupira-t-il avec résignation. Je me creuse la tête nuit et jour pour trouver un embryon de piste, mais sans succès. C'est à désespérer… Mais parlons plutôt de toi. Et de ton pouvoir. Osmond m'a fait parvenir une note à la suite à votre leçon. Visiblement, ton pouvoir ne ressemble à rien de ce qu'il a pu rencontrer…

Oliver se contracta imperceptiblement.

– Vous voulez dire que… Vous pensez vraiment que je vois un autre monde ?

– Nous n'en sommes pas encore là, tempéra le vieil homme. J'ai demandé à Altaïr Levinson de réunir une équipe de documentalistes. Ils vont recenser tous les pouvoirs immatériels présents dans nos archives. Certains peuvent disparaître un siècle ou deux puis réapparaître sans que l'on sache pourquoi. C'est peut-être ton cas.

S'il savait… Oliver ne voulait pas de ce pouvoir. Il se sentait incapable de le lui dire, de le décevoir une seconde fois.

– Autre chose… Dis-moi, comment as-tu vécu ce premier cours avec Osmond ?

Sa voix avait changé. Elle véhiculait un mélange d'appréhension et de douceur.

– Bien…

Oliver hésita avant d'ajouter :

– Même si je n'ai pas aimé la potion qu'il m'a fait boire et que je me suis cogné la tête en m'écroulant…

– Personne n'aime cette potion, sourit le Lord. Mais rassure-toi, elle n'est pas dangereuse, tant qu'on n'en abuse pas…

– Comme le Pr Wright… murmura Oliver.

– À ce propos, enchaîna le Lord un peu mal à l'aise. Je savais, en te confiant à lui, que tu allais entendre toutes sortes de choses à mon sujet… Peut-être souhaites-tu en parler ?

Oliver hésita à nouveau, puis se lança.

– Il dit que vous lui avez volé sa vie… que vous manipulez les gens. William Morecombe le disait également…

Une lueur de tristesse obscurcit le regard du Lord. Il respira profondément, pesant chaque mot qui allait suivre.

– Morecombe nous a trahis pour la seconde fois. Il est l'homme le plus manipulateur que je connaisse. Promets-moi de garder pour toi ce que je vais te dire…

Oliver hocha gravement la tête.

– Seul le Conseil connaît la raison de notre affrontement et de sa fuite de la Communauté. Il faut que tu saches que le pouvoir d'un Mémoriste fonctionne de deux manières. Il peut bien sûr visualiser certains souvenirs dans l'esprit d'une personne, mais il peut également s'en emparer intégralement, lui voler sa mémoire. Cela lui permet de s'approprier instantanément toutes les connaissances et les savoir-faire de ses victimes. À l'époque d'Adam Welles, de nombreux magiciens en fin de vie avaient consciemment fait le choix de lui léguer leur mémoire, afin qu'il préserve et retranscrive leur savoir.

– Attendez, coupa Oliver, vous voulez dire que… si j'avais ce pouvoir et que je m'emparais, par exemple, de la mémoire d'un médecin…

– Tu serais immédiatement capable d'opérer ! confirma le Lord. Tu acquerrais également la mémoire de ses gestes, de ses réflexes…

– De sa magie ?

– Uniquement si vous êtes du même élément lui et toi. Mais si tel était le cas, tu serais alors capable de réaliser tous ses sorts. La portée de ce pouvoir est inimaginable…

– Et entre de mauvaises mains…

Soudain, Oliver comprit. Dans les yeux tristes et désemparés du Lord, il comprit.

– Plusieurs cas d'amnésie m'avaient été rapportés parmi nos concitoyens, mais je me refusais à voir l'évidence… Un lien unissait la plupart des victimes : ils étaient tous du même élément.

– L'eau, souffla Oliver. Morecombe est un magicien d'eau…

– Un soir, reprit le Lord, il s'est jeté sur moi. J'ai senti son pouvoir déferler. S'il ne pouvait me voler ma magie, il voulait s'approprier mon expérience afin de prendre ma place et diriger la Communauté. S'il avait réussi, j'aurais sans doute perdu la tête, et personne n'en aurait jamais su la raison…

Le Lord marqua une pause, les traits tendus par l'évocation douloureuse.

– Morecombe était devenu l'esclave de son pouvoir, mais un autre facteur aggravait sa folie. Il faut que tu saches qu'en volant la mémoire de quelqu'un, on hérite également de ses peurs et de ses angoisses, de ses fantasmes et de ses névroses. Morecombe était devenu la somme de toutes ces peurs contradictoires, un torrent d'incohérences…

– Que sont devenues ses victimes ?

– Elles sont toujours à l'hôpital… Ce sont des coquilles vides désormais… C'est cela que j'appelle « voler une vie ». Quant aux reproches d'Osmond… Puisqu'il s'agit aussi de cela, j'assume avoir fait une erreur avec lui. Je l'ai beaucoup sollicité à l'époque de Gaban, car son pouvoir pouvait nous aider à contrecarrer ses plans. J'ignorais tout de sa fragilité et, sans m'en rendre compte, je lui ai mis cette pression sur les épaules qu'il n'a pas supportée. Si je fais la même erreur avec toi, promets-moi de me le dire…

Oliver hocha silencieusement la tête.

– Bien, conclut le Lord. Il me reste beaucoup de travail. Je crois qu'il est temps de te laisser… Bonne nuit, Oliver.

– Bonne nuit, Lord Abberline.

Oliver attendit que le Lord quitte sa chambre, puis il attrapa sa besace. Le petit carnet à la couverture noire de Richard lui brûlait les mains. Tout au long de l'échange avec le Lord, il s'était senti tiraillé entre avouer et le rendre ou bien se taire et le garder. Six mois de comptes-rendus confidentiels des séances du Conseil y étaient consignés. Oliver n'était pas autorisé à le lire. Mais le carnet contenait des informations bien plus précieuses encore... Dévouée Mary...

Tous les soldats étaient mobilisés pour protéger Mill Road contre Gaban. Le Lord n'allait rien tenter pour la sauver. Grâce à ce carnet, Oliver pouvait peut-être agir...

Il s'attarda sur les quelques mots griffonnés par Richard Lancester.

Vision d'Osmond

Mary, Dévouée de Bridgetown qui a élevé Oliver.

Très importante pour lui.

Elle souffre, elle n'est plus tout à fait elle-même, tout est noir autour d'elle. À l'intérieur aussi.

Ils l'emmènent sur un archipel de trois petites îles. Ils appellent cela « le Projet Eden ».

Une larme vint mourir au milieu de la page. « Elle souffre, relut-il plusieurs fois. Elle souffre. »

Oliver n'en voulait pas au Lord de lui avoir caché cette information. Maintenant il comprenait. Les visions d'Osmond offraient un potentiel futur parmi des milliers d'autres. Peut-être que cette vision n'existait pas. Peut-être qu'elle était erronée.

Les mots du vieux devin lui revinrent en mémoire : « Voir des drames toucher tes proches, sans jamais savoir si cela va se produire ou non... Que faire ? Les protéger ou laisser faire ? »

Le lendemain matin, Oliver quitta le Manoir sous une épaisse pluie et partit en direction de l'école. Abrités sous un large parapluie, Dan et Suzy montaient la garde devant le bâtiment principal.

– Oliver ! l'apostrophèrent-ils d'une même voix, le forçant à les suivre vers le réfectoire.

– J'ai cours d'histoire dans cinq minutes ! Ça ne peut pas attendre ?

Gênés, Dan et Suzy se renvoyèrent la balle du regard.

– On voulait s'excuser, soupira la jeune fille. C'est nous qui t'avons poussé à fouiller le bureau de Richard Lancester. On va aller voir le Lord tout à l'heure pour tout lui expliquer. Il n'y a aucune raison que tu sois le seul à être puni.

Oliver se retint de rire devant la mine déconfite de la jeune fille. Ça ne lui ressemblait pas, cet air penaud. Après leur virée sur l'aéroboat, l'aplomb et le culot dont elle avait fait preuve face à la colère de sa mère l'avaient sidéré.

– C'est gentil, sourit-il. Ma seule « punition » est de présenter mes excuses à Richard Lancester. Je serais ravi que vous m'accompagniez !

Ses amis se décomposèrent. Il les quitta, amusé de la panique qu'il avait provoquée. Il irait seul, bien entendu, chez les Lancester, mais ils n'avaient pas besoin de le savoir immédiatement.

Judith Cormick avait discrètement prié les professeurs de ne plus associer Oliver et Flora en cours. En rejoignant sa classe, Oliver chercha des yeux la jeune fille, mais elle ne daigna pas lui accorder le moindre regard. Alors il prit place aux côtés de Charlotte Lawford. Flora travaillerait à l'avenir avec Hannah Miller. Il savait peu de choses au sujet de sa nouvelle binôme. Timide et réservée, elle s'abritait derrière de grandes lunettes rondes qui formaient une barrière entre elle et le reste du monde. Oliver lui trouvait toujours l'air un peu absent. Comme si elle n'était jamais vraiment dans le moment présent.

Dan lui avait expliqué que le père de la jeune fille tenait une boutique semblable à celle de M. Dawkins dans l'un des villages du Royaume. Malheureusement, les agents avaient découvert son identité, et c'est en essayant de le sauver qu'Agatha Abberline, la mère d'Alicia, avait trouvé la mort. M. Lawford avait été emmené par les agents.

Le cours s'était achevé sur un devoir à rendre sous deux jours. Au moins Charlotte semblait-elle aussi studieuse que Flora. Si Oliver avait dû travailler avec Dan, ni l'un ni l'autre n'auraient probablement été très appliqués…

– Est-ce que tu veux faire la rédaction cet après-midi ? proposa Oliver.

– Je suis vraiment désolée, s'empourpra la jeune fille. Je ne suis pas libre, je travaille à la bibliothèque.

– J'ignorais qu'ils y employaient des élèves…

– Pas celle de l'école, corrigea-t-elle. La Grande Bibliothèque. J'espère y travailler plus tard comme documentaliste. Je leur donne un coup de main et ils me laissent emprunter les livres que je veux.

Une idée, ou plutôt un espoir, traversa l'esprit d'Oliver.

– Est-ce qu'ils possèdent des ouvrages de géographie ?

– Un certain nombre…

– Est-ce que tu veux bien me montrer ?

La pluie continuait à marteler les pavés de Mill Road. Abrités sous leurs parapluies, Oliver et Charlotte marchèrent silencieusement en direction de la bibliothèque. Ils bifurquèrent à l'angle du *Pantin Cracheur de Feu* et remontèrent une ruelle jusqu'à un imposant édifice en pierres grises. Les deux gardes à l'entrée sourirent à Charlotte en la reconnaissant.

Deux guichets se répondaient au centre d'un vaste hall d'accueil. Au plafond, une fresque représentait Adam Welles, doux et souriant, imposant les mains au-dessus du visage d'un vieux magicien.

Après avoir salué les réceptionnistes, Charlotte entraîna Oliver vers une porte entrouverte.

Oliver se figea. L'endroit était majestueux. Le plafond, semblable à une coque de bateau renversée, trônait à près de quatre-vingts mètres au-dessus de leur tête. Des dizaines de personnes déambulaient silencieusement parmi les rayonnages entourant de grandes tablées propices à la consultation. Oliver laissa vagabonder ses yeux quelques instants avant de se retourner vers Charlotte. La jeune fille, radieuse, adressait quelques signes amicaux à plusieurs magiciens flânant dans les coursives. Une assurance nouvelle illuminait son visage et ses yeux pétillaient derrière ses grandes lunettes.

– Je vais te faire visiter, proposa-t-elle d'une voix chargée d'entrain.

Elle maîtrisait sur le bout des doigts le système de classification des cinq cent mille ouvrages, dont près de la moitié traitait de magie.

– Voici l'entrée de la réserve, expliqua-t-elle en désignant une porte close. On accède également aux bureaux de M. Levinson et de ses documentalistes.

Une plaque de métal indiquait que l'endroit était « privé ».

– Et voici la section « géographie », dit-elle en désignant une enclave composée de trois larges étagères remplies à ras bord. À vue de nez, je dirais deux mille ouvrages.

Oliver blêmit.

– Je vais t'aider, sourit la jeune fille. Qu'est-ce que tu cherches ?

Oliver, reconnaissant et soulagé, transmis les maigres informations qu'il avait en sa possession : il recherchait un archipel de trois petites îles appartenant au Royaume. Il ne savait malheureusement rien de plus.

Après deux heures de recherches conjointes au milieu des atlas et des récits de voyages, ils avaient listé pas moins de vingt-quatre archipels correspondant à la description d'Oliver.

– Et ça n'est probablement qu'un début, précisa Charlotte qui semblait ravie d'aider son camarade.

Oliver commençait à désespérer. Son dernier espoir se nommait Osmond Wright. Mais était-il prêt à avouer au vieux professeur qu'il avait dérobé le carnet de Richard Lancester ? Sans la moindre certitude que ce dernier accepte – ou soit même capable – de lui en dire plus ?

L'heure de son cours particulier approchait. Il remercia Charlotte, qui ne semblait pas disposée à cesser les recherches, et se mit en route pour la maison d'Osmond.

Lorsqu'il frappa à la porte, il était encore incertain quant à la marche à suivre.

– Entrez ! résonna la voix du vieux devin qui se perdit bientôt en quinte de toux.

Oliver se glissa dans le petit salon.

Enfoncé dans son vieux fauteuil, Osmond Wright lui jeta, étonnamment, un regard presque joyeux.

– J'ai appris que tu en avais fait de belles ! s'exclama-t-il. J'avais eu une vision de toi forçant ce coffre mais jamais je n'aurais cru un seul instant qu'elle se réaliserait ! Tu es peut-être moins aux bottes de ce vieux singe d'Abberline que je ne l'avais cru !

Un compliment maintenant ? Peut-être était-ce le signe qu'il fallait profiter de l'occasion.

– Et parmi vos visions, aucune d'entre elles ne vous dévoile l'identité du traître, par hasard ?

– Pas vraiment... C'est toujours la même chose, grommela le professeur. Plusieurs visions... Plusieurs traîtres...

Oliver serra les poings pour se donner du courage.

– Et Dévouée Mary ? dit-il. Vous l'avez vue, n'est-ce pas ?

Le vieil homme écarquilla les yeux.

– Comment le sais-tu ? Ce n'est pas le genre d'Abberline d'être aussi transparent...

– J'ai volé un carnet dans le coffre, reconnut Oliver sans ciller. Quelques lignes évoquaient l'une de vos visions au sujet de Dévouée Mary. Vous disiez qu'elle souffrait.

– Eh bien ça alors ! siffla le vieux professeur. Je ne sais pas si c'est de la franchise ou bien de la bêtise ! Je devrais te dénoncer sur-le-champ ! Si le contenu de ce carnet tombait entre de mauvaises mains...

– Je suis prêt à le rendre, coupa Oliver. Mais à une condition...

– Et voilà qu'il pose des conditions, à présent...

– Je veux juste savoir où se trouvent les îles que vous mentionnez, l'implora Oliver. Rien de plus.

Le vieil homme se rencogna dans son fauteuil.

– Ça, je l'ignore, murmura-t-il. Et c'est tant mieux. Quand bien même j'ai pu voir ta Dévouée, rien ne nous dit que cela se soit réalisé. Un potentiel futur parmi des milliers. Ne l'oublie jamais ! Partir la chercher bille en tête serait de la folie. Tu ne sais pas ce que tu trouverais là-bas.

– Ça, c'est mon choix, asséna Oliver en ancrant son regard dans celui de son professeur. Ma vie ! Vous reprochez au Lord de vous avoir volé la vôtre. Laissez-moi choisir ce que je fais de la mienne.

Le temps s'interrompit tandis qu'Oliver et Osmond Wright se défiaient du regard. La volonté farouche d'Oliver se lisait sur son visage. Il ne ressemblait plus à un enfant de quatorze ans.

– Très bien, finit par souffler le professeur. Laisse-moi d'abord te révéler quelque chose… Si j'ai parlé de cette vision au Conseil, ça n'est pas tant pour ce qui arrive à cette pauvre Dévouée que pour l'incongruité de cette vision. Ne m'apparaissent en temps normal que des gens dont je connais le visage, a minima grâce à une photo dans le journal. Ça n'était pas son cas, et pourtant, immédiatement j'ai su qui elle était. Je ne me l'explique pas…

Oliver ne perdait pas la moindre miette du récit du vieil homme.

– Et qu'avez-vous vu ? demanda-t-il d'une voix fragile.

– Rien qui puisse t'aider à la localiser, maugréa le professeur. Mais j'ai ressenti des choses. De mauvaises choses. Beaucoup de souffrance. Si ma vision s'avérait exacte, peut-être vaudrait-il mieux que tu ne la retrouves pas. Je crains qu'elle ne soit plus vraiment elle-même…

CHAPITRE 34

L'Arche

– Attention… Ne le lâche surtout pas… On pose… Voilà !

Everett Stout recula d'un pas puis épongea son front de la main. Le générateur trônait en plein centre de la structure de métal. Il pesait une tonne et le descendre dans l'étroit escalier n'avait pas été chose aisée.

– Que Monsieur pardonne ma franchise, souffla Peter Beauchamp, mais ce genre d'exercice n'est plus vraiment de mon âge.

Everett Stout sourit. Impossible pour lui de se rappeler la dernière fois qu'il avait vu son majordome desserrer sa cravate. Il plaqua vers l'arrière ses longues mèches rousses et retroussa ses manches. Une fois le générateur branché, il allait enfin éprouver son Arche, scrupuleusement calquée sur les plans de Paul. Le cadre de métal aimanté, de la taille d'un portail, serait bientôt parcouru de milliers de courants électriques visant à séparer les particules de Matière et les ramener vers le contour. Si cette « électrofission », comme l'avait baptisée Paul, réussissait, il ouvrirait une porte entre les mondes.

Everett préféra ne pas se réjouir trop vite. Pas maintenant. On l'avait si souvent qualifié de « brillant écervelé » qu'il se sentait minuscule face à cette vertigineuse perspective.

Il s'attela à brancher le générateur. Il mesura le génie de l'opération. Seule l'armée ou l'Université des Sciences théologiques possédait ce type d'appareils, l'énergie électrique commençant tout juste à éclairer les quartiers les plus riches de la capitale. Arnold Peck, l'homme qui le lui avait vendu, régnait sur le marché noir de l'East End. Il pouvait tout trouver, à condition qu'on y mette le prix.

Peter Beauchamp revint les bras chargés de sacs de charbon qu'il engouffra dans la bouche d'une chaudière. L'énergie mécanique visait à alimenter la dynamo du générateur afin de produire l'électricité.

– L'instant de vérité… murmura Everett.

Son majordome se tenait coi, légèrement en retrait, les yeux ricochant d'une partie à l'autre de la structure.

Les braises rougeoyaient dans le foyer quand un ronflement mécanique s'éleva du générateur.

D'abord timide, il se fit de plus en plus vif jusqu'à évoquer une locomotive lancée à pleine allure.

Un éclair zébra le cadre de l'Arche. Puis un deuxième. Dix, vingt, cent, mille stries luminescentes embrasèrent finalement la cave sous le regard stupéfié des deux hommes. De minuscules étincelles crépitaient maintenant sur toute la structure métallique, exhalant une épaisse fumée.

– Ne bouge pas, lança Everett à son majordome qui se précipitait vers un broc d'eau. Regarde… Regarde…

Dispersant le nuage, il s'approcha, l'œil hagard, du large cadre.

– Qu'est-ce que c'est ? murmura Peter Beauchamp en s'approchant à son tour, toujours armé de son broc d'eau.

– On dirait... un paysage... répondit Everett. On a réussi ! reprit-il en se frottant les yeux, ému aux larmes. Paul avait réussi, et on a réussi !

Une image diaphane, presque irréelle, se dressait au milieu de l'Arche. Doucement, il approcha ses doigts qui la traversèrent comme un mirage.

– Comment est-ce possible ? demanda Peter Beauchamp, émerveillé par ce qu'il découvrait.

En plissant les yeux, on distinguait nettement les formes de deux montagnes dessinant une vallée. Tout au fond, une tache plus claire ressemblait à un lac.

– Est-ce vraiment... un autre monde ?

– Des milliers de mondes enchevêtrés, murmura Everett. Uniquement séparés par un voile de Matière. J'avais raison. Comme Paul il y a quinze ans, nous l'avons affiné suffisamment pour voir au travers. Reste maintenant à le briser...

Installé dans le salon, un verre de brandy à la main, Everett savourait sa découverte face à la cheminée. Il se montrait digne de l'héritage de Paul. L'Arche fonctionnait. À lui maintenant de l'améliorer.

Paul...

Everett se saisit du journal de bord. Il le relisait chaque jour, et pouvait même à présent en réciter des passages.

S'il s'était agi des écrits d'un autre, il n'en aurait pas cru un traître mot.

Mais Paul n'était pas un farceur, et encore moins un mythomane.

Ces hommes, ces soi-disant Déviants aux extraordinaires facultés, existaient.

Il en était convaincu.

Il ouvrit le journal à la dernière page.

Jour 329 (journal de bord de Paul Adamson)

Ce soir je suis inconsolable.

Je me dégoûte.

Edgar n'avait rien d'un monstre. C'était juste un être humain. Il n'était pas possédé par le Destructeur… Il possédait juste des dons…

Et un courage hors du commun.

Moi, j'avais peur.

Peur de ce que l'Hégémonium pouvait nous faire, à Susan, à moi et à notre enfant à venir.

Alors j'ai continué.

J'ai continué à torturer Edgar.

J'ai continué à lui faire subir ces protocoles qui font de moi un monstre, bien pire que tout ce que l'Hégémonium pouvait lui reprocher.

Edgar n'avait pas de femme ni d'enfant, mais une formidable famille. Sa Communauté dont il me parlait si souvent. Il préférait mourir cent fois plutôt que de la trahir.

Il travaillait dans cette librairie un peu spéciale, là où les agents l'ont arrêté. Il lui consacrait toute sa vie et son énergie. Il y protégeait les hommes et les livres.

Ce matin j'ai pleuré à ses côtés. Et il m'a pardonné.

Il m'a confié un secret.

Jamais je ne le trahirai. À mon tour je préférerais mourir.

Il veut que j'aille voir les siens, leur parler, les mettre en garde.

« La librairie sur Winnigan Road. »

Ce furent ses derniers mots.

Ce matin, j'ai tué Edgar.

CHAPITRE 35

Le prisonnier

Surveillant Mme Templeton affairée aux fourneaux, Alicia fit signe à ses amis de se pencher.

– J'en sais un peu plus, chuchota-t-elle en essuyant sa moustache de chocolat chaud.

– À propos de quoi ? demanda Dan.

– Ines ! répondit-elle comme une évidence. Et le Pr Deakin !

– La pauvre, s'amusa Suzy. T'as dû l'avoir à l'usure !

La gouvernante s'arrêta de touiller sa casserole.

– Dites donc, les enfants ! Je vous trouve bien indiscrets !

Suzy haussa les épaules et trouva curieux qu'une cuisinière de son calibre ne mesure pas qu'elles aient, elles aussi, besoin d'épicer leurs journées.

– A-t-elle enfin avoué ? dit-elle plus bas, en s'approchant d'Alicia.

– Oui ! Ils se fréquentent depuis trois mois environ. D'ailleurs, ils assistent à une pièce de théâtre en ce moment même !

– Se mêler de la vie privée d'un membre du Conseil… On aura tout vu, soupira Mme Templeton, avant que son oreille ne se mette à bourdonner.

La voix caverneuse du Lord résonna, faisant trembler le guéridon fébrile qui habillait l'entrée. Un furieux remue-ménage secouait le Manoir.

Les quatre amis, perplexes, glissèrent un œil discret.

– Où est-il ?! cria le Lord en se précipitant hors du Manoir.

Dehors, le moteur de la voiture, garée au pied des marches, fumait. Sur la banquette arrière, Randolph Marowitz, un homme entre deux âges légèrement dégarni, portait un regard hagard vers le coffre duquel Aulus et le Pr Deakin sortaient un homme bâillonné, aux yeux bandés, le corps saucissonné par une étrange liane. De longues mèches rousses s'étiraient depuis son haut-de-forme. Ses jambes, amorphes, ne sonnaient même plus la révolte.

Les deux hommes l'escortèrent jusqu'au petit salon. Le Lord, visage fermé, leur emboîta le pas.

– Je n'ai jamais vu un truc pareil ! s'exclama Dan après quelques secondes de flottement. Je me demande bien qui est ce type !

– Vous avez vu qui était là pour le sortir du coffre ? demanda Alicia, dont les sourcils étaient si froncés qu'ils menaçaient de se toucher.

– Aulus et le Pr Deakin, répondit Dan. Et alors ?

– Alors il n'est pas au théâtre, pointa Suzy, visiblement affligée du manque de réactivité de son ami.

Dan écarta les bras en signe d'incompréhension.

Oliver, lui, croisa le regard perdu d'Alicia. La jeune fille était incrédule. Pire, elle semblait inquiète.

Malgré ses yeux bandés, Everett Stout sentit à la différence de température qu'on l'avait transporté à l'intérieur… À l'intérieur de quoi ?

Probablement une bâtisse ancienne car il humait des notes de bois et de vieilles pierres.

Ses muscles perclus par le voyage dans le coffre n'aspiraient qu'à s'étirer. Malheureusement, ils allaient encore devoir attendre, car on le fit asseoir.

– Nous allons vous retirer votre bâillon, dit froidement le Lord. Par mesure de sécurité, vous garderez votre bandeau. Ne perdez pas votre temps à crier, personne ne vous entendra.

Everett sourit. Il n'en avait pas l'intention.

Son plan se déroulait à merveille.

Il s'était rendu sur Winnigan Road, dans la boutique mentionnée dans le journal de Paul, dont l'écriteau disait qu'elle était détenue par un certain Randolph Marowitz. Alors, après quelques mots dont il ne pouvait nier la provocation – « Seriez-vous un ami d'Edgar ? » –, il s'était retrouvé immobilisé et ligoté par le libraire, sans même que ce dernier ne l'ait approché. Probablement l'une de ces extraordinaires facultés dont parlait le journal… Puis on l'avait jeté d'une façon très terrienne, presque brutale, pourrait-on dire, dans le coffre d'une voiture, ce qui lui vaudrait sans doute quelques affreuses contusions. Mais cet étrange accueil, d'un point de vue scientifique, confirmait au moins deux choses : d'une part, il avait bien trouvé les compagnons d'Edgar, d'autre part, ses ravisseurs voulaient probablement lui parler et non le liquider. Cela s'annonçait tout à fait réjouissant.

À quelques pas de l'entrée du Manoir, Peter Beauchamp menait la garde, embusqué dans sa voiture. Il avait reçu l'ordre de ne pas intervenir. Everett avait espéré que ces hommes le conduisent à leur quartier général ou tout du moins à l'un de leurs leaders. Visiblement, c'était chose faite.

– Qui êtes-vous ? insista le Lord.

Sa voix, puisqu'il s'agissait du seul indice dont disposait Everett en l'état, semblait celle d'un homme d'âge mûr qui avait appris pas mal de choses sur la vie. Elle dégageait un mélange d'assurance et de sagesse.

– Je m'appelle Everett Stout, répondit-il calmement.

– Everett Stout ? répéta le Lord. Votre nom ne m'est pas inconnu.

– Je suis un scientifique, expliqua Everett. J'ai publié une théorie qui m'a valu les foudres d'une partie de la Chambre des Dignitaires.

– Les mondes multiples… Je m'en souviens. Comment connaissez-vous l'existence d'Edgar Atterbury ?

– Alors, monsieur Marowitz, s'impatientait Suzy, dites-nous ! Que s'est-il passé ?

Escorté en cuisine, le libraire retrouvait quelques couleurs, aidé par le doigt de sherry que lui avait élégamment offert Mme Templeton.

– Cet homme est entré dans ma boutique. Comme n'importe quel client. Enfin presque ! Il feignait de s'intéresser aux livres et me jetait des regards en coin…

Il expira bruyamment et se versa un nouveau verre.

– J'ai toujours une boîte de graines de lianes ligoteuses sous mon comptoir, glissa-t-il, j'étais prêt à me défendre.

– Une invention d'Aubrey, souffla Dan à l'oreille d'Oliver, absolument géniale !

– Bref, reprit M. Marowitz, ce type s'est approché de moi et m'a demandé si je connaissais un certain Paul… Paul je ne sais plus quoi. Je lui ai répondu que non, ce qui était vrai, et il m'a semblé vivement déçu. Il m'a ensuite demandé si je connaissais Edgar Atterbury. Je lui ai immédiatement lancé les graines. Ce type n'est assurément pas un magicien, je ne sais pas où il a pu entendre parler de ce pauvre Edgar…

– Qui est Edgar Atterbury ? demanda Oliver.

– Un disparu de plus, soupira Mme Templeton, arrêté par les agents il y a au moins vingt ans. Lui aussi était libraire…

– Randolph ? les coupa Albert qui venait de faire irruption dans la salle. Le Lord veut te parler.

Le libraire s'éclipsa aussitôt, laissant Mme Templeton et les enfants échanger des regards lourds de sens.

– Ce n'est pas rassurant, marmonna finalement la gouvernante. Comment ce type savait-il pour Edgar ? Et pour la boutique de ce pauvre Randolph… ?

– Le Lord va régler le problème, balaya Dan. Je pense qu'on a besoin de se changer les idées. Qui veut traîner au *Pantin Cracheur de Feu* ?

– Je ne peux pas, répondit Oliver. J'ai rendez-vous à la bibliothèque…

– Tu cherches toujours cet archipel… soupira Alicia.

Ça n'était pas vraiment une question. Ni un reproche. Son regard traduisait l'inquiétude.

– D'abord Flora et maintenant Charlotte, railla Suzy. Quel tombeur !

Sa plaisanterie tomba à l'eau ; l'émoi né de la mésaventure de M. Marowitz n'était pas encore dissipé.

Oliver s'orientait maintenant facilement au cœur de l'immense bibliothèque. Il grimpa sur une coursive, juste pour embrasser du regard les kilomètres de rayonnages, et rejoignit la section « géographie ». La veille, il avait laissé un marque-page dans l'*Atlas des mers du Sud.*

– J'ai terminé celui-ci, murmura Charlotte en s'approchant.

Elle tenait dans ses bras un recueil baptisé *Mémoires océaniques.*

– J'ai ajouté une bonne dizaine de lieux potentiels pour tes îles…

Oliver soupira. Il avait la désagréable sensation que chaque livre achevé les éloignait un peu plus de l'objectif.

Mais quelle autre solution avait-il ? Il ne pouvait se résoudre à ne rien faire.

L'incongruité de la vision du Pr Wright, la souffrance de Dévouée Mary… il pressentait que tout cela était vrai. S'il n'avait jamais cessé de penser à elle, il devait bien avouer que la place qu'elle occupait dans son esprit s'était réduite ces dernières semaines.

L'orphelinat, le Manoir, la magie, ses amis, l'école, Flora, Gaban… il avait traversé tant de choses depuis son départ de Bridgetown !

Depuis le sacrifice de Dévouée Mary.

Son visage avait violemment ressurgi dans les pages du carnet de Richard Lancester.

« Elle souffre, elle n'est plus tout à fait elle-même, tout est noir autour d'elle. À l'intérieur aussi. »

Oliver s'en voulait. Terriblement. Dévouée Mary lui manquait.

Les mots du Pr Wright résonnèrent à nouveau.

Si ma vision s'avérait exacte, peut-être vaudrait-il mieux que tu ne la retrouves pas. Je crains qu'elle ne soit plus vraiment elle-même...

Bien sûr, il se moquait des conseils du vieil homme. Il voulait la retrouver. Il le devait. Il ignorait juste comment procéder.

À ses côtés, Charlotte continuait d'éplucher les recueils. Avec méthode et efficacité. Un élan de reconnaissance lui réchauffa le cœur. Si la jeune fille demeurait toujours aussi secrète et réservée, une flamme intérieure s'animait dès qu'elle passait les murs de la bibliothèque. Et elle semblait ravie de lui en faire profiter.

Il s'installa près d'elle et se replongea dans l'*Atlas des mers du Sud*.

Une heure plus tard, alors qu'il s'apprêtait à lui proposer de faire une pause, il plissa le nez.

Cette odeur...

Charlotte renifla à son tour, regarda dans son dos et sursauta.

Un homme au visage terreux les fixait depuis l'entrée de la section « géographie ».

– Professeur Wright ? Je pensais que vous ne sortiez jamais de chez vous ! s'exclama Oliver.

– J'ai fait une exception, grommela-t-il. J'ai quelque chose à te dire. Seul.

Charlotte détala sur-le-champ, visiblement soulagée de s'éloigner de cet inquiétant et pestilentiel personnage.

– Un peu plus tôt dans la journée, reprit le professeur, est-ce qu'un prisonnier a été amené au Manoir ?

– Comment le savez-vous ? s'étonna Oliver.

– À ton avis ? ironisa le professeur. Je prends donc ta surprise pour un oui. J'ai eu plusieurs visions de ce type, le rouquin avec les cheveux longs… Il sait des choses, plein de choses… notamment sur un certain Projet Eden… Il possède même un journal de bord à ce propos… Et les coordonnées d'une île…

Il marqua une pause.

– Je t'ai dit tout ce que je savais, conclut-il avant de tourner les talons.

– Professeur ! le rappela Oliver.

– Quoi ?

– Pourquoi faites-vous ça ? Pourquoi m'aidez-vous ?

Le vieil homme haussa les épaules.

– Le Lord se sert de mes visions pour contrôler des vies, maugréa-t-il. Tu as l'air décidé à remettre la main sur la tienne. Il m'a semblé normal que tu aies les mêmes cartouches que lui…

Oliver demeura pensif de longues minutes après qu'Osmond Wright se fut éloigné en invectivant les curieux qui l'observaient à bonne distance. Il contempla les nombreux atlas éparpillés sur la table. Le vieux professeur venait peut-être de lui offrir la solution qu'il attendait.

Après avoir rangé les nombreux ouvrages de géographie avec l'aide de Charlotte, Oliver se dirigea vers le *Pantin Cracheur de Feu*. Il avait un plan…

Il devait en parler à Dan. Aussi casse-cou et tête brulée que fût son ami, Oliver doutait que ce dernier le suive. Mais il devait tenter sa chance. Seul, il ne pouvait pas réussir…

– Oliver ! Quelle bonne surprise ! J'étais sûr que tu deviendrais un client fidèle !

Avec son nœud papillon rouge qui venait égayer une veste verte, Aubrey Coolidge ressemblait à une branche de houx.

Il lui serra chaleureusement la main.

– De quoi as-tu besoin ? demanda-t-il. Sais-tu que le sac à plumes imaginé par Dan est maintenant en rayon ?

Oliver tourna la tête vers le fond de la boutique. Plusieurs sacs vides lévitaient, retenus par une ficelle à la rambarde de l'escalier. Aubrey faisait vraiment feu de tout bois.

– À vrai dire, c'est justement Dan que je cherche, répondit Oliver. Mais il y a une petite chose que j'aimerais bien t'acheter… une boîte de graines de lianes ligoteuses.

Aubrey écarquilla les yeux. Il ramena ses mains sous son menton, mimant une intense réflexion, et le toisa quelques instants.

– Suis-moi, murmura-t-il en désignant la réserve.

Après avoir soigneusement refermé la porte à clé, il empoigna un escabeau et farfouilla plusieurs boîtes tout en haut des étagères. Il lança finalement à Oliver un sachet brun que le garçon palpa : il contenait probablement plusieurs centaines de graines.

– Je n'ai pas le droit de les vendre au magasin, expliqua-t-il. Je ne les fabrique que pour les soldats, les libraires et les Voyageurs…

Oliver grimaça et fit mine de les lui rendre.

– Mais je peux faire une exception, sourit Aubrey. Compte tenu de ta mésaventure… Et voilà, ajouta-t-il après avoir gommé et corrigé un chiffre dans un vieux registre. Ce paquet-là n'a jamais existé. Je compte évidemment sur toi pour t'en servir à bon escient et… discrètement.

– Merci Aubrey, sourit Oliver. Je serai prudent.

– Il faut bien s'entraider ! s'exclama Aubrey en refermant la porte derrière eux. Ton incroyable évasion m'a rapporté une petite commande de clés de la part du Conseil… Vois ça comme ta commission ! Ah ! J'aperçois quelques clients hésitants là-bas. Je te laisse ! Dan doit être dans le coin, avec Alicia et Suzy.

Il avait réussi à les convaincre de venir, s'amusa Oliver en se dirigeant vers l'escalier desservant l'étage à destination des jeunes magiciens.

– Regarde ça ! l'apostropha Dan qui s'admirait dans un grand miroir posé contre le mur. C'est le nouveau chaudail ! Plus tu répètes la rune d'activation et plus il te tient chaud !

– Il n'a qu'un défaut, pouffa Suzy, il est très moche !

Faussement vexé, Dan le retira et le jeta à la figure de la jeune fille.

– Je t'ai vu dans la réserve avec Aubrey… chuchota-t-il l'air inquiet. Il ne t'a pas demandé la clé ?

– Quoi ? s'étouffa Alicia. Vous deviez la lui rendre après qu'Oliver avait forcé le coffre de Richard.

L'intéressé esquiva le regard noir qu'elle lui lança. Elle allait encore devoir faire des cachotteries à son grand-père.

– Il ne m'a rien demandé, répondit Oliver à l'intention de Dan. Le Conseil lui en a commandé et je pense qu'il se fiche de celle-là. Tant mieux, car je risque moi-même d'en avoir bientôt besoin…

– Qu'est-ce que tu veux dire ? murmurèrent les amis en chœur, joyeusement intrigués.

– Suivez-moi !

Il les entraîna en dehors du magasin et, après avoir vérifié que la ruelle était déserte, leur exposa son plan.

– C'est de la folie ! s'étrangla Alicia, horrifiée.

– Tout ce que je vous demande, rétorqua gravement Oliver, c'est de garder ça pour vous jusqu'à ce que je sois suffisamment loin. Si vous en parlez avant, le Lord m'empêchera de la sauver et je ne me le pardonnerai jamais…

– En supposant qu'Osmond ait raison, soupira Alicia, tu ne sais pas combien ils sont là-bas. Tu ne peux pas les affronter seul…

– Il ne sera pas seul ! répliqua Dan en se postant à ses côtés.

– Je sens qu'on va bien s'amuser… souffla Suzy en l'imitant.

Oliver jeta un œil à la pendule de sa chambre. Minuit.

Il entrouvrit la porte. Alicia se glissa furtivement dans la pièce.

– Tu ne peux pas faire ça, l'implora-t-elle. Jamais mon grand-père ne nous le pardonnera…

Oliver attrapa la main de la jeune fille qui aussitôt frissonna. Lui-même se surprit de son geste. Et il ne put que se réjouir que l'obscurité masque en cet instant son visage empourpré. Et espérer que le pouvoir d'Empathe d'Alicia ne se soit pas déclenché...

– C'est pour ça que tu ne dois pas me suivre, répondit-il en se reprenant. Je ne pouvais pas partir sans vous prévenir. Mais jamais je n'aurais imaginé que vous voudriez me suivre... À part Dan, je veux dire...

– Peut-être que l'homme qu'ils ont ramené au Manoir ne te dira rien, ou qu'il te mentira. Quand bien même, il te faudra encore trouver l'île, puis enlever Dévouée Mary malgré les agents, sans compter qu'elle sera peut-être déjà...

– Je sais tout ça ! la coupa froidement Oliver en lui lâchant la main. Et même si je n'ai qu'une chance sur mille de réussir, je ne renoncerai pas ! Elle est comme Mme Templeton pour toi ! Ou Ines ! Elle a remplacé ma mère... Elle m'a bercé, soigné, protégé... Est-ce que tu les abandonnerais, toi ?

– Non, déglutit Alicia. Bien sûr que non.

– Je dois le faire. C'est tout...

– À propos d'Ines...

– Quoi ?

– Elle m'a menti, murmura Alicia. Elle m'a juré qu'ils étaient au théâtre avec le Pr Deakin... Je ne la reconnais plus depuis quelques semaines... ça m'inquiète...

– Raison de plus ! Reste là, insista Oliver, et occupe-toi d'Ines...

– Tait-toi, soupira-t-elle. Je t'ai déjà laissé tomber une fois sur le perron de Mme Benson. Pas deux. Et sans mon aide, tu ne parviendrais même pas à quitter le parc. Allons-y !

Oliver, surpris de tant de fermeté, s'exécuta et la suivit en silence.

Le prisonnier était enfermé en haut de la tour abritant le bureau du Lord. La petite pièce, confortablement aménagée, permettait au maître des lieux de faire un somme lors de longues nuits de travail. C'était la première fois qu'elle faisait office de prison.

Les deux amis se glissèrent discrètement dans la tour.

– J'ai rarement vu le Lord aussi préoccupé, résonna une voix à l'étage. Je ne sais pas ce que notre type lui a raconté.

– Aucune idée, répondit un second garde. J'ai cru comprendre que c'était un scientifique.

Tout doucement, Alicia s'avança la première.

Parvenue en bas de l'escalier, elle allongea les bras, ferma les yeux et monta les marches d'un pas lourd.

– Qui est-ce ? grondèrent les deux gardes d'une même voix.

Alicia, parvenue en haut de l'escalier, ne répondit pas.

– C'est la petite-fille du Lord ! s'exclama l'un des deux hommes dans un soupir de soulagement. On dirait qu'elle est somnambule ! Je vais la raccompagner à sa chambre.

– Passe devant pour éviter qu'elle trébuche, suggéra son collègue.

Oliver avait profité de la diversion pour se nicher au creux de l'escalier.

Il entendit les pas du garde approcher.

Au moment où sa jambe apparut, il bondit et lui balança une pleine poignée de graines.

– *Conicere !* articula-t-il, tandis qu'Alicia faisait subir le même sort au second.

Bâillons à la main, ils se précipitèrent sur les deux hommes, solidement ligotés par les redoutables lianes.

– Désolée, s'excusa Alicia face à leurs regards pleins d'incompréhension.

– Vite ! intervint Oliver. Allons voir le prisonnier !

Il fouilla dans sa poche et en sortit la clé universelle.

– *Ignis fundo apertum*, chuchota-t-il.

La clé se coula parfaitement dans la serrure.

Réveillé par le chahut, le prisonnier se tenait sur ses gardes. Son visage était à moitié éclairé par un rayon de lune traversant le vitrail. Oliver estima qu'il devait bien avoir quarante ans malgré ses traits juvéniles. Ses longues mèches rousses avaient été nouées en catogan.

Everett retrouva un semblant d'assurance en découvrant les deux adolescents.

– Que... que puis-je faire pour vous ?

Des yeux, il chercha ses deux gardes puis sursauta en les découvrant allongés sur le sol.

– Répondre à une question, répondit Oliver d'une voix ferme. Où se trouve l'archipel du Projet Eden ?

– Pa... pardon ? bredouilla-t-il. Comment savez-vous que...

– Je sais que vous êtes en possession d'un journal de bord qui parle de ce projet. Vous savez où tout ça se passe. Je veux cette information !

Everett se figea. Il contempla Oliver avec étonnement. Quel âge pouvait-il avoir ? Il avait l'air d'un adolescent, mais sa détermination et son sang-froid semblaient être ceux d'un homme cabossé par la vie.

Alicia lui jeta des regards en coin. Elle-même semblait découvrir un Oliver qu'elle ne connaissait pas.

– Je possède effectivement ce carnet et cette information, répondit Everett. Mais pas ici. Tout est chez moi, dans un coffre. Je vous donnerai le tout bien volontiers si vous m'emmenez avec vous…

– C'est impossible ! coupa Alicia. On ne peut pas le faire sortir !

– J'ignore pourquoi cela vous intéresse, reprit Everett en regardant Oliver droit dans les yeux. Mais j'ai lu et relu le témoignage de mon ami Paul des centaines de fois. Il a participé aux prémices de ce projet dont je connais maintenant beaucoup de choses…

Le regard d'Oliver ricocha d'Alicia vers le scientifique, du scientifique vers Alicia, d'Alicia vers…

– On l'emmène, trancha-t-il finalement. Il pourra nous aider !

Sans laisser à Alicia le temps de réagir, il poussa Everett vers l'escalier et s'y engouffra à son tour.

La jeune fille sembla hésiter, lâcha un juron puis se précipita à leurs trousses après s'être excusée une dernière fois auprès des deux gardes ligotés.

Une fois dans le parc, elle attrapa Oliver et le prisonnier par la manche et plaqua son doigt sur sa bouche. Adrian, le garde-chasse, effectuait au loin sa ronde, accompagné de son fidèle molosse.

– Depuis le retour de Gaban, chuchota-t-elle, deux gardes surveillent constamment la grille. Il faudra passer par l'arrière.

« Gaban »… La nuit dissimula le hoquet de surprise qui agita Everett. Avait-il bien entendu ?

Parvenus au pied du mur, Oliver se demanda si Alicia avait vraiment un plan. Il se sentait incapable de sauter aussi haut avec un sort *Exsulto* et, quand bien même il y parviendrait, la jeune fille et le scientifique se retrouveraient coincés en bas…

– *Ramus succuro*, chuchota la jeune fille, le bras tendu en direction d'un majestueux chêne.

Everett crut défaillir quand l'arbre se cambra.

Mais une voix affolée s'échappant de la tour vint briser son enthousiasme.

– Le prisonnier s'est échappé ! hurla l'un des gardes. Avec l'aide des enfants !

Le temps se figea un instant, puis un aboiement sauvage vint à son tour briser le silence de la nuit.

– Vite ! s'alarma Oliver. Il faut sortir d'ici !

Le bruit de pas, partiellement étouffé par le tapis de feuilles mortes, se rapprochait déjà.

Alicia, les yeux fermés, essayait de maintenir son calme et sa concentration.

D'un geste autoritaire de la main, Oliver fit instantanément taire Everett qui s'apprêtait à faire un commentaire.

L'aboiement se rapprochait.

Il n'était pas question qu'Oliver utilise sa magie contre les gardes. Si Alicia ne parvenait pas à gérer sa panique, tout son plan tomberait à l'eau...

Brusquement, une épaisse branche s'agita et vint doucement à leur rencontre.

– Accrochez-vous, sourit Alicia.

Oliver et Everett se cramponnèrent. La branche s'éleva et les déposa de l'autre côté du mur, laissant Everett blême et Oliver extatique.

– J'ai plus d'un tour dans mon sac ! s'esclaffa Alicia. Dépêchons-nous !

L'arrière du parc du Manoir donnait sur une rue résidentielle dotée de l'éclairage public. Il n'y avait pas un chat à cette heure tardive de la nuit.

– Ils arrivent ! s'affola Alicia qui venait d'apercevoir Adrian et deux soldats franchir le mur à leur tour.

Ils seraient sur eux dans moins d'une minute.

– Plus vite ! s'écria Oliver qui sentait déjà ses poumons le brûler.

Everett, quant à lui, semblait sur le point de vomir.

– Arrêtez ! hurla Adrian qui n'était plus qu'à quelques mètres.

Au moment où le garde-chasse attrapait le bras du scientifique, un homme surgit d'une ruelle adjacente.

– Lâchez-le ! ordonna-t-il d'une voix ferme. (Il pointa son revolver sur Adrian.) Et reculez ! Tous !

Les trois hommes s'exécutèrent, les mains bien en évidence.

– Peter ! haleta Everett qui peinait à reprendre son souffle. Tu tombes à point nommé !

– La voiture est un peu plus loin, l'avisa le majordome. Si Monsieur veut bien me suivre. Invitons-nous les jeunes amis de Monsieur ?

– Ça ne sera pas nécessaire, sourit Oliver en désignant le ciel.

La coque d'un incroyable bateau volant se dessina au-dessus de leurs têtes, avant qu'une échelle de corde ne vienne s'écraser à leurs pieds.

CHAPITRE 36

L'archipel

Les cris des derniers noctambules s'invitaient depuis la rue à travers la fenêtre entrouverte.

Pelotonnée contre lui, Ines dormait à poings fermés.

William Morecombe posa ses mains sur sa peau nue et ressentit les premiers tremblements.

Il maîtrisait si merveilleusement son pouvoir qu'il n'endurait plus les vertiges, convulsions et autres tracas de débutant.

La mémoire d'Ines s'ouvrit à lui, comme une galerie de souvenirs.

Il savait où chercher, et plongea dans les réminiscences de la dernière réunion du Conseil qui avait eu lieu quelques heures avant qu'elle ne le retrouve ici.

Il vit le Lord présider une séance extraordinaire et leur annoncer qu'un scientifique du nom d'Everett Stout avait été amené au Manoir le matin même. Ce Stout pouvait s'avérer précieux à plusieurs égards, le principal étant qu'il affirmait avoir construit une machine baptisée « l'Arche ». Cette machine offrait une fenêtre sur un autre monde.

« Comme vous le savez tous, je crois qu'Oliver est l'élu, précisait le Lord. Imaginez si cette Arche pouvait l'aider à réaliser la prophétie… »

La vision de Morecombe se brouilla. Lorsqu'il rouvrit les yeux, Ines dormait toujours aussi sereinement. Pourtant, quelque chose l'avait arraché à sa concentration. Il tendit l'oreille et perçut des bruits de pas dans l'escalier. Plusieurs hommes.

– Réveille-toi ! chuchota-t-il en secouant Ines. On a de la visite.

La cheffe de la garde se rhabilla à la hâte et adopta une posture de combat. Une sphère de feu tournoyait déjà dans la paume de sa main, prête à frapper.

Un cliquetis. Quelqu'un essayait de forcer la serrure. La poignée tourna et…

– Monsieur Morecombe ? chuchota une voix masculine derrière la porte.

Ines et William échangèrent un regard surpris.

– Qui êtes-vous ? demanda Morecombe. Que voulez-vous ?

– Votre coopération… Il serait plus sage de nous laisser rentrer…

Morecombe hésita avant d'obtempérer.

Et bientôt, d'inquiétantes silhouettes encapuchonnées les encerclèrent, occupant instantanément tout l'espace de la petite chambre qu'ils louaient en secret depuis plusieurs mois.

– Que nous voulez-vous ? répéta Morecombe, dos à dos avec Ines, prêt à se battre lui aussi.

– M. Gaban nous envoie, répondit celui qui semblait être leur chef. Il vous somme de le rejoindre immédiatement.

Morecombe se tourna vers Ines.

– Rentre chez toi, dit-il.

– Ça ne va pas être possible, rétorqua fermement l'un des hommes en s'approchant d'un pas autoritaire de la jeune femme.

Ines se raidit.

De longues secondes s'écoulèrent avant que l'assaillant ne se montre plus explicite.

– M. Gaban estime qu'elle ne vous fournit plus assez d'informations…

Morecombe la sentit trembler dans son dos. Elle semblait attendre quelque chose.

Un mot, une explication. Rien ne vint.

La mâchoire tendue, il matérialisa une lame de glace dans sa main qu'il plaqua contre la gorge de la jeune femme.

– Tu as entendu ces gentlemen ? M. Gaban n'aime pas attendre…

Ines se laissa faire. Abasourdie. Des larmes glissaient le long de ses joues.

– Tu n'as pas pu… souffla-t-elle. Tout ce temps…

– Elle reste ici ! déclara le chef. Mes hommes ne lui feront aucun mal. Suivez-nous, ajouta-t-il à l'intention de Morecombe.

Alors il s'exécuta, sans un regard pour elle. Et fut tout aussi silencieux durant le court trajet qui le menait à Gaban. Il réfléchissait à toute vitesse. Il pressentait ce qui se passait. Gaban reprenait les rênes. Bien sûr, Morecombe savait que ce jour arriverait. Gaban était un chef et il entendait bien le rester.

Lorsqu'ils arrivèrent au quartier général, une dizaine d'inconnus occupaient le salon. Les hommes de Morecombe, réunis dans la cuisine, semblaient soulagés de le voir revenir.

Gaban l'invita à le rejoindre dans le bureau. *Il se pose en maître des lieux*, songea Morecombe. Il avait vu juste.

– Avez-vous apprécié ma surprise ? demanda-t-il.

Un sourire carnassier lui déformait la bouche.

– À quoi jouez-vous ? répliqua Morecombe.

Sa voix ne trahissait ni peur ni animosité. Juste de la curiosité.

– Je m'inquiétais de vous voir passer autant de temps avec cette jeune femme, lui répondit le vieux mage noir en s'appuyant sur sa canne. Vous auriez été trahi un jour ou l'autre, par elle ou par vos sentiments. Il était temps de mettre un terme à tout ça…

– Elle pouvait encore nous servir, objecta Morecombe. Elle constitue notre meilleure source d'informations depuis le début de notre… collaboration.

– Elle ne nous a rien appris d'intéressant depuis des semaines ! tempêta Gaban. Rien du tout ! Et puisque vous parlez de notre « collaboration »… J'aimerais dorénavant que nous fassions les choses à ma manière ! Votre méthode a montré ses limites : vous avez tout gâché en laissant le gamin s'enfuir. Comme vous avez pu le remarquer, j'ai repris contact avec plusieurs de mes anciens fidèles qui n'ont pas renié nos idéaux malgré mes longues années d'absence. Nous irons chercher Oliver sur Mill Road. Et tant pis pour quiconque se mettra en travers de notre chemin…

– Ils ont considérablement renforcé la sécurité, tempéra Morecombe, et vous n'avez plus la même armée qu'autrefois… J'ai peut-être une idée… Directement inspirée par Ines, ajouta-t-il comme un pied de nez.

Gaban soupira mais l'invita à poursuivre.

– Un scientifique a découvert l'existence de Mill Road, reprit Morecombe.

Gaban écarquilla les yeux.

– Je vous passe les détails, car ça n'est pas le plus intéressant. Il a construit une machine, l'Arche, grâce à laquelle il aperçoit un autre monde… Le Lord est convaincu qu'Oliver est l'élu et pense que cette machine pourrait l'aider à réaliser la prophétie.

Gaban ne réagit pas immédiatement. Il semblait plongé dans ses pensées, mais Morecombe vit un sourire se dessiner sur ses lèvres.

– Ce vieil illusionniste a parfois de bonnes intuitions… Nous irons voir cette Arche dès demain, ne laissons pas au Lord le temps de réagir !

– Sage décision, approuva Morecombe.

– J'ai peut-être eu tort à propos de votre maîtresse, souffla Gaban en ancrant son regard dans le sien. Elle a sans doute des choses à nous apprendre. Mon don d'Instillateur n'a pas été rassasié depuis si longtemps… ça ne vous pose pas de problème que je la torture un petit peu ?

– Faites comme il vous sied, répondit Morecombe sans laisser paraître la moindre émotion. Après tout, nous faisons maintenant les choses à votre façon…

Oliver, épuisé, se laissa glisser le long du bastingage.

Respectant le plan à la lettre, Dan et Suzy avaient surgi à bord de l'aéroboat de la famille Chaplain. Et Alicia, Everett,

Oliver et Peter avaient embarqué sous le regard dépité d'Adrian et des deux soldats.

Depuis, Oliver avait jeté des sorts pour gonfler la voile et les éloigner de Mill Road. Ils se savaient maintenant hors de portée de leurs poursuivants.

Everett et son majordome, assis à la poupe, n'avaient pas décroché le moindre mot. Ils se contentaient d'échanger des regards incrédules, fascinés… et légèrement inquiets.

Peter Beauchamp affichait une silhouette athlétique et seuls ses cheveux gris trahissaient ses soixante-cinq printemps. Lorsqu'il ne pointait pas le canon d'une arme, son visage digne et flegmatique en toutes circonstances inspirait la confiance.

– C'est génial ! s'exclama Dan, hilare. Le Lord va nous tuer mais c'est génial !

– Sa petite-fille, le potentiel Héritier de Patterson et son prisonnier qui mettent les voiles ! abonda Suzy. Je n'ose imaginer ce qui nous attendra au retour…

Ils survolaient maintenant le centre de Londres. L'éclairage public répondait à la clarté de la lune et leur offrait un magnifique tableau de part et d'autre de la Tamise. Quelques kilomètres plus loin, la lumière s'évanouissait dans la nuit de l'East End. Oliver repensa à Dévouée Coleen et à Harvey, et sa gorge se noua. Eux aussi l'avaient aidé à s'enfuir. Qu'étaient-ils devenus ?

– Où habitez-vous ? lança Suzy à Everett.

– Pas très loin, répondit le scientifique sans se détourner du spectacle de la ville. Jamais je n'aurais imaginé Londres aussi belle la nuit…

Ils manœuvrèrent l'aéroboat jusqu'à l'hôtel particulier d'Everett. Peter emprunta l'échelle de corde et força une fenêtre du toit. Quelques minutes plus tard, il réapparaissait avec le journal de bord de Paul et une boussole.

– Mon ami Paul avait indiqué les coordonnées géographiques de l'archipel, expliqua Everett à l'intention des enfants. Peter a appris à s'orienter lorsqu'il était soldat. Il vous aidera à garder le cap. Et maintenant, si nous profitions du voyage pour parler ? Je pense que nous avons beaucoup de choses à nous dire…

Oliver, Alicia, Dan et Everett s'installèrent à l'arrière tandis que Suzy et Peter prenaient en charge le pilotage. En gage de sa bonne foi, le scientifique leur raconta d'abord son histoire puis celle de Paul à travers le journal qui passa de main en main.

Oliver tressaillit lorsque Everett mentionna l'Arche puis sa théorie des Mondes Multiples. Une fenêtre sur d'autres mondes ? C'était à croire que le destin prenait un malin plaisir à venir le secouer.

La coïncidence n'avait pas échappé à Alicia qui encouragea Oliver à relater ses visions et les événements des dernières semaines.

Alors Oliver raconta. Ses récentes découvertes, les peurs et les questionnements qui allaient avec. Dan et Alicia égrenèrent eux aussi quelques anecdotes, lorsqu'il révéla l'existence de la Communauté. Jamais Everett ne les coupa, mais ses mimiques et la profondeur de son regard témoignaient d'une intense réflexion. Il analysait autant qu'il écoutait.

– C'est incroyable, murmura-t-il, tout bonnement incroyable… L'Hégémonium aurait donc trouvé une manière scientifique d'annihiler cette magie que vous maîtrisez et contre laquelle ils luttent dans le plus grand secret depuis des siècles… Je n'y croirais pas si je n'étais pas avec vous sur ce… sur cet…

– Aéroboat ! compléta Dan en toquant contre la coque. C'est un aéroboat ! Mais pourquoi avoir enfermé Dévouée Mary là-bas, parmi les magiciens qu'ils ont emprisonnés, puisqu'elle n'a pas connaissance de la magie ?

– Edgar l'avait prédit, répondit Everett, ils doivent en être à un stade de test sur certains sujets… « normaux ».

– Pour quoi faire ? demanda Dan.

– Pour anéantir la possibilité même de faire de la magie, répondit Alicia. Définitivement.

Everett hocha la tête. Dan et Oliver échangèrent un regard horrifié.

– Ça, c'est de l'info ! s'exclama Suzy depuis le poste de pilotage. Si on ramène Alicia et Oliver en un seul morceau et qu'on en parle au Lord, il pourrait même nous pardonner !

Autour d'eux, le paysage avait changé. La ville avait laissé place à la campagne et les températures se faisaient nettement plus fraîches. Heureusement, la cale de l'appareil abritait des plaids sous lesquels ils purent se pelotonner.

– Et vous me dites que la magie se pratique à l'aide des quatre éléments… reprit Everett.

– L'eau, la terre, l'air et le feu, approuva Dan.

– Peu avant sa disparition, Paul avait découvert que les plus infimes portions de toute Matière, qu'il avait baptisées « particules », étaient composées d'eau, de terre, d'air ou de feu. Je me demande si…

– Si quoi ? l'encouragea Dan.

– Non, rien, il faudra que je me penche là-dessus…

Ils poursuivirent le voyage en silence. Tout avait été dit. Tout ce qui leur permettait d'entrevoir le pire… Suzy enseigna à Dan les rudiments de pilotage afin qu'ils puissent se relayer et dormir à tour de rôle. Infatigable, Peter occupa le poste de pilotage toute la nuit afin de s'assurer de la justesse du cap.

Au petit matin, lorsque Oliver, Alicia et Suzy, qui avaient dormi blottis les uns contre les autres, s'éveillèrent, ils survolaient une étendue d'eau qui s'étirait jusqu'à l'infini. Le soleil émergeait dans un ciel sans nuages.

– Le petit déjeuner est servi ! leur lança Dan depuis la barre, désignant un sac à la proue de l'aéroboat. J'ai piqué quelques réserves à l'auberge en vue de notre petite escapade.

– Tu es génial ! s'exclama Alicia en distribuant des bouts de brioche à chacun.

D'après les estimations de Peter, l'archipel, qui ne figurait sur aucune carte, serait en vue au milieu de la matinée. Le regard d'Oliver s'assombrit aussitôt.

– Oliver ? Ça va ?

Alicia lui tendit une Thermos de café.

– Tu es blême. Tu devrais manger un peu plus…

– Je n'ai pas très faim, grimaça Oliver. C'est juste que… je ne sais pas ce qu'on va trouver là-bas… Et la vision du Pr Wright n'augurait rien de bon… S'ils lui avaient fait subir les mêmes expériences qu'à Edgar ? S'ils l'avaient tuée ?

– Ne t'inquiète pas… Elle semblait souffrir mais elle était vivante dans ses visions, répondit Alicia d'une voix douce. Évite de trop cogiter jusqu'à ce qu'on arrive…

Trois heures plus tard, une bandelette rocheuse émergea au loin. Suzy se tourna fièrement vers ses camarades.

– L'archipel est en vue, dit-elle en désignant la longue-vue du poste de pilotage. C'est quoi le plan maintenant ?

Tous les regards convergèrent vers Oliver.

– Ça dépend de ce qu'on va trouver là-bas, se hasarda-t-il. On est presque invisibles grâce aux runes du Lord, je suppose qu'on peut déjà survoler les îles pour faire un repérage, puis on essaiera de se poser quelque part à l'abri.

– Excellent plan ! approuva Dan sous le regard amusé de Peter.

Trois îles se découpaient à l'horizon. Trois bouts de terre brisant la monotonie de l'océan.

– Eh oh ! Le scientifique ! interpella Suzy. Vous devriez jeter un œil à la longue-vue !

Plus surpris que contrarié par l'impertinence de la jeune fille, Everett s'exécuta de bonne grâce.

– Ça alors ! siffla-t-il en se frottant le menton.

Contrairement à ses voisines à la végétation luxuriante, l'île centrale était un désert de roches.

Seules quelques centaines de maisons blanches parfaitement alignées contrariaient le gris de la pierre. Elles côtoyaient des bâtiments de guerre lourdement armés. Everett et Peter partagèrent un regard inquiet. Si le sort d'invisibilité s'effaçait, ils feraient long feu une fois la surprise des canonniers passée.

Heureusement, la suite des repérages s'effectua sans encombre.

À première vue, le village ressemblait à n'importe quelle bourgade côtière. Des pêcheurs amarraient leur barque et déchargeaient leur butin de la nuit, l'acheminant vers la place du marché où se dressaient des étals. Plus loin, des enfants marchaient vers un grand bâtiment où les attendait une Dévouée.

Une Dévouée… Le sang d'Oliver ne fit qu'un tour. Il se précipita sur la longue-vue et la braqua sur la silhouette grise…

Il respira à nouveau. Ça n'était pas Dévouée Mary.

Et il n'aurait su dire s'il était soulagé ou déçu.

– Puis-je ?

Everett Stout le remplaça à l'extrémité de la lentille.

Les badauds déambulaient entre les commerces, saluant les femmes qui, panier sous le bras, se rendaient à la boulangerie ou à la boucherie.

Une vie de village, en somme, la même qu'à Bridgetown ou partout ailleurs…

Pourtant, quelque chose clochait, songea Oliver sans parvenir à mettre le doigt dessus.

– C'est ça, le fameux Projet Eden ? souffla Dan avec déception. Un village sur une île…

– Regarde mieux, le corrigea Peter.

Du doigt, il désigna un groupe de trois hommes en blouse blanche. Ils griffonnaient sur leurs porte-blocs en échangeant des regards entendus.

– Qu'est-ce qu'ils font, ces trois gus ?

– Ça ressemble à un protocole d'expérience, répondit Everett sans décoller son œil de l'oculaire. Ils sont actuellement en phase d'observation…

– Et qu'est-ce qu'ils peuvent bien observer ?

– Leurs cobayes, répondit laconiquement le scientifique. Les villageois…

Une étincelle s'éveilla dans l'esprit d'Oliver qui essayait toujours d'appréhender l'étrange sensation de malaise qui l'habitait. Everett avait raison. Quelque chose de factice se déroulait sous leurs yeux. Une expérience…

Tout était calme. Trop calme pour faire croire à une vie de village. Les enfants ne couraient pas, ne riaient pas, et les adultes ne s'apostrophaient pas.

Il y avait là quelque chose d'inhabituel, de presque malsain.

– Leurs visages, murmura Alicia en plissant les yeux. Ne trouvez-vous pas qu'ils ont tous le même air… étrange ?

– C'est exactement ce que j'observe depuis plusieurs minutes, approuva Everett. Cet air étrange… absent, même…

– Qu'est-ce que ça veut dire ? demanda la jeune fille.

– Il nous manque beaucoup trop d'informations pour conclure quoi que ce soit, mais je suspecte qu'ils aient continué et enrichi les tests amorcés sur Edgar. Ils ont probablement fait subir quelque chose à ces villageois, et ils en observent actuellement les conséquences…

– Et également à l'île, indiqua Peter. Regardez !

Il désigna le port du doigt. Des centaines de poissons morts s'amoncelaient entre les bateaux.

– Je n'aime définitivement pas cet endroit, déclara Suzy. Qu'est-ce qu'on fait maintenant ?

– Continuons d'exploiter notre excellent poste d'observation, suggéra Peter. Le Centre de commandement doit être là, expliqua-t-il en désignant un grand bâtiment blanc, à l'écart du village. Il nous faut en savoir plus sur le fonctionnement de l'île et essayer de repérer Dévouée Mary. Si nous estimons en savoir assez, nous essaierons d'atterrir à l'écart pour nous infiltrer de nuit dans le village et la ramener.

Personne ne trouva à redire. L'expérience militaire de Peter et l'assurance qu'il dégageait étaient suffisamment convaincantes.

Dan et Suzy répétèrent de larges courbes au-dessus du village tandis que les heures s'égrenaient. Oliver restait vissé à la longue-vue dans l'espoir d'apercevoir Dévouée Mary.

Il retenait sa respiration dès qu'il apercevait une silhouette grise. Vacillant, il scrutait alors son visage, dans un mélange d'excitation et d'anxiété.

Aucune d'entre elles n'était Dévouée Mary.

Il s'apprêtait à se faire remplacer au poste d'observation lorsqu'un petit groupe attira son attention. Deux adultes, un homme et une femme, suivis de près par deux enfants. Il recolla son œil à la lunette puis se retint à la rambarde, sentant ses jambes se dérober.

Tignasse blonde et larges épaules pour le père et le garçon, menue silhouette et longs cheveux roux pour la petite fille et sa mère…

– Dennis… articula Oliver, la gorge nouée d'angoisse.

Ils disparurent, avalés par la porte d'une petite maison.

La nuit recouvrait maintenant l'île. Si la lune, presque pleine, permettait encore de manœuvrer, distinguer quoi que ce soit était devenu impossible. Regroupés à l'arrière autour de Peter, l'équipage achevait de répéter son plan.

– Très peu d'agents patrouillent, résuma le majordome d'Everett. L'île est si bien défendue par les navires de guerre qu'ils ne voient pas l'intérêt de mobiliser leurs hommes sur place. Puisqu'on n'a pas réussi à localiser Dévouée Mary, nous nous glisserons chez les Felton pour leur demander où elle se trouve et les faire monter dans l'aéroboat.

Everett et Oliver approuvèrent.

– Il y a un problème… souffla Alicia.

Tous les visages convergèrent vers la jeune fille.

– Je ne trouve pas le Flux… C'est comme s'il avait disparu ! Essayez de votre côté…

Oliver, Dan et Suzy froncèrent les sourcils avant de se concentrer. D'un instant à l'autre, le délicieux fourmillement remonterait depuis leurs pieds jusqu'à la pointe de leurs cheveux…

– Rien, maugréa Suzy.

– Idem, renchérit Oliver.

– Moi non plus, conclut Dan. Qu'est-ce que c'est que ce foutoir ?

– Pas le temps ! coupa Oliver. Espérons qu'on n'en ait pas besoin…

Stationnés au-dessus de la maison, Oliver et Peter descendirent l'échelle de corde pour atterrir devant la porte d'entrée. Hormis le bruit des vagues, rien ne venait troubler le silence de la nuit. Pas un hululement ni un aboiement. Rien. Au loin, seules les lumières allumées du Centre de commandement témoignaient d'un semblant de vie.

La porte n'était pas fermée.

Oliver et Peter se glissèrent à l'intérieur.

Une petite pièce aux murs trop blancs, une table, quatre chaises.

Un rideau dissimulant une salle de bains sommaire.

Rien d'autre.

Dennis et Laura vivaient-ils vraiment ici ? se demanda Oliver en se remémorant le joyeux foutoir de la ferme. Et pas le moindre témoignage de leur vie passée, songea-t-il en s'approchant de la seconde pièce.

Il entrouvrit la porte le plus doucement possible et aperçut quatre lits parfaitement alignés. Un rai de lumière filtrait à travers une petite lucarne à l'extrémité de la chambre.

Oliver sentit ses jambes flageoler. Comment allaient-ils réagir lorsqu'ils les réveilleraient ? Hurleraient-ils au risque d'alerter les agents ?

À pas de loup, il s'approcha du premier lit. Joseph dormait à poings fermés.

Peter, à ses côtés, semblait partager les mêmes craintes. Il plaqua une main contre la bouche de Joseph et lui secoua l'épaule. Il ouvrit les yeux.

Deux miroirs éteints. Vides. Qui les dévisagèrent néanmoins.

Son visage, terriblement amaigri, ne trahissait aucune surprise.

Joseph ne réagissait pas. Il était le spectateur amorphe de son propre présent.

Oliver fit un pas vers le lit de Dennis mais Peter le retint et lui fit signe d'emmener Joseph dans la pièce d'à côté. Il referma la porte derrière eux.

– C'est moi, chuchota Oliver. Est-ce que tu me reconnais ?

– Je ne vous connais pas, répondit Joseph d'un ton monotone.

– C'est moi ! Oliver ! De Bridgetown ! Nous sommes venus vous libérer et vous ramener à Londres ! Tu te souviens de la ferme ?

– Nous vivons ici depuis toujours, répondit Joseph. Je ne veux pas vous suivre.

Sa voix saccadée, dénuée de la moindre émotion, semblait appartenir à quelqu'un d'autre.

Oliver déglutit.

Je crains qu'elle ne soit plus vraiment elle-même... l'avait prévenu Osmond à propos de sa mère de cœur.

– Savez-vous s'il y a sur l'île une Dévouée du nom de Mary ? lui demanda Peter.

– Oui, approuva Joseph, elle est dans un centre de rééducation.

Oliver tressaillit.

– Où est-ce ?

– Derrière le Centre de contrôle des opérations…

– Attention ! souffla Peter en plaquant Oliver au sol.

Le faisceau d'une lampe balaya la pièce à travers la fenêtre.

Peter et Oliver rampèrent jusqu'à la salle de bains.

– Par le Grand Rêve ! s'exclama une voix d'homme. Je me disais bien que j'avais vu quelque chose ! Qu'est-ce qu'il fiche debout à cette heure-ci, celui-là ?

La porte d'entrée s'ouvrit brutalement. Derrière le rideau, revolver au poing, Peter semblait prêt à faire feu. À ses côtés, Oliver tendait l'oreille, la mâchoire serrée.

– Tu connais les consignes ! répondit un autre agent. S'il y a un défaillant dans un foyer, il faut tous les amener au Centre de contrôle des opérations ! Je vais les réveiller !

– Pourquoi es-tu debout ? demanda le premier homme tandis que son collègue vociférait dans la chambre.

Peter et Oliver retinrent leur respiration.

– Deux hommes m'ont demandé de les suivre à Londres, répondit mécaniquement Joseph.

Peter resserra un peu plus la prise autour de la crosse de son arme.

– Bien sûr, soupira l'agent. Encore un truc qu'il a entendu avec les scientifiques, ajouta-t-il à l'intention de son collègue. Allez, on se dépêche de rejoindre le Centre !

Après une minute de silence, Oliver et Peter s'autorisèrent à respirer normalement.

– C'était moins une, souffla le majordome d'Everett.

– Qu'est-ce qu'on va faire pour eux ? demanda Oliver.

– Essayons de délivrer Dévouée Mary, répondit Peter en éludant volontairement la question.

L'aéroboat survola le Centre de contrôle des opérations. L'imposant immeuble de quatre étages ressemblait à une ruche aux nombreuses alvéoles éclairées malgré l'heure tardive.

– Ils ont l'air sur le pied de guerre, maugréa Peter.

Le cœur serré, Oliver vit la famille Felton s'y enfoncer à la suite des deux agents.

– On y est, indiqua Suzy en désignant du doigt un étroit hangar.

À la différence de son voisin, il semblait aussi sombre et éteint que le village.

Oliver déverrouilla la lourde chaîne qui entravait la porte avec la clé d'Aubrey. Un désagréable pressentiment lui comprima la poitrine lorsque Peter, arme au poing, poussa la lourde porte. Il chercha ses amis des yeux pour y puiser du courage. Rien. L'aéroboat était parfaitement invisible. Deviner leur présence le rassura néanmoins suffisamment pour suivre le majordome.

Ils avancèrent prudemment à travers une étroite venelle tracée au milieu de lourdes portes cadenassées. Quelques fenêtres de toit laissaient filtrer un éclat de lune suffisant pour s'orienter. D'un geste autoritaire, Peter fit signe à Oliver de ne plus bouger. Un doigt sur la bouche, il désigna son oreille de l'autre main.

Un murmure.

Oliver s'approcha de la porte la plus proche.

Le susurrement provenait de là.

Peter lui désigna une autre porte.

Le même murmure…

Et ainsi de suite…

L'angoisse d'Oliver se fit de plus en plus pressante.

Pourquoi chuchotait-on derrière ces portes au beau milieu de la nuit… ?

Peter, qui avait poursuivi son exploration, lui fit signe d'approcher. Un panonceau indiquait : *Mary Lindley – Bridgetown.*

Lindley ? s'étonna Oliver.

Il ne s'était jamais posé la question.

Lorsqu'on devenait Dévouée, on laissait derrière soi le nom de ses parents.

Il colla son oreille contre la porte. Le même chuchotement. Régulier et ininterrompu. S'agissait-il de la voix de Dévouée Mary ?

Impossible à dire.

Il approcha sa clé tandis que Peter braquait son arme.

Le plus doucement possible, Oliver déverrouilla le cadenas et entrouvrit la porte.

Une cellule.

Minuscule.

Une silhouette allongée sur un lit de camp.

Posé à ses côtés sur une table de nuit, un phonographe répétait inlassablement la même rengaine de sa voix froide et métallique.

Le jeune garçon n'existe pas, il est le fruit de ton imagination. Ce n'est qu'un cauchemar. Tu habites l'île depuis toujours. Le jeune garçon n'existe pas, il est le fruit de ton imagination. Ce n'est qu'un cauchemar. Tu habites l'île depuis toujours. Le jeune garçon…

Le cœur battant, Oliver s'approcha du lit.

Un doute.

Il ne la voyait pas encore clairement mais…

Le doute se transforma en certitude. C'était elle.

Il s'approcha du lit.

Son visage, autrefois si rond, était maigre et creusé. Un bras décharné s'échappait de la couverture.

Le jeune garçon n'existe pas, il est le fruit de ton imagination. Ce n'est qu'un cauchemar…

Oliver la secoua.

Elle ouvrit les yeux.

Il crut y déceler une infime lueur de surprise qui s'estompa aussitôt.

– Tu me reconnais ? C'est moi, Oliver. Je suis venu te sauver !

Aucune réaction. Comme Joseph.

– Tu es le garçon de mes cauchemars, murmura-t-elle finalement d'une voix d'automate.

Oliver reçut ces quelques mots comme un coup de poing dans l'estomac.

– Tu ne te souviens de rien ? bafouilla-t-il. Bridgetown ? Mère Helen ?

– Je te vois dans mes rêves, répondit-elle sans vraiment le regarder. Les médecins disent que tu n'existes pas. Tu es un cauchemar. Le fruit de mon imagination…

– Nous devons faire vite, coupa Peter.

Sans sommation, il s'approcha de la Dévouée et la chargea sur son épaule.

Elle ne broncha pas.

Alors qu'ils approchaient de la porte du hangar, ils se plaquèrent contre le mur juste à temps pour éviter à nouveau le faisceau d'une lampe.

– Ils les détraquent, râla une voix. Alors ils disent n'importe quoi. Il aurait vu deux inconnus tombés du ciel qui l'auraient interrogé sur la Dévouée. Et on doit vérifier au beau milieu de la nuit que tout va bien ici. Je déteste ça… cet endroit me file la chair de poule…

– Par le Grand Rêve ! le coupa son collègue. Tais-toi un peu ! Mais…

– Quoi ?

– La chaîne… Quelqu'un a ouvert la porte !

Peter, le plus doucement possible, confia Dévouée Mary à Oliver. Il vint se plaquer contre la porte, la main vissée sur la crosse de son arme. Moins de cinq mètres les séparaient des agents, à en juger par le bruit de leurs pas. Il bondit.

Deux détonations successives traversèrent l'air. Deux corps s'effondrèrent. Un râle. Une nouvelle détonation. Plus un bruit.

– Dépêchez-vous, hurla une voix depuis le ciel, les autres seront bientôt là !

L'échelle de corde vint s'écraser à leurs pieds.

– Grimpe ! lança Peter à Oliver qui évita de regarder les corps. Je vais hisser la Dévouée sur mon épaule.

Oliver s'exécuta, se rattrapa de justesse après avoir manqué un barreau et bascula finalement de l'autre côté du bastingage.

– Remontez-moi ! hurla Peter qui se cramponnait d'une main à l'échelle tandis que l'aéroboat prenait de la hauteur.

Oliver, Dan et Everett s'employèrent de toutes leurs forces à les hisser. Quelques coups de feu avaient été tirés depuis le sol sans les atteindre. Ils étaient maintenant invisibles.

– Merci ! articula Oliver, haletant, à l'intention de Peter.

Puis il se tourna vers la Dévouée qui ne le quittait plus des yeux.

– Cauchemar, murmura-t-elle. Je suis en plein cauchemar.

CHAPITRE 37

Retour à Londres

La côte perçait à l'horizon.

Les falaises se découpaient en dentelle sous la clarté de la lune.

Ils atteindraient bientôt Londres.

Dévouée Mary dormait à bord de l'aéroboat, emmitouflée dans une couverture, la tête posée sur les genoux d'Oliver.

Elle semblait presque sereine dans son sommeil. Sa respiration régulière ne laissait rien paraître du mal qui la rongeait.

Oliver écarta les cheveux qui recouvraient sa nuque, révélant de nombreuses traces de piqûres…

Que lui avaient-ils fait subir ? se demanda-t-il. Allait-elle s'en remettre ?

Et les Felton…

Voilà comment le Grand Inquisiteur avait fait disparaître tous ses proches. En les envoyant sur cette île sinistre.

Les reverrait-il un jour ?

Près d'eux, Alicia et Suzy étaient recroquevillées l'une contre l'autre. Contrairement à Oliver, elles étaient parvenues à dormir quelques heures. Dan, à la barre, étouffa un bâillement et jeta un œil à Peter, seul à la proue, qui n'avait pas desserré les mâchoires depuis leur fuite de l'île.

Everett vint s'installer aux côtés d'Oliver.

– Ce que vous appelez « le Flux », chuchota-t-il, cette énergie invisible censée être partout, elle semblait absente autour de l'île, c'est bien ça ?

Oliver opina.

– D'une manière ou d'une autre, reprit le scientifique, depuis les premières expérimentations sur Edgar, l'Hégémonium semble avoir réussi à mettre au point un procédé qui neutralise l'accès au Flux. Et sans Flux, plus de magie…

Oliver, inquiet, désigna les traces de piqûres sur la nuque de la Dévouée.

– Le lobe émosensoriel… murmura Everett en réfléchissant à haute voix. Il se situe à l'arrière du crâne… Se pourrait-il qu'il existe un lien entre cette zone et le Flux ?

– Je pense que vous auriez beaucoup de choses à aborder avec le Lord, sourit Oliver. Tout ce qui m'importe pour le moment, c'est de trouver un moyen de remettre Dévouée Mary sur pied…

Everett acquiesça en silence.

– À ce propos, dit-il, j'ai rassemblé chez moi un certain nombre de notes et de travaux sur le fonctionnement du cerveau. Nous pourrions y faire une halte avant de regagner Mill Road, peut-être y trouverons-nous une piste pour la guérir…

– Vous n'êtes pas obligés de nous suivre. Vous nous avez déjà beaucoup aidés cette nuit. Et j'ignore quel accueil vous réservera le Lord…

– Nous en avons discuté avec Peter, rétorqua Everett. Je mourrais étouffé par ma curiosité si je renonçais à vous suivre.

Je sais que vous plaiderez en notre faveur et j'offrirai au Lord de travailler nuit et jour pour l'aider à comprendre le Projet Eden… Espérons que je sois à même de le convaincre !

– Êtes-vous sûr que Peter partage votre enthousiasme ? souffla Oliver en désignant du menton le majordome.

Prostré à la proue de l'aéroboat, une larme coulait le long de sa joue.

– De vieux démons se sont réveillés ce soir, grimaça le scientifique. Peter avait quitté l'armée pour ne plus avoir à tirer sur qui que ce soit… Je vais aller lui parler.

La côte avait désormais laissé place à de vastes champs parsemés de villages épars. Au loin, une constellation de lumières brisait la monotonie de la nuit. La capitale du Royaume approchait.

Suzy rejoignit Dan au poste de pilotage. Ils n'avaient plus qu'à suivre ce cap.

Alicia se tourna vers Oliver.

– Le Dr McMullen va la guérir, souffla-t-elle en désignant Dévouée Mary. Elle va s'en sortir !

– J'espère, répondit Oliver d'une voix sourde. Jamais je n'aurais imaginé qu'elle puisse m'oublier…

– Elle ne t'a pas vraiment oublié, corrigea Alicia. Elle n'est plus elle-même, c'est tout. J'ignore ce qu'ils lui ont fait subir, mais elle doit retrouver ses esprits.

Les deux amis restèrent silencieux un moment.

– Tu te rappelles ? reprit la jeune fille d'une voix hésitante. Juste avant de partir, tu m'as dit que Dévouée Mary était comme Mme Templeton ou Ines pour moi…

Oliver plissa les yeux, incapable de saisir où Alicia voulait en venir.

– Je m'inquiète pour Ines, poursuivit Alicia. Elle n'arrête pas de me mentir… Après que nous avons vu James Deakin transporter Everett au Manoir, elle m'a répété qu'ils avaient passé la journée ensemble… (Elle soupira.) Je pense à quelque chose, reprit-elle. Quelque chose de terrible… J'ose à peine le formuler…

– Tu penses qu'Ines est peut-être la traîtresse, murmura Oliver en regardant au loin. Moi aussi, j'y ai pensé…

Alicia grimaça.

– Avant la disparition de Morecombe, souffla-t-elle, je n'étais qu'une petite fille, mais je me souviens de les avoir surpris un jour. Ils s'embrassaient. Serait-il possible… ?

Sa voix se brisa.

– Je ne veux pas croire qu'elle trahisse la Communauté. Ni qu'elle nous mette en danger…

D'un revers de manche rageur, elle essuya ses yeux.

– Je pense que nous devrions en parler au Lord… dit Oliver, provoquant une onde de tristesse chez Alicia.

La jeune fille resta muette jusqu'à l'arrivée à Londres.

Une fois postés au-dessus de l'hôtel particulier d'Everett, Suzy amorça la manœuvre d'atterrissage. Le bâtiment était le plus haut de la rue et personne ne pourrait soupçonner la présence de leur drôle d'embarcation sur le toit.

– Nous ne serons pas longs, les prévint Everett en attrapant Peter par le bras puis en enjambant le bastingage. Ne repartez pas sans nous ! ajouta-t-il dans un sourire.

– Puis-je vous suivre ? demanda Oliver. J'aimerais jeter un œil à l'Arche…

Everett l'invita à descendre d'un geste enthousiaste de la main. Et tandis qu'Oliver se glissait par la fenêtre de toit, Alicia s'approcha de Dévouée Mary et lui caressa les cheveux, comme si un soupçon de tendresse pouvait effacer le mal qu'on lui avait fait.

L'hôtel particulier d'Everett ressemblait à une vieille maison de famille abandonnée.

Le parquet craquait. Ils traversèrent une succession de couloirs sans vie. Aux murs, les tableaux étaient recouverts de toiles d'araignées.

– Les trois derniers étages sont presque condamnés, précisa Everett à Oliver. Cette maison est bien trop grande pour nous !

Dans le salon, Everett fit pivoter la fausse bibliothèque dissimulant l'accès vers le sous-sol. Oliver aperçut une volée de marches s'enfonçant dans l'obscurité.

– Un générateur d'électricité nous permet d'alimenter l'Arche et de nous éclairer, précisa le scientifique en descendant prudemment. Je vais le mettre en route dans un instant.

Les trois compères avancèrent à l'aveugle.

Une voix les figea brusquement.

– *Scintillam !*

Ils sursautèrent.

– Qui est là ? articula Everett.

Quatre silhouettes se découpèrent dans l'ombre des bougies qui venaient de s'allumer, comme aux ordres de l'incantation.

Morecombe, entouré de trois hommes menaçants, leur faisait face.

– Qui êtes-vous ? s'exclama Everett.

– Mon nom est William Morecombe.

Une cinquième silhouette, jusqu'alors dissimulée par l'Arche, émergea de la pénombre.

Everett et Peter écarquillèrent les yeux.

– Et voici Darius Gaban, dont la notoriété ne vous aura probablement pas échappé, ajouta Morecombe, amusé de l'effet provoqué par l'apparition du vieux magicien.

Everett jeta des regards affolés à son majordome.

Darius Gaban… C'était impossible ! L'Hégémonium l'avait attrapé et tué quinze ans plus tôt.

Et pourtant… Ces traits.

Malgré sa maigreur cadavérique et ses cheveux blancs, ils l'avaient immédiatement reconnu. Ils avaient si souvent vu son visage en première page du *Journal Officiel*…

Que leur voulaient-ils, lui et ces hommes ?

Il fallut une poignée de secondes à Everett pour comprendre. Gaban ne lui prêtait aucune attention. Ses yeux cruels fixaient Oliver, dans un mélange de curiosité et de haine.

Le jeune garçon semblait tétanisé.

Gaban crispa sa main tremblante sur le pommeau de sa canne. Il dégageait une incroyable puissance maléfique.

Lentement, il détourna les yeux vers Everett et Peter.

– Monsieur Stout, dit-il dans un râle d'outre-tombe. Je vous félicite ! Cette invention…

Il caressa l'Arche du bout des doigts.

Oliver se figea. Comment avait-il pu ne pas la remarquer ? Une image aérienne flottait au centre de l'immense structure.

– Il existe un trésor, reprit Gaban, un livre que j'ai autrefois eu en ma possession. Le *Viatorem*… Jusqu'alors, il était la seule clé pour accéder aux autres mondes… À l'époque, j'ai bien essayé d'imiter Patterson, en vain ! Je ne suis visiblement pas l'élu…

Il se tourna à nouveau vers Oliver, un sourire carnassier sur les lèvres.

– « *Un jour naîtra le Passeur*
Dont le corps et l'esprit voyageront entre les mondes.
Servitude ou Liberté
Désespoir ou confiance
Mort ou renaissance
De sa bataille contre l'ennemi séculaire dépendra l'avenir de tous les mondes », récita-t-il.

Une lueur démente éclaira son regard.

– N'est-ce pas trop de responsabilités pour un garçon de ton âge ? reprit-il. Si jeune et si fragile… Tu n'as pas à porter le poids des mondes sur tes épaules…

– Mais je ne suis pas… se défendit Oliver avant que Gaban ne le force à se taire d'un geste sec de la main.

– Ne t'inquiète pas ! Nous pouvons faire mentir la prophétie… Cette invention, l'Arche, a déjà fait la moitié du chemin…

Il esquissa quelques pas en arrière et se dressa face à la structure de métal.

Tous s'écartèrent.

Morecombe se rapprocha d'Oliver.

– Ne tente rien, grommela-t-il en le saisissant par la nuque.

Gaban ferma les yeux. Puis, les bras levés, il psalmodia une formule. Au milieu de l'Arche, l'image commença à s'agiter, comme animée de milliers de ronds dans l'eau.

Oliver tressaillit. Non pas à cause de l'incroyable spectacle auquel il assistait, mais parce qu'une vague de chaleur avait gagné sa nuque, juste sous la main de Morecombe. Bientôt, ses jambes flageolèrent, puis ses paupières se firent trop lourdes. Morecombe le soutint au moment où il se sentit défaillir.

Ses oreilles se mirent à bourdonner.

Ses muscles ne lui obéissaient plus.

Un voile noir apparut, laissant place à l'image d'une rue. Puis d'une plaque… *Brewkins Street.* Une jeune femme était enfermée dans une chambre, ligotée à une chaise et bâillonnée.

Ines…

Quand Oliver recouvra ses esprits, il voulut crier, mais Morecombe lui posa la main sur la bouche.

Face à eux, Gaban, chevrotant, poursuivait sa litanie. L'image diaphane s'échappant de l'Arche semblait de plus en plus réelle, de la fumée s'élevait du métal rougeoyant.

Profitant de cette frénésie, Morecombe, sans desserrer sa prise, approcha sa bouche de l'oreille d'Oliver.

– Libère-la, tu m'entends ? chuchota-t-il.

Oliver fit mine de ne pas comprendre.

– Je sais que tu l'as vue, grinça Morecombe. Jette-moi les graines que tu as dans ta poche…

Oliver le toisa d'un air méfiant. Ce brusque changement d'attitude n'avait rien de rassurant.

– Je ne suis pas l'ennemi du Lord, Oliver. Allez ! Maintenant !

Morecombe le relâcha et s'éloigna d'un pas, laissant Oliver reprendre ses esprits. Aussitôt, il embrassa la pièce du regard. Absorbés par l'Arche, aucun des trois sbires de Morecombe ne prêtait attention à Everett et Peter. Oliver parvint à capter leur regard et leur désigna la sortie du menton. Peter acquiesça et, le plus lentement possible, glissa sa main dans le bas de son dos. Il sentit la crosse rassurante de son revolver…

Oliver se tourna à nouveau vers Morecombe qui s'impatientait. Piège ou pas, il devait tenter sa chance.

Il égrena le compte à rebours. Trois, deux, un…

– *Conicere !* hurla-t-il en jetant une pleine poignée de graines en direction de Morecombe.

Au même instant, Peter abattit froidement l'un des deux sbires qui faisait mine de se jeter sur le garçon.

– Vite ! hurla-t-il tandis que Gaban chancelait, brusquement arraché à sa transe.

Le majordome se précipita vers l'escalier à la suite d'Everett et Oliver, tirant deux coups de feu au hasard pour ralentir leurs poursuivants.

Ils traversèrent le salon, montèrent au pas de course au premier étage. Une gerbe de flammes vint mourir contre un mur au moment où ils s'engouffraient dans le couloir.

– Plus vite ! hurla Peter en jetant des coups d'œil inquiets dans son dos.

Une fois parvenu au quatrième étage, il s'effondra en hurlant de douleur, une lame de glace dans le mollet. À terre, il arrosa de trois coups de feu l'entrée du couloir, freinant leurs deux poursuivants.

– Si Monsieur accepte de me porter… souffla-t-il à Everett qui déjà le relevait et le hissait sur son épaule.

Peter tendit son arme à Oliver.

– Tiens-les à distance… murmura-t-il en grimaçant.

Everett ouvrit la fenêtre du toit. Les mains tremblantes vissées sur la crosse, Oliver surveillait leur avancée. Ils seraient dehors dans quelques secondes. Il s'apprêtait à se jeter à leur suite.

Mais un épais brouillard gagna le couloir, troublant la vision d'Oliver et de ses compagnons. Des bruits de pas firent grincer le parquet du couloir.

– Arrêtez ! cria Oliver. Ou je tire !

Les pas se rapprochaient…

Toujours plus vite…

Oliver pressa la détente. Une détonation déchira l'air.

Un corps s'effondra, inerte.

Les pas cessèrent.

Le bruit aussi.

Le canon du revolver fumait au bout du bras tremblant d'Oliver.

Avait-il vraiment tué un homme ?

– Dépêche-toi ! hurla Everett.

Mais Oliver était incapable de se ressaisir.

Une main l'attrapa par le bras et le hissa jusqu'au toit, puis à bord de l'aéroboat. Alors qu'ils prenaient la fuite dans le ciel de Londres, Oliver se laissa choir à l'avant du navire volant.

Avait-il vraiment tué un homme ?

Épilogue

Trois jours plus tard

Lord Abberline s'abandonnait à la contemplation du parc à travers la fenêtre du petit salon. Au bout de la table, Ines, livide, n'osait relever la tête.

La porte s'ouvrit.

– Ines ! s'écria Judith Cormick en abandonnant son habituelle retenue.

Elle se précipita vers la jeune femme qu'elle étreignit tendrement. À son tour, Altaïr Levinson la serra contre lui, et même Richard Lancester lui posa la main sur l'épaule.

Ines s'efforça de sourire malgré ses larmes de honte.

– Bien, lâcha froidement le Lord. Commençons, si vous le voulez bien. Ines, je te prie de nous raconter tout ce qui s'est passé avec Morecombe.

La jeune femme expira afin de chasser les sanglots qui obstruaient sa gorge. Jamais le Lord ne l'avait vue dans cet état…

– Notre histoire ne date pas d'hier, souffla-t-elle en fixant un point imaginaire au loin. Nous étions amants avant que William ne disparaisse il y a trois ans…

Les membres du Conseil se figèrent, ahuris. Seul le Lord ne semblait pas surpris.

– J'ai reçu un mot, il y a quelques mois de cela ; il n'était pas signé mais j'ai immédiatement reconnu son écriture… Il me donnait rendez-vous et me priait de le rejoindre, seule. C'est à ce moment-là que j'ai tout raté, dit-elle, effondrée. J'y suis allée, et je suis immédiatement retombée amoureuse. Je crois que je n'avais jamais cessé de l'être…

Judith lui caressa l'épaule.

– Je ne lui ai jamais rien révélé, je vous le promets ! poursuivit Ines en relevant la tête. Rien du tout ! Nous ne parlions que de nous deux, nous imaginions à quoi ressemblerait notre futur ensemble… J'ignorais tout du retour de Gaban ou de leurs manigances. Je l'ai appris en même temps que vous. Je vous le jure !

Les membres du Conseil échangèrent des regards tristes et gênés. Le Lord la pria de poursuivre.

– Chaque fois que j'allais le retrouver, je savais qu'il était de mon devoir de l'arrêter et de le traîner devant le Conseil. Ou de le suivre pour découvrir sa planque. Ou de prévenir mes soldats pour lui tendre une embuscade… Mais je ne pouvais pas. Je l'aimais, je ne voulais pas lui faire de mal…

– Et cette fameuse nuit… ? glissa le Lord.

– William m'a réveillée, il avait entendu du bruit. Des hommes sont entrés dans notre chambre. Ça n'était pas un coup monté, il semblait vraiment surpris. Et c'est là que j'ai su…

Elle se força à articuler malgré la souffrance qui déformait sa voix.

– Il me manipulait, depuis le début. Avec son pouvoir, chaque fois, il lisait mes souvenirs. Il m'a laissée prisonnière de ces hommes et il est parti, sans même me regarder…

Le Lord lui fit signe d'arrêter son récit.

Ils en savaient assez pour le moment.

Un lourd silence gagna le petit salon, haché par les hoquets de tristesse de la jeune femme.

– Bien, dit le Lord. Vous savez maintenant ce qu'il vous reste à faire. Je m'abstiendrai exceptionnellement de voter. Ines était la meilleure amie d'Agatha et restera la marraine d'Alicia. Mon vote serait bien trop faussé. Si vous choisissez de poursuivre Ines devant notre justice, elle sera immédiatement démise de toute fonction et l'affaire sera rendue publique. Dans le cas contraire, nous considérerons qu'Ines a fait une erreur, une très grave erreur, mais qu'au regard des circonstances qu'elle vous a contées là, elle ne mérite pas de sanction. Qui parmi vous se prononce en faveur de poursuites ?

Judith se rencogna dans son fauteuil, signifiant qu'elle ne lèverait pas la main.

Richard Lancester, absorbé dans sa réflexion, semblait profondément indécis tandis qu'Altaïr le surveillait du coin de l'œil. Ines, prostrée, semblait presque indifférente à l'issue du scrutin. Richard se manifesta finalement le premier.

– Je ne souhaite pas poursuivre Ines, souffla-t-il sans plus de commentaires.

Tous les regards convergèrent vers Altaïr.

– Je suis du même avis, abonda-t-il.

– Bien, murmura le Lord en essuyant à son tour une larme de soulagement. Ines est donc reconnue innocente.

Judith se précipita vers la jeune femme et l'enlaça, visiblement soulagée.

– À quoi jouais-tu ? souffla le Lord à l'oreille d'Altaïr. Et si Richard avait dit le contraire ?

– Jamais je n'aurais condamné Ines, sourit le vieil homme, mais je ne voulais pas influencer Richard. Son vote nous en a appris un peu plus sur sa vraie nature, et je pense que le Conseil aura plus que jamais besoin d'être soudé pour les épreuves qui nous attendent…

Le Lord était d'accord. Le faux pas d'Ines n'était rien au regard de la menace qui déjà prenait forme. Ils allaient devoir s'y préparer. Les plus vieux, comme les plus jeunes…

Après avoir mis fin à la séance, le Guide de la Communauté monta prendre des nouvelles d'Oliver.

– Je suis surpris de ne pas te trouver au chevet de Dévouée Mary, sourit-il en découvrant le garçon assis sur son lit, plongé dans un recueil d'histoires.

– Elle s'est endormie, répondit-il en refermant son livre.

Le Lord vint s'asseoir au bout du lit.

– Le Dr McMullen m'a dit qu'elle ne parlait toujours pas…

– Non… soupira Oliver. Elle reste allongée les yeux dans le vague. Mais je pense qu'elle a conscience de ma présence… Et Ines ? Comment s'est passée la séance ?

– Bien, souffla le Lord. Bien. Ils l'ont tous déclarée innocente. Même Richard. Quant à son état…

Il soupira.

– Elle va bien physiquement, poursuivit-il d'un air grave. Mais ses blessures psychologiques sont profondes. Elle se rend compte que Morecombe l'a manipulée…

– Comment s'y est-il pris ?

Le Lord grimaça.

– Le pouvoir de Morecombe est complexe, et il le maîtrise parfaitement. En posant ses mains sur la peau d'Ines, il parvenait à plonger dans sa mémoire et à accéder à tous les secrets du Conseil. La pauvre Ines ne s'en est jamais rendu compte…

Oliver demeura pensif.

– D'après vous, reprit-il, qu'est-ce qui a bien pu pousser Morecombe à nous aider à fuir ?

– Nous pouvons seulement formuler des hypothèses… Personnellement, je pense que Morecombe se servait d'Ines pour lui soutirer ces informations, mais qu'il ne souhaitait pas lui faire de mal. Gaban, pour une raison que nous ignorons, a piégé la jeune femme. Morecombe a donc fait en sorte que nous puissions la sauver…

– Peut-être, murmura Oliver. Le croyez-vous lorsqu'il affirme ne pas être votre ennemi ?

– Non, répondit le Lord d'un ton catégorique. La parole d'un homme ne vaut pas grand-chose comparée à ses actes…

Oliver tapota nerveusement la couverture de son manuel de runes.

– À ce propos, se hasarda-t-il, les actes d'Everett et de Peter, vous savez…

– Je sais… Ils vont rester un moment avec nous. Au titre d'invités, je précise, sourit le Lord. Les connaissances d'Everett, couplées aux informations détenues dans le journal de bord de son ami et, j'espère bientôt, au témoignage de Dévouée Mary, pourraient nous aider à trouver une parade aux agissements de l'Hégémonium.

– Il n'y avait plus du tout de Flux autour de l'archipel, confia Oliver en frissonnant, c'était vraiment effrayant. Et toute la nature semblait morte…

– Oui, c'est étrange… Everett Stout a des théories très intéressantes à ce propos, révéla le Lord. Sur les liens étroits entre l'essence de la Matière, le Flux et la magie. Mais ce n'est pas notre priorité. Car si mes craintes s'avèrent fondées, Mill Road ne suffira bientôt plus à nous protéger. Il nous faudra combattre l'Hégémonium… au grand jour.

– Ils sont bien trop puissants, souffla Oliver, et trop nombreux… Comment… ?

– En nous rassemblant ! En dehors du Royaume, de nombreuses Communautés comme la nôtre vivent dans l'ombre… Je dois les prévenir et les convaincre de nous rejoindre. Tous les magiciens sont menacés ! Sans compter que nous ignorons ce que manigance Gaban à l'heure actuelle…

– Vous croyez qu'il a réussi à traverser les mondes ? Que l'Arche lui a conféré la puissance suffisante pour ouvrir une passerelle ?

– Je l'ignore, répondit le Lord. Mais c'est une possibilité que nous ne pouvons exclure. Quand nos soldats sont arrivés chez Everett, l'Arche avait disparu.

– Mais ça voudrait dire que la prophétie…

– Répète-la, le pria le Lord.

– *« Un jour naîtra le Passeur*
Dont le corps et l'esprit voyageront entre les mondes.
Servitude ou Liberté
Désespoir ou confiance
Mort ou renaissance
De sa bataille contre l'ennemi séculaire dépendra l'avenir de tous les mondes. »

– À aucun moment la prophétie ne dit que *seul* le Passeur peut voyager entre les mondes. Cela ne signifie pas qu'elle soit fausse pour autant…

– Peut-être, souffla Oliver en étouffant un bâillement, peut-être…

Le Lord le dévisagea avec douceur.

– Je me fais du souci pour toi, Oliver. Est-ce l'inquiétude pour Dévouée Mary qui te dévore ? J'ose espérer que ce ne sont pas les quelques réprimandes que je vous ai adressées à votre retour de l'île, ajouta-t-il sur le ton de la plaisanterie.

– Non, sourit Oliver. Ça n'est pas ça.

Son visage s'assombrit.

– Je ne trouve plus le sommeil…

– Tu repenses à l'homme sur qui tu as tiré ? devina le Lord.

– Tout le temps, balbutia Oliver. J'entends encore le bruit du corps qui s'effondre… Je l'ai peut-être tué… sans doute…

Le Lord l'observa avec gravité.

– Je suis heureux que tu aies des remords…

Oliver releva les yeux.

– J'ai moi-même déjà tué, et j'y repense souvent…

– Comment faites-vous pour vivre avec ?

– Je n'ai pas le choix, souffla le Lord, mais je n'ai jamais tué par colère, par orgueil, par vengeance et encore moins par plaisir. C'est ce qui nous différencie de Gaban. Ces hommes te voulaient du mal, ils te menaçaient, tu n'as fait que défendre ta vie et celle de tes amis. Méritaient-ils de mourir ? Jamais je n'aurai la prétention de répondre à cette question. Mais tu dois essayer de te pardonner. Ces remords sont terribles…

– J'ai vu Peter pleurer dans l'aéroboat…

– Je sais, dit le Lord. Et c'est pourquoi j'ai confiance en eux…

Le lendemain, Oliver et Alicia poussèrent la lourde porte de l'auberge des *Quatre Éléments*. La vie reprenait, comme toujours. Et même si le monde leur semblait plus cruel à présent, ils savaient où se réfugier pour oublier que les choses n'allaient pas s'arranger. Après avoir salué M. et Mme Atwood, ils rejoignirent Dan et Suzy au fond de la grande salle, près de la cheminée qui crépitait.

– Tu as l'air heureuse ! lança Suzy à son amie qui s'asseyait. Est-ce que Charly Callaghan t'a enfin déclaré officiellement sa flamme ?

– Je suis heureuse pour Ines que le Conseil l'ait innocentée, sourit Alicia. Dès qu'elle sera remise, j'espère que les choses reprendront leur cours !

– Tu es optimiste ! siffla Dan. À l'heure actuelle, Gaban et Morecombe sont peut-être en face du Chancelier, en train d'honorer le pacte de Patterson, préparant l'invasion de notre monde et s'assurant de vivre éternellement pour tous nous dominer…

– Vous croyez vraiment qu'ils ont réussi à traverser ? demanda Suzy.

– Je ne sais pas, soupira Oliver. Everett a l'air de le penser…

– Sans compter les fous furieux de l'Hégémonium et leur Projet Eden, renchérit Dan. Qui sait ce qu'ils préparent maintenant !

– Ça y est ! Tu m'as miné le moral ! s'agaça Suzy. Bois plutôt ton chocolat chaud, ça t'évitera de trop parler !

Tous les Dignitaires se levèrent comme un seul homme.

Précédé du chambellan, le Patriarche s'installa à la tribune d'honneur, face à l'Hémicycle.

– Dignitaire Markus Hammer, appela-t-il. Vous avez convoqué cette réunion extraordinaire de la Chambre. Vous avez la parole.

Le Grand Inquisiteur se leva, sous le regard noir des modernistes.

– Mes chers amis ! lança-t-il. Je me dresse face à vous porteur de deux nouvelles. Une bonne et une mauvaise… Nous avons été frappés ! Par les magiciens ! Et pas n'importe où !

Des regards interrogateurs traversèrent l'assemblée.

– Au cœur de notre espoir ! s'exclama Markus Hammer. Sur l'île d'Éden !

Un véritable brouhaha secoua l'hémicycle. D'un geste de la main, le Patriarche ramena le silence.

– Nos courageux soldats les ont repoussés, reprit le Grand Inquisiteur. Au prix de plusieurs pertes. Mais ils ne sont pas morts en vain car j'ai une bonne nouvelle. Notre phase de tests touche à sa fin. Les essais sont concluants et nos scientifiques sont enfin prêts à généraliser le protocole.

– Mensonges ! s'insurgea le Dignitaire Francis Jones. C'est de la folie ! J'ai échangé avec le Pr Carter il y a moins d'un mois, et il m'a assuré que lui et son équipe faisaient face à trop d'incertitudes pour envisager un déploiement avant plusieurs années. Nous ferions courir un immense danger à nos sujets !

Un murmure d'approbation agita le camp des modernistes, sous la huée des conservateurs.

– Le Pr Carter, répondit le Grand Inquisiteur, est un scientifique de talent mais également un lâche. Si nous l'avions écouté, la phase de test débuterait à peine. Son second, le Dr Deming, m'assure que nous sommes prêts.

Des invectives fusèrent de chaque côté. Un rappel à l'ordre du chambellan fut nécessaire pour que le calme revienne. Tous les regards se braquèrent sur le Patriarche. Lentement, le vieil homme embrassa la salle du regard. Un silence lourd avait gagné la salle. Le silence qui précède les décisions importantes.

– Je déclare le déploiement du Projet Éden ouvert au vote ! trancha-t-il finalement.

Les sourires des conservateurs contrastaient avec l'inquiétude des modernistes.

– Bien, déclara le chambellan. Que ceux parmi vous qui approuvent le déploiement lèvent le bras.

Tous les conservateurs s'exécutèrent. Sans surprise. Alors, les regards se tournèrent vers les modérés qui, comme à leur habitude, feraient pencher la balance.

– Vingt-sept votes pour ! s'exclama finalement le chambellan.

Tous les conservateurs se levèrent et se congratulèrent.

Vingt-sept sur cinquante.

Ils avaient la majorité.

Le Patriarche se leva à son tour.

– Une ère nouvelle s'ouvre à nous, dit-il d'une voix ferme. Puisse le Créateur nous aider à débarrasser notre monde du Mal. Son rêve est notre rêve !

– Son rêve est notre rêve ! reprirent en chœur les Dignitaires.

Remerciements

Merci à Camille, pour sa tendresse et sa confiance lorsque je me suis lancé dans l'écriture de ce livre (et bien au-delà).

Merci à mes parents pour leur soutien et pour l'amour des livres qu'ils m'ont transmis.

Merci à Vanessa Caffin, autrice, mentor et amie de grande valeur, à qui ce livre doit tellement...

Merci à Clémence Germain, mon éditrice, pour sa confiance et la qualité de son accompagnement, ainsi qu'à toutes les équipes de Michel Lafon.

Merci à l'école Les Mots, pour leur soutien tout au long de ce projet, aux formidables rencontres que j'ai pu y faire, en particulier à notre petit cercle littéraire, *les Périgourdins*, pour tous ces moments de partage et d'entraide.

Merci à Chris Wormell, dont chaque dessin invite au voyage, et qui m'a fait l'immense honneur et le plaisir de dessiner la couverture de mon roman.

Merci à vous tous, proches et amis, pour l'enthousiasme que vous m'avez témoigné depuis le début de cette aventure littéraire.

Enfin, merci à vous, chers lecteurs…

Composition
PRESS·PROD

IMPRIM'VERT® PEFC 10-31-1510

Imprimé en France
par Corlet Imprimeur
14110 Condé-en-Normandie
N° d'impression : 21110667
Dépôt légal : mars 2022
ISBN : 978-2-7499-4904-8